本辑刊由郑州大学哲学学院一流学科发展项目资助出版

中华孔子学会　郑州大学洛学研究中心

# 中國儒學

## 【第十九辑】

王中江　李存山 ◎主编

**本辑主题**　儒学思想发展与经典诠释

中国社会科学出版社

**图书在版编目（CIP）数据**

中国儒学．第十九辑／王中江，李存山主编．—北京：中国社会科学出版社，2023.6

ISBN 978 - 7 - 5227 - 2098 - 2

Ⅰ.①中…　Ⅱ.①王…②李…　Ⅲ.①儒家—研究—中国　Ⅳ.①B222.05

中国国家版本馆 CIP 数据核字（2023）第 112726 号

| | | |
|---|---|---|
| 出 版 人 | 赵剑英 |
| 责任编辑 | 郝玉明 |
| 责任校对 | 谢　静 |
| 责任印制 | 王　超 |

| | | |
|---|---|---|
| 出　　版 | 中国社会科学出版社 |
| 社　　址 | 北京鼓楼西大街甲 158 号 |
| 邮　　编 | 100720 |
| 网　　址 | http://www.csspw.cn |
| 发 行 部 | 010 - 84083685 |
| 门 市 部 | 010 - 84029450 |
| 经　　销 | 新华书店及其他书店 |

| | | |
|---|---|---|
| 印　　刷 | 北京君升印刷有限公司 |
| 装　　订 | 廊坊市广阳区广增装订厂 |
| 版　　次 | 2023 年 6 月第 1 版 |
| 印　　次 | 2023 年 6 月第 1 次印刷 |

| | | |
|---|---|---|
| 开　　本 | 710 × 1000　1/16 |
| 印　　张 | 20 |
| 插　　页 | 2 |
| 字　　数 | 308 千字 |
| 定　　价 | 108.00 元 |

# 目　录

## 宋明理学研究

## 儒学经典诠释

宋明理学研究

# 关于牟宗三先生对二程
# 理学分判之省思

## 蔡家和

（台湾东海大学哲学系）

**摘要：** 本文对牟宗三先生之二程分判，作一反思。在当代新儒家中，唐君毅先生较为圆融，有意合会朱、陆，牟先生则重分解，区分程子而为二程，分属不同学派。包括：（1）孟、荀性善与性恶之不同；（2）讲道德与讲知识之不同；（3）逆觉与顺取之不同；（4）象山与朱子之不同。此种二分固有直截、易解之优点，却也容易造成挂一漏万之失。本文回到二程原文再作探讨，大致提出以下心得：（1）伊川、朱子亦不自认承继于荀子，虽形式上有相近处，但内容仍一本孟子性善之说；（2）牟先生认为明道下开五峰，而五峰与象山、阳明等又可相通。然笔者认为，明道亦不与象山、阳明相通；明道个性圆融，伊川、朱子，以及整菴等皆予以推崇，阳明亦经常论及明道，但明道毕竟归属理学，而非心学或"心即理"学。

**关键词：** 牟宗三　明道　伊川　知识　逆觉体证

## 一　前言

唐君毅先生（1909—1978）个性较为圆融，面对宋明理学之争，常着眼于朱、陆之合会，试图会通两种派系①，肯认每位儒者各美其美，并一一给予合理评价。牟宗三先生（1909—1995）则重视分解，他把二程之理学，区分为二系，伊川属理学，明道则属"心即理"学。

牟先生之"宋明儒三系"之分判。（1）阳明为一系，属于心学。（2）五峰、蕺山为一系，属于"心即理"学，主、客观饱满。以上二系犹如一个圆圈的两个来往，彼此可以相通。（3）伊川、朱子一系，是"别子为宗"，只言"性即理"，心只能具理，不能即于理，理下贯不到心，只存有而不活动。

其中的第三系程朱学，指的是伊川（1033—1107）与朱子，不包括明道（1032—1085）。依于牟先生，明道所属乃宋学初期之发展而为不分系，若不得已真要判分，则该属于"天道、性命相通"之道德形上学，归为五峰、蕺山一系，与阳明一系不全同，但可相通，与伊川、朱子一系则大相径庭，不得贯通。

若依历来哲学史之角度，二程同被尊为理学，此指狭义之理学，特指程朱一派。牟先生却以为，二程之中，伊川属理学，不活动的理学，明道另属"心即理"学而通于阳明。那么伊川与明道之间，果真有如此截然二分之差别吗？

此外，牟先生更区分二程如下，包括：（1）明道开五峰而通于陆王②，伊川则开朱子而已；（2）明道继于孟子，而伊川继于荀子；（3）明道是逆觉体证之学，伊川则把道德讲为知识，属于顺取之进路。若然，则明道、伊川之间的差距更大。本文将通过二程文献之重新探讨，审视牟先生此种做法是否允当。

---

① "此同异固不在一主尊德性，一主道问学，二家固同主尊德性也。此同异亦初不在二贤之尝形而上学地讨论心与理之是否一，而初虽在二贤之所以尊德性而学圣贤之工夫上。"唐君毅：《中国哲学原论·原性篇》，台北：台湾学生书局1989年版，第552页。唐先生认为，若只从尊德性与道问学之区分以判朱、陆，并不恰当。

② 冯友兰的看法较牟先生更激烈些，其视明道开陆王，而牟先生至少认为明道通过开五峰而通于陆王。冯先生的看法，把牟先生所谓的明道为"心即理"，其中的理又削去了。明道反近于心学，笔者亦不认同这种看法。

# 二 牟先生之分判

上文已简述牟先生关于二程之分判，总的来说，即各以明道、伊川为基点，分别向上溯其根源，以及向下探其发展，从而分隔出宋明儒之三系，并安排明道、伊川之学派位置。

## （一）明道承孟子，伊川近荀学

牟先生判孟、荀之不同，如孟子论性，此涵括形上之道德性与形下之食色性，荀子却只顾及形下之性，故孟子言性善，荀子言性恶；孟子主张仁义内在，而荀子则往法统、客观之方向走。① 牟先生亦谓伊川学与荀子有相近处，其曰：

> 《大学》与《学记》以及荀子之《劝学》可以列为一组，虽不必为荀学，但亦决非与《论》《孟》《中庸》《易传》为同层次而可以出入互讲者。当然根据《论》《孟》《中庸》《易传》讲出另一个大学之道、大人之学来，亦至佳事，但非原来之《大学》。阳明之讲法自是孟子学之大人之学。朱子之讲法自是伊川学之大人之学。其结果仍是直贯系统与横摄系统之异。荀子亦是横摄系统，只差荀子未将其礼字转为性理耳。原来之《大学》既非直贯系统，以根本未接触到因地之本故，亦非显明地是横摄系统。讲成横摄系统者是朱子学，讲成直贯系统者是阳明学。如此判开省得许多无谓。②

---

① "荀子特顺孔子外王之礼宪而发展，客观精神彰着矣，而本原又不足，本原不足，则客观精神即提不住而无根，礼义之统不能拉进来植根于性善，则流于'义外'，而'义外'非客观精神也。（荀子有客观精神，而其学不足以极成之）"牟宗三：《名家与荀子》，载《牟宗三全集》，台北：联经出版事业有限公司2004年版，第2册，第174页。
② 牟宗三：《心体与性体》第3册，载《牟宗三全集》，台北：联经出版事业有限公司2003年版，第7册，第426页。

牟先生视朱子为"别子为宗"，因其主张"性即理"，但心不即理，因此，理无法下贯到心，故为"别子"。牟先生检视朱子学问之由来，认为承于伊川居多，但不承于明道；明道应属五峰、蕺山系①，是"心即理"学，存有且活动者，然伊川、朱子之理，则为存有而不活动者。

又因朱子重新编注"四书"，其中以《大学》为骨架，而为阅读次序之优先、入德之门，但牟先生不见得欣赏此种做法。牟先生虽不至于视《大学》属于荀学，却亦不认为《大学》可以归入《论语》《孟子》《中庸》《易传》之系统。后一体系乃属"道德形上学"，谓天道与性命相通、"心即理"，天道能直贯于心者，而《大学》则不属于"直贯"系统之道德形上学，因其未及于因地——包括天道与本心，而主要指天道之体；牟先生判《大学》非纵贯，亦非横贯，而为一骨架，可填为直贯，亦可填为横摄系统。

这里，还提到阳明学可上承于孟子，此间亦与明道不隔，皆属"心即理"系统，此为纵贯系统，阳明重主观，而明道主客兼具。伊川则开出朱子，属于横摄系统，此系统不能承于孟子，反倒近于荀子，因孟子是直贯的，而荀子才是横摄的、知识的。

牟先生亦非视伊川属于荀学，只是近于荀学。二人相近之处，在于都是横摄系统，以讲知识的方式来谈道德；至于不相似处，则是伊川主张"性即理"，荀子则无此主张，荀子的性，偏在形下，而伊川的性，能及形上。牟先生认为，若把荀子的"礼"转为性理，则荀子与伊川之相似度会更高，伊川的性理虽为形上，但还是横摄地、顺取地以讲知识之方式来论天道，至"直贯"之学被平面化，不能立体。

总之，牟先生判明道能承于孟子，皆属纵贯之学，而伊川偏重于以知识讲道德，道德义不显，故伊川反而近于荀子，而远于孟子。

## （二）明道开五峰而通于陆王，伊川开朱子

以上，是从二程向上溯源，接下来则往二程之后，来推衍其传承。牟先

---

① "明道亦言能推不能推，此皆'以心着性'义也。故言此义并非五峰特有之聪明。"牟宗三：《牟宗三全集》，台北：联经出版事业有限公司 2003 年版，第 6 册，第 529 页。

生以为，明道下开五峰，而得通于陆王，然伊川仅下开至朱子。其曰：

> 依是《大学》之至善正道究竟往哪里落，向何处找归宿，乃不能确定者。此即示《大学》只是一个"空壳子"，其自身不能决定内圣之学之本质。至善正道可以两头通：一是向外通，一是向里通。向外通者，落于"物"上讲，重客观性；向里通者，从本心性体上讲，重主观性。前者是伊川与朱子，后者是明道、象山与阳明。此皆非《大学》之原有。自此而言，两皆不合……明道系自体上讲致知格物，结集于阳明，视一切现实活动之存在皆是物，物与事不分而统物于事，一切皆自实践上统于本心性体（良知之天理）而以本心性体正之、贯之、润之，此则致知格物无通常之认知的意义。①

牟先生从《大学》系统出发，认为《大学》犹如一个"空壳子"，而无论伊川、朱子一系，或是明道、象山、阳明一系，他们所作疏解，未必就是《大学》原意。然从此对《大学》之诠释便成为两派。伊川、朱子一系，强调《大学》之"格致"，重视向外之客观性，提出格物穷理以致其知，而为泛认知主义。

至于明道、象山、阳明之系统，则强调本心性体——良知之天理下贯至万事万物之中，而能正之、贯之、润之。例如阳明之解"格物"，格者正也，物者事也，用"致良知"以释"致知"，意思是，面对事物，首先端正吾人之本心良知，则事物因良知之贯彻，而为诚物、实物。因此，明道、象山、阳明之格致义，非指一般吾人之认知，此"知"直下更是道德的，能够直贯于天道性命者！

综上所述，牟先生认为，明道、象山、阳明之间可互通，皆是传承于"天道性命相通"之道德形上学；而伊川、朱子之歧出，则把道德以认知之方式讲述成为横摄之系统，理、天理变成只存有而不活动者。若论先秦至宋明儒之传承系谱，则荀子近伊川，而伊川开朱子；另一系，则为孟子开明道，明道再开五峰、陆王。

---

① 牟宗三：《心体与性体》第2册，载《牟宗三全集》，第6册，第440—441页。

牟先生之说法很有革命性，与传统说法不同，值得深入探讨。这里提出若干不同看法，以为参究。

（1）若说伊川、朱子近于荀学①，相信伊、朱二人不会同意，伊、朱二人应当自许能够上继孟子。且朱子之为荀学，应也只是形式之相近，如言心之"虚一而静"（荀）或"虚灵明觉"（朱），但内容上，伊川、朱子还是属于孟学。

（2）明道若下开陆王，则明道当属心学，而不属理学。而牟先生判明道为"心即理"学，可与心学相通，却绝不类于朱子理学。此与历来对明道之判摄颇不相同，传统上大抵视明道属于理学（狭义），而不为心学。②

（3）牟先生又认为，朱子只继于伊川，而不能继于明道。但此说恐怕朱子也不会认同，朱子当是自许承继于二程，包括伊川与明道。《四书章句集注》中出现的"程子"，通常包括大程与小程。也许朱子之喜好分解、二元论述等特点，较近于伊川，但却不能说朱子便不承继于明道。

下文，将分别就此三点，再作进一步讨论。

## 三　伊、朱不承于荀子

牟先生以为，伊、朱虽不全同于荀学，但至少承自荀子者居多，甚至如果将荀子之"礼"，以程朱之"理"代替，则荀、朱之间便几乎相

---

① 以朱子学而言，其学杂有孟、荀，然继于孟子之处，大致是七八成，而只有一两成是近荀学，如荀子言心之虚一而静，朱子言心之虚灵知觉。

② 朱子面对二程常不分系，在《四书章句集注》中，通称以"程子"。至于阳明的弟子欧阳南野，则谓明道也可属心学，如明道在《识仁篇》中提道："良知良能元未丧失。"然这说法为罗整菴所否定。黄宗羲的《宋元学案》，关于二程，虽亦区分为《明道学案》与《伊川学案》，但未如牟宗三之分判，甚至视二程无法互通，如黄百家言："顾二程子虽同受学濂溪，而大程德性宽宏，规模阔广，以光风霁月为怀；二程气质刚方，文理密察，以峭壁孤峰为体。其道虽同，而造德自各有殊也。"（《宋元学案·明道学案上》）这里提到二程之间，其道虽同而造德有殊，意思是，二人同道，但明道之德性修养较高，能够圆融宽厚，伊川则显得孤峭，若伤我者。到了全祖望（1705—1755），则由象山学往上推敲，视谢上蔡为心学发端，之后下开张无垢等人，至象山而为集大成者；此中，谢上蔡为明道弟子，但全祖望亦只推到谢上蔡为止。以上诸说，皆非视明道为"心即理"学，或近于心学，而与伊川不同派系。

同。即以横摄系统，而判摄荀子与伊、朱在知识之横摄面相近，属于一种顺取系统，而非逆觉体证借以回归本心之系统，此则远于孟子。若是孟子则为"心即理"，属于一种直贯、纵贯之系统，即存有而即活动者。

然而，伊、朱二人应当还是自觉地想要承继孟子，而非荀子。例如，程朱以来所编撰之"四书"，又如朱子借以建构体系之《四书章句集注》，其中第三本便是《孟子》，若是有意传承荀子，则当以荀子作品替代。

此外，如伊川，亦不愿承于荀子，其曰：

> 韩退之言"孟子醇乎醇"，此言极好，非见得孟子意，亦道不到。其言"荀、杨大醇小疵"，则非也。荀子极偏驳，只一句"性恶"，大本已失。杨子虽少过，然已自不识性，更说甚道？（《河南程氏遗书》卷十九《伊川先生语五》）

此段出于《河南程氏遗书》卷十九，《河南程氏遗书》卷十五至卷二十五皆属伊川之语，此卷判属伊川，应当无误。伊川以为，韩愈评"孟子醇乎醇"，此说甚佳，至于评"荀、杨大醇小疵"，伊川则不同意。[①] 此因伊川自觉欲传孟子，视孟子为正、醇乎醇！而荀子偏驳，大本已失，其言性恶，不能知于性善至理，应为"大疵"，而不是"大醇小疵"。可见特就性善或性恶之论，伊川以孟子为正统。

又伊川有如此主张：

> 问："'孝弟为仁之本'，此是由孝弟可以至仁否？"曰："非也。谓行仁自孝弟始。盖孝弟是仁之一事，谓之行仁之本则可，谓之是仁之本则不可。盖仁是性（本）也，孝弟是用也。性中只有仁义礼智四者，几曾有孝弟来？仁主于爱，爱莫大于爱亲。故曰：'孝弟也者，其为仁之本欤！'"（《河南程氏遗书》卷十九《伊川先生语五》）

---

① 又伊川曾认为，韩子为人甚恕，故对荀子评价稍高，其曰："荀卿才高，其过多。扬雄才短，其过少。韩子称其'大醇'，非也。若二子，可谓大驳矣。然韩子责人甚恕。"（《河南程氏遗书》卷十八《伊川先生语四》）

性中只有仁义礼智，而无孝弟，因为孝弟是用，仁义礼智才是体，性是体，孝弟、爱、情是用。若依荀子，则不能言性中有仁义礼智，因为性是恶，只是耳目口鼻之欲，顺于此，则流于恶，而仁义礼智则是外在的，乃化性起伪而成，并非吾人天性之本有。从这一段亦可看出，伊川并不依从于荀子。

至于朱子亦是想传承孟子，而不是荀子，此由朱子之注"孟告之辩"可以看出。如《孟子·告子上》第一章，告子有如下主张，而朱子则注释于后：

> 告子曰："性，犹杞柳也；义，犹桮棬也。以人性为仁义，犹以杞柳为桮棬。"（《孟子·告子上》）
>
> （朱注：性者，人生所禀之天理也。杞柳，柜柳。桮棬，屈木所为，若卮匜之属。告子言人性本无仁义，必待矫揉而后成，如荀子性恶之说也。①）

朱子认为，告子犹如荀子之性恶说，此因在朱子体系之中，性者若不归于理，则归于气，而只有孟子懂得性即理，若是其他主张者，如荀子、告子、佛氏、扬雄等，都错认性为气。这里，朱子评论告子主张近于荀子，而告子即朱子所不愿为者，告子属义外之学，只是守心不动，推义于外而不顾。

以上，皆可看出伊、朱二人之不愿接受荀学，若真要说二人近于荀学，应当也只是形式上的相近。这一点，唐君毅先生也曾提过，如朱子之视心为虚灵明觉、虚灵知觉，此确实近于荀子所言心之虚一而静；又如朱子之"性发为情"，也近于荀子之以好恶、喜怒、哀乐为情，若是孟子，此"情"应指"实情"，而非"情感"。然而总体来说，伊、朱之学实质上仍取孟子之义内、性善诸说，必欲能上承孟子而自居、自许，此应不容否认！

---

① （宋）朱熹：《四书章句集注》，台北：鹅湖出版社1984年版，第315页。

# 四 明道不开象山、阳明

牟先生判明道所解《大学》近于阳明、象山，因此概可归于五峰、蕺山一系，尤其是"心即理"学，而可通于阳明、象山。至于伊川、朱子则是"心具理"，与明道不类。

关于牟先生之判论，其实早在阳明时代，罗整菴与欧阳南野即曾有一段论辩，双方论辩明道之《识仁篇》，当属"心即理"，还是"心具理"？当为理学，还是心学？南野认为是心学，而整菴认为是理学。先见整菴之说：

> 明道《学者须先识仁》一章，首尾甚是分明，未尝指良知为实体也。首云，"仁者，浑然与物同体。义礼智信皆仁也。识得此理，以诚敬存之而已"。中间又云，"《订顽》意思，乃备言此体。以此意存之，更有何事"！初未尝语及良知，已自分明指出实体了。不然则所谓存之者，果何物耶？且《订顽》之书具存，并无一言与良知略相似者，此理殆不难见也。其"良知良能"以下数语，乃申言"存得，便合有得"之意。盖虽识得此理，若欠却存养工夫，"则犹是二物有对，以己合彼，终未有之"。①

双方争论明道之《识仁篇》，应往理学走，还是往心学走？因为《识仁篇》里，既谈到理，又谈到心、良知。这里整菴举出一点，即《识仁篇》中有一句"《订顽》意思，乃备言此体"，那么观察张载之《西铭》，似乎怎样都不是在谈良知良能，所以欧阳南野之判《识仁篇》为心学，亦是疑点重重。而欧阳南野的回信里，对这个问题也不再回答，似乎有所折服。

《识仁篇》里，明道提到，学者须先识仁，义礼智信都是仁，继而"识得此理，以诚敬存之"。可见其视仁义礼智为"理"。那么，是否为

---

① （明）罗钦顺：《困知记》，中华书局 1990 年版，第 159 页。

"心即理"呢？见仁见智。但明道曾言："服牛乘马，皆因其性而为之。胡不乘牛而服马乎？理之所不可。"（《河南程氏遗书》卷十一《明道先生语一》）可见明道甚是重"理"，依于物之客观性，而顺任之①，而非随意依从人之主观认定。这里面没有"心即理"的意思。

再看明道的《定性书》，其曰：

> 圣人之喜，以物之当喜；圣人之怒，以物之当怒。是圣人之喜怒，不系于心而系于物也。是则圣人岂不应于物哉？乌得以从外者为非，而更求在内者为是也？今以自私用智之喜怒，而视圣人喜怒之正，为何如哉？夫人之情易发而难制者，唯怒为甚。第能于怒时遽忘其怒，而观理之是非，亦可见外诱之不足恶，而于道亦思过半矣。②

这里提到，圣人之喜、怒，不应系于心，而应系于物。这也是强调客观之理。若为"心即理"之学派，则明道当言："圣人之喜，系于物亦系于心！"此外，明道在此甚至还说"第能于怒时遽忘其怒，而观理之是非"，这也是强调冷静观察客观之理的重要性，亦非"心即理"说。

又如程子言："万物皆只是一个天理，己何与焉？至如言'天讨有罪，五刑五用哉！天命有德，五服五章哉'！此都只是天理自然当如此。人几时与？与则便是私意。"（《河南程氏遗书》卷二上《二先生语二上》）此指"以心合理"，而非"心即理"。心若是理，人自能与，明道为何还说："人几时与？""己何与焉？"甚至到了圣人阶段，"心是理，理是心"③，这是说圣人之心全依理而行，是心依理，亦非"心即理"。

又明道言："圣人致公，心尽天地万物之理，各当其分。佛氏总为一己之私，是安得同乎？圣人循理，故平直而易行。异端造作，大小大费

---

① "诗曰：'天生蒸民，有物有则，民之秉彝，好是懿德。'故有物必有则，民之秉彝也，故好是懿德。万物皆有理，顺之则易，逆之则难，各循其理，何劳于己力哉？"（《河南程氏遗书》卷十一《明道先生语一》）

② （宋）程颢、程颐：《二程集》，台北：汉京文化出版公司1983年版，第2册，第1263页。

③ "曾子易箦之意，心是理，理是心，声为律，身为度也。"（《河南程氏遗书》卷十三《明道先生语三》）

力，非自然也，故失之远。"（《河南程氏遗书》卷十四《明道先生语四》）圣人循理，乃依理而行，而不是即心即理。① 可见明道还是理学②，与象山、阳明之"心即理"有些差距。

## 五　朱、伊皆尊明道

牟先生曾言：

> 案："心静理明"一语正好代表静涵静摄系统之谛义。其对于伊川称之曰程夫子，或直曰夫子，其尊崇可谓至矣。而其对于"涵养须用敬，进学则在致知"两语，其感受之真切亦可谓至矣。此却不是浮泛地说者。③

朱子在《答陈师德二书》之第一书中提道："程夫子之言曰：'涵养须用敬，进学则在致知。'"④ 这里的"程夫子"，即指伊川，而牟先生在此案曰："其对于伊川称之曰程夫子，或直曰夫子，其尊崇可谓至矣。"牟先

---

① "张载尝喻以心知天，犹居京师往长安，但知出西门便可到长安。此犹是言作两处。若要诚实，只在京师，便是到长安，更不可别求长安。只心便是天，尽之便知性，知性便知天。当处便认取，更不可外求。'穷理尽性以至于命'，三事一时并了，元无次序，不可将穷理作知之事。若实穷得理，即性命亦可了。"（《河南程氏遗书》卷二上《二先生语二上》）牟先生也许因为这些话，而判明道为"心即理"学。然明道之"三事一时并了"，指的是理、性、命之三事，而不是心、性、天三事。至于"出西门便可到长安"，则似指心、性、天总为一物？但明道所言"心、性、天一物"，是指"以心知天"，而非"以心即天"，如孟子亦言尽心可以知天，而非尽心即天。明道只是顺着张载的话，而来疏解孟子。伊川亦尝言"三事只是一事"，为何会与明道不同呢？

② "以物待物，不以己待物，则无我也。圣人制行不以己，言则是矣，而理似未尽于此言。夫天之生物也，有长有短，有大有小。君子得其大矣，一作者。安可使小者亦大乎？天理如此，岂可逆哉？以天下之大，万物之多，用一心而处之，必得其要，斯可矣。然则古人处事，岂不优乎！"（《河南程氏遗书》卷十一《明道先生语一》）。这里的"己"或"心"，都有主观而非客观、自私用智的意思，可见明道是以心合理，而不是"心即理"。

③　牟宗三：《牟宗三全集》，第7册，第219页。

④　牟宗三：《牟宗三全集》，第7册，第218页。

生认为，朱子称伊川为"程夫子"，恭敬至切，可见朱子系承伊川，而非明道。然而，若再查阅现存文献，即可见到朱子既承伊川，亦承明道，甚至连伊川也承于明道。

## （一）朱子亦尊明道

朱子在《四书章句集注》中，概用"程子曰"，不大区分明道或伊川。一些常见话语，如"性中只有仁义礼智""性即理"等，固然出于伊川，但也有不少来自明道。

例如，朱子在解孔子之"七十而从心所欲"处，用的便是明道语，明道曰："曾子易箦之意，心是理，理是心，声为律，身为度也。"（《河南程氏遗书》卷十三《明道先生语三》）又如"夫子之道，忠恕而已矣"一处，亦引明道语："以己及物，仁也。推己及物，恕也。违道不远是也，忠恕一以贯之。忠者天理，恕者人道。忠者无妄，恕者所以行乎忠也。忠者体，恕者用，大本达道也。此与'违道不远'异者，动以天尔。"（《河南程氏遗书》卷十一《明道先生语一》）① 这里略举二例，以见朱子之治学，并未偏于二程之伊川。

又牟先生认为朱子独好伊川，故称伊川为"夫子"。然而，在朱子《大学章句序》中有言："天运循环，无往不复。宋德隆盛，治教休明。于是河南程氏两夫子出，而有以接乎孟氏之传。"这里提到"两夫子"，即对伊川、明道皆予以等视而尊称。

此外，如《中庸章句序》有言："然而尚幸此书之不泯，故程夫子兄弟者出，得有所考，以续夫千载不传之绪；得有所据，以斥夫二家似是之非。盖子思之功于是为大，而微程夫子，则亦莫能因其语而得其心也。"这里并提"程夫子兄弟"，亦非独宗伊川。又《中庸章句》"中庸始言一理，中散为万事，末复合为一理"②，《大学·格致补传》"人心莫不有知"等，皆出于明道。

---

① 顺带一提，"夫子之道，忠恕而已矣"，为何与"忠恕违道不远"有异呢？明道答道："动以天尔。"此指当依客观天理而行，便不会有人伪。

② "中庸始言一理，中散为万事，末复合为一理。"（宋）朱熹：《四书章句集注》，第17页。

## （二）伊川亦宗明道

### 1. 明道早熟于伊川

明道甚为早熟，又长伊川一岁，朱子尝言："伊川《好学论》，十八时作。明道十四五便学圣人，二十及第，出去做官，一向长进。《定性书》是二十二三时作。是时游山，许多诗甚好。"（《朱子语类》卷九十三《孔孟周程张子》）伊川早年体弱，晚年始崭露头角。而明道二十二岁左右，即作《定性书》酬答张载，张载其实更大明道十余岁；二十五岁进士及第，官运平顺。这里可见明道之早熟。

### 2. 伊川自述尊奉明道

《二程集》尝载：

> 先生伊川既没，昔之门人高弟皆已先亡，无有能形容其德美者。然先生尝谓门人张绎曰："我昔状明道先生之行，我之道盖与明道同。异时欲知我者，求之于此文可也。"①

这里明白地提到，伊川之躔继明道之心路历程，而欲知伊川之义理方向，求于《明道先生行状》一文即可。

《明道先生行状》一文甚长，而伊川所作之《明道先生墓表》，则较为精简地道出其兄明道之行状及精神，同样也表达了伊川对明道之敬仰，希望能够继承于明道。《明道先生墓表》在朱子《孟子集注》末尾亦曾援引，且与《中庸章句序》《大学章句序》方向相同，皆提到朱子自己对于二程之承继，视真能承继于孟子者，乃二程也，而伊川亦承继于明道。

朱子所引之文，与伊川《明道先生墓表》原文，虽然有些出入，但精神相同，这里采朱子之注文。孟子云："由孔子而来至于今，百有余岁，去圣人之世，若此其未远也；近圣人之居，若此其甚也，然而无有乎尔，则亦无有乎尔。"② 此言孟子对孔子之承继，而按语部分提到，明

---

① （宋）程颢、程颐：《二程集》，第 1 册，第 24 页。
② （宋）朱熹：《四书章句集注》，第 377 页。

道与伊川、朱子之方向相同，皆以理学可绍继于孟子，其言：

> 愚按：此言，虽若不敢自谓已得其传，而忧后世遂失其传，然乃所以自见其有不得辞者，而又以见夫天理民彝不可泯灭，百世之下，必将有神会而心得之者耳。故于篇终，历序群圣之统，而终之以此，所以明其传之有在，而又以俟后圣于无穷也，其指深哉！有宋元丰八年，河南程颢伯淳卒。潞公文彦博题其墓曰："明道先生。"而其弟颐正叔序之曰："周公殁，圣人之道不行；孟轲死，圣人之学不传。道不行，百世无善治；学不传，千载无真儒。无善治，士犹得以明夫善治之道，以淑诸人，以传诸后；无真儒，则天下贸贸焉莫知所之，人欲肆而天理灭矣。先生生乎千四百年之后，得不传之学于遗经，以兴起斯文为己任。辨异端，辟邪说，使圣人之道涣然复明于世。盖自孟子之后，一人而已。然学者于道不知所向，则孰知斯人之为功？不知所至，则孰知斯名之称情也哉？"①

这里的"道学"，便是后人用以形容二程学派之"理学"；明道所发扬、宗于天理客观者，即为道学。在此，朱子所引伊川写明道之墓志铭提到，孟子之后，唯明道一人，堪为真儒，能承孟子。而这与朱子《中庸章句序》《大学章句序》中，所提到道统之方向相同：孔子传曾子，再传子思，后到孟子，孟子之后，亦不接周濂溪，而是接于明道，伊川又继于明道，朱子则接于二程，而这便是理学之传承，也是传统的区分。

由这些记载来看，牟先生将明道与伊、朱二人之学思精神区分开来，并非十分妥当。

## 六　牟先生判法之再商量

阳明曾言："纵格得草木来，如何反来诚得自家意？"② 用以怀疑朱

---

① （宋）朱熹：《四书章句集注》，第377页。
② （明）王阳明：《王阳明全集》，浙江古籍出版社2010年版，第130页。

子。而整菴曾以"真知"来回答阳明此问：真知者，此知必将及于行！真知之说，二程皆曾明言。

牟先生以为，《河南程氏遗书》的《二先生语》，大致出于明道，如云："真知与常知异。常见一田夫，曾被虎伤，有人说虎伤人，众莫不惊，独田夫色动异于众。若虎能伤人，虽三尺童子莫不知之，然未尝真知。真知须如田夫乃是。故人知不善而犹为不善，是亦未尝真知。若真知，决不为矣。"（《河南程氏遗书》卷二《二先生语二》）意思是，若能如田夫为虎所伤，则对虎之认识，便与一般道听途说的虎不会一样；而唯有真知，才能带出行动力。①

要提醒的是，若如牟先生所言，《二先生语》大多出于明道，则二程兄弟可能都提过谈虎色变之说，因为在《二先生语》中出现过此段，而牟先生认为《二先生语》多是明道之言。此说重点在于真知必能行、由知导行。而牟先生曾判伊川为泛认知主义，若然，则明道应当也是，皆由真知以导出行动；则伊川学属于存有而不活动者，明道学应当亦不例外。然而，如此一来，明道如何开出阳明？因阳明学是即存有而即活动者。

或者，如果《二先生语》中的谈虎色变说出于伊川，此则与牟先生上述之判为明道语，并不符合。

以上两种可能，不管哪一种，都将导致牟先生的二程之判有所不准，值得再作商榷！

# 七　结语与反思

牟先生判明道为"心即理"学，工夫属逆觉体证，强调直贯的即存有而即活动之道德形上学，主张心即性、即天理；而伊川为理学，其理

---

①　类似内容在《伊川先生语》也出现过："昔若经伤于虎者，他人语虎，则虽三尺童子，皆知虎之可畏，终不似曾经伤者，神色慑惧，至诚畏之，是实见得也。得之于心，是谓有德，不待勉强，然学者则须勉强。"（宋）程颢、程颐：《二程集》，中华书局1981年版，第147页。《朱子语类》亦常提到谈虎色变之说，并以为出于伊川。

乃存有而不活动者，属知识顺取之进路，走的是横摄系统。而溯其脉络及发展，理学一系乃由荀子而到伊川、朱子，"心即理"学则是由孟子而到明道、五峰，再开陆王。

然而，首先，伊、朱二人不会承认自己属于荀学，且视荀学已失大本。再者，牟先生大致视明道"尽心、知性、知天三事，一时并了"云云，是心、性、天三者，合而为一；不过，在明道学说中，心不是性，心乃用以知性，且是依理而行，心亦不即理。此外，伊川亦尝言"三事只是一事"，且牟先生曾主张，"性即理"一语，乃由伊川先提出①，若然，心、性、理三者相通，则为何不说伊川也属"心即理"学呢？

明道之学，依牟先生之判，只有两种可能。第一，同于伊川之为"别子"，因伊川立志承继明道，牟先生既判伊川为别子，则明道亦为别子。不过，这种可能性，上文已排除。

第二，明道与伊川两兄弟不同道。然如前文，牟先生视明道为"心即理"学，乃从"三事一时并了"一语而来，但伊川亦曾有此语；且原文提到，二程认为"只穷理便是至于命"②，既然如此，不知为何牟先生却要说这只是明道之语？

阳明或整菴的作品中，亦经常引用明道之语，一个属心学，一个属理学，这似乎可视明道为"心即理"学，其实不然。阳明亦未尝说明道是心学，且认为象山粗略，而不提白沙，想让自己成为心学、"心即理"学之开创者，而不是以明道为开创者。又如全祖望之判论，其视象山心学之前学，乃由谢上蔡开始，亦不推归明道。

牟先生之如此判论，其来有自！大致是顺其业师熊十力先生（1885—1968）早年之思想而来。其实，熊先生到了晚年，改宗经学，

---

① 又问："性如何？"曰："性即理也，所谓理，性是也。天下之理，原其所自，未有不善。喜怒哀乐未发，何尝不善？发而中节，则无往而不善。凡言善恶，皆先善而后恶；言吉凶，皆先吉而后凶；言是非，皆先是而后非。"（《河南程氏遗书》卷二十二《伊川先生语八》）

② 二程解"穷理尽性以至于命"："只穷理便是至于命。"子厚谓："亦是失于太快，此义尽有次序。须是穷理，便能尽得己之性，则推类又尽人之性；既尽得人之性，须是并万物之性一齐尽得，如此然后至于天道也。其间煞有事，岂有当下理会了？学者须是穷理为先，如此则方有学。今言知命与至于命，尽有近远，岂可以知便谓之至也？"（宋）程颢、程颐：《二程集》，第115页。

《易经》为先，汉、宋二学皆不取，亦视二程杂有道家，并未开出如牟先生之二程分判。

熊先生为中国之救亡图存，遂提出替中国哲学注入西方民主、科学的法子，也就是要有知识与量论的加入，主张"为学日益、为道日损"——前者指知识，后者指道德；熊先生早年亦喜爱阳明之"心即理"学，用以统摄知识，而为"道德为主，知识为辅"之融摄体系。不过，熊先生却未将二程切割，并分别填补于上述体系，将伊川归知识、明道归道德，此乃牟先生离开熊先生后，自己体会所得。

伊川与明道之学术风格虽有不同，前者重分解，而后者较浑沦，但究其学术内容，总为理学、道学一脉，虽二人工夫有深浅之发展不同，倒不至于被切割如牟先生之分判。

# 论牟宗三先生的五峰、蕺山系之哲学意义

## 陈佳铭

（台湾中正大学中国文学系）

**摘要：**本文旨在讨论牟宗三先生提出的五峰、蕺山系的意义，与其用心之所在。首先，指出牟先生以为五峰、蕺山系的哲学意义，在于能把握儒家主观性原则与客观性原则，也就是结合了《论语》《孟子》强调道德主体性的心性论，以及《易经》《中庸》的本体宇宙论，符合牟宗三先生的儒家道德形上学的规定。其次，也回应了对于五峰、蕺山系的一些质疑。其中，蕺山思想较五峰思想所遭受的挑战要大，但是不论质疑者把蕺山归于"气"，或者归于一心的"合一观"，皆无法否定蕺山思想是重性天之尊的形态。最后，得出结论，牟先生提出的五峰、蕺山系之形态，实即隐含了他的天人合一论在其中。

**关键词：**牟宗三　以心着性　胡五峰　刘蕺山　五峰、蕺山系　本体宇宙论　儒家道德形上学

## 一　前言

牟宗三先生的哲学成就，最为学界所一致推崇的可以说是宋明理学研究，而他的宋明理学研究之成果，就体现在他的《心体与性体》《从陆象山到刘蕺山》等著作中，这些是研究宋明理学不可不读的专书。其中，牟先生最为特出的论点，可以说是五峰、蕺山系的提出。然而，我们必

须知道牟先生如此划分之用心，才能了解此系统提出的意义与重要性。因为，他如此划分并非仅为文本解读的成果，而是关系到牟先生对儒家哲学体系整体的定位。所以，不论吾人对此系的提出赞成与否，都必须以更深入的眼光来研究此议题。

## 二　牟先生对儒家哲学体系的定位——主观性原则与客观性原则

### （一）主观性原则与道德主体性

要了解牟先生对儒家哲学体系的定位，可以从其对儒家哲学的主观性原则与客观性原则的区分谈起。什么是儒家哲学的主观性？我们可从牟先生的一段话来了解，他说：

> 所谓"主观"的意思，和"主体"的意思相通……例如仁的表示，端赖生命的不麻木，而能不断的向外感通。从感通来说，仁是恻恻之感，此全幅是恻恻的"道德感"（Moral Sense），是从内心发出的。①

他又说：

> 孟子论人皆有四端之心。……"心"显然代表主观性原则。"心"为道德心，同时亦为宇宙心（Cosmic Mind），其精微奥妙之处，是很难为人理解的。但其实是根据孔子的"仁"而转出的。②

儒家哲学的主观性就是牟先生所强调的"道德主体性"。所谓的道德主体

---

① 牟宗三：《中国哲学的特质》，台北：台湾学生书局 1994 年版，第 57—58 页。
② 牟宗三：《中国哲学的特质》，第 71 页。

性，就是指人人内在皆有一能使其成德、成圣，并作为根源动力的本体，即良知、本心。按照牟先生的说法，这"道德主体性"是由孔子提出"仁"而开其端，这"仁"就是一道德的自觉，即吾人内在的不安不忍的恻隐之心，这道德主体性又由孟子完全开显出来，即指出恻隐之心、羞恶之心、辞让之心、是非之心的四端之心作为一切道德行为的根源，道德法则是内在于我，不假外求的。

牟先生标举出道德主体性，指出了儒家哲学的特殊价值，即儒家伦理学是自律道德。牟先生又认为儒家哲学是优于康德的道德哲学，这归因于康德的意志自由仅是一"假定""设准"或"理上如此的空理论"，即不能是一真实呈现的本体。① 对此，牟先生加以申明，他说：

> 依康德，自律是分析的，即由道德一概念即可分析出，而自由不是分析的，乃须接受批判之考察，因此说他是一个设准。孟子之"本心即理"正足以具体而真实化此自律与自由，因而亦足以使道德成为真可能。自律自由之本心是呈现，不是设准，则道德实践始有力而不落空。象山云："当恻隐自恻隐，当羞恶自羞恶……所谓溥博渊泉而时出之。"这岂不是道德行为之真实呈现？②

牟先生虽受康德哲学的启发，以见出儒家道德主体性的价值，然而他指出了儒家道德哲学与康德道德哲学之分际，并认为儒家有进于康德，且有超越康德之处。此即，在孟子、陆王的系统，道德心与道德之理是如如地呈现，并非只是一分析之下的设准。如此，道德实践的动力才成为可能，道德行为也才能落实。

就此，牟先生指出儒家的成德之教的关键工夫，就是"逆觉体证"。此即，通过逆觉工夫使道德本心、道德之理不至于只成一设准，而是能呈现而存之。所谓的"逆觉体证"，我们以牟先生的话来加以解释：

---

① 参见牟宗三《心体与性体（一）》，台北：正中书局 1996 年版，第 133—135 页。
② 牟宗三：《从陆象山到刘蕺山》，台北：台湾学生书局 1993 年版，第 11—12 页。

逆觉体证就是良心"发见之端"而当下体证良心之本体……本心是具体的真实，并非是抽象的一般的概念，是一呈现，并非是一假设……①

这里，牟先生亦以康德的道德哲学当作一对比，指出"逆觉体证"工夫使本心能具体而真实地呈现，是就着良心发见之端警觉而体证之，而非仅把道德本心、道德之理当作一抽象概念、假设。

## （二）客观性原则与本体宇宙论

在牟先生的观点中，较为人所忽略的就是他对儒家哲学的客观性层面的重视，因为一般人以为新儒家就是谈道德主体性、孟子心学、陆王心学，这实是一错误的理解。对此，牟先生说：

第一种说法是认为儒家的学问只限于孔子讲仁、孟子讲性善，纯粹是道德，不牵涉存在的问题。持这种态度的人认为儒家完全是属于应当（ought）的问题，并不牵涉存在（being）的问题。他们把儒家限定在这个地方，因此不喜欢中庸、易传……如果照他们这种说法，儒家纯粹是道德而不牵涉存在问题……这样儒家不是太孤寡了吗？……儒家有"天"这个观念呀……圣人尽管不讲这一套，然而他的 insight、他的智慧可以透射到存在那个地方……就是"天"这个观念。②

牟先生标举出儒家哲学中形上层面的重要性，他认为儒家的形上实体是"天"，儒家形上学就体现在《中庸》《易传》中。如《周易》中的"乾道变化，各正性命"（《周易·乾》），即指天道流行到个体成为个体之"性"，《中庸》的"天命之谓性"（《中庸》），指出了天道下贯为吾人之性，这就是儒家哲学的客观性原则。而且，牟先生以为《易》《庸》所展

---

① 牟宗三：《心体与性体（二）》，第480页。
② 牟宗三：《中国哲学十九讲》，台北：台湾学生书局2002年版，第71页。

示的"本体宇宙论"，是把宇宙生化的本体与道德实践的本体通而为一，也就是宇宙的生化是在道德实践中体证之，而非空洞地去建构一宇宙发生论。他说：

> 从此义说性，则孟子之自道德自觉上道德实践地所体证之心性，由其"固有""天之所与"，即进而提升为与"天命实体"为一矣。而此亦即形成客观地从本体宇宙论立场说性之义。……则此"性体"之实义（内容意义）必即是一道德创生之"实体"，而此说到最后必与"天命不已"之实体（使宇宙生化可能之实体）为同一……①

以上，牟先生以为从孟子所体证的良知本心，必会引申至使本体是天所赋予的"性体"（即天命之谓性）之意。进而，此性体即等同于一天命实体（道体），这道体就是能成就宇宙之生化的创生实体。以此，儒家的宇宙论就可以成立了，即把性体的道德创生性与道体的"天命不已"之宇宙生化通而为一，是为本体宇宙论。

所谓本体宇宙论，即指吾人要体证此宇宙生化，必须由道德本心的不容已之处来体认，而别无他途，他说：

> 故就统天地万物而为其体言，曰形而上的实体（道体），此则是能起宇宙生化之"创造实体"；就其具于个体之中而为其体言，则曰"性体"，此则是能起道德创造之"创造实体"，而由人能自觉地作道德实践以证实之，此所以孟子言本心即性也。②

牟先生强调儒家的天道之生化，只能由本心的体证而契悟之，即为实践地肯认之，不可离开道德主体性（本心），去谈一空洞的形上学，否则就是离开了儒家哲学的本义。

---

① 牟宗三：《心体与性体（一）》，第30页。
② 牟宗三：《心体与性体（一）》，第40页。

### （三）主、客观面通而为一与宋明理学的发展

牟先生以为儒家哲学有主、客观两个面向，而此二者又可通而为一，这样的发展在宋明理学史中完成，如牟先生说：

> 道体是从客观面讲，尽管讲得怎么妙，还是形式的（空洞的），不落到主观面……还是抽象的、挂空的。所以，从周濂溪、张横渠、程明道下来，除伊川、朱子之外，讲工夫都落在《论》《孟》，落在主观面，最后主、客观面合一。这是宋儒讲学的发展方向。①

此段，牟先生以为宋明理学的发展史就是在完成此主、客合一之课题。此即，从《易》《庸》所展示之客观面的"道体""性体"的意义，必须与《论》《孟》的"仁""良知"之道德主体性通而为一。此即，我们可以说儒家哲学的客观层面的本体宇宙论，必须由主观面的道德主体性来与其互通。

我们也可以说牟先生是以儒家哲学主、客观两层面的纲领作为标准，来对宋明理学进行分系，并完成其三系说的判定的。所谓三系说，也就是区分出嫡传于北宋濂溪、横渠、明道的五峰、蕺山系，以及纯粹承《论》《孟》讲道德主体性的陆王一系，最后是牟先生视为歧出、旁支的伊川、朱子一系。

进一步以哲学史而言，牟先生以为北宋的周濂溪、张横渠、程明道是一组，此时犹未分系。周濂溪是宋明理学的开端，他对儒家的客观面的义理的太极、诚体极有体悟，而主观面举出"主静""思"的概念，已有主体性之义，但是其理解仍稍有偏差，且亦不常言。张横渠于客观面的形上思想举出"太虚"，而主观面亦提出"心能尽性"的思想，主、客两面皆有所掌握。濂溪、横渠的思想已有主、客观合一的初步规模，但仍是客观面重，主观面较轻。而到了程明道的心、性、天通而为一，才是主、客观面皆饱满。以此看来，北宋三家的濂溪、横渠、明道皆展现

---

① 参见牟宗三《宋明儒学的问题与发展》，台北：联经出版事业有限公司2003年版，第167页。

了儒家哲学主、客观面步步趋于相通的形态。明道以后，从其弟伊川才开始分为三系。①

对于伊川、朱子系，牟先生认为其并非儒家的正宗而是歧出，他并不相应于儒家哲学主、客观面通而为一的形态。伊川、朱子对《中庸》《易传》所讲之道体、性体，只收缩提炼而为一本体论的存有，即"只存有而不活动"之理，于孔子之仁亦只视为理，于孟子之本心则转为实然的心气之心，因此，于工夫特重后天之涵养，总之是"心静理明"，工夫的落实处全在格物致知。② 这一系的客观面的形上思想是以知性分解的方式去架构的，此系虽亦可讲主、客观面相通，并非依主观面的体悟感通，而是以一格物认知的方式去穷天理，但是却与儒家的传统形态大异其趣。

另外，象山、阳明系则只重在主观、主体层面，专讲"本心""良知"，把客观面的天道完全收摄于主体之一心。此系的工夫全在发明本心，对于形上的天仅捎带着谈，虽并非不正视，但可以说是把客观面的天完全融于良知本心，或可以说此系是儒家主观面之义理的极致展现。但是，此系因只针对主观面立说，故而并不能算是圆满和饱满。③ 所以，牟先生举出圆满、饱满形态的五峰、蕺山系。

蕺山、五峰系是继承北宋三家的主、客观饱满合一的圆教模型系统，此系客观地讲性体，以《中庸》《易传》为主，主观地讲心体，以《论》《孟》为主，并提出"以心着性"义以明心性所以为一。④ 五峰、蕺山系的特色在于其完全地展现了儒家哲学主、客观面的义理，且主观性和客观性在其思想中能贯通为一。

## 三　五峰、蕺山系的义理形态

牟先生对宋明理学发展史的诠释，即在于融通由《中庸》《易传》所

---

① 参见牟宗三《心体与性体（一）》，第43—44页。
② 参见牟宗三《心体与性体（一）》，第49页。
③ 参见牟宗三《心体与性体（一）》，第47—48页。
④ 参见牟宗三《心体与性体（一）》，第45—46页。

言的客观性原则与《论》《孟》所开出的主观性原则。由此，胡五峰、刘蕺山的思想正是完全符合此进程，并展现了完全的儒家哲学系统之规模。现在，本文即引文献来讨论胡五峰、刘蕺山的哲学。

## （一）胡五峰的"以心着性"

在论述五峰的义理之前，先引述牟先生对其学的定位，他说：

> 须先明《中庸》《易传》言道体性体与孔子言仁、孟子言心性之分际，并于其中见出实有一可以使双方契接而为一之关节。此即五峰学之着眼处。尽心成性，心以着性，即是使双方契接而为一，成其为"一本"之关节。盖《中庸》《易传》之言道体性体是"本体宇宙论地"言之，客观地言之，而孔子言仁，孟子言心性，则是道德践屦地言之，主观地言之。①

牟先生指出五峰哲学能融通客观面的《易》《庸》之天道论，以及主观面《论》《孟》所言之仁与心性。进一步言之，客观性原则所归结的是"性体"，主观性原则所归结的是"心体"，胡五峰的"尽心成性""以心着性"，就展现了儒家哲学的典型。五峰对于性体的客观义有清楚的陈述：

> 或问性，曰性也者，天地之所以立也。曰：然则孟轲氏、荀卿氏、扬雄氏之以善恶言性也非与？曰：性也者，天地鬼神之奥也。善不足以言之，况恶乎哉？或又曰：何谓也？曰：某闻之先君子曰：孟子所以独出诸儒之表者，以其知性也。某请曰：何谓也？先君子曰：孟子之道性善云者，叹美之辞，不与恶对也。②

这里，把性体解为"天地之所以立也""天地鬼神之奥"，且此性体义甚

---

① 牟宗三：《心体与性体（二）》，第 509 页。
② （宋）胡宏：《宋朱熹胡子知言疑义》，载《胡宏集》，中华书局 1987 年版，"附录一"第 333 页。

至较孟子的"性善"之义更为深刻，性体是超越善恶的。此即，代表性体是儒家客观性原则中的"天命之性"，是源于超越的天道，但性体又须通过主观性原则的心体加以具体而真实化，这就是"形着"之作用，故五峰又说：

> 天命之谓性。性，天下之大本也。尧、舜、禹、汤、文王、仲尼六君子先后相诏，必曰心而不曰性，何也？曰：心也者，知天地，宰万物，以成性者也。六君子，尽心者也，故能立天下之大本，人至于今赖焉。①

从以上引文，可以看出五峰思想中的心性分设的形态。先指出了从天而来的客观面的性体，这是天下之大本。但是，却说圣人不专言性体，而是强调心体，因心能"知天地，宰万物，以成性"，此便是指性体必须通过心体才能加以体现而具体化。五峰有"以心着性"之义的文献不胜枚举，如他说：

> 气之流行，性为之主。性之流行，心为之主。②
> 圣人指明其体曰性，指明其用曰心。性不能不动，动则心矣。③

以上两段话，都表现了性体要通过心体来呈用、"形着"之意。通过以上论述，我们可看出五峰思想的特色。他把作为儒家义理中客观面的性体，与主观面的心体作了分设，但又作了联合。在五峰的思想中，性体是从天来的天下之大本，但性体自身无法呈现，必须通过主观面的心体的自觉，才能使性体"形着"或作用。④ 从此，五峰思想同时表现了儒家哲学主观与客观两个层面，且主、客观面能通而为一，是为主、客观面皆

---

① （宋）胡宏：《宋朱熹胡子知言疑义》，载《胡宏集》，"附录一"第328页。
② （宋）胡宏：《知言·事物》，载《胡宏集》，第22页。
③ （宋）胡宏：《宋朱熹胡子知言疑义》，载《胡宏集》，"附录一"第336页。
④ 参见牟宗三《心体与性体（二）》，第438页。

饱满的形态。① 如牟先生说：

> 依五峰，心莫大莫久，心是道德的实体性的本心。即以此心之
> 自主、自律、自觉、妙用而形着性体之奥秘也。性体之实。全在心
> 处见，亦全吸纳于心中。非心外别有一性也。客观言之，性自身之
> 形着（具体而真实化）即是心，融心于性，心性一也。主观言之，
> 心自身之自主、自律、自理、自有天则、自觉妙用、体物不遗、即
> 是性，融性于心，心性一也。分别言之，有主观性之形着原则与客
> 观性之自性原则之别，而心性一也，则终是主客观性之统一。②

从以上引言，可知牟先生为何对五峰思想如此肯定。五峰之学恰好能涵
容儒家的主、客观性两原则，也就是性体与心体的合一，这就是胡五峰
的"以心着性"思想形态的哲学意义。

## （二）刘蕺山的心宗慎独与性宗慎独

在刘蕺山的思想中，能展现心性分设且合一的形态的是其慎独说，
蕺山的"独"是"独体"，慎独是指"戒慎恐惧地保住此良知本体使其
呈现"而言，他的慎独思想可以心性分设的方式来论。首先来论其性宗
慎独，蕺山说：

> 君子仰观于天，而得先天之易焉。"维天之命，於穆不已，盖日
> 天之所以为天也。""是故君子戒慎乎其所不睹，恐惧乎其所不闻"，
> 此慎独之说也。至哉独乎！隐乎！微乎！穆穆乎不已者乎！盖心之
> 所以为心也。则心一天也。独体不息之中，而一元常运，喜怒哀乐
> 四气周流，存此之谓中，发此之谓和，阴阳之象也。四气，一阴阳
> 也。阴阳，一独也。其为物不贰，则其生物不测。故中为天下之大
> 本，而和为天下之达道，及其至也，察乎天地，至隐至微、至显至

---

① 参见牟宗三《心体与性体（二）》，第 510—511 页。
② 参见牟宗三《心体与性体（二）》，第 486 页。

见也。故曰"体用一原，显微无间"。君子所以必慎其独也，此性宗也。①

此章是描述做慎独之功所朗现的客观面的天命之性，此性体又相通于於穆不已的天命流行之体，这性体亦称"独体"。蕺山又以"喜怒哀乐"四气周流，形容性体的即已发即未发、即中即和。蕺山的性体中之喜怒哀乐、未发之中与已发之和，并非如《中庸》原义指感性层的发用。这里的性体之喜怒哀乐四情或四气，全是超越于感性层的"纯情"②，而"四气"是当被高看的气，全属形上。此性宗慎独的境界，是为"先天而天弗违"，代表此境浑然是天理流行，完全超越而形上，此境要落实而具体化，即必须以着心体去加以"形着"。所以，他即论到"心宗"之慎独：

> 君子俯察于地，而得后天之易焉。夫性，本天者也。心，本人者也。天非人不尽，性非心不体也。心也者，觉而已矣。觉故能照，照心尝寂尝感，感之以可喜而喜，感之以可怒而怒，其大端也。喜之变为欲、为爱，怒之变为恶、为哀……而发则驰矣。众人匿焉，惟君子时发而时止，时返其照心而不逐于感，得易之逆数焉。此之谓"后天而奉天时"，盖慎独之实功也。③

这里，他指出心是一种自觉，能把陷于纷驰的喜怒哀乐之情化为发而中节之和。通过此心体工夫，即能通到客观面的天，故蕺山说"夫性，本天者也。心，本人者也。天非人不尽，性非心不体也"。这就与五峰的系统形态是相同的，也就是以着人主体的心体的自觉，步步感此心体是来自客观面天命之性体，然后此心体与性体合一，人与天合一。这样的义理，从牟先生的论述来解释，则更为深刻，他说：

---

① （明）刘宗周：《易衍》，载《刘宗周全集（二）》，台北："中央研究院"中国文哲研究所筹备处 1996 年版，第 160 页。

② 唐君毅先生称蕺山的喜怒哀乐为"纯情"，当被高看。唐君毅：《中国哲学原论·原教篇》，台北：台湾学生书局 1990 年版，第 479 页。

③ （明）刘宗周：《易衍》，载《刘宗周全集（二）》，第 160—161 页。

"先天之易"从"天命不已"处说起，是超越地客观地言之，由之以言道体性体也。性体本天，即本乎其自然而定然如此而无增损于人为者也。人为虽不能增损之，然而却可以尽而体之。尽而体之者是心，故"心本人者也"，言本乎人之自觉活动反显超越的意根诚体与良知，从事于诚意致知，以彰着乎性体也，即尽而体之也……此即由自觉者而进至超自觉者。由自觉说心，由超自觉说性……主观地言之之心即是性之所以得其具体而真实的意义者，言性虽超绝而客观而却不荡也，荡则空洞而不知其为何物也，即非性矣，是则心即是性之主观性，即存有即活动也。是故"心性不可以分合言"，而总归是一也。①

以上牟先生的话，认为刘蕺山的思想是心性分设，即先把客观面的性体与主观面的心体分而言之，然后以心尽性，心体与性体归而为一。故而，他把蕺山与五峰的思想化为同一系统，认为两者皆展现了儒家哲学主、客观面饱满的形态。

## （三）五峰、蕺山系成立的论据与理论困难

牟先生提出宋明理学的三系说，遭到的质疑就是针对五峰、蕺山系的。因为，其中的伊川、朱子一系与陆王一系，大抵与传统的程朱、陆王之区分，或理学与心学的分际有类似之处，而对朱子的体系的定位也愈加受到学界的认同。但是。五峰、蕺山一系的说法，却与传统的解释有所差异，如牟先生本人也说：

吾之疏导最终特重胡五峰与刘蕺山之纲维（非是重其成就），亦与历来一般所见不同，而亦非吾始料之所及。理之必然迫使吾作如此之宣称耳。②

---

① 牟宗三：《从陆象山到刘蕺山》，第491—493页。
② 牟宗三：《心体与性体（一）》，第414页。

是以，本文在论述了牟先生所诠释的五峰、蕺山的"以心着性"形态之意义后，即要对此判定加以检讨。

1. 对胡五峰的"以心着性"之检讨

（1）五峰与明道的传承关系

关于胡五峰的部分，于三系说中是较无问题的。① 其中，有一很强的论据即在于五峰确实是出于二程门下，在《宋元学案》中有言：

> 胡宏，字仁仲，崇安人，文定之季子。自幼志于大道，尝见龟山于京师，又从侯师圣于荆门，而卒传其父之学。②

此段对于五峰的师承的解释，表明胡五峰之学有三条渊源，且都是与明道或二程之学有关的。首先，对他影响最深的是他父亲胡安国之家学，胡安国私淑二程思想，以程氏弟子自居，与程门弟子为友，全祖望说：

> 私淑洛学而大成者，胡文定公其人也。文定从谢杨游三先生以求学统，而其言曰：三先生义兼师友，然吾自得于遗书者为多。③

甚至，朱子或黄宗羲都表示安国以师之礼事谢上蔡，甚至是上蔡弟子。④如此，胡氏之学与明道的关系即拉得更近。

其次，五峰曾亲自受学于明道弟子侯师圣，这在《题吕与叔中庸解》有云：

---

① 在当今的五峰学研究中，杜保瑞教授明确反对此区分，指出五峰学的"以心着性"是宋明儒之共通义理，牟先生的区分有其过度诠释之嫌。参见杜保瑞《南宋儒学》，商务印书馆2010年版，第51—64页。

② （清）黄宗羲：《五峰学案》，载《宋元学案》，台北：河洛图书出版社1975年版，第24页。

③ （清）黄宗羲：《武夷学案》，载《宋元学案》，第110页。

④ 朱熹云："文定之学，后来得于上蔡者为多……"（宋）黎清德编：《朱子语类》卷七，王星贤点校，中华书局1999年版，第2587页。又黄宗羲云："先生之学，后来得于上蔡者为多。"（清）黄宗羲：《武夷学案》，载《宋元学案》，第112页。

> 靖康元年，河南门人河东侯仲良师圣自三山避乱来荆州，某兄弟得从之游。议论圣学，必以中庸为至。①

以此，则五峰实为程门再传弟子，他较其父胡安国只是私淑，则更为亲近。而且，从师圣所得的《中庸》之学，必对五峰思想中客观的性与天道层面之建立有所影响。

最后，五峰亦曾向杨龟山请益，也算是龟山弟子，如《宋史胡宏传》说：

> 宏字仁仲，幼事杨时、侯仲良，而卒传其父之学。②

综上所述，胡五峰的学承之三条线索，即胡安国、侯师圣及杨龟山三人，实即可证明五峰即为直承二程之学（尤其是明道）而来。是以，五峰能承继明道的主、客观面饱满的"一本论"，并溯源于濂溪、横渠的"主静立人极""天道性命相贯通"的义理形态，以成其"以心着性"的思想，实为宋明儒学史上有凭据的论点。

（2）"性本论"与"以心着性"的观点若合符节

当代五峰学的研究中，大陆学界把其体系称为"性本论"，这样的诠释实不悖于牟先生的"以心着性"之定位。所谓的"性本论"的提出，是相对于"气本论""理本论（天本论）""心本论"而言的。持此论者，大致同意宋明理学的主要课题，即为阐释先秦以来"天人合一"的思想。但是，对于宇宙之根源本体有不同的理解，可区分为以"理"为本的理本论、以"气"为本的气本论，以及以"心"为本的心本论。其中，暂且不论大陆学者有特殊解释脉络的"气本论"，但以理本论和心本论来说，理与心或天与心处于相对的立场，故大陆研究湖湘学派的学者以为性本论正是其中介、调和的理论，如朱汉民教授说：

---

① （宋）胡宏：《题吕与叔中庸解》，载《胡宏集》，中华书局1987年版，第189—190页。

② （宋）胡宏：《宋史胡宏传》，载《胡宏集》，"附录四"第352页。

在以天为本的哲学本体论中，遵循着的是天→性→心这样一个逻辑结构；相反，以心为本的哲学本体论，则把这个逻辑结构倒过来，主张心→性→天的逻辑结构。胡宏既不是以天为本，也不是以心为本，而是直接以联结天人关系的性为本体。……性成为天、道之体，实际上就是用性范畴取代了天、道。在许多理学家那里（程颐、朱熹等人），是天产生性，即天→性，但在胡宏的哲学体系中，却以性代替天或等于天，即性＝天。①

此段，朱教授解释性本论是有别于天本论的从天到性到心的序列，亦不同于心本论的心、性、天的顺序，而是直接以被当作天与心中介的性为本体。此即，伊川、朱子是从天理说到性，这"理本"系统仍是由"天→性"，亦是一种天本论。但是，五峰的性本论，却是把天、道等范畴完全收于性体而言，甚至性完全取代了天、道，故是"性＝天"，且"理只能存在于性之中"。

如此，性本论所诠释的性体，就与牟先生所指出的儒家之客观性原则有类似之处。首先，性本论并非在讲一空洞的宇宙论，它是把外在、客观的天本论，收摄于性体中，但此论又与伊川、朱子的理本系统有别。换句话说，性本论有牟先生的本体宇宙论的意义，就是把客观的性与天道，以道德意义去体现，如王立新教授云：

> ［胡宏］将"性"从二程的"天理"的框制下解放出来，摆脱了其所处的"天理"的附庸地位，从宇宙论和本体论的意义上，确立了伦理哲学的"性"一元论的路线。②

而且，性本论的说法亦含有"以心着性"的意思，如朱汉民教授说：

> 胡宏的性本体哲学体系中，是用性去代替或等同于天，那么，

① 朱汉民、陈谷嘉：《湖湘学派源流》，湖南教育出版社1992年版，第117—118页。
② 王立新：《胡宏》，台北：东大图书股份有限公司1996年版，第91页。

主观的心则不可能再居于本体的地位，而是受到性的支配、作用。性和心的基本关系是：性体心用。胡宏曾肯定道之体为性，道之用为心，可见，在心性的关系上，性为本体，心为功用，功用必须以本体为依据，心必须以性为本。①

以此，在性本论的解释系统中，心本论仍被五峰的系统收进来，就是通过"性体心用"的原则，性为本体、心为功用，这与牟先生的"以心着性"实相当类似而无矛盾。由此，三系说也可于大陆学者的解释系统中安立，如王立新教授说：

> 理学到宋代，就有了三条明显的路线，其一为程颐、朱熹的理本论，其二为胡宏的性本论，其三为陆象山之心本论。②

按此，由于区分出了以五峰为代表的性本论，伊川、朱子为理本论，陆王为心本论。那么，除气本论之外，大陆的宋明理学研究的分系，与牟先生的三系说是有类似之处的。是以，五峰的"以心着性"之定位与性本论的说法若合符节，也可间接证成牟先生对五峰的"以心着性"之判定。

2. 对刘蕺山的形态之检讨

牟先生对蕺山的定位在当今学界仍有所争议，实是归因于蕺山体系本身就有多面性。对于刘蕺山的哲学形态，除牟先生把其与五峰的"以心着性"划为一系外，大多学者是把其视为阳明心学的再发展。或者，亦有把其归于唯气论或气本思想。以下，即分此两面向作一检讨。

3. 对于蕺山的重气倾向之检讨

蕺山实有许多重气倾向的言论，我们可举一段话来看：

---

① 朱汉民、陈谷嘉：《湖湘学派源流》，第 119 页。
② 王立新：《胡宏》，第 121 页。

"一阴一阳之谓道"，即太极也。天地之间，一气而已，非有理而后有气，乃气立而理因之寓也。就形下之中而指其形而上者，不得不推高一层以立至尊之位，故谓之太极；而实本无太极之可言，所谓"无极而太极"也。使实有是太极之理，为此气从出之母，则亦一物而已，又何以生生不息，妙万物而无穷乎？①

这一段话，蕺山指出"非有理而后有气"，是"气立而理因之寓"，这等于是把理的成立基于气，且太极只是"形下之中而指其形而上者"，甚至"无极而太极"，只是"本无太极之可言"。如此，似乎蕺山是把理、太极等形上之存在皆视为虚名，而只是成为"气之条理"。更且，他又以"太极为万物之总名"②，这好像是不把太极、天道当作一超越的形上实体，仅把太极当万物的集合。这样，就等于否定了形上学。如此，不就是与牟先生所肯定的蕺山思想之重性天之尊完全矛盾了吗？

但是，我们在蕺山论气的说法中，仍可以找到把形上的道、性、理说得比气为尊的讲法，如蕺山云：

或问："理为气之理，乃先儒谓'理生气'，何居？"曰："有是气方有是理，无是气则理于何丽？但既有是理，则此理尊而无上，遂足以唯气之主宰。气若其所从出者，非理能生气也。"③

从以上蕺山的话语，我们可看出蕺山仍强调理为气之主宰，只是不直接说"理生气"。大抵，蕺山是强调"理气合一"的意思，他以为不可在气之外悬空说个理、道体或性体，即形上的理、道体、性体必内在于形下的气中，且只能在气中寻求此形上的理、道体或性体。

而且，若我们再考察蕺山晚年的易学思想，可以得出其把一切太极、

---

① （明）刘宗周：《圣学宗要》，载《刘宗周全集（二）》，第268页。
② （明）刘宗周：《子刘子行状》，载《刘宗周全集（五）》，第48页。
③ （明）刘宗周：《学言中》，载《刘宗周全集（二）》，第483页。

阴阳、五行、四象、八卦都归于一心，且此心又是一气之流行不已。① 是以，我们可说蕺山的气是就着心而言的，有精神性或形上性。对蕺山的气之属性，唐君毅先生可以说是最早的重视者，他说：

> 蕺山所谓即四气之运。于此所谓气上言者，必须高看。此气之义，唯可说为此心之存在的流行，或流行的存在。②

这里，唐先生指出蕺山的气之流行，实就是心之流行，故此气绝非唯气论者所说的气，而是有其精神性与超越性的。唐先生把蕺山的气上提，可证明蕺山之重气并非放弃了客观的性天层面，故重气与重性天之尊可以同时成立，如陈荣灼教授说：

> 唐先生明显地透过"纯情"和"纯气"将"人"和"天"关联起来。特别地，当人不与其外之物相接之时，即纯就其内在性而言，便已通过"纯情自运"而"彰显"天道、性体"纯气之周流不息"。准此而观，如果唐先生忠实于这一对于蕺山之诠释立场，他应放弃将蕺山定位于"心学"之做法。实际上，他为牟先生的"三系说"作出了有力的支持。③

如上所言，唐先生虽不见蕺山"以心着性"的特殊形态，但有了他对于蕺山气论的体会，"以心着性"说才能与蕺山重气之倾向并立。又如李明辉教授说：

> 蕺山的"合一观"有意矫正朱子理气的二元论倾向，以便为自己的心性论与工夫论提供理论依据。在理气论方面，蕺山打破朱子理气二分的义理间架，将形下之气上提，使形上之理取得活动义，

---

① 蕺山言："一阴一阳，专就人心中指出一气流行不已之妙，而得道体焉。"（明）刘宗周：《周易古文钞下》《系辞上传》，载《刘宗周全集（一）》，第 254 页。

② 唐君毅：《中国哲学原论·原教篇》，第 481 页。

③ 陈荣灼：《论唐君毅与牟宗三对刘蕺山之解释》，《鹅湖学志》2009 年第 43 期。

而不再只是抽象、挂空之理。但他并不否认理对于气的主宰性，乃至超越性。①

此即，蕺山之所以重气，并非在于反对理的实有性、客观性，而在于反对理气二分。或许，吾人可以牟宗三先生的语言来说，蕺山以为若本体脱离气之流行讲，就会成为"只存有而不活动"之理，只有就着气之流行展现的本体，才是"即存有即活动"之理。

又如林宏星教授以为蕺山把心、性、太极、理等概念与气合而为一，反而更能树立其体系中的性天层面，他说：

> 宗周既以一心收摄万化，此心之用便非一无羁绊，更何况宗周还有将万化鼓荡造作视作一气周流，而气又即是性的逻辑。依此逻辑，心性学中性天一路的客观性格便极大地加以了强调。宗周反复说明性只是心之性，心性不可分开言，天下无心外之性。经过他的一番回转，将讨论存在的客观性为主要特征的理气论收入于他的心性学之中，使心学心性论更彰显其客观普遍的准则。②

以上引言中，林教授以为蕺山把气纳入了其心性论中，反倒强化了心学的客观面，林教授此论点符合本文的立场。此即，当蕺山把气归于一心时，并非使得心的超越性减杀，反而使本心的体证往"存有"处透显，也就是使心性论能往形上学去发展。故而，蕺山的具超越性的气反而使其体系的客观面得到充实。

综上所述，我们可以说蕺山的重气思想，对其体系的性天之尊之确立，乃至其主、客观面充实的形态，皆可同时成立而没有矛盾。

4. 对于蕺山体系是否归于心学之商榷

如上所述，本文已论述蕺山的慎独思想是展现了儒家哲学主、客观

---

① 李明辉：《四端与七情——关于道德情感的比较哲学探讨》，台北："国立台湾大学"出版中心 2008 年版，第 167 页。

② 东方朔：《刘宗周评传》，南京大学出版社 2006 年版，第 126 页。

面饱满，以及心体、性体合一的形态。但是，若以现今学界的看法，他早年讲慎独，后来归于诚意。① 然而，诚意论却就着主观面立说。如此，似乎即显出他已放弃了慎独的主、客观面圆满的系统了。

而且，如劳思光先生于《新编中国哲学史》中，以"合一观"来判定蕺山学，以此观点来看蕺山学似乎也有合理之处。劳先生说：

> 蕺山之思想倾向在于将天地万物收归一心；而其言"理"时，则一面说"性即理也"，另一面说"凡所云性，只是心之性"，则"理"亦只是"心之理"矣。其言"气"时，则说"盈天地间，一气也，气即理也"；则气亦只是"心之气"。……换言之，蕺山此语，只是说"气"不能离"理"，"理"亦不能离"气"，二者皆统于"心"而已。②

蕺山学的确有把一切存有、一切工夫皆收于一心的倾向，劳先生的判定是顺着蕺山之子刘汋与黄宗羲的理解而言的③，可以说有其理据。以此观点，蕺山学可说是儒家主观性原则的极致展现，则客观面都被收摄于主观面，故劳思光先生以为蕺山思想是阳明学之发展的"极度扩张"或"最后出亦最彻底之系统"。④ 把蕺山归于心学，目前在学界反倒为主流，如黄敏浩教授提出蕺山是为"尽心即性"而非"以心着性"，他说：

> 濂溪的确是先客观地立一太极，然后以主观面的人极凑泊此太极，最后主客观合而为一。这的确是"以心着性"的思路……宗周

---

① 其子刘汋云五十九岁后慎独论已置于第二义，请参见（清）刘汋《刘宗周年谱》，载《刘宗周全集（五）》，第354页。

② 劳思光：《新编中国哲学史（三下）》，台北：三民书局2001年版，第615—616页。

③ 刘汋于《年谱》中说："先儒言道分析者，至先生悉统而一之……先生曰：'存发只是一机，动静只是一理。'推之存心、致知、闻见、德性之知，莫不归之于一。"请参见（清）刘灼《刘宗周年谱》，载《刘宗周全集（五）》，第481页。又黄宗羲有一段类似的话："先生曰：'存发一机，动静一理，推之存心、致知、闻见、德性之知，莫不归之于一。'"（明）刘宗周：《子刘子行状》，载《刘宗周全集（五）》，第57页。

④ 劳思光：《新编中国哲学史（三下）》，第619—623页。

言太极，是直下以太极即人极、即性，此人极或性从开始便已是主
观地言之。他之分言心宗、性宗，是就主体主观面言的两层，并不
是主、客观之两层。他总不好言一客观、外在的实体，因为这是虚
的、形式的，只能是方便。……宗周重言性宗，性是从主观面的心
深入地讲进去的，实无意从客观面立一性体也。①

黄教授以为蕺山的性体并非一客观、外在的实体，他以濂溪的"主静立
人极"与蕺山的"人极图说"作一对照，以为前者确实是在客观面先立
一太极，然后主观面主静立人极，最后主客合一。但是，蕺山的人极说
"不是先客观地言一太极，然后由主观面的心凑泊过去，或把它收摄进
来"。他又论蕺山之"心宗""性宗"的区分，其客观面的性宗是"虚
的、形式的"，"最后总回到主观面"。所以，黄教授结论道："宗周虽分
言心性，却没有把性体确立为相对于心体之主观一面而为客观的、形式
的、超绝的一面。这便是'尽心即性'与'以心着性'两系统的
不同。"②

对此议题，杨祖汉教授亦采不同意"以心着性"判定的观点，他说：

当然依蕺山是可从性宗说，但据此段，是从心之超自觉境以言
性。可说是从心见性。即于心之活动证悟心之所以为心，是自然而
然，发而中节者。用蕺山的话说，是性体从心体看出。但此似非心
性分设，以心着性；而是于心之活动以证悟性，即如要言性，在心
之活动处便是，此是"以心摄性"。性是心之所以为心，是必须于心
方能体证者。③

按照杨祖汉教授的观点，蕺山的性宗的性天层面，实是收摄于心上说，
是为"以心摄性"。也就是说，蕺山并非有"心性分设""以心着性"的

---

① 黄敏浩：《刘宗周及其慎独哲学》，台北：台湾学生书局 2001 年版，第 242 页。
② 参见黄敏浩《刘宗周及其慎独哲学》，第 247 页。
③ 杨祖汉：《论蕺山是否属"以心着性"之型态》，《鹅湖学志》2007 年第 39 期。

形态，他的性体只是"心之所以为心"，即心之活动发而中节者就是性，这就是以心学来定位蕺山的观点。但是，杨教授也指出蕺山作为心学系统，仍与陆王有所不同，即蕺山与阳明的差异就在于对"道德法则"的重视，王学重在良知的"明觉"，但蕺山学欲把良知明觉归于当作道德法则的"天理"。故而，蕺山为强调良知本心的法则义、客观义，即常强调"无心外之性""无心外之理"，又重视"存性""慎独"工夫，杨教授称此为"以性定心"之形态。①

如上所述，不论是黄宗羲、刘汋、劳思光先生的"合一观"，或黄敏浩、杨祖汉两位教授的"尽心即性""以心摄性""以性定心"，全在于把蕺山定位为心学，即阳明学的再发展。对此，本文欲提出不同的看法。

第一，本文以为蕺山的慎独论，到晚年实并没有放弃，就以蕺山殉国之前所编定的《人谱》来看，他仍以慎独作为根本的工夫②，我们从蕺山在《人谱》中的成德进路可以看出，蕺山的第一步即提出"体独"。是故，蕺山并无以诚意完全来取代慎独的走向。

第二，本文以为蕺山对性、天道之层面的重视不可抹杀。当然，蕺山确实有把一切紧吸而言之性格，且他企图把一切工夫、存有皆收归心体，表明他有把心体的能力推到极限的倾向，有时他甚至会试图取消心体与性体的距离。就此点而言，确实有不符合"以心着性"的形态出现于其体系中。然而，蕺山在某些地方仍有明确的心性分设，如上文所引《易衍》中的文字，就是极佳的证据。而且，蕺山之尊性与重性是毋庸置疑的，如他以诠释"主静"工夫为"性学"③，或是他常感叹"性学晦矣"④"性学

---

① 参见杨祖汉《从康德道德哲学看刘蕺山的思想》，载李瑞腾、孙致文编《典范转移：学科的互动与整合》，台北："国立中央大学"文学院 2009 年版，第 87 页。

② 如蕺山在《人谱续篇》中开宗明义便云："凛闲居以体独……自昔孔门相传心法，一则曰慎独，再则曰慎独……"请参见（明）刘宗周《人谱续篇二》，载《刘宗周全集（二）》，第5—6页。

③ （明）刘宗周：《圣学宗要》，载《刘宗周全集（二）》，第 279 页。

④ （明）刘宗周：《学言中》，载《刘宗周全集（二）》，第 490 页。

不明"①，以及他批评阳明后学是"不觌性天之体"②，这都表示他是把"性宗"当成与"心宗"有区别地来谈。所以，我们可以说蕺山确实有"心性分设"的观点于其体系中，只是他太喜作"合一观"的解释，故使此"心性分设"的形态于其思想中并不那么一致。

第三，就"以心着性"这一概念而言，当以更宏观的角度来理解，无须执于"心""性"等名义。即便是"以心着道""以心着易"，只要是就着牟先生的主观性原则与客观性原则来检视即可，无须以为蕺山某些"论性"的言论，有重气的倾向，就否定其重性天之尊的形态。而且，我们不可仅以蕺山对性的解释是收于心上讲，或太极、理气都收归一心，就视其取消了客观的性天层面。就以蕺山《读易图说》《人极图说》而言，劳思光先生认为这是他的"合一观"的最高表现③，且黄敏浩教授亦以为并非"以心着性"，而是转化濂溪《太极图说》而归于主观面的心。④ 但是，若我们再考察其中的义理，可以发现这些论点未必正确，如蕺山说：

> 盈天地之间，皆易也；盈天地之间，皆人也。人外无易，故人外无极。人极立，而天之所以为天，此易此极也。地之所以为地，此易此极也。故曰："六爻之动，三极之道也。"又曰："易有太极。"三极一极也，人之所以为人，心之所以为心也。惟人心之妙，无所不至，而不可以图像求，故圣学之妙，亦无所不至，而不可以思议入。学者苟能读易而见吾心焉，盈天地间，皆心也。⑤

在这一段引言中，蕺山确实是把易道中的三极，也就是天道、地道、人道都收归于心。也就是说，他把道体的一切生化都就着本心之体证说。当然，我们可以说他重在言道德主体性或主观面心体之证悟，但是我们

---

① （明）刘宗周：《阳明传信录（二）》，载《刘宗周全集（四）》，第45页。
② （明）刘宗周：《圣学宗要》，载《刘宗周全集（二）》，第303页。
③ 参见劳思光《新编中国哲学史（三下）》，第617—619页。
④ 参见黄敏浩《刘宗周及其慎独哲学》，第242页。
⑤ （明）刘宗周：《读易图说》《语类四》，载《刘宗周全集（二）》，第143页。

不可就此推断他有取消客观面的意图。或许，我们可以视其为一种主、客观面完全合一的形态，即蕺山的主、客观面是完全密合无间的，道体、性体的生生不已就是在心体流行中去体证，是在主体境界中去直显客观的性与天道。以此段而言，就是指易道就在心中的意思，但并非仅是一心体的妙境，而是易道之生生就融化于心体之妙中。这里，客观面的易体虽已融化于主观面的心体中，但并非取消了客观面的易道，而只是一种主、客的完全消融。这样，反倒证成了蕺山的客观面符合牟先生诠释之本体宇宙论的原则，也就是把宇宙论、形上学以主观面道德本心的逆觉去体证，即于本心境界中朗现性与天道的意思。

所以，本文虽承认蕺山的性体、道体、太极常有收于一心的"合一观"的解释，心性分设形态也许不明显，但吾人必须承认蕺山仍重客观性原则的性天层面。

## 四 五峰、蕺山系之价值

### （一）对于《中庸》《易传》所展示之客观面的性与天道的肯定

如前所述，牟先生对儒家哲学的体系之理解是主观面的本心、良知的义理，与客观面的性与天道。故而，他认为能同时展示此两个层面且贯通为一的五峰、蕺山系是最为完满的形态。而且，他反对有些学者认为儒家只讲道德主体，对于客观面的天道论无法正视，认为这样的理解有所偏差。他说：

> 若必将中庸易传抹而去之，视为歧途，则宋明儒必将去一大半，只剩一陆王，而先秦儒家亦必只剩下一论孟，后来之呼应发展皆非是，而孔孟之"天"亦必抹去，只成一气命矣。①

---

① 牟宗三：《心体与性体（一）》，第35页。

也就是说，仅依心学来定位儒家，不仅儒家的许多客观之形上思想要去除，《中庸》、《易传》、濂溪、横渠等家思想也将不纯正。而且，就连主体性也可能变得无法被完全理解，也就是孔子的"天何言哉"，孟子的"尽心知性知天"或阳明的"心外无物"都不能讲了。

这种见解，于中国哲学界有一代表例，即劳思光先生的中国哲学史。劳先生的论点是把孔孟的心性论视为正宗，《中庸》《易传》的形上学是使儒学远离孔孟正统的偏支。而宋明理学从周、张、二程、朱子即渐渐地舍弃形上学，到陆王才恢复孔孟心性论的正道。这样，正如牟先生所说的只剩下孔孟陆王而已。劳先生对儒学认识的偏差，即源于其无法正视儒家客观面的义理。①

所以，就牟先生来说，五峰、蕺山的系统是有其优越性的。他说：

> 我相信胡五峰与刘蕺山底义理间架可更有其优越性与凝敛性，因为它保持了性天底超越性——这是儒家底古义，老传统，不容易轻忽的。②

从以上论述，我们可知牟先生认为五峰、蕺山系标举了性天之尊，即强调了客观面的天道与性体层。这客观面的形上学是谈论儒家不可抹去的，因为没有了形上的天，就无法给出存在之所以存在的理由。③

而且，蕺山、五峰系因举出了客观面的形上学，才使主观面的道德实践有了绝对性与永恒性。若道德只是一本心自觉，而没有天理作为其保证或其绝对原则来进行安立，则道德的价值即成偶然或相对的自由心证。④ 这样的弊病，实可从阳明后学的"情识而肆""虚玄而荡"看出。

---

① 对于劳思光的《新编中国哲学史》的批评，请参见杨祖汉《当代儒学思辨录》，台北：鹅湖出版社 1998 年版，第 318 页。

② 牟宗三：《从陆象山到刘蕺山》，第 358 页。

③ 参见牟宗三《中国哲学十九讲》，第 73—74 页。

④ 参见杨祖汉《当代儒学思辨录》，第 167 页。

## （二）五峰、蕺山系展示了儒家道德形上学

就如上述，五峰、蕺山系保住了儒家客观的性天层面，此系统在宋明理学史之出现，可以回应如劳思光先生只重道德主体性而忽视《易》《庸》的判定。进而，牟先生也纠正了另一种极端，即只重《易》《庸》，而不喜言道德主体的偏见，他说：

> 这种态度和前面那一种正好相反。他们不喜欢理学家，也不喜欢《论语》、不喜欢《孟子》。他们喜欢《中庸》《易传》。照他们这条路就成了 metaphysical ethics，正好和前一种态度相反。①

儒家的客观层面若脱离道德主体性而言，就成了以形上学来决定的道德哲学、伦理学，成了道德是基于宇宙论的空洞的形上学，这违反了儒家的本质。那么，儒家形上学要如何切入呢？这就要从牟先生屡屡强调的"道德形上学"来切入，他说：

> 此道德的而又是宇宙的性体心体通过"寂感真几"一概念即转而为本体宇宙论的生化之理、实现之理。这生化之理是由实践的体证而呈现……而寂感真几这生化之理又通过道德性的性体心体之支持而贞定住其道德性的真正创造之意义，它始打通了道德界与自然界之隔绝。这是儒家"道德的形上学"之彻底完成……打通这一隔层，是要靠那精诚的道德意识所贯注的原始而通透的直悟的……②

在上述引文中，牟先生以为主观面精诚的道德意识之实践，可相通于客观面的本体宇宙论之生化之理，这就是儒家的道德形上学的模型。从前述儒家主观性层面与客观性层面之区分来看，这一"真正创造"是指主观性原则的道德主体性充而至极即可相贯通于客观面的本体宇宙论。而

① 牟宗三：《中国哲学十九讲》，第76—77页。
② 牟宗三：《心体与性体（一）》，第180—181页。

且，儒家道德形上学在五峰、蕺山系中展现无余，如牟先生说：

> 从《论》《孟》入手是从主观性入手；从心从仁，充体至尽，便是其客观性，而《易》《庸》是从客观性说的。胡五峰、刘蕺山一系，以《易传》《中庸》为主，而回归于《论》《孟》之心性"形着"客观义之道体与性体，而此系思想之间架，便是形着二字。……如此说心、性、仁，便不只是道德根据，而亦是宇宙万物之根据，由此必成"道德形上学"，这是圆教意义所必涵的。……但虽如此，却并不是宇宙论中心，亦非以宇宙论来建立道德学，这必定要预设《论》《孟》所说之主体性……①

以上在《宋明儒学的三系》之演讲文中，牟先生解释了五峰、蕺山系的意义。此系以《论》《孟》所说的本心、仁心，去"形着"客观面《易》《庸》所体证的道体、性体，成就了儒家的道德形上学。以此，五峰、蕺山系的提出，亦印证了牟先生的儒家道德形上学之模型。

## 五 结语：五峰、蕺山系提示了牟先生对儒家"天人合一"思想的观点

以上，本文论述了牟先生提出的五峰、蕺山系的形态、价值与其所遭遇之质疑与挑战。此处略论五峰、蕺山系与儒家最高之"天人合一"境界的关系，以作结语。

天人合一实为儒家乃至整体中国思想的最高境界，亦为儒者共同与终极之关怀，牟先生虽不常提及"天人合一"一词，但其实他对儒家哲学的种种解释，已彰显其义。如前所述，牟先生对儒家哲学的归趋与关注，即在于建立一"道德形上学"，这就是儒家的主观性原则与客观性原

---

① 牟宗三：《牟宗三先生晚期文集》，载《牟宗三先生全集》卷二十七，台北：联合报系文化基金会出版 2003 年版，第260—261 页。

则的合一形态，也可以说是牟先生的儒家之"天人合一"论。此天人合一形态并非走向一空洞的形上学、宇宙论，即并非犹太、基督宗教的人归向上帝之形态，亦非董仲舒式的天人一气的形态。牟先生的"天人合一"，实即由道德主体性的充而至极，提升此德性生命至与宇宙生化之理的圆融为一，也就是"天人合德"的形态。他说：

> 通过孔子践仁以知天，孟子尽心知性以知天，而由仁与性以通澈"於穆不已"之天命，是则天道天命与仁、性打成一片，贯通而为一，此则吾亦名曰"天道性命相贯通"，故道德主体顿时即普而为绝对之大主，非只主宰吾人之生命，实亦主宰宇宙之生命，故必涵盖乾坤，妙万物而为言，遂亦必有对于天道天命之澈悟，此若以今语言之，即由道德主体而透至其形而上的与宇宙论的意义。①

这段引文可代表牟先生对"天人合一"形态的解释，彰显于孔子的"践仁知天"、孟子的"尽心知性以知天"，以及张横渠的"天道性命相贯通"之意。就本文的诸多论述而言，我们可以发现五峰、蕺山系也正符合此义，如"以心着性""心宗、性宗"，或结合《易》《庸》的本体宇宙论和《论》《孟》的道德主体性的形态，这正是上文的"道德主体而透至其形而上的与宇宙论的意义"之展示。

综上所述，我们可指出牟先生提出五峰、蕺山系的用心，即在于提出儒家"天人合一"论的模型。

---

① 牟宗三：《心体与性体（一）》，第 322 页。

# 唐君毅先生和会朱陆的论述

## 黄莹暖

（台湾师范大学国文学系）

**摘要：** 唐君毅先生于朱子"强化了气禀之杂的对治、而弱化了道德主体的自明自显义"的工夫论述中，拈出了"作为道德工夫论的核心概念"的道德主体意涵，此义原是在朱子思想中真实存在却隐而不显的。其诠释是隐含于朱子思想中，或朱子思想中本即存在的理解向度。唐君毅先生不从"同尊德性"的肤浅通义，而是进入朱陆心性工夫论之中，作深义的析解与比对，在义理上将此朱陆异论汇同于儒家成德之教的核心大义中，对于和会朱陆实有重要的贡献。

**关键词：** 和会朱陆　同尊德性　工夫论　心

## 前　言

　　朱子与陆象山学问异同之辨，与二者之和会论议，是自二贤"鹅湖之会"时即已开启的议题，其后历代儒者多有谈论，至今仍是学界研究的主题。当代新儒家唐君毅先生对朱陆异同与其和会，有其独到的见解，值得重视。本文即撮其大要以论述之。

　　唐先生认为朱陆异论之第一义，在于成德的工夫上。[①] 按成德工夫的

---

① 唐君毅言："在第一义上，朱陆之异，乃在象山之言工夫，要在教人直下就此心之所发

要义、纲领与步骤，皆是为了臻于圣贤之境所施设，而其设计必然根据对人之心性的体会而来，故工夫论必定关联着心性论，二者是不可分的。朱陆成德工夫的不同，自然来自二贤对心与性的不同的体认。唐先生说在朱陆异同的议题上"心与理是否为一的问题"尚属第二义，看似较不重视这个问题，但他的意思应该是：相较于工夫论而言，若只从纯理论地谈，则在朱陆异同的议题上不是最切中的。也就是说，心与理的关系当然是朱陆异同的大议题，只是这个议题必须关联着工夫论，且以工夫论为核心主题的前提下，才能显示其意义与价值所在。

唐先生认为，前贤之会通朱陆，率皆从朱陆"成学后之定论处"来进行会通，这样的工夫事倍功半。他认为应该从朱陆二贤之成学过程、其所深感之问题，与其成学之历史与理论上的渊源处，就其中之问题、线索与其曲折，来加以梳通论证，方能完整。

因此，唐先生自陈其对朱陆异同的梳理与会通方式有五。其一，"首述二程以降诸贤之言，足以为象山之说之先河者"，此用意在拉近象山与朱子之距离，从思想渊源上说明象山与朱子有相同之处。其二，"述朱子之所以疑于此足为象山之言之先河之说之故，纯在朱子之意未能针对人之气禀物欲之杂，然后可进而言朱子之所以不满于象山之只言发明本心之工夫之故"，此则说明何以朱子与象山承自相同的思想渊源，却又各自发展为不同的思想形态。其三，"更进而详评朱子对象山之言不免有误解，与朱子所言之工夫论亦不能无弊"，此则从否定朱子对象山的批评，来消解朱陆的异见。其四，"再继以言欲去一切圣贤工夫之弊，正有赖于人之自信得及如象山所言之本心"，此是说明象山所谓的本心，是一切圣贤工夫（包括朱子）的根本。其五，"则就朱子所言本心之体之别于伊川，转近于象山之处，以言循朱子之学再进一步，即同于象山之教，而

---

之即理者，而直下自信自肯，以自发明其本心。而朱子则意谓人既有气禀物欲之杂，则当有一套内外夹持以去杂成纯之工夫，若直下言自觉自察识其心之本体，则所用之工夫，将不免与气质之昏蔽，夹杂俱流。……是见此心理之是否一之问题，如只孤提而纯理论的说，尚是朱陆异同之第二义而非第一义也。"唐君毅：《中国哲学原论·原性篇》，台北：台湾学生书局1989年版，第552页。

见二贤之论，正有一自然会通之途"①。这是唐先生通过对朱子思想意涵的诠释，而指出朱子思想有同于象山之处，并以此来和会朱陆。

唐先生《朱陆异同探源》一文，论述朱陆之异同，虽指出朱陆之异，但其立场与态度，是从二贤的思想内涵中，找出融通的可能之处，而尽量加以和会，该文主要从二程思想处与朱陆工夫论处，来进行和会。以下即论述之。

# 一 从思想渊源说朱陆之同：皆承自二程之教

唐先生从二程思想之处，肯定朱陆皆有二程思想的渊源。他说朱子既为周濂溪、张横渠之书作注解，又编纂《二程遗书》；而朱子力主持敬涵养与格物致知工夫，又承自伊川之教，其自认私淑二程之学，而对之表彰不遗余力。至于象山，虽然其自言所学乃直接得自孟子，对于其前辈诸儒似乎无所承袭，但唐先生说他"此心即理之本心"，以及"宇宙即吾心，吾心即宇宙"，"以己之此心此理，通四海古今之圣贤之心"等名言，在象山之前的宋代儒者中，已多有类似的言论。所以唐先生认为，"明道、伊川、上蔡、龟山、五峰之言，固皆有足为象山之先河者在"②。关于二程如何作为象山思想之渊源，学界较少述及，唐先生由肯定朱陆同源于二程，来和会朱陆，其论述自有可观之处。

## （一）明道与象山之异同

前人典籍皆记载明道曾对宋神宗言"先贤后圣，若合符节，非传圣人之道，传圣人之心；非传圣人之心，传己之心也。己之心又无异圣人之心，广大无垠，万善皆备"（《宋元学案·明道学案》）③。唐先生肯定这段话实无异于象山言"心即理""四端万善皆备"。唐先生认为，虽然

---

① 唐君毅：《中国哲学原论·原性篇》，第554页。
② 唐君毅：《中国哲学原论·原性篇》，第553页。
③ 唐君毅：《中国哲学原论（原性篇）》，中国社会科学出版社2003年版，第352页。

朱子怀疑此语下出自明道，其所编之《二程遗书》亦未录此语，且此语疑似出于王信伯（《宋源学案·震泽学案》录为王信伯奏语），但并无碍于明道论心之同于象山。因为《二程遗书》中《明道文集》卷二载录明道对神宗之奏疏是："治天下者必先立其志，必以尧舜之心自任，然后为能充其道……推之以及四海，择同心一德之臣，与之共成天下之务。"唐先生认为此则"未尝不隐涵通古今四海之贤圣之心之旨"①。他又引《二程遗书》卷七："尧舜知他几千年，其心至今在。"与伊川《易传》卷一《同人》卦曰："圣人视亿兆之心犹一心者，通于理而已。"而认为"程子固有以一理通古圣之心与与亿兆之心之说"。依上下之文意看来，此处的"程子"当包含了明道与伊川。因此，唐先生认为象山的"心即理"有二程思想的渊源。

### （二）工夫相同

唐先生说明道"识得此理，以诚敬存之而已，不须防检，不须穷索"之工夫，认为若能如此存养，则不须加上省察，此义实是同于象山"宇宙即吾心……己分内事即宇宙内事"，"当恻隐自然恻隐"，"满心而发，充塞宇宙，无非此理"，皆是"只需正面的直接承担此心此理，更无其他曲折，或与人欲私欲杂念相对而有之工夫可说，亦皆与孟子即就人之四端之发，而加以存养扩充之工夫，同为一直感直达之明善诚身之工夫也"②。

### （三）成德理论乃同一形态，只是向度不同

在论及"心"的部分：明道之言"心"，是"与其所谓性、命、道、气、神等混同而说，并未明加以分别"。因为他"以此心之仁之性，即在'人之自识其自己之生与万物之生，同源共本于一生生之天道、天理、天命之流行处见之'。此已与万物之生之变化流行，皆为一气之流行；故性与道与理与天命之流行，皆贯乎此气；而此心之仁，亦贯乎此气"。"在

---

① 唐君毅：《中国哲学原论·原性篇》，第557页。
② 唐君毅：《中国哲学原论·原性篇》，第558页。

明道此一处处浑融贯通而说之圆教中，心之一名尚无一凸显之意义。"而象山之言"心"，是"直标出本心，并扣紧此本心之自作主宰义以言工夫"①，所以在论"心"的语言方式上，明道是混同诸项概念而言之，象山则是直接标举出本心，二者有别。

而在论及道德工夫的部分："明道识仁之道，在直观己之生意与万物之生意之相通，直观天地之生物气象，或直观天地万物之为莫非己体。此尚是横面的'自去己私，以合此内外，即以充扩其内'之工夫。""象山重在'自明本心，而自作主宰，以奋发植立者'，为一纵面的自立工夫者。"② 所以，明道可以说走的是横面的合内外以充扩的路径，而象山采取的则是纵面的自明本心以自立的方式。

故唐先生之意，是认为明道与象山之成德理论虽有不同之处，但皆属于同一形态，只是二者的向度有所不同。唐先生谓明道之德性工夫为一"横面的包摄充扩之工夫"，其谓此工夫"表现在以天地万物与己为一体，及此仁之道、生之道或性之贯乎气一面，而不能离物与气以言；故明道亦同时注意及吾人之气禀，对此仁此道之表现，可为一种限制阻碍之义"。由是，"而伊川则更重由此现实的气质与当然的义理之相悬距而生之种种工夫之问题。此及渐开另一思想之线索，而使明道之思想，并不直接发展为象山之学，而发展为伊川之学，以为朱子之学之渊源者也"。唐先生认为，由于明道的心性思想表现出横面的包摄混同的向度，亦即，其言"心"的内涵意义，是与性、命、道、气、神等概念混同而说的，并未特别凸显"心"的独立意涵；而在工夫论方面，亦为一"横面的包摄充扩"、以合内外为一体的形态，亦即表现出我的性、仁之道，生之道与天地万物为一体之义，因此则与气、与物皆是通贯为一而不离的，于是便会牵涉人之气禀于此工夫中可能造成的限制阻碍问题，此则为影响伊川而发展出主敬致知工夫的因素；又由于其后的朱子继承了伊川主敬致知之论，故可以说明道思想亦为朱子德性工夫之渊源。

---

① 唐君毅：《中国哲学原论·原性篇》，第 558 页。
② 唐君毅：《中国哲学原论·原性篇》，第 558 页。

唐先生之论，不仅以比对的方式，说明象山思想宜有明道的渊源，同时亦拉近朱子思想与明道的距离。牟宗三先生认为，朱子思想是全然继承伊川之学，而与明道完全不能相契相应的；但唐先生从明道心性与工夫"横面的包摄充扩"的形态与向度中，析解出伊川之学萌蘖的线索，指出二程学问既同轨而又分途的始点所在，亦从中为象山与朱子思想找到源头，而可以说朱陆皆有二程为其思想之渊源。在此处，唐先生是从"心性本质皆以己心通古今四海贤圣之心，工夫形态皆同为正面的直接承担此心此理、同为直感直达之明善诚身工夫"① 来通同二程与象山的；而由明道"此心之仁与天地万物为一体"的浑融说法，其中蕴含着"物我通贯一气"之义，而说明伊川乃由此重视现实的气质在成德工夫中造成的问题，遂开出进一步落实的工夫，而为朱子所继承，唐先生即由此处牵系了朱子与明道的联结。唐先生不同于牟先生之一刀划开明道与伊川，而是照应到二程兄弟在思想上的关联性，不仅说明二程思想的通义共法，更从其中委婉缕析出二人分歧的始源所在，而从此一始源之地来安立了朱子与象山、二程关联的位置所在，同时也说明了朱陆思想之异与同德缘由。

## 二　伊川与象山之异同

### （一）心性天道之关系有通同处

唐先生说：朱子《记疑》② 中谓见一书记："昔尝问伊川：做③ 得到后，还要涵养否？"伊川曰："做［一作造］得到后，更说甚涵养？尽心知性，知之至也。知之至，则心即性，性即天，天即性，性即心④，所以

---

① 唐君毅：《中国哲学原记（原性篇）》，第 353 页。
② 陈俊民：《朱子文集》卷七十《记疑》，台北：德富文教基金会 2000 年版。
③ 陈俊民：《朱子文集》，作"造"。
④ 陈俊民：《朱子文集》，此下有"此言天之形体"一句。

生天生地，化育万物；其次在欲存心养性以事天。"① 唐先生又引伊川之言"性之本言天，性之有形者言心"，肯定伊川此言"已具心之与天不离之旨"，唐先生说，因为伊川并未如朱子一般，以理气概念来对心性进行诠释；伊川对义心与理的关系，亦未如朱子一般进行分别，故其言"性之有形者言心"，义即"心为性之表现"，此中之心性关系并没有理气分层的问题。他并从《二程遗书》卷二十一伊川之语"心，生道也"，与《二程遗书》卷二十五伊川言"心也，性也，天也，非有异也"，肯定伊川"亦具心即道即性即天之旨"。唐先生顺此而认为《二程遗书》卷五《二先生语》之"心具天德，心有不尽处，便是天德处未能尽"，亦可视为伊川之语。此中，唐先生将伊川"心即性，性即天，天即性，性即心"之"即"，诠解为"不离"之意，而"即是""等同"。所以他说"象山之言'心即理即性'，'宇宙即吾心'，正是以天与心性为相即之进一义"②。此是唐先生留意于伊川论心之义与象山并非全同，但认为二者之义有可通之处：依前文所述，明道于"心、性、天、道"未有明确之分别，乃在圆顿的慧悟中将诸义浑融为一体，其论心可与象山视为同义；伊川未如明道之圆融通透，但若依唐先生所引诸语之字面上来看，未尝不能将伊川所论视同明道与象山，例如在第 557 页，唐先生言"程子固有以一理通古圣之心与与亿兆之心之说"，该处的"程子"即明道与伊川。不过，该处是言"以一理通圣凡之心之义"，如是则可以涵括明道、伊川与象山；而此处进一步言心、性、天、道的意涵，唐先生对伊川与象山之言"即"字之义，则有谨慎清楚的辨别。虽然二者对"即"之体会不同，但唐先生以象山是伊川"天与心性为相即之进一义"，来肯定伊川言心性之义与象山是相同的。

此外，唐先生认为象山强调学者为学首重立志，要求学者立志应以己之心与圣人之心相同，此则是二程常说的"圣人之事当为学者立志所始向者"③。此亦为象山与二程之相同之处，由此肯定伊川可以为象山思

①　唐君毅：《中国哲学原论（原性篇）》，第 354 页。
②　唐君毅：《中国哲学原论·原性篇》，第 560 页。
③　唐君毅：《中国哲学原论·原性篇》，第 561 页。

想之先河。

### （二）同具"心之自作主宰义"

唐先生说明伊川"敬"的工夫的主要作用是"使心自己凝聚"，这个说法与牟宗三先生相同；但唐先生说伊川致知之工夫在于"用此心知之明，以即物穷理，而以通达心知之明于外"①，这个诠释则与牟先生不同。牟先生认为，伊川、朱子思想中的"心"都不是道德本心，所以心不是理，理在心之外，因此其格物致知的工夫是用认知的方式，横向地摄取理以入于心，以使心能知理而循理。牟先生认为伊川朱子的格物致知，是心向外去认知理、将外于心的理摄取以入心；唐先生则诠释为：用此心本有之知觉、明觉，在事事物物上穷其理，使心知能就事事物物而开展其本有的明觉，呈显性理天理。唐先生对伊川的诠释应与朱子的《格致补传》有关。按伊川的格物致知之义，在朱子有了更详明的展示，其代表作《大学章句》中的《格致补传》说道："盖人心之灵莫不有知，而天下之物莫不有理……是以大学始教，必使学者即凡天下之物，莫不因其已知之理而益穷之，以求至乎其极。"朱子说这篇《格致补传》不是出自本人意思，而是"窃取程子之义"，也就是依照二程（主要是伊川）对格物致知的说法而写成的。唐先生说伊川朱子的格物致知，是由心知本有之明觉，透过向外穷理的方式，以使此心知之明通达于理，亦即使理呈显于此心知之明觉中。此一诠释，与《格致补传》的意思吻合，而与牟先生的说法不同。

唐先生说"［伊川］言主敬致知，皆是要自己之心，对其自身，作一主宰运用之工夫，此更不同于明道所言之'直下识得浑然与物同体之仁'之顺适。此种由心对其自身之主宰运用，以主敬与致知，亦即此心之自求去其气质之昏蔽，以使当然之义理或性理，得真正继续呈现于此心知之明，而内外并进，以夹持为用的工夫"②。唐先生明言伊川此工夫路数与明道不同，象山与伊川亦不相契（象山谓读伊川之言，若伤我者；又

---

① 唐君毅：《中国哲学原论·原性篇》，第559页。
② 唐君毅：《中国哲学原论（原性篇）》，第354页。

谓"伊川蔽锢深，不如明道之通疏"）。

但是他认为："然于此克就伊川之教中，重此心之对其自身主宰运用义言，与象山之重此心之自作主宰义，亦实无分别。"① 故他总结道："象山之'心与理一'，'己之心即千古圣贤之心'，'宇宙即吾心，吾心即宇宙'语言中，所表之心之广大与高明义，固可溯源于明道，而象山之言此心之自作主宰义，则虽未尝自谓承伊川而为言，然吾人仍可说伊川之言是其先导也。"② 主敬工夫在于使心凝聚、专注；格物致知工夫在于凭借向事物穷理的方式，使心知之明能充量地朗现性理。唐先生认为，二者皆着重在"心对其自身之主宰运用"，因此，皆为心之自作主宰的工夫。二者之工夫路数虽然不同于象山，但若就工夫本身在于"心之自作主宰"一义而言，伊川与象山并无分别，故可以说伊川之德性实践工夫是象山之先导。

由唐先生所举的文献内容来看，明道言此心同于圣贤之心，以及此仁心浑然与万物同体，其言心之高明与广大之义，与象山"己之心即千古圣贤之心"，"宇宙即吾心，吾心即宇宙"之心义，是同质的，故谓象山之心亦可溯源于明道，此并无问题。而对于伊川言心之义，唐先生亦由伊川言心是生道、心具天德、心性天非有异，以及伊川由"同此一理"而言圣人视亿兆之心犹一心等，来融通伊川与象山。

## （三）伊川与象山虽有异而可融通

唐先生认为，伊川"性之有形者谓之心"一语，实与象山"理与心一"之意涵相同。二人不同之处在于，象山不仅视此"与理为一之心"即圣人之心，亦视为吾人之本心，故圣人与我同具此一道德本心，我自信此心即理，此心能自发地呈显道德法则；因此象山之道德工夫简易直截，重在发明本心、正面直接承担此心即理、自信此心即理。伊川以为心为性之有形者、为性之表现，故心与性实为显与隐的关系，二者是一体的；但伊川对此心之与理为一或能否表现性理，并未如象山之全然自

---

① 唐君毅：《中国哲学原论·原性篇》，第559页。
② 唐君毅：《中国哲学原论·原性篇》，第559—560页。

信，他认为此心常会受到气禀的干扰与限制，而无法与理为一、表现性理，故伊川之道德工夫目标在于去除气质之昏蔽，故强调持敬格物致知工夫。此是唐先生言伊川与象山道德工夫之不同处。

然而，唐先生前文曾说到，伊川主敬致知之工夫是"自己之心，对其自身，作一主宰运用之工夫"，故与象山之工夫重在"此心之自作主宰义"，二者"实无分别"。此处说伊川、象山工夫所以有别，原因在于二贤之侧重点不同，故发展为不同的工夫：象山重在发明本有的道德心，伊川重在去除气禀的昏蔽。其实二贤之所以有不同的侧重点，主要原因还是对心性的体会不同。故唐先生虽以工夫论为朱陆异同之第一义，实则其根源仍在于心性论。唐先生亦明白心性论是重点所在，故在说伊川、象山工夫论之差异后，接着便从心性论对二者再加以调和。

前文述及，唐先生以象山之心论为伊川之进一义者，故伊川可为象山之先导，这样的说法，来融通象山与伊川；此处在明言伊川与象山工夫论有所不同后，就伊川与象山之心性论中心与理的关系，各加以诠解，来达成二者之融通。如前文所言，唐先生说伊川之心与理是"相即不离"的关系，而非如象山主张"心即是理"、心与理为一。而且伊川在中和问题的看法上，主张心为已发、性理为未发，心为感而遂通，性理为寂然不动。唐先生此处即就未发已发之义，而申说二贤之心性要义。在象山，心的表现即性的表现，心若已发，性理亦随心之发，而俱动俱发，故象山说"满心而发，无非此理"，心与性并无已发未发之区隔。然而人经常有不善之时，并非时时皆为本心自明、道德心作主的状态，对此，唐先生依象山之义解释道：这是本心之明"尚未能自充其量，以全体呈现"之故。然而，即使尚未充量呈现，此本心之明仍是"能发"，此心之性理亦是一"能发"。唐先生用"能发"的说法，很能表现象山之心性的活动义与能动性。唐先生复由此义，连类以论及伊川的心与性，他说：

> 然伊川既谓"性之有形曰心"，性既形，形即发动，则其所谓性理寂然不动者，初当如原性篇所谓乃自此性理之为心之内容处说。自此性理之为心之内容处说，其是如此即如此，而自然其所然，当然其所然，即是不动。而所谓未发，亦可只指其未充量发而言，而

仍实是一能发也。若然，则伊川与象山之言，亦未尝不可相通。①

伊川以性理为"未发之中"，而以心为"已发"，并援引《系辞传》"寂然不动，感而遂通天下之故"② 一语，将性与心分别以"寂然不动"与"感而遂通"来描述，在此陈述之下，性理似乎不具有活动义。唐先生认为，伊川说"性之有形曰心"，所谓"形"是表现，即发动，此已是落在心上说；而性之"未形"的"寂然不动"，并不是不活动，而应当理解为"就性理作为心之内容处说"，亦即所谓性之为"寂然不动"，是就性作为心之如此的内容而言的，并不意味性理无活动义。其次，唐先生将上述象山心性的"能发"之义，类比于伊川的心性，而申论伊川说性理为"未发"，其实亦可是"未充量发"，如是，则伊川之性理"仍实是一能发也"。既有"能发"之义，如此即可与象山之心性义相通。

唐先生先以"作为心之内容"来诠释伊川说性理的"寂然不动"，去除其中所带有的"不活动"色彩；复以"未发"可以是"未充量发"而非"永无所谓发"，来肯定伊川之性理可以蕴含"能发"的活动义。由这两方面的转化诠释，拉近伊川与象山心性论的距离，而会通二者。

## 三 朱子所疑于五峰、象山者未必成立

朱子反对象山之最重要的理由，就是认为象山对于人之气禀物欲的夹杂无所措意，亦无工夫以对治之。他反对胡五峰的察识本心工夫，亦是同样的理由。唐先生既从思想源流来论朱陆异同，故从五峰之察识工夫处加以讨论。唐先生认为察识工夫有其独立性，故即使没有事先之涵养主敬、致知穷理，察识工夫亦不必然为气禀物欲所杂，而有朱子所言之弊害。

---

① 唐君毅：《中国哲学原论·原性篇》，第 562 页。
② 《周易·系辞上》："寂然不动，感而遂通天下之故。非天下之至神，其孰能与于此。"

　　按胡五峰之心性思想，主要是以性为未发之体，心为性之形着、性之发用；其道德工夫重在察识，亦即就现有之心之发用处，作正面的自觉反省，就其中发而中节、合于天理之处，加以察识并存养之。朱子早年由张南轩处习得此一工夫，但不能契合，而后转为持敬涵养与格物致知双轨并进，主要是认为此一工夫不能免于气禀物欲的夹杂。朱子认为，"心体通有无，该动静，故工夫亦通有无，该动静，方无渗漏"（《晦庵先生朱文公文集》卷四十三《答林择文》）。故无论于未发之静与已发之动，皆必须有相应的工夫。在未发之静时，须有持敬涵养的工夫，使得心静理明，而后在已发之时，方能有虚灵不昧、义理昭著之心，作为主体，如此进行察识才能有清明的辨析、精深的觉知。若于未发之静时，无此持敬涵养之功，徒然只在已发之动时进行察识，则无论能察识者（心）与所察识者（心之所发）皆夹杂气禀、私欲的成分；此一察识之心不是纯然天理的呈现，即不能于察识之中明辨善恶真伪，如此工夫徒然只成气禀私欲之混漫。朱子反对象山之学，即因类似的理由，他说象山"将一切粗恶的气，都把做心之妙理，则其所慨然自任者，未必不出于人欲之私也"（《晦庵先生朱文公文集》卷五十四《答项平父》）。"千般万般病，只在不知气禀物欲之杂"，朱子认为象山自恃满心所发皆是天理，其弊端就是沦于人欲之私，与五峰之教相同。唐先生辩说道：若人于察识之中，亦能察识到心所发出者有所夹杂，那么，这样的察识，明显是在所察识的气禀夹杂之上的层次，如此则其察识工夫即超于气禀夹杂之上运作的，这样便不会有朱子所说的弊害，而亦无须于察识之前必做涵养与致知的工夫。也就是说，察识工夫可以有其独立性，不必然需要朱子所强调的涵养穷理工夫，其关键在于察识本身"是否能运行于其所夹杂之气禀物欲之上一层次"①。唐先生的意思，并不是说察识工夫"必然"无弊害，而是说它是"可以"无弊害的；也就是说，察识工夫不见得会有朱子所说的气禀物欲夹杂之弊，只要察识之心是顺理而生，察识本身是一清明深义的觉知，能运行于气禀物欲之上一层，而"即事察心之理

　　① 唐君毅：《中国哲学原论·原性篇》，第 616 页。

之所在"①，并且能清楚觉察出气禀物欲的夹杂，则可无弊害。事实上，五峰与象山之意，正是以纯粹的道德本心为察识主体，故其可运行为清明深意的察识。唐先生谓五峰象山之工夫不必然有朱子所批评之弊病，其意即谓朱子对象山的批评不见得必然成立。

# 四　朱子之工夫亦可有弊

朱子继承伊川之教，提出主敬涵养与格物致知两项工夫，正是认为此二工夫可以免于气禀物欲的夹杂混漫，而避免五峰之察识工夫与象山之自信本心的弊端。唐先生于此复就朱子的两项工夫加以讨论，以见此二工夫是否真能无弊。

首先是主敬涵养工夫。唐先生说，此一工夫固然能使人心智清明，此心常自醒觉，而去除气质之昏蔽。但若于容色之端正、衣冠之齐整、举止瞻视之中规中矩等，太过执着拘谨，则未尝没有拘束矜持之病，而且这样的拘执，也未必不是出于气禀物欲之私。他举二程与朱子之语，论证持敬工夫亦容易流于"死敬"的弊端。唐先生援引朱子之语，说这是由"将此敬别作一物，又以一心守之"（《晦庵先生朱文公文集》卷五十三《答胡季随》）导致。将"敬"从心中推出去作为一个对象，又另立一个心来持守这个敬，斤斤持敬却流于拘谨矜持，耿耿地横一个敬字在心中，如此则是工夫歧路，把"敬"的工夫作得僵化了。持敬原是由此心惺惺地自我醒觉与提撕，以杜防气禀私意之起念，并不是刻意把持一个敬字在心中；唐先生说，若是后者，实即等同于朱子所反对的察识之弊：以一心察识一心，而有始此心迭相窥看之弊，二者同样都有着"把捉之私"的毛病。②

唐先生复说朱子的格物致知工夫，其用意在于对治学者倾心于禅佛教所产生的"好径欲速"、好高骛远之病进行批判，欲使学者就事事物物

① 唐君毅：《中国哲学原论·原性篇》，第 618 页。
② 唐君毅：《中国哲学原论·原性篇》，第 623—624 页。

穷所以然之理，踏实地做学问做道德工夫，这个立意固然是值得肯定的。但他认为，如以陆王之观点来看，这样的工夫无异于视物为外、视理为外，而穷事物之理即使人向外逐物、追逐心外之理，而不知回返自心。唐先生说"此虽非即朱子之教之本旨，然受朱子之教之学者，固尝有此弊矣"①。再者，朱子强调格物穷理，是认为象山之言有过高之弊，容易使学者产生"好径欲速"之心。唐先生辩论道："如言之过高，而唯启学者好径欲速之心，固为一弊。然必以过高之言为有弊，而务说切近之言，亦未始无弊。"② 当然，对于朱子的用意在于使学者循序渐进，唐先生是同理同情的。而他指出，义之所在即是道之所在，不必为学者而改其论调，若学者无法会其意而用其心的话，那么不论高远或切近之言，皆会因为学者的不能善用其心而有弊病。故关键是在于学者之善会其意。更何况，唐先生说，朱子虽以格物致知为切近工夫，然而格物穷理最终达到的豁然贯通境界，亦是相当高的。

唐先生在论朱子之工夫所可能产生的弊端之后，复说任何工夫皆可能有弊，天下并无完全无弊之工夫。而任何工夫之所以皆能产生弊端，乃学者不善会其意，不善用其心之故。③ 就主敬涵养工夫而言，如果能知道借由"整容貌、齐颜色"之所以达到"清明在躬，志气如神"之本心醒觉的目标，而不将焦点集中在容貌颜色之整齐中，就不会流于拘谨矜持之弊。又如格物致知工夫，若能把握其精义在于"即物穷理，是此心之顺物以知理，亦通达乎物以知理，此中物与理乃随心而俱现，即外即内"④，则可无向外逐物而不返之弊。唐先生说，要使一切工夫皆能运用妥当而无弊害，要有"求诚"与"求实"作为一切工夫之根本；若有此二者，即可免于因气禀物欲的夹杂所造成的"不善会"与"不用心"，而此二者实是朱子与象山所共同强调的，关于这个部分，朱陆二贤原无异说。唐先生更进一步由此而申论朱陆工夫论的通同之义，见下文所述。

---

① 唐君毅：《中国哲学原论·原性篇》，第 624 页。
② 唐君毅：《中国哲学原论·原性篇》，第 624 页。
③ 参见唐君毅《中国哲学原论·原性篇》，第 627 页。
④ 唐君毅：《中国哲学原论·原性篇》，第 628 页。

# 五 朱子心性工夫论与象山通同者

唐先生说，一切道德修养工夫若能有"求诚"与"求实"两项基本功，则可以去除气禀之弊端。因为此二基本功的用意在于使道德实践工夫能相续不间断，而不杂于弊害。因为人在做工夫时，难免时而间断，或有气禀私欲夹杂其中；求诚求实的工夫，即"立志"。"立志"本是象山对学者一再强调的，而朱子亦说"学者须以立志为本"①，此义同为二贤所重。唐先生说"人此志之能立，正本于吾人之自信能使之（笔者按："之"指工夫）续，使之纯；而人能立志，亦增吾人之自信其能"②。而"此立志与自信，乃以此当下之心，涵摄彼未来，包括彼未来，使未来之可断可杂之机，即由当下之此心之立志与自信，加以化除，使不得更有断有杂，以碍全功"③。此即道德工夫之所以能维持相续不杂、纯一不已的关键。唐先生说吾人之所以能有此立志与自信，原因在于吾人之心有此性，有此理，此即同于圣人之心。唐先生说，朱子与象山的志心所趋，同样都在求此心与此理的全然冥合，但也同样不敢说当前之心即已是与理全然冥合的圣人之心。此中二贤如何谈心与理的关系及其存在地位，便是其思想异同的关键所在。

在象山，吾人之心与理能完全冥合，乃因此心本即理。至于人之心所以会不合于理，是因为此心之病与障蔽尚未剥落。此病与此障蔽不是本心所生，而皆由外所加。故道德工夫即在于一方面减去外加之障蔽，以复其心之本貌；一方面，此一道德本心，本即能够日新又新、日广日大者。（《象山全集》卷二十一《论语说》）而此道德本心之日心日盛，即一面可使其自己信实光辉，充塞宇宙；一面即同时自去限隔，化除病痛与障蔽，譬如日光照耀而烟雾即消散无踪。

---

① （宋）黎靖德编：《朱子语类》卷一一八，王星贤点校，中华书局 1986 年版，第 3063 页。

② 唐君毅：《中国哲学原论·原性篇》，第 630 页。

③ 唐君毅：《中国哲学原论·原性篇》，第 632 页。

而在朱子的部分，唐先生指出，"朱子在宇宙论与一般工夫论中，其泛说此心在天地间之地位，及泛说工夫者，与其扣紧心性论以言心与工夫者，三方面之言，实未能全相一致，而有不同之论"①。这既是学者研究朱子心性工夫论的难题，也是朱子心性工夫论的诠解，更历来存在着歧义的原因。但唐先生指出："观朱子之言工夫之精义，实不在其由宇宙论之观点，以看此工夫所成之道心或其在天地间之地位一面，亦不在其泛说心之操存舍亡之处；而正在其直接相应于纯粹心性论中，所面对之此心性，以言工夫处。此面对心性以言之工夫，实朱子思想之核心之所在。"② 此言显示唐先生的确能以同理同情的理解，扣紧朱子心性工夫论的问题意识，同时亦能掌握朱陆会通的方向所在。

唐先生接着说："自此核心上看，则其言本心，明有同于象山言本心'不以其一时之自沉陷自限隔而不在'之旨者。"③ 唐先生肯定朱子与象山之言本心，"皆有本体论上自存义"④。他一方面指出朱子主敬涵养工夫即本心之自明自现之义，而同于象山本心的意涵，他说若顺朱子之心性论来看涵养主敬工夫，则可确知朱子并非认为此一工夫为由外所加者，"而亦可只视之为此心之本体之自明而自呈现，以成此涵养主敬之工夫；此中，即亦应有一心之本体与其工夫合一之义，而心之不昧其知觉，即为心之立体之事，亦心之用行之事"⑤。他举朱子论"明德"之言："人之明德，未尝不明，虽其昏蔽之极，而其善之端之发，终不可绝，但当于其所发之端，而接续光明之，令其不昧，则其全体大用可以尽明。"（《朱子语类》卷十四）"敬为心之贞"（《与张钦夫》），"敬字只是自心自省当体"等文献为据，说朱子本即肯定一光明广大之心体，其持敬之工夫是"心之自体之贞定于自己"⑥，"心体之炯然醒觉在此"⑦，故涵养

---

① 唐君毅：《中国哲学原论·原性篇》，第 636 页。
② 唐君毅：《中国哲学原论·原性篇》，第 640 页。
③ 唐君毅：《中国哲学原论·原性篇》，第 640 页。
④ 唐君毅：《中国哲学原论·原性篇》，第 641 页。
⑤ 唐君毅：《中国哲学原论·原性篇》，第 640 页。
⑥ 唐君毅：《中国哲学原论·原性篇》，第 644 页。
⑦ 唐君毅：《中国哲学原论·原性篇》，第 645 页。

用敬工夫即趋向于"心体之自存而自用"①，而其省察、格物致知工夫，亦皆在于去除本心之昏蔽，以回复其心体之明。故唐先生说："则朱子亦实正是趋向于：依本心之心体之建立，而以一切工夫，不外所以自明此心体之说者。"唐先生认为"此与象山之立根处，亦正无不同也"②。另一方面，唐先生也肯定象山"发明本心"的工夫，即具有朱子涵养工夫之义。因为涵养工夫之所以去除气禀物欲之障蔽，而象山发明本心工夫，本心之明能够自求实现，则气禀物欲之化除，是本心自立自现的自然结果，而无须将此心与气禀物欲处于相对立之位置，或先去除气禀物欲才见此心之明；气禀昏蔽之化除，只是本心之明的日益自新、日益充广的别名。就此义而言，象山之"发明本心"更有其胜义；而唐先生认为，以此一义，象山的发明本心工夫，即可统摄、贯彻朱子主敬涵养、动时省察与格物致知的工夫，因为本心之明是通贯于动与静、已发与未发，而无时不在的，故可通贯朱子所言之诸项工夫。③

# 结　论

唐先生说，朱陆异同的议题，以工夫论为其第一义。依唐先生的阐释：朱子的道德工夫，于其起始，固然以"对治气禀物欲之杂"为首务，此一对治即含有"心与理为二"的平行对立，但其中未尝不蕴含着道德本心的自明自现之义；而于其工夫之终点，则亦以"心与理一""己之心即圣人之心"为归趋。如是，在唐先生的诠解之下，朱子工夫论的义理内涵皆可会通于象山。然而，吾人可以思考的是：这样的会通之所以可能，究竟是朱子思想中本亦隐含着象山之意，而由唐先生予以揭橥彰显之故，抑或唐先生的诠释为朱子思想更进一解而得致？

唐先生认为工夫论是讨论朱陆异同的第一义，但前文亦述及工夫论

---

① 唐君毅：《中国哲学原论·原性篇》，第645页。
② 唐君毅：《中国哲学原论·原性篇》，第646—647页。
③ 参见唐君毅《中国哲学原论·原性篇》，第652—655页。

其实无法离开心性论而独立论列。在中国哲学中，任何一种修养工夫，必然预取一主体，以为工夫实践的核心。此一主体，不论是儒家的道德本心、道家的虚静心，或是佛家的般若智心，皆是修养工夫的始源与根据，也是修养工夫的终极归趋所在，这是儒释道三家的共法。在儒家，由孟子提出道德本心，指出人的道德主体，既是生命主体，又是道德工夫实践的主体。象山自言其学问直接承继于孟子，其"发明本心"的工夫，是道德本心之自明自现，故道德主体即工夫主体，道德工夫在于道德本心的自我肯定、自我扩充、自我存养，故简易而直接。此在象山之处并无问题，唐先生在会通朱陆的论述中，于象山思想的部分，固然就二程以来的思想传承，作了许多补充阐发，但其对象山的论述并无太多曲折或需要委婉疏通之处。相形之下，唐先生于朱子思想作了较多疏通。

朱子的道德工夫细密而周详，无论涵养或省察，工夫本身无不需预取一主体，否则无论在理论或实际操作层面，工夫皆不可能成立与开展。朱子的道德工夫当然有其主体，但由于他在理论的陈述上，一直把焦点放在气禀物欲之杂的对治上，而不愿对此一主体的道德动能给出直接的肯认；加上他将理气二元的宇宙论概念带入心性的定义中，导致此一主体（即"心"）在道德动能的认定上存在着疑义，因此若干学者认为在朱子的心性工夫论中，"心"只能作为工夫主体，而不能是道德主体，甚至在朱子的思想体系中是否有"道德主体"一义，是个问题。若依此见，则朱子的心性工夫论实是不能成立的，而学者这样的看法也应与象山批评朱子的"朱元晦泰山乔岳，可惜学不见道"之意相同。依儒家之义，道德工夫论本即预取道德本心作为其主体，但并不能因此一"理论上之应然"，而直接肯定朱子的"心"即道德本心。就如唐先生所言，在朱子纯就心性论来谈心与工夫的言论中，亦大有道德本心之义在；但朱子在宇宙论与泛论工夫的言论资料中所说的"心"，又有不一致之处。因此，在朱子心性论的"不一致"当中，连类整合出其"一致之义"；在朱子"工夫论里隐晦不显"当中，析解显化出其含有的道德本心的意涵，笔者认为这是唐先生在会通朱陆之中作出的最重要的贡献。不过，在此要澄清的是，这并不能视为唐先生对朱子的进一步诠解，而有溢出朱子原意者；或为了达到会通朱陆的目的，而强加其意于朱子之上；更不能视为以象山之义来同化或吞没朱子。因为，唐先生所论，皆援引朱子文献，并非空口自抒胸臆；最重要的是，唐先生于朱子"强化了气禀之杂的对治，而弱化了道德主体的自明自显义"的工夫论述中，拈出了"作为道德工夫论的核心概念"的道德主体意涵，此义原是在朱子思想中真实存在却隐而不显的。故唐先生看似以象山之"发明本心""本心之自明自现"之义来会通、统合朱陆，立场上似较倾向于象山之义，而对朱子思想进行了转化或创造性的诠释，但唐先生的诠释实则是隐含于朱子思想中，或朱子思想中本即存在的理解向度。唐先生不从"同尊德性"的肤浅通义，而是进入朱陆心性工夫论，作深义的析解与比对，在义理上将此朱陆异论汇同于儒家成德之教的核心大义中，对于和会朱陆实有重要的贡献。

# 明代关学融摄阳明学中的
# "江右"诸子

## 常 新

（西安交通大学人文学院）

**摘要：** 晚明冯从吾构建关学基于对朱子学与阳明学的融摄，这一融摄其实在其前辈学者吕柟与阳明江右弟子邹东廓的论学中已见端倪。吕柟与阳明本人及邹东廓的论学中以理性之精神肯定阳明的"良知"本体，对阳明的格物与知行观点提出疑问。晚明冯从吾与江右邹元标主持风教，讲学南北，时谓"南邹北冯"。冯从吾在重构"儒学之正"与撰写《关学编》的过程中将阳明心学纳入关学，既完成"关学史略"的哲学定位，又融通阳明心学的理念，其间多受益于"江右"诸子对阳明后学中空谈心性、务虚蹈空流弊的批判。清初关学巨擘李二曲尤其重视"江右"诸子思想，促进了清代以来关学融摄阳明心学趋势的形成。

**关键词：** 晚明 关学 阳明心学 融通

# 引 言

整个明代的学术大致可以嘉靖朝为界分为两期①，嘉靖以前学术以朱

---

① 《明史·儒林传》言"明初诸儒，皆朱子门人之支流余裔，师承有自，矩矱秩然"，"嘉、隆而后，笃信程、朱，不迁异说这，无复几人矣"。（清）张廷玉撰：《明史》，中华书局1974年版，第7222页。

子学为主，这正如黄宗羲在《明儒学案》借用南宋陈亮给朱子的书信中
"此亦一述朱彼亦一述朱耳"以言嘉靖以前的朱子学盛况。① 明代朱子学
的兴盛与明代科考科目对朱子学的重视有关。明初洪武十七年（1384）
朱子《四书章句集注》被钦定为"四书"科考定式，朱子学僵化的趋势
更加明显，引发阳明革新朱子学的学术实践。正德三年（1508）阳明
"龙场悟道"以"圣人之道，吾性自足，向之求理于事物者，误也"的学
术批判勇气，以内省的方法与朱子学"求理于事事物物"外向的理路
"分道扬镳"。② 正德四年（1509），阳明主教贵阳书院，始论"知行合
一"③，正德十六年（1521），正式揭示"致良知"之教④，确立了自己
的学术立场与方法，"便人人有个作圣之路"⑤。嘉靖六年（1527）至嘉
靖九年（1530），邹东廓在南京任职，与吕枬、湛甘泉共主讲席，南都讲
学之风大盛。⑥ 嘉靖、隆庆二朝，阳明心学风行一世。阳明殁，其后学出
现分化，江右学派的聂双江与罗念庵不解王学，使王学末流的流弊出现。⑦
万历朝以后，阳明学成为晚明阳明继承者刘宗周反思与批判的对象⑧，而

---

① 参见（清）黄宗羲《明儒学案》，沈芝盈点校，中华书局1985年版，第178页。
② （明）王守仁：《王阳明全集》，吴光、钱明、董平、姚延福编校，上海古籍出版社2011
年版，第1354页。
③ （明）王守仁：《王阳明全集》，吴光、钱明、董平、姚延福编校，第1355页。
④ （明）王守仁：《王阳明全集》，吴光、钱明、董平、姚延福编校，第1411页。
⑤ （清）黄宗羲：《明儒学案》，沈芝盈点校，第178页。
⑥ 黄宗羲在《明儒学案》中称吕枬"九载南都，与湛甘泉、邹东廓共主讲席，东南学者，
尽出其门"。（清）黄宗羲：《明儒学案》卷八，沈芝盈点校，第138页。吕枬"日切磋于邹东
廓、穆元庵、顾东桥诸君子"。《明泾野吕先生传》，《续刻吕泾野先生文集》，清道光十二年富平
杨氏刻本，北京大学图书馆藏。南都讲学期间，吕枬与邹东廓在知行问题方面存在差异，邹东廓
主阳明"知行合一"之旨，吕枬主"知先行后之旨"，颇不合。其后邹东廓在《简吕泾野宗伯》
中云"当世病痛，尚是比拟文义，想象光景，自以为为学工夫，而不知于良知本体反增一层障
蔽"，言下之意，认为当世有知行分离之弊，这也显示出"江右"王门与泰州学派在学理方面差
异的端倪，在一定程度上也可视为邹东廓对吕枬"知先行后"，"君子贵行不贵言"的认同。参
见董平编《邹守益集》，凤凰出版社2007年版，第515页。
⑦ 参见牟宗三《从陆象山到刘蕺山》，台北：联经出版事业有限公司2020年版，第4页。
⑧ 参见陈俊民《张载哲学思想及关学学派》，人民出版社1986年版，第17页。陆王心
学复渐归于北宋濂溪、横渠、明道之"由《中庸》《易传》而归于《论》《孟》之'以心着
性'之一路，此一路由胡五峰明言之，而集大成于刘蕺山"。牟宗三：《从陆象山到刘蕺山》，第
328页。

吕柟则被刘宗周视为明代儒学的中坚,对阳明学有救弊之功①。

晚明关学零落,冯从吾与张舜典以关学复兴的身份出现,二人为学主旨折中程朱理学与阳明心学的同时,还出现了反归张载,还原儒学的曲折路径②,这一路径是通过明末清初关学出现总结与终结体现出来的,其原因有二:其一为学术领域对程朱理学与阳明心学的整体批判与反思;其二是地域文化勃兴所引发士人地域意识的增强。这两方面的因素促使冯从吾对关学进行了一次学术总结,使关学趋向心学的发展方向。本文通过对冯从吾编撰《关学编》的过程及结果进行考察,研究晚明关学融摄阳明心学过程中"江右"诸子学术交游所引发关学的流变,揭橥晚明关学出现心学化之大势。

## 一 晚明的阳明学及传播的境况

晚明在学术史上有不同的界定③,但在诸多界定中嘉靖之后的隆庆与万历两朝作为晚明是没有学术争议的,因为在这两朝明王朝走向衰落迹象明显,整个社会经济与士人心态都发生了巨大变化,在明清两朝的笔记和史学著作中对此有着精到的论述。④ 在经济方面,商业经济发展

① 吕柟提出的"君子贵行不贵言"被刘宗周视为"得先生尚行之旨以救之,可谓一发千钧",(清)黄宗羲:《明儒学案》,沈芝盈点校,第11页。

② 参见陈俊民《张载哲学思想及关学学派》,第17页。刘宗周之子刘汋概括其父对阳明学转变曾言"始疑之,中信之,终而辩难不遗余力"。吴光:《子刘子行状》,载《刘宗周全集》,浙江古籍出版社2007年版,第43页。

③ "晚明"一词应用的时间范围并无规范界定。有用为明末同义语的,有指称嘉靖以至明末的,也有以万历划线的;还有更为宽泛的概念,以谢国桢《增订晚明史籍考》为例,书中将晚明等同于明季,而实际上所指非明末,而是自万历以迄康熙年平定天藏为止,也即明末清初。晚明社会变化是一个动态的发展演变过程,大量史料表明明朝前期和中后期的社会具有迥然不同的面貌,分水岭即在成、弘,成、弘之前为明前期,其后为明中后期。参见万明主编《晚明社会变迁问题与研究》,商务印书馆2005年版,第2页。本文以万历作为晚明的开端,其由见下页注释④所引用《历代刑法考》与《廿二史札记》引文。

④ 《历代刑法考》中言"明祚之亡,基于嘉靖,成于万历,天启不过扬其焰耳"。(清)沈家本撰:《刑法分考》十四,载《历代刑法考》,邓经元、骈宇骞点校,中华书局1985年版,第375页。赵翼《廿二史札记》中言"明之亡,不亡于崇祯,而亡于万历"。(清)赵翼:《廿二史札记校证》卷三十五,载《万历中矿税之害》,王树民校正,中华书局1984年版,第797页。

迅速，作为经济中心之一的杭州"北湖州市，南浙江驿，咸延袤十里，井屋鳞次，烟火数十万家，非独城中居民"①。市场的繁荣，波及社会生活其他方面，引发社会风尚的激变，社会风气的变化带来的是道德的浇漓，"德化凌迟，民风不竞"②。此时阳明心学"其教大行，其弊滋甚"③。阳明心学的"其弊滋甚"与阳明心学在阳明生前与去世的分化相伴而生，约而言之，"江右"王门之邹守益与罗洪先恪守师说，"泰州学派"与"浙中"王门相较阳明本人思想出现较大变易，而"江右"王门作为阳明心学正传而补救"泰州"王门与"浙中"王门在晚明内部受到肯定。④

就晚明的士风而言，嘉靖朝较正德朝更为险恶，对士人精神摧折为最甚者，以万历朝对官员的廷仗为例，沈德符在其《万历野获编》中记有诸多官员廷仗的访谈。⑤ 士人精神的摧折，使士人的精神风貌与价值取向产生了很大的变化，庙堂之上的大部分士人"腾空言而少实用"⑥，"忠厚之意薄，而衔沽之情胜也"⑦，"物议横生，党祸继作"⑧。政治的险恶改变了晚明士人的生活态度，部分士人纵欲成性，部分士人怡情自足，但也有更多的士人基于道统与治道的统一理念，以讲学的方式以达到挽救危局的目的，这其中不乏阳明后学的身影。

基于阳明学对朱熹学的革新及晚明以来险恶的政治生态，阳明学在阳明在世之时就受到质疑和攻讦，在《王阳明年谱》中记载："有言先生

---

① （明）王士性：《广志绎》，中华书局1981年版，第69页。

② 沈应文、张元芳修纂：（万历）《顺天府志》卷一，《地理志·风俗》，明万历刻本。

③ （清）张廷玉撰：《明史》，第7222页。

④ 黄宗羲在《明儒学案》提示这一变化趋势，其言曰"阳明先生之学，有泰州、龙溪而风行天下，亦因泰州、龙溪而渐失其传。泰州、龙溪时时不满其师说，益启瞿昙之秘而归之师，盖跻阳明为禅矣。然龙溪之后，力量无过于龙溪者，又得'江右'为之救正，故不至十分决裂"。（清）黄宗羲：《明儒学案》卷三十二《泰州学案》，沈芝盈点校，第703页。

⑤ "余曾见沈继山先生云，杖之日交右股于左足之上，以故止伤其半，出则剔去腐肉，以黑羊生割其臑，傅之尻上，用药缝裹，始得再生。乃行戍东粤，徒步过岭，血犹涔涔下也。邹南皋先生为余言，每遇天阴，骨间辄隐隐作痛，以故晚年不能作深揖……余又问孟五岑给事，亦云被杖最毒，偶不死耳。闻王希泉给事以上震怒，操梃者不敢容情，亦濒殆云。"［韩］沈德符：《万历野获编》卷十八《刑部·廷仗》，中华书局1959年版，第476页。

⑥ （清）张廷玉撰：《明史》，第6294页。

⑦ （清）张廷玉撰：《明史》，第6114页。

⑧ （清）张廷玉撰：《明史》，第6053页。

（王阳明）势位隆盛，是以忌嫉谤；有言先生学日明，为宋儒争异同，则以学术谤；有以言天下从游者众，与其进不保其往，又以身谤。"① 嘉靖元年（1522）礼科给事中章侨上疏言"三代以下论正学莫如朱熹，近有聪明才智足以号召天下者，倡异学之说，而士之好高务名者，靡然宗之，大率取陆九渊之简便，惮朱熹谓支离"，章侨奏疏有效，嘉靖皇帝下诏"教人取士一依程朱，不许妄为叛道不经之书，私自传刻以误正学"②。阳明的门人与学术的追随者在这次学术打击中受到排挤。嘉靖二年（1523）的会试题目以"心学"为问，实以展开对阳明学的批判与清算，但适得其反，在某种程度上传播了阳明学。③ 王阳明离世之后，其学术随即受到官方的清算，其政敌礼部尚书桂萼上书指责阳明学，在廷堂之上附和甚多，以致王阳明新建伯的封号被停封。④

　　阳明本人在世尽管多遭不测，但他有着孔子般的"弘道"意识。在阳明与友人论学的书信中多有对士人的隐忧。⑤ 基于对士风的忧虑，阳明试图通过讲会与讲学培养严毅的士风以挽救颓废即倒之世风。⑥ 根据《王阳明年谱》记载，早在成化十八年（1482）王阳明与湛若水一见定交，便

---

① （明）王守仁：《王阳明全集》，吴光、钱明、董平、姚延福编校，第1420—1421页。

② 《明世宗实录》，台北："中央研究院"历史语言研究所1966年版，第568—569页。

③ 参见（明）王守仁《王阳明全集》，吴光、钱明、董平、姚延福编校，第1420页。

④ 这次上书之后吏部和廷臣形成了一个决意性结果，其言曰："守仁事不师古，言不称师，欲立异以为名，则非朱熹格物致知之论，知众论之不与，则着朱晚年定论之书，号召门徒，互相唱和。才美者乐其任意，或流于清谈；庸鄙者借其虚声，遂敢于放肆。传习转讹，悖谬日甚。其门人为之辩谤，至谓杖之不死，投之江不死，以上渎天听，于无忌惮矣。"《明世宗实录》，第2299页。

⑤ 阳明在《送别省吾林都宪序》中言"今夫天下之不治，由于士风之衰薄；而士风之衰薄，由于学术之不明"。（明）王守仁：《王阳明全集》，吴光、钱明、董平、姚延福编校，第975页。在《寄邹谦之·三》中言："后世大患，全是士大夫以虚文相诳，略不知有诚心实意。流积成风，虽有忠信之质，亦且迷溺其间，不知自觉。"（明）王守仁：《王阳明全集》，吴光、钱明、董平、姚延福编校，第228页。

⑥ 阳明在《答王鹰庵中丞》中言"仆已无所可用于世，顾其心痛圣学之不明，是以人心陷溺至此，思守先圣之遗训，与海内之同志者讲求切劘之，庶亦少资于后学"。（明）王守仁：《王阳明全集》，吴光、钱明、董平、姚延福编校，第907页。邹守益深受阳明影响，也言"兹欲救士习，敦民风，非敷数典学，别无下手处"。（明）邹守益：《九邑讲学》，载《邹守益集》，凤凰出版社2007年版，第725页。

以倡明圣学为事。① 其后阳明在安徽滁州督马政期间（1513），"日与门人遨游琅琊、瀼泉间，月夕则环龙潭而坐者数百人，歌声振山谷"②。主政江西期间是阳明讲学的一个高峰期，赣州府和吉安府成为阳明心学早期的学术中心，其间门人邹守益、欧阳德、黄弘纲、何廷仁、刘邦采、刘文敏等亲身跟随王阳明，这些人后来仕宦他乡，促进了阳明学在不同地域的发展。③ 正德十六年至嘉靖六年，王阳明丁忧、赋闲在家，在绍兴讲学，成为声势达到阳明讲学最盛时期，在门人钱德洪的记录中有言"尝闻之同门先辈曰，南都以前，友人从游者虽众，未有如在越之盛者"④。在越讲学期间，绍兴郡守，关中士人南大吉亲炙阳明，成为阳明学在关中传播的唯一门人，阳明对南大吉在关中传播其心学抱有深切希望，在现存的阳明与南大吉相互往来的信件中可以看出这一点。⑤

阳明一生讲学不倦，钱明先生在其《王阳明及其学派论考》中统计阳明讲学足迹覆盖了 15 个省⑥，门人分散各地，建立讲会，阐发师教。讲学在传播阳明学思想的同时引发了阳明学内部的分化，形成了黄宗羲《明儒学案》中所划分的"浙中"王门、"江右"王门、"南中"王门、"楚中"王门、"北方"王门、"粤闽"王门，另外还有止修、泰州、诸儒等学派。《明儒学案》的这种划分目的在于明晰阳明后学师承地域脉络，而实际上阳明学的学派远超过这种地域划分。⑦

---

①　参见（明）王守仁《王阳明全集》，吴光、钱明、董平、姚延福编校，第 1357 页。

②　（明）王守仁：《王阳明全集》，吴光、钱明、董平、姚延福编校，第 1363 页。

③　参见吕妙芬《阳明学士人社群：历史、思想与实践》，新星出版社 2006 年版，第 37 页。

④　（明）王守仁：《王阳明全集》，吴光、钱明、董平、姚延福编校，第 134 页。

⑤　在《关学编》有同州人尚班爵从学阳明记载，尚班爵在关学史上的学术及影响无考，因此南大吉是关中唯一传其心学的亲炙弟子。王阳明在《答南元善》中言关中"自有横渠之后，此学不讲，或亦与四方无异也，自此关之士有所振发兴起，进其文艺于道德之归，变其气节为圣贤之学，将必自吾元善昆季始也"，（明）王守仁：《王阳明全集》，吴光、钱明、董平、姚延福编校，第 236 页。

⑥　参见钱明《王阳明及其学派论考》，人民出版社 2009 年版，第 276 页。

⑦　冈田武彦先生在其《王阳明与明末儒学》中将阳明后学分为"良知现成派（左派），良知归寂派（右派）和良知修征派（正统派）三派"。［日］冈田武彦：《王阳明与明末儒学》，重庆出版社 2016 年版，第 10 页。但蔡仁厚先生对这一分法持有异议，认为将王学进行唯物、唯心、开明、保守、左派、右派是一种粗略的贴标签、加颜色、混淆视听的做法。参见蔡仁厚《王学流衍："江右"王门思想研究》，人民出版社 2006 年版，第 5 页。

阳明学在晚明之所以风靡一时，与阳明及其后学重视讲学有很大关系，冯从吾也秉承阳明及其后学重视讲学的传统，在京城期间与邹元标"居官讲学"，创办首善书院，改变了京师向无书院的历史。① 冯从吾在首善书院讲学期间受到非议，他在《辨讲学疏》中对自己的讲学进行了辩护，称其讲学的目的在于"提醒人心，激发忠义"②，显示出其与邹元标对儒家道义的担当。

## 二　关中理学思想的积淀

对学术思想的总结的前提条件之一就是需要总结的学术思想具备两个条件：其一，该学术思想需要有学脉的传承；其二，该学术需要有思想内部的纷争与统合。晚明关学在经历了三原学派的复兴、明中期经吕柟等人不遗余力地发掘与创新而达到其全盛时期，在学理方面地域特色更为鲜明，逐渐为明代理学内部所认同。晚明冯从吾融合程朱与陆王，通过对被视为异端佛教的批判，使对关学进行学术的总结成为可能。

明代前期的河东之学与三原学派相继勃兴，黄宗羲在《明儒学案》中谈到二者的关系时曾言"关学大概宗薛氏，三原又其别派"③，《四库全书总目提要》也言"关中之学，大抵源出河东、三原，无矜奇吊诡之习"④，两个文献对明代关学发展轨迹的描述大致成立，但其间也存在一些需要厘定的问题。

首先，黄宗羲所言的"关学宗薛氏，三原又其别派"中"关学宗薛氏"过于笼统，"三原又其别派"有明显判断失误。将薛瑄视为明代关学的宗师是不正确的，因为明代关学发展有着自己的发展逻辑：初期主要

---

① 参见吴震《明代知识界讲学活动系年1522—1602》，学林出版社2003年版，第409页。

② （明）冯从吾：《冯从吾集》，刘学智、孙学功点校，西北大学出版社2015年版，第536页。

③ （清）黄宗羲：《明儒学案》，沈芝盈点校，第158页。

④ （清）永瑢撰：《四库全书总目》，中华书局1965年版，第810页。

以程朱理学为主，中间继承和发展张载思想，后期又融合了阳明心学。假如将薛瑄理学思想视为关中重要学术资源，黄宗羲的判断是成立的，在冯从吾所著《关学编》中明代关中理学家15人中有9人为河东学派的传人①，可见河东学派对明代关中学人影响之深远。其次，将三原学派视为河东学派的"别派"则与三原学派的学缘不符。三原学派具有相对的独立性，创立者王恕与薛瑄基本属于同代学者，虽有交集，但在王恕相关资料中未见二人在学术方面存在师承或学承关系，三原学派中的中坚大都以经学作为为学的根底。

吕柟的学术可视为对程朱理学与张载之学的集成与融合，刘宗周视其为关学的集大成者②被理学家认可。吕柟对张载之学在关中的延续倾注了很大的精力，在解梁书院编著有《张子抄释》。吕柟清晰地表达了他搜集与整理张载遗著的目的，他将自己从苏州举人黄省曾处获得的张载《易说》推荐给太学生刘椿与程爵，二人校订后刊刻张载《易说》，吕柟为此书作序，在序中表明刊刻此书的目的在于传播张载易学，并使张载易学思想"固与程《传》、朱《义》并行于世不泯也"③。另外，吕柟在南都讲学期间，程朱理学日渐支离，阳明心学盛行天下，吕柟已经认识到阳明学有只注重良知本体而脱略工夫的潜在危险，因此与邹东廓等阳明门人召开讨论，其间二人虽有"知行合一"方面的分歧——邹东廓主张阳明之"知行合一"之说，而吕柟主张"知先行后"④，但后来邹东廓渐渐靠近吕柟"知先行后"之旨⑤。吕柟将"良知"本体与阳明相合，

①　参见常裕《河汾道统——河东学派考论》，人民出版社2009年版，第5页。

②　参见（清）黄宗羲《明儒学案》，沈芝盈点校，第11页。

③　（明）吕柟：《吕柟集·泾野先生文集》，米文科点校，西北大学出版社2015年版，第416页。

④　吕柟在《别东廓子邹氏序》中言"予与东廓邹氏之在南都三年矣，每以居室之远，会不能数，然会比讲学，讲必各执己见，十二三不合焉。初会于予第，东廓曰：'行即是知。譬如登楼，不至其上，则不见楼上所有之物。'予应之曰：'苟目不见楼梯，将何所于加足，以至其上哉。'东廓亦不以为然"。（明）吕柟：《吕柟集·泾野先生文集》，米文科点校，第236页。

⑤　吕柟在《答程君修书》中言"近四月间，东廓子游考绩之行，过鸳峰东所讲论，将达旦始寝，然其意亦渐觉相合"。（明）吕柟：《吕柟集·泾野先生文集》，米文科点校，第722页。

这一点也体现在吕柟与"江右"阳明门人何廷仁的论学中。作为"江右"
王门的学者，何廷仁笃信阳明良知学，但吕柟认为对阳明良知学的接受
要从接受者的根器进行区分，这一点和阳明在"天泉证道"中对钱德洪
与王龙溪对"四句教"产生分歧后提出的"上根""中根""下根"的观
点相一致①，相较何廷仁，吕柟对阳明的良知学有更为深刻的认识，他意
识到阳明良知学存在潜在的风险，这也是吕柟接受阳明学所得出的真知
灼见。何廷仁与吕柟一样，对学术持有开放与公允的态度，吕柟批评学
者不应以己见引发思想交锋，这种态度大致代表了其后关学融摄朱子学
与阳明学的态度。② 另外吕柟同欧阳德也有深交③，吕柟同"江右"诸子
交游，在他们论学的过程中融合程朱理学、阳明心学、张载的学术思想，
构建了新仁学体系，成为明代关学发展的一个顶峰，对冯从吾与张舜典
产生了深刻的影响，为晚明的冯从吾对关学进行总结提供了学理方面的
条件。

吕柟卒于嘉靖二十一年（1542），嘉靖三十四年（1555）关学学者韩

---

① 何廷仁初名秦，字性之，别号善山，江西雩都人，与黄弘纲为"江右"阳明高足，当
时有"浙有钱王，江有何黄"之说，"然守仁之学，传山阴、泰州，流弊靡所底极，惟江西多多
实践"。参见（清）张廷玉撰《明史》，第7282页。吕柟在《泾野子内篇》中记载："何廷仁
言：'阳明子以良知教人，于学者甚有益。'先生曰：'此是浑沦的说话，若圣人教人，则不如是。
人之资质有高下，工夫有生熟，学问有浅深，不可概以此语之。'"（明）吕柟《泾野子内篇》，载
《吕柟集·泾野先生文集》，米文科点校，第121页。王阳明针对钱德洪与王龙溪的分歧言道：
"吾教法原有此两种，四无之说为上根人立教，四有之说为中根以下人立教。上根者，即本体便
是工夫，顿悟之学也。中根以下者，须用为善去恶工夫以渐复其本体也。"（清）黄宗羲：《明儒
学案》，沈芝盈点校，第238页。

② 何廷仁言："程子、张子之心，无些物我之见，如张子方与弟子说《易》，闻程子到，
善讲易，即撤皋比。使弟子从程子讲易。程子方与弟子论主敬之道，见张子《西铭》，则曰：
'某无此笔力。'可见二字之心甚公。"吕柟答曰，"此正是道学之正脉"，"他如朱、陆之辩，不
免以己说相胜，以此学者不可执己见"。（明）吕柟：《泾野子内篇》，载《吕柟集·泾野先生文
集》，米文科点校，第122页。

③ 欧阳德在《吕泾野先生考绩序》中记载其会试礼部，吕柟谓其"是子盖有志于学者，
宜置上第"，"竟以对策未狗主司意，格不果然"。这篇《序》中也记载了欧阳德侄子受教于吕柟
的相关史实，参见陈永革编校整理《欧阳德集》，凤凰出版社2007年版，第451页。欧阳德在
《寄吕泾野》中言"君志定而天下之治成，念之悚然，微执事，复谁忘也"。参见陈永革编校整
理《欧阳德集》，第63页。欧阳德在《赠泾野吕先生赴召大司成》中称赞吕柟"忠直平生符两
字，江湖廊庙总悠然"。陈永革编校整理：《欧阳德集》，第807页。

邦奇、马理、王维桢等人遇难于大地震，至此明代关学发展的黄金时期已逝，在其后的一段时间关学处境维艰，到万历时"寥落孤弱极矣"①，直至冯从吾、张舜典、王秦关等人重振关学宗风。

晚明和清初的关中学者对冯从吾非常尊崇，许多人将冯从吾视为主要思想渊泉，李二曲对冯从吾的著作推崇有加，"近代理学书，《读书》《居业》二录外，惟《冯少墟集》为最醇"②，认为冯从吾同周敦颐、二程、张载、朱熹一样，为"学脉正而学术醇者"③。"关中三李"之一的李因笃从七岁受学时，其母即以冯从吾小像示之，以勉其向学。④ 冯从吾在晚明理学内部程朱理学与阳明心学相互攻讦之时保持理性的态度，一方面是程朱理学的忠实继承者，另一方面又反对理学内部程朱理学与陆王心学的纷争。⑤ 由于不固执于一端，冯从吾具有调和程朱理学与阳明心学的学术思想争端的能力，并能将其进行融摄与吸收，成为关学自张载与吕柟之后的另一高峰。冯从吾这一融摄朱子学与阳明学的旨意与以邹元标为代表的东林诸君子有莫大关系，在柏景伟为续编《关学编》所写的小识中言道："恭定立朝，与东林诸君子声气相应，而邹南皋、高景逸又其同志，故于天泉证道之语不稍假借，而极服膺'致良知'三字。盖统程、朱、陆、王而一之，集关学之大成者，则冯恭定也。"⑥

冯从吾的学缘在现有文献的记载中比较笼统，在《关学编》中记有冯从吾九岁受其父书阳明"个个人心中有仲尼"诗的启发，立志向学。⑦ 明神宗万历十三年（1585），经邹元标推荐，许孚远任陕西提学副使，讲

---

① （明）马自强：《与孙御史》，《马文庄公文集》，清乾隆刻本。

② （清）李颙：《二曲集》，陈俊民点校，中华书局1986年版，第156页。

③ （清）李颙：《二曲集》，陈俊民点校，第135页。

④ 参见（清）吴怀清《关中三李年谱》，陈俊民点校，陕西师范大学出版社1992年版，第274页。

⑤ 《关学编》中记载"所守虽严，而秉心渊虚，初不执吝成心以淆大道之公"，"又未尝同世儒门庭之见，妄筑垣堑"。（明）冯从吾撰：《关学续编》卷一，载《关学编（附续编）》，陈俊民、徐兴海点校，中华书局1987年版，第73页。

⑥ （明）冯从吾撰：《关学编（附续编）》，陈俊民、徐兴海点校，第69页。

⑦ （明）冯从吾撰：《关学编（附续编）》，陈俊民、徐兴海点校，第71页。

学关中书院，历三年"凡寓内后进之士，思挹台光而聆绪论者，不翅如泰山北斗"①，冯从吾成为许孚远及门弟子，许孚远的阳明学思想与辟佛思想为冯从吾所接受②。《明史》记有冯从吾"授业许孚远"③，而许孚远师从唐枢，唐枢师从湛若水，因此许孚远为湛若水再传弟子。湛若水与阳明学有差异，"阳明宗旨致良知，先生（湛若水）宗旨随处体认天理"④，但二人"倡明圣学"的目标一致，门人在师门间互有出入⑤。由于阳明门人与湛若水门人之间学术互相汲取，湛门后学受阳明学影响颇深，唐枢"讨真心"说发挥阳明"良知"说与湛甘泉"随处体认"天理，对晚明阳明后学的泰州学派与"浙中"王门的率性与禅学化的学风有救弊之功。许孚远与唐枢在学术方面一致，"笃信良知，而恶夫援良知以入佛者"⑥，虽未及门与阳明嫡传弟子，但其阳明心学的学术根底十分明显⑦。在其后冯从仕宦中与邹元标、赵南星、高攀龙、焦竑、董其昌等具有阳明学背景的学者讲学切磋不已，这些人给冯从吾的文集都撰写了序言。在冯从吾《寄怀邹南皋先生》中言"忆昔婴鳞出帝畿，志完声价古今稀。千年绝学君能继，一点真心我不违。桃李有情开绛帐，乾坤无事掩柴扉。何时负笈来相访，五老峰头烂醉归"⑧，追忆二人讲学与求道，此后邹元标与冯从吾相互视为同调。其人在理学思想方面存在互补性，

---

① （明）冯从吾：《冯从吾集》，刘学智、孙学功点校，西北大学出版社 2015 年版，第 279 页。

② 邹元标生于嘉靖三十年（1551），冯从吾生于嘉靖三十六年（1557），邹元标长冯从吾六岁；邹元标万历五年（1577）中进士，冯从吾万历十七年（1589）年中进士，邹元标早冯从吾十二年，因此邹元标能推荐许孚远任陕西提学副使，使冯从吾从学许孚远，使关学在晚明即断复续，即此观之，邹元标对晚明关学发展功莫大焉。

③ （清）张廷玉撰：《明史》，第 6315 页。

④ （清）黄宗羲：《明儒学案》，沈芝盈点校，第 876 页。

⑤ "湛氏门人，虽不及王氏之盛，然当时学于者，或卒业于王，学于王者或卒业于湛，亦犹朱陆之门下，递相出入也。"（清）黄宗羲：《甘泉学案》，载《明儒学案》，沈芝盈点校，第 867 页。

⑥ （清）张廷玉撰：《明史》，第 7286 页。

⑦ 许孚远"不必言论——与余姚合，然余姚学不可无先生，谓先生有功余姚"。邹元标：《愿学集》卷五《兵部左侍郎诰赠南京工部尚书许敬庵先生祠堂记》，文渊阁《四库全书》本，台北：台湾商务印书馆 1986 年版，第 1294 册，第 210 页。

⑧ （明）冯从吾：《冯从吾集》，刘学智、孙学功点校，第 356 页。

有功于纠正王学末流之弊①。万历二十三年（1595），冯从吾家居期间立会讲学于宝庆寺②，在讲学的会约中对所读书目及讲学内容有明确规定，从其中可看出冯从吾融合朱子学与阳明学的讲学主旨③，这与邹元标等东林诸学术反思与取向相侔。正是冯从吾矢志不渝的讲学态势，为明代阳明学在关中的传播提供了契机。

通过上面对冯从吾为学历程的大致勾勒，可以看出冯从吾在学术方面对程朱理学与阳明心学、湛若水心学的融摄，对晚明以来佛教及理学内部禅学化的批判主旨，这也是自冯从吾以后关学出现心学化趋势的学术缘由。

在冯从吾的时代，理学与关学都面临窘境。理学除内部程朱理学与阳明心学的争执之外，明代三教合流背景下佛教对理学的影响使理学在诸如心性、工夫等方面发生嬗变，学者"病支离者什一，病猖狂者什九"④，引起理学家的忧虑。冯从吾认为佛道"发端处与吾儒异"⑤，"非毁吾儒不遗余力"，对异端思想排斥不遗余力，即使对其尊崇的阳明"四

---

① 在邹元标为冯从吾《少墟集》所撰序中言"闻秦中少墟冯公继五先生（五先生为邹南皋生平所借以切砥者），力肩正学，心尝仪之"，（明）邹元标撰：《少墟冯先生集序》，载《冯少墟集·元儒考略》，陈俊民点校，三秦出版社 2020 年版，第 6 页。邹元标又言"冯子以学行其道者也，毁誉祸福，老夫愿与共之"，（明）冯从吾撰：《关学编（附续编）》，陈俊民、徐兴海点校，第 73 页；"愿与公终身请事言"，（明）邹元标撰：《少墟冯先生集序》，载《冯少墟集·元儒考略》，陈俊民点校，第 8 页。二人虽笃信阳明良知之学，但"邹先生之学，深参默正，以透性为宗，以生生不息为用，其境地所造与，似若并禅机玄旨而包括胸中。冯先生之学，反躬实践，以性善为主，以居敬穷理为程，其实力所超，有若举柱下竺干而悉驱于教外，要之以规矩准绳，伦常物理，尺尺寸寸不少逾越，世之高谈性命，忽略躬行者大相径庭"，（明）冯从吾：《新建首善书院记》，载《冯从吾集》，刘学智、孙学功点校，第 573 页。
② 万历三十七年（1609）年，布政使汪可受，按察使李天麟，参政杜应占、闵洪学，副使陈宁、段猷显等人在府治东南安仁坊建关中书院，迎请冯从吾讲学，冯从吾订《学会约》《关中士大夫会约》等讲学规章制度。冯从吾居院讲学十余年，四方从游者五千余人，使晚明已显颓势的关学为之一振。
③ 《学会约》中规定"其言当以纲常伦理为主，其书当以《四书》《五经》《性理》《通鉴》《小学》《近思录》为主"，（明）冯从吾：《冯从吾集》，刘学智、孙学功点校，第 171 页。"阳明先生揭以'致良知'二言，真大有功于圣学，不可轻议"，（明）冯从吾：《冯从吾集》，刘学智、孙学功点校，第 173 页。
④ （明）冯从吾：《冯从吾集》，刘学智、孙学功点校，第 290 页。
⑤ （明）冯从吾：《冯从吾集》，刘学智、孙学功点校，第 50 页。

无"之旨,"吹毛求疵,不少假借"①。《辨学录》是冯从吾与张舜典论学的集结,共八十一章,在第一章就将儒家心性追溯至"虞庭十六字",于《易》《礼》《学》《庸》等儒家立学文本中核心范畴与佛家分歧辨订甚详,虽为辨别儒释学术思想之差异,但学术总结的意味也甚为明显。在《辨学录》中用对举的方法对儒家与佛教中诸如心性、善恶、理欲、体用、有无等问题逐一进行辨别,以期"可以俟后圣于不惑"②。

以上诸种机缘为冯从吾进行关学学术的总结提供了条件,其本人也有强烈的学术总结的意愿,在《疑思录》中有"道脉"与"道运"的定义,将讲学视为"延道脉而维道运",并认为张载"横渠四句"是"衍道脉而维道运"的典范③。以此为基础,冯从吾对关中的理学进行了学统的构建与学术的总结。

## 三　关学学统的构建

儒学的发展过程既经历了时间中的历史展开,也涉及空间中的地域分化。④ 明代文化地域意识勃兴促进了地域文化的发展,胡应麟《诗数》续编卷一就提到明初五个地域性诗派。这一地域意识的勃兴,强化了士人构建自身地域文化的主观意愿与动力。就关中而言,自王承裕始就已萌发振兴乡邦的意愿。王承裕认为张载之学自有统绪,义理昭著,但随着张载去世,其弟子投奔二程门下,出现"张氏之门人知尊程朱,程朱门人不知尊张"的局面,据此可以看出王承裕已经具有"尊张"的自觉意识,为张载之学在关中的复兴奠定了基础。吕柟在关学意识的构建过程中属于承上启下的人物,他虽没有像冯从吾那样构建一个关学的统绪,但已经有较为明显的"关中意识",在其《陕西乡试录后序》中将关中作为一个单独的地

---

① （明）冯从吾撰:《关学编(附续编)》,陈俊民、徐兴海点校,第73页。

② （明）冯从吾:《冯从吾集》,刘学智、孙学功点校,第32页。

③ （明）冯从吾:《冯从吾集》,刘学智、孙学功点校,第104页。

④ 参见杨国荣《儒学的地域化与江南儒学》,《船山学刊》2019年第9期。

域，对当时关中士子身上体现的言行不一的弊端提出批评。① 吕柟虽然视张载与周敦颐、二程、邵雍、司马光同为理学的开创者，并著《周子演》《张子抄释》《二程抄释》，但对张载及其遗著的搜集与刊刻显示其已有意凸显张载的理学地位，认为张载的著述"出于精思力行之后，至论仁孝、神化、政教、礼乐，自孔孟后未能有如是切者"②，《张子抄释》也被视为吕柟对张载思想遗产的继承。③ 吕柟直接继承横渠之传的内容主要是其"礼学"，他还认为"不特张子也，曾子亦然，虽孔子'克己复礼'，'为国以礼'，亦何尝外是"④，显然吕柟认为"崇礼"既是张载之学的特质，也是经典儒家学说的精髓，且有意将张载开创的关学学派与系列特定学派联系起来。吕柟同时代及后来的关学学者都有这种明显的地域文化的意识，并且自觉传承这一文化传统。

除了吕柟，韩邦奇同样对张载倾注大量精力。吕柟同韩邦奇均生于明宪宗成化十五年（1479），二人为挚友。韩邦奇对张载《正蒙》用功甚多，著有《正蒙解结》与《正蒙拾遗》，由于对前者不甚满意将其焚烧，只留《正蒙拾遗》。《正蒙拾遗》是韩邦奇六十四岁时完成的，从其涉足《正蒙》至完成《正蒙拾遗》，历时近五十年。韩邦奇对《正蒙》的重视基于对张载的敬仰，在其《正蒙拾遗·太和篇》中言"自孔子而下，知'道'者，惟横渠一人"⑤。韩邦奇与"江右"欧阳德有过交往，同样的罗念庵、聂双江、邹东廓等人也有交往，只是他们之间论学的资料不多，无法了解他们在理学方面的批评与汲取问题。

冯从吾撰《关学编》所形成的关学道统是关中学术发展的必然结果，其构成因素大致有三。其一，关学的道统意识逐渐明晰，从上述论述中可以看出自王承裕至南大吉，关中士人对张载的认识的大致轨迹：由理学的开创者渐渐成为理学中关学的开创者，这一认识经历了辩证的认识

---

① 参见（明）吕柟《吕柟集·泾野先生文集》，米文科点校，第459页。

② （明）吕柟：《吕柟集·泾野先生文集》，米文科点校，第131页。

③ 参见（明）吕柟《吕柟集·泾野先生文集》，米文科点校，第1322页。

④ （明）吕柟：《泾野子内篇》，赵瑞民点校，中华书局1992年版，第58页。

⑤ （明）韩邦奇：《韩邦奇集》，魏冬点校，西北大学出版社2015年版，第144—115页。

过程。其二，作为冯从吾前辈的吕柟在明代中期确立了其在理学中尊崇的地位，被程朱理学与阳明心学的后学肯定，被学者认为是关中自张载之后理学的继承者①，激发了以冯从吾为代表的关中士人的自豪感，诸如"我关中自古称理学之邦"②，"吾乡居天下之西北，脊坤灵淑粹之气自吾乡发"③，明代"关中之学益大显明于天下，若夫集诸儒之大成而直接横渠之传，则宗伯尤为独步者也"④。其三，阳明心学的发展与传播具有地域性的特点，成为江浙乃至全国的学术主流。冯从吾由于幼年时即受阳明学影响，后师从许孚远，对程朱理学与阳明心学具有融摄会通的能力，他从学术殊途同归方面认为程朱理学与阳明心学"虽繇入门户各异，造诣深浅或殊"但"其不诡于吾孔氏之道则一"，因此萌发整理关学学术史的文化自觉，且明言其编《关学编》的目的在于"识吾关中理学之大略"⑤，完成了关中自张载以来的理学家共享的思想遗产，成为后来理解关中学术的传统范式。

## 四 关学与阳明心学融会的理念

冯从吾与张舜典是晚明关学的中坚人物，"同为迩近学者所宗，横渠、泾野而后关学为之一振"⑥，一时关中有"东冯西张"⑦之称。二人从学术方面来讲折中程朱理学与阳明心学，冯从吾"盖统程、朱、陆、王而一之，集关学之大成者"⑧，具有宏阔的学术视野与兼收并蓄的学术心胸，以及对关学进行学术总结的意愿与能力。张舜典从学许孚远较冯

---

① 参见（明）吕柟《吕柟集·泾野先生文集》，米文科点校，第1332页。
② （明）冯从吾撰：《关学编（附续编）》，陈俊民、徐兴海点校，第1页。
③ （明）冯从吾撰：《关学编（附续编）》，陈俊民、徐兴海点校，第62页。
④ （明）冯从吾撰：《关学编（附续编）》，陈俊民、徐兴海点校，第1页。
⑤ （明）冯从吾撰：《关学编（附续编）》，陈俊民、徐兴海点校，第2页。
⑥ （明）薛敬之、张舜典：《薛敬之张舜典集》，韩星点校，西北大学出版社2015年版，第110页。
⑦ （明）冯从吾撰：《关学编（附续编）》，陈俊民、徐兴海点校，第76页。
⑧ （明）冯从吾撰：《关学编（附续编）》，陈俊民、徐兴海点校，第69页。

从吾为长，在许孚远离开陕西提学副使任后，张舜典"仍裹粮南从敬庵学，因交江右邹南皋、常州顾泾阳二先生"①。邹南皋即邹元标，与顾泾阳同为东林学派巨擘。邹南皋年轻时从学于太和县胡直，胡直是欧阳德、罗洪先的门人，因此邹南皋学属阳明三传弟子。但邹元标对泰州学派与"浙中"王门导致阳明学夷荡与失落持批评态度，呼吁司世道者"宜易其涂辙以新学者心志"②。顾宪成从学于薛方山，薛方山是欧阳德弟子，因此顾宪成亦是阳明三传弟子，但由于晚明王学末流空疏学风带来诸多问题，邹元标、顾宪成为学出现由王返朱的学术趋向，成为阳明心学的批判者。张舜典这一学缘，决定了张舜典既是阳明心学的继承者，也是阳明末流的批判者，其"明德"的为学要旨既是阳明良知学的体现，有强调"致曲"的工夫，避免了泰州学派与浙中王学的率性与禅化所带来的空疏学风，具有"江右"诸子的学风与思想。

冯从吾撰写《关学编》的动力来自乡邦意识及对关学思想自张载开创以来由于时间久远而可能产生断层的忧虑。冯从吾在《关学编》的自序中追溯了关中自文王至王秦关以来的一以贯之的儒学学脉，其间充满赞誉之词，但同时也指出学脉曾有断绝之虞，如"横渠遗风将绝复续，天之未丧斯文也"③。冯从吾认为之所以具有撰写《关学编》的另一可能在于关中儒学对儒家开创者孔子之道的遵行，认为尽管关中"学者颛仰古今，必折衷于孔氏。诸君子之学，虽繇入门户各异，造诣深浅或殊，然一脉相承，千古若契，其不诡于吾孔氏之道则一"④，因此在选取自先秦孔门关中弟子秦子始直至晚明王秦关皆为"理学诸先生"，"学洙、泗，祖羲、文者"⑤。冯从吾将阳明在关中的传人南大吉与尚班爵同样视为关学传人，"元善（南大吉）笃信文成，而毁誉得失，屹不能夺，其真能'致良知'可知"⑥，以南大吉致仕回到渭南后与阳明有书信往来，探讨

---

① （明）冯从吾撰：《关学编（附续编）》，陈俊民、徐兴海点校，第 75 页。
② （明）邹元标：《愿学集》卷五《重修阳明先生祠记》，上海古籍出版社 1993 年版，第 199 页。
③ （明）冯从吾撰：《关学编（附续编）》，陈俊民、徐兴海点校，第 1 页。
④ （明）冯从吾撰：《关学编（附续编）》，陈俊民、徐兴海点校，第 2 页。
⑤ （明）冯从吾撰：《关学编（附续编）》，陈俊民、徐兴海点校，第 62 页。
⑥ （明）冯从吾撰：《关学编（附续编）》，陈俊民、徐兴海点校，第 2 页。

良知之学，称南大吉"饬躬励行，惇论叙理，非世儒矜解悟而略检柙者可比"①。入选《关学编》的关中理学诸贤"虽釐入门户各异，造诣浅深或殊，然一脉相承，千古若契，其不诡于吾孔氏之道则一"②，冯从吾《关学编》这一人物选取意谓其所构建的关学在学术渊源方面融通了周敦颐、张载、二程、朱子、阳明五系，形成明代关学的规模。同时冯从吾在撰写《关学编》的过程中对入选的理学人物躬行礼教、维系乡邦风俗也着墨较多，凸显关学的一个特点。据此可以看出冯从吾通过《关学编》撰写进行关学学派的构建具有明显的学术取向：融摄程朱理学与阳明心学，构建一个学术相对宽容的关中理学，此举可谓意旨宏远。冯从吾《关学编》的完成，实现了其"为关中理学而辑，表前修，风后进"③ 的撰写目的，"书成，人无不乐传之"④。

冯从吾所构建的关学谱系在时间上包含了宋、金、元、明，关学在这段时期的发展呈现出较为复杂的格局。宋代主要是张载之学，金元以来朱子学北渐，逐渐成为主导性关学思想。明代关学进入了河东后学、三原学派、甘泉学派、阳明心学等融合的新阶段，其间也包括江右学派诸子的思想。河东学派与三原学派大致宗程朱，甘泉学派、阳明学派大致尊阳明，在关学内部形成了程朱理学与阳明心学的融合与汇通，这一时期张载之学成为关中学者着意继承的对象，如吕柟著《张子抄释》、韩邦奇著《正蒙解结》等。冯从吾著《关学编》使明代关学与宋代张载关学在学承上保持了连续性，同时也使明代关学顺应了理学内部以程朱理学为主，阳明心学日益升隆的发展大势。冯从吾基于本身对阳明心学的汲取，在构建关学学派时排除程朱理学与阳明心学的门派之争，完成了一个具有相当包容性的关学谱系。

冯从吾编撰《关学编》的主要目的是对关中理学思想进行梳理与总结，因此对于张载以前的儒学着墨不多，在前序言中基本一笔带过，在人物的排列方面将孔门四子作为卷首列出，且学术介绍由于资料的缺乏

---

① （明）冯从吾撰：《关学编（附续编）》，陈俊民、徐兴海点校，第52页。
② （明）冯从吾撰：《关学编（附续编）》，陈俊民、徐兴海点校，第2页。
③ 何睿洁：《冯从吾评传》，西北大学出版社2015年版，第328页。
④ （明）冯从吾撰：《关学编（附续编）》，陈俊民、徐兴海点校，第62页。

而极为简洁，卷一从张载开始。学界对张载这一排列关注不多，其实其间暗含冯从吾总结关学特点的深意，即强调关学对理学的开创性贡献与关学勇于造道的思想创新精神。冯从吾认为张载之学"以《易》为宗，以《中庸》为体，以《礼》为的，以孔孟为法，穷神化，一天人，立大本，斥异学，自孟子以来未之有也"①，其中《易》、《中庸》、《礼》、孔孟为儒家的公共资源，张载之学为"自孟子以来所未有"的关键在于其"穷神化，一天人"，这是张载有异于"北宋五子"其他四人之处，他开辟了理学天道观、天人观的新境界，故程颐称赞其"自是关中人刚劲敢为"②，《西铭》曰"须得子厚如此笔力，他人无缘做得"③，"《订顽》之言极纯无杂，秦汉以来学者所未到"④。关学这种造道与创新精神在吕柟"仁学"思想的发挥、王徵对西方科学知识的接受上都有所体现，它使关学从思想的活水源头处不断获得新知，从而保持绵延不绝的学术生命力。

# 小　结

阳明讲学，流传既广，支脉渐繁。阳明殁后，黄宗羲在《明儒学案》中以地域对阳明后学进行流派划分，其中"江右"王门人数最多，共九学案，合计三十二人⑤。在《明儒学案》的《江右王门学案》"开端语"中，黄宗羲言"姚江之学，唯江右为得其传"，"盖阳明一生精神，俱在江右"⑥。关学构建过程中三个关键人物吕柟、冯从吾、张舜典与"江右"王门诸子的学术交游为晚明以来关学融摄朱子学与阳明学提供了学术资源与学术视野，使得晚明以来的关学与"江右"王门在对阳明学继承及对王学末流脱略工夫、追求玄虚上具有纠偏救弊之功，这一点在李

---

① （明）冯从吾撰：《关学编（附续编）》，陈俊民、徐兴海点校，第3页。
② （宋）张载：《张载集》，章锡琛点校，第337页。
③ （宋）张载：《张载集》，章锡琛点校，第336页。
④ （宋）张载：《张载集》，章锡琛点校，第336页。
⑤ 参见蔡仁厚《王学流衍》，人民出版社2006年版，第3页。
⑥ （清）黄宗羲：《明儒学案》，沈芝盈点校，第331页。

颐《体用全学》中"明体类"书籍中体现得尤为明显。① 冯从吾通过儒佛之辨与《关学编》的撰写对关中学术的总结奠定了后世学统的规模，《关学编》也成为关学研究的典范性著作。《关学编》成书之时，张舜典撰有《关学编后序》，对该书的体例与学人的选取标准予以说明，并认为冯从吾撰写关学编"用心宏且远矣，不然，自张、吕诸大儒而外，如不列于史册，则埋没而无闻，后死者恶得辞其责也"②，显示出冯从吾对关中学术传承的担当。

---

① 李二曲《体用全学》"明体类"书籍共计二十三部中，其中包括南宋以来"江右"学者著作有《象山集》《近溪集》《吴康斋集》《胡敬斋集》《罗整菴集》《邹东廓集》六部，李二曲作为清初关学复盛的关键人物，如此重视"江右"诸子文献，足见"江右"诸子思想对关学构建及复盛所具有的影响力。

② （明）冯从吾撰：《关学编（附续编）》，陈俊民、徐兴海点校，第62页。

# 论邹东廓的本体论<sup>*</sup>

## 彭树欣

（江西财经大学人文学院）

**摘要：** 邹东廓对于良知本体在不同语境下有种种表述，最具东廓特色的，一是将本体称为"真体"，二是在本体或真体前加"蠕蠕""蠕蠕脞脞"等，三是在真体前加"戒惧"二字。东廓对于本体有自己独特的体证、证悟，并具有丰富的内涵，可以从四个方面去理解：作为本己本质的本体，作为与用对应的本体，作为与工夫对应的本体，以及作为建立道统依据的本体。他主要从这四个方面建立了自己的本体论，从而丰富了阳明学本体论的内涵。

**关键词：** 邹东廓　本体论　良知本体

邹守益（1491—1562），字谦之，号东廓，谥文庄，江西安福北乡澈源人，是"江右"王门的领军人物。学界对其专门研究已较丰富，专著有钟治国《邹东廓哲学思想研究》、张卫红《敦于实行：邹东廓的讲学、教化与良知学思想》，此外还有 30 多篇论文（含硕博论文），其中对其本体论也有所涉及，但未见全面的探讨，故有进一步深入的必要，笔者在此展开较为全面的论述。

对心体、本体的体证、证悟是阳明心学的根本特征。王阳明中年龙场悟道，悟到"心即理"，即体证到了心体。后来在江右提出"致良知"，

---

\* 本文系国家社会科学基金一般项目"明代江右王学重镇安福县学人群文献整理与研究"（项目编号：17BTQ082）的研究成果。

直指良知为心之本体，称"良知本体"。晚年彻底证悟良知本体，"时时知是知非，时时无是无非，开口即得本心"①，进入圆熟之境。可以说，阳明及其弟子王畿、邹守益、聂豹等都以证悟良知本体为为学、求道的根本目的。承认有一个本然、先验的良知本体，几乎是阳明学者的共识；体证、证悟良知本体，几乎是阳明学者共同的生命追求。阳明学作为生命的学问，其实良知本体不是用语言、思维去逻辑建构其内涵的，而是必须用笃实修行的工夫才能真正把握到。但是，良知学作为一门学问或一种工夫论，也需要用语言作为辅助手段让学者领悟良知本体，从而指导实际修行。故阳明学者仍用种种言词描述、说明良知本体，或说其特征，或言其境界，不一而足。东廓作为一个有众多弟子的教师，当然也不得不常说本体。他对良知本体的体证、言说大体上同于阳明，但言说更详细、更丰富，也有自己的独特之处。

东廓对于良知本体，在不同语境下，有不同表述，如本体、心体、仁体、良知本体（良知之本体）、良知真体、吾性真体、吾心本体、性之本体、皭皭肫肫本体、肫肫皭皭真体、愦愦皭皭真体、恻怛真诚仁体、不睹不闻真体、戒惧真体等，有时也用良知、吾性、明德、天命之性等来表示良知本体。这些表述最具东廓特色的一是将本体称为"真体"，强调本体的至真至诚；二是在本体或真体前加"皭皭""皭皭肫肫"等，强调本体的洁白、昭融、莹然，于本体上无以复加；三是在真体前加"戒惧"，强调工夫所至之本体，即本体与工夫的合一。这些表述都是在阳明文本中找不到的，是东廓的自撰。当然除了这些表述外，东廓对本体的内涵还有许多描述、论说，下面分而论之。

## 一　对本体的体证、证悟

正德十四年（1519），东廓拜阳明为师后，即开始了对良知本体的体

---

① （清）黄宗羲：《明儒学案》，中华书局 2008 年版，第 180 页。

证、证悟的人生历程。次年，东廓在赣州与二三好友观月而"悟吾性"①。所谓"悟吾性"，即对良知本体有所体悟。他体悟到"吾性"（良知本体）之精明而大公顺应，但人有作好作恶之私，故自蔽其本体。此后体证、证悟本体成为东廓一生精神、道德修炼的方向和人生之主宰。直至晚年他还在反思自己对本体未能洗刷干净，于是还在不断加紧用功，以求彻底证悟本体。

所谓体证本体，就是"反观内照，直求本体"②，也就是脱落一切的外在追逐，直接反求、反证自己的本心、良知。他说："天命之性，纯粹至善，而无形与声，不可睹闻，学者于此无从体认，往往以强索悬悟自增障蔽。此学不受世态点污，不赖闻见充拓，不须亿中测度，不可意气承担，不在枝节点检，亦不在著述继往开来。凡有倚着，便涉声臭，于洗心神明处，尚隔几层。"③ 也就是说，对本体的体证不是靠外在的见闻、臆测、意气、［生活］细节、著述等来获得的，凡是对这些东西有所倚着，即使"强索悬悟"，都不能体认到本体，反增加本体之障。体证本体是阳明龙场悟道后开启的用功方向，东廓继承了这一用功方向。

所谓证悟本体，即彻底扫清本体之蔽，让良知本体永久作主。东廓常常反思自己未能彻底证悟本体，于本体未能洗刷干净。如曰："病体视旧稍健，今春出馆崇福寺中，与门生、儿子缉理旧学，而郡之耆艾与四方之彦时造焉。乃知平日病痛，尚是比拟文义，想像光景，自以为为学工夫，而不知于良知本体反增一层障蔽。"④ 又曰："昔岁见先师时，便知从良知上致，只是认得良知粗了，故包谩世情，倚靠闻见，悬想精蕴，终于洁洁静静处未肯着实洗刷，遂蹉跎暮齿，真可愧悔！"⑤ 这应不是东廓的自谦，而是他真诚的反思，认为自己在本体上仍有病痛、蔽障。所谓"比拟文义""倚靠闻见"，乃从文字、闻见去理解本体，"包谩世情"，是说本体上乃有世俗的私情、私欲，"想像光景""悬想精蕴"，乃

① （明）邹守益：《赠王孔桥》，载《邹守益集》，凤凰出版社2007年版，第42页。

② （明）邹守益：《贡院聚讲语》，载《邹守益集》，第720页。

③ （明）宋仪望：《文庄邹东廓先生行状》，载《邹守益集》，第1373页。

④ （明）邹守益：《答吕泾野宗伯》，载《邹守益集》，第515页。

⑤ （明）邹守益：《冲玄录》，载《邹守益集》，第741页。

指从心上去捕捉一个空空的虚影。当然，不是说东廓没有体证到本体，而是没有彻底证悟，不免有时仍有蔽障作祟。所以他晚年欲与同门刘邦采、刘文敏等共彻证本体，以为"不以一毛障肫肫本体，庶不孤师门一脉，以疑来学"①。

晚年东廓一方面自省自己本体之蔽；另一方面也自述自己对本体的证悟有进步处：

> 去年初度，同志胥临，悟得赤子之心，正是对境充养。入夏，必避暑武功山间，摆脱尘网，翛然与造物者游，觉有进步处。世之博闻见、工测度、稽仪文、尚气概，点检念头，终与无极之真超然声臭未可同科而语。②

> 年来取友四方，归而避暑于武功，觉得从前浮泛，犹考在闻见思索科曰，于肫肫皜皜真体，未可承担。日夜怨艾，反观内省，始于全生全归脉络有循循进步处。③

此二文的"无极之真""肫肫皜皜真体"均指良知本体。所谓"摆脱尘网，翛然与造物者游，觉有进步处"，其"进步处"是指脱落本体之蔽，而与万物一体，得"无极之真"；"始于全生全归脉络有循循进步处"，其"进步处"是指对"全归"之境，即"肫肫皜皜真体"的证悟。

东廓晚年进一步证悟良知本体，也得王龙溪的夹持，因为龙溪尤其重本体的证悟，从悟境上看，也许龙溪比东廓还要略高一筹。嘉靖二十八年（1549），东廓、龙溪等人在玄潭、冲玄等地举行讲会，龙溪与人有一段对话：

> 龙溪子曰："不落意见，不涉言诠，如何？"曰："何谓意见？"〔龙溪〕曰："隐隐见得自家本体，而日用凑泊不得，是本体与我终

① （明）邹守益：《简罗念庵（一）》，载《邹守益集》，第586页。
② （明）邹守益：《简陈西山》，载《邹守益集》，第606页。
③ （明）邹守益：《简吕巾石馆长》，载《邹守益集》，第614页。

是二物。"曰："何谓言诠？"［龙溪］曰："凡问答时，言语有起头
处，末梢有结束处，中间有说不得处，皆是言诠所缚。"曰："融此
二证何如？"［龙溪］曰："只方是肫肫皭皭实际。"①

龙溪认为只有证悟了肫肫皭皭本体，才能不落意见，不涉言诠。当然，
东廓的认识也与此无二（如言"闲居无事，隐隐见得先天体段，而日用
应酬凑泊不得，犹是虚浮"②），二人在本体证悟的认知上应是惺惺相惜，
但得友朋夹持、共证，于是进一步坚定这一用功方向。所以东廓事后说：
"予近得龙溪子意见、言诠一针，更觉儆惕。只是时时洗刷，时时洁净，
方是实学。实学相证，何须陈言？"③ 所谓"时时洗刷，时时洁净"，就
是说要时时洗刷本体之蔽使之洁净，即时时在本体上用功，于本体上戒
惧不息。

　　对于东廓是否彻底证悟良知本体而真正得道，我们不好妄加评说，
因为他不像王龙溪、罗近溪有大段的对悟境的描述，只是用简短的语言
点出本体的特征（见下文）。不过，即使如龙溪、近溪般言说，言说毕竟
也不是道。因此，我们只能相信东廓晚年至少大体已证悟良知本体。

# 二　作为本己本质的本体

　　瑞士学者耿宁认为，王阳明的本体概念有两个含义。一是指一个实
事的"本己本质"或"本己实在"的东西，是已经完成了的、真实的形
态。对此的对应概念是这个实事的非本己的、有缺陷的、尚不完善的、
不纯粹的、被模糊了的形态或显现。二是指一个实事的"实体"（即"根
本实在"）的东西，实体的对应概念是这个实体的发用、作用。④ 笔者认

---

① （明）邹守益：《冲玄录》，载《邹守益集》，第 746 页。
② （明）邹守益：《复毛介川郡侯》，载《邹守益集》，第 616 页。
③ （明）邹守益：《冲玄录》，载《邹守益集》，第 746—747 页。
④ 参见［瑞士］耿宁《人生第一等事——王阳明及其后学论"致良知"》，倪梁康译，商
务印书馆 2014 年版，第 274 页。

为，作为体用范畴的"用"，不仅包括实体的发用、作用，还包括工夫，故实体（本体）对应的概念还有工夫。东廓对良知本体的阐释大体同于阳明，其本体概念也包含了这些含义，此外他还将良知本体作为建立道统的依据。下文从作为本己本质的本体、作为与用对应的本体、作为与工夫对应的本体、作为道统依据的本体四个方面加以论述。

所谓作为"本己本质"或"本己实在"的本体，是指本体的根本性特征。这些本质特征包括良知本体的至善、精明、翯翯等。

其一，至善是心之本体。这是阳明良知学的基本义，如其言"至善是心之本体"①，"至善是良知本体"②。东廓继承了阳明这一思想，他说："至善也者，心之本体也。自无声臭而言曰不睹不闻，自体物不遗而言曰莫见莫显。其曰止仁止敬，止孝止慈，皆至善之别名也。"③ 何谓至善？东廓曰："至善者，良知之真纯而无杂也。是真纯无杂之体，常寂常感，常大公、常顺应。故无众寡，无大小，无逆顺，随所遇而安之，是之谓大行不加、穷居不损之学。"④ 就是说，至善是指良知本体的真纯无杂（即绝对善），不因落入现象界而加损，是一个绝对无待的存在。关于至善是心之体，是阳明学的公共义，几乎没有争议。但是阳明又提"无善无恶心之体"，后王龙溪大力提倡，遂成为阳明学的一大公案。东廓与阳明、龙溪不同，主张"至善无恶"是心之体，他说："心一也，纯粹至善，灵灵明明，有是无非，有善无恶。"⑤ 其《青原赠处》记钱绪山四句教，首句作"至善无恶者心"⑥。当然，阳明和龙溪都认为"无善无恶"也是至善义，这是从本体界说的。他们主"无善无恶"意在破对善恶之执着，即使执着善，也于本体有障。这种说法带有佛教色彩，容易引起误解，如有人从现象界去理解"无善无恶"，于是反对阳明、龙溪之说。东廓守纯正儒学立场，其说完全尊孟子，他说："孟子千辛万苦争个

① （明）王守仁：《传习录上》，载《王阳明全集》，浙江古籍出版社2010年版，第2页。
② （明）王守仁：《阳明先生遗言录下》，载《王阳明全集》，第1605页。
③ （明）邹守益：《寄孙德涵德溥》，载《邹守益集》，第661—662页。
④ （明）邹守益：《复戚司谏羞夫》，载《邹守益集》，第499页。
⑤ （明）邹守益：《答吴以容》，载《邹守益集》，第607页。
⑥ （清）黄宗羲：《文庄邹东廓先生守益》，载《明儒学案》，第332页。

性善，正是直指本体，使学者安身立命，自成自道，更无宽解躲避去处，中间重重过恶，皆是自欺自画，原不是性中带来。"① 故东廓的说法不会引起误解，也无流弊，不过也因此缺少了阳明、龙溪破执的超越义。

其二，吾心本体，精明灵觉。这也是阳明的题中之义，阳明曰"良知原是精精明明的"②，又曰"良知越思越精明"③。但阳明言良知本体之"精明"甚少见，而东廓则将此义发挥至极致，其文本中言良知本体"精明"处常见，所用词有"精明""精明灵觉""精明真纯""灵昭不昧"等。何谓"精明"？一是觉照义。东廓曰："吾心本体，精明灵觉，浩浩乎日月之常照，渊源乎江河之常流……古人所以造次于是，颠沛于是，正欲完此常照常明之体耳。"④ 又曰："良知之明也，譬诸镜然，廓然精明，万象毕照。"⑤ 二是精察义。东廓曰："目之本体，至精至明，妍媸皂白，卑高大小，无能遁形者也，一尘紊之，则泰山秋毫，莫之别矣。良知之精明也，奚啻于目？"⑥ 所谓精明，就是说良知本体能觉照、精察一切是非善恶之几，一毫私欲杂念落于良知本体上即能知。唐君毅辨析曰："言精明不同言虚明。虚明中可无警惕义，精明中有精察善恶之几之义。则此中有一善恶念之先之戒惧在，亦有自作主宰之敬在……则此中自以一道德生活之严肃义为本。"⑦ 也就是说，东廓的"精明"，不同于王龙溪的"虚明"。虚明"体现的是良知本体的无执不滞之'无'的作用"⑧，而无警惕、严肃义；而"精明"则有警惕、严肃义，与东廓的戒惧工夫相关。所以"精明"一词带有东廓特色，与阳明他子不同。

其三，良知真体，与嗝嗝同见。东廓常用"嗝嗝""嗝嗝肫肫""肫肫嗝嗝""愒愒嗝嗝"等来言良知本体（真体），几乎可以说是东廓的独

---

① （明）邹守益：《贡院聚讲语》，载《邹守益集》，第719页。
② 邓艾民：《传习录注疏》，上海古籍出版社2012年版，第240页。
③ 陈荣捷：《王阳明传习录详注集评》，重庆出版社2017年版，第274页。
④ （明）邹守益：《简君亮、伯光诸友》，载《邹守益集》，第493页。
⑤ （明）邹守益：《复夏太仆敦夫》，载《邹守益集》，第493页。
⑥ （明）邹守益：《九华山阳明书院记》，载《邹守益集》，第322页。
⑦ 唐君毅：《中国哲学原论·原教篇》，中国社会科学出版社2006年版，第239页。
⑧ 张卫红：《敦于实行：邹东廓的讲学、教化与良知学思想》，上海古籍出版社2020年版，第166页。

家发明，陈九川曰："余观东廓用工笃实精密，其语良知本体，真与皜皜同见，海内同志赖焉。"①"皜皜"一词，来自《孟子·滕文公上》："他日，子夏、子张、子游以有若似圣人，欲以所事孔子事之，强曾子。曾子曰：'不可，江汉以濯之，秋阳以暴之，皜皜乎不可尚已。'"朱熹释"皜皜"为洁白貌，并认为此处"言夫子道德明著，光辉洁白，非有若所能仿佛也"②，即"皜皜"用来描绘孔子的道德人格。东廓常用此典故，并将"皜皜"解释成描绘本体之词。他说："曾子之称圣人曰：'秋阳以暴之，江汉以濯之，皜皜乎不可尚已。'皜皜者，洁白昭融，莹然本体而已矣。"③东廓认为孔子证悟了本体，非有若等人所能比。他说："渣滓消融，本体呈露，江汉以濯，秋阳以暴，皜皜而无以尚，非聪明睿智达天德（指孔子），其孰能深造之！"④在东廓这里，"皜皜"是洁白、昭融、莹然之意，强调于本体上无以复加、不再染污，即对本体的彻底证悟之貌。他说："彼可以尚、可使加者，皆不得谓之皜皜。"⑤又说："好仁而可以尚，是犹有所摇眩也；恶不仁而可以加，是犹不免于污染也。有所摇眩，有所污染，终非皜皜肫肫本体矣。"⑥可以说，东廓一生的生命追求就是在证悟皜皜真体。

## 三 作为与用对应的本体

体用，是中国哲学的一对重要范畴。从概念的辨析来说，"体"与"用"的区别是指一个"事物"自己的持续特征与它的不同的、时间上有变化的效用、表露、宣示、显现之间的区别。⑦在阳明那里，体用表现在

---

① （明）陈九川：《寿大司成东廓邹公七十序》，载《邹守益集》，第 1410 页。
② （宋）朱熹：《四书章句集注》，台北：鹅湖出版社 1984 年版，第 261 页。
③ （明）邹守益：《叙秋江别意》，载《邹守益集》，第 48 页。
④ （明）邹守益：《赠董谋之》，载《邹守益集》，第 101 页。
⑤ （明）邹守益：《永丰县重修儒学记》，载《邹守益集》，第 375 页。
⑥ （明）邹守益：《赠侯舜举》，载《邹守益集》，第 811 页。
⑦ 参见［瑞士］耿宁《人生第一等事——王阳明及其后学论"致良知"》，倪梁康译，第 275 页。

"知行合一"和"致良知"中，知是体，行是用，良知是体，良知之流行是用，体用是合一的。东廓承阳明之学，并融合《周易》、《中庸》、周敦颐《通书》和程颢《定性书》等作了更丰富的阐释，他说：

> 中也者，大公之体；和也者，顺应之用，皆良知之别名。①
>
> 夫良知一也。有指体而言者，寂然不动者是也；有指用而言者，感而遂通天下之故是也。指其寂然处，谓之未发之中，谓之所存者神，谓之廓然而大公；指其感通处，谓之已发之和，谓之所过者化，谓之物来而顺应。体用非二物也。②
>
> 故以言其（指良知）精明之凝定，谓之静虚，忿懥忧患有所滞焉，则实焉。以言其精明之流行，谓之动直，亲爱贱恶有所辟焉，则曲矣。③

东廓认为，体用都是良知，良知有体有用。其中，未发之中、寂然不动、廓然大公、虚静是指体，已发之和、感而遂通、物来顺应、动直是指用。其中，从寂然不动、感而遂通说体用，来自《周易·系辞传》；从中和、已发未发说体用，来自《中庸》；从虚静、动直说体用，来自周敦颐《通书》；从廓然大公、物来顺应说体用，则来自程颢《定性书》。东廓融合这些经典充分阐释体用之内涵。

此外，东廓还用《周易·系辞传》中"道器"的概念说体用，他说："问道器之别。曰：'圣门提出最分晓。形而上者谓之道，形而下者谓之器。盈天地皆形色也，就其不可睹、不可闻、超然声臭处指为道，就其可睹可闻、体物不遗指为器，非二物也。今人却以无形为道，有形为器，便是裂了宗旨。'"④ 此中，道便是体，器便是用，道器、体用是合一的。当然从概念辨析来说，"无形为道，有形为器"没错，但从实际看，二者是一体的，不可分离。他又用周敦颐《通书》诚、神、几的概念来说体

---

① （明）邹守益：《简叶旗峰秋卿》，载《邹守益集》，第574页。
② （明）邹守益：《复黄致斋使君》，载《邹守益集》，第497页。
③ （明）邹守益：《南京兵部车驾司题名记》，载《邹守益集》，第416—417页。
④ （明）邹守益：《浙游聚讲问答》，载《邹守益集》，第768页。

用,他说:"良知之旨,其天命之性乎!是性也,不睹不闻,无声无臭,而莫见莫显,体物不遗。不睹不闻,真体常寂,命之曰诚;莫见莫显,妙用常感,命之曰神;常寂常感,常虚常灵,有无之间,不可致诘,命之曰几。"① 其中,诚是体,神是用,几则介于体用之间,是呈现体用之隐微处(即独),是即存有而即活动之"开关",在几处、独处,体用一体呈现。

但是,良知本体未必一定会流行于用,存在本体与现象隔离的状态。体用合一是建立在终始完善的良知本体的基础上,如果有欲障蔽之,则本体不能流行。这是阳明所认可的,他说:"良知即是天植灵根,自生生不息;但着了私累(即私欲),把此根戕贼蔽塞,不得发生耳。"② 东廓认同阳明之说,他说:"良知之明,蒸民所同,本自皜皜,本自肫肫,常寂常感,常神常化,常虚常直,常大公常顺应,患在自私用智之欲所障,始有所尚,始有倚。不倚不尚,本体呈露,宣之为文章,措之为政事,犯颜敢谏为气节,诛乱讨贼为勋烈。"③ 如果有欲以蔽之,则须用工夫以复以保本体之明并使之流行。东廓曰:"圣门端本澄源之学,戒慎恐惧,须臾不离,视于无形,听于无声,以保天命之纯而不使一毫杂之,从日用常行之内,以直造先天未画之前。故大公为中,顺应为和。"④ 就是说,必须用戒惧之功才能使体用合一。总之,与用对应的本体,有流行与不流行之别。作为终始完善的本体是流行的,流行则体与用合;有欲以障之,则不流行,体与用离。

## 四　作为与工夫对应的本体

本体与工夫(功夫),也属于体用的范畴,工夫也可视作"用"。只是此"用",不是本体的自然流行,而是用工夫以保本体之流行,工夫是

---

① (明)邹守益:《青原赠处》,载《邹守益集》,第 103 页。

② 邓艾民:《传习录注疏》,第 210 页。

③ (明)邹守益:《阳明先师文录序》,载《邹守益集》,第 40 页。

④ (明)邹守益:《寿莲坪甘君侯先生七十序》,载《邹守益集》,第 131 页。

一种独特的"用"，故此单独以工夫作为对应来论本体。

良知本体，从逻辑上说是先天现成的，只有圣人是时时处处都会呈现的，但常人（包括贤人）难免有间断而不呈现之时，故需要用后天的工夫来作保证。作为阳明学的工夫，不是外在的枝节的工夫，而是直接在本体上用工夫，所以真正的阳明学工夫都是本体工夫。王阳明曰："合着本体的，是工夫；做得工夫的，方识本体。"① 这是阳明的本体与工夫之辨："做得工夫的，方识本体"，是说只有通过工夫才能真正呈现本体，否则本体只是逻辑的先在；"合着本体的，是工夫"，是说只有贴着本体的工夫，才是真正的工夫。从这个角度说，本体与工夫是合一的。所以东廓说："先师一生精力，提出'致良知'三字，本体工夫，一时俱到，而学者往往分门立户，寻枝落节，遂日远于宗旨而不自觉，良可慨叹！本体而谓之良，则至明至健，无一毫障壅；工夫而谓之致，则复其至明至健，一毫因循不得。"② 就是说，阳明提出"致良知"，将本体与工夫融为一体，良知是本体，其本身是至明至健的，而"致"则是工夫，是用来复至明至健的本体的。如果从外在的枝节上用功，则必然存在本体与工夫隔离的状态。

关于本体与工夫之合一，东廓完全认同阳明，他说：

> 良知二字，精明真纯，一毫世情点污不得，一毫气质夹杂不得，一毫闻见推测穿凿不得，真是与天地同运，与日月同明。故至良知工夫，须合得本体。做不得工夫，不合本体；合不得本体，不是工夫。③

> 本体工夫，原非二事。《大学》之教，在明明德，下"明"字是本体，上"明"字是工夫，非有所添也。做不得工夫，不合本体；合不得本体，不是工夫。④

---

① （明）王阳明：《传习录拾遗》，载《王阳明全集》，第1546页。
② （明）邹守益：《答马生逵世瞻》，载《邹守益集》，第557页。
③ （明）邹守益：《再答双江》，载《邹守益集》，第542页。
④ （明）邹守益：《复高仰之诸友》，载《邹守益集》，第549页。

所谓"做不得工夫，不合本体；合不得本体，不是工夫"，与阳明说法完全一致，并直接下断语说"本体工夫，原非二事"。东廓解"明明德"，等同阳明的"致良知"，并通过一"明"字将本体与工夫绾合为一体。

从本体界而言，本体是不依赖于后天的工夫而先在的，所谓"现成良知"，不仅是王龙溪、王心斋等现成派的观点，东廓也是认同的，他说："若论见成本体，则良知良能，桀纣非啬，尧舜非丰，何以肫肫浩浩渊渊独归诸至圣至诚乎?"① 对于良知本体的"现成"意，东廓常用"本自""原自"这样的词语来表达："良知之本体，本自廓然大公，本自物来顺应，本自无拣择，本自无昏昧放逸。"② "明德之本体，原自刚大，原自精莹，原自密察，原自凝定。"③ 所以东廓反对聂豹归寂后别求寂体。从这个角度说，本体与工夫不存在合一、不合一的问题。不过，东廓甚至认为，先天本体中也蕴含了工夫，他说："良知本体，原自精明，故命之曰觉；原自真实，故命之曰诚；原自警惕，故命之曰敬，曰戒惧。不须打并，不须搀和，而工夫本体，通一无二，更何生熟先后之可言?"④ 说"觉"（即逆觉体证）、"敬"、"戒惧"原具本体中，就是说这些工夫是先天就具备的，是真正的"本体工夫"。所谓"工夫本体，通一无二"，一是指工夫先天就在本体中，二是指当下承体起用，本体与工夫同时呈现，所谓"即本体即工夫"。这是东廓对本体的彻悟，试想如果工夫不是先天即存有，何以能当下承体起用? 所以东廓晚年称本体，有时直称"戒惧真体"。

从现象界而言，本体不是完全现成的（即终始圆满的呈现），因为落于现象界，本体有受遮蔽之时。所以东廓曰："先言戒惧，后言中和，中和自用功中复得来，非指见成的。"⑤ 中和是即本体即流行的，是本体、工夫合一的圆熟之境，这不是"见成"（即现成）的，而是通过戒惧之功获得的。故所谓本体与工夫的合一，东廓更多是从直接在先天本体上用

① （明）邹守益：《复高仰之诸友》，载《邹守益集》，第549—550页。
② （明）邹守益：《复石廉伯郡守》，载《邹守益集》，第511—512页。
③ （明）邹守益：《答周潭程兖州》，载《邹守益集》，第553页。
④ （明）邹守益：《达詹复卿》，载《邹守益集》，第650页。
⑤ （明）邹守益：《复高仰之诸友》，载《邹守益集》，第549页。

后天之功（即"戒惧于本体"）而言，即通过在本体上用功以复本体，从而获得圆熟之境，使本体彻底流行于日用间。正如东廓曰："本体戒惧，不睹不闻，帝规帝矩，常虚常灵，则冲漠无朕，未应非先，万象森然；已应非后，念虑事为，一以贯之。"① 就是说，戒惧于本体，本体与工夫合一则本体常虚常灵，流行于一切日常念虑事为之中。但工夫"须臾有息，便非良知本体"②，故需时时用戒惧之功，使本体与工夫时时合一，如此才能真正、彻底证悟本体，从而由潜在的先天本体变成现实的圆熟本体。

# 五　作为建立道统依据的本体

关于道统论，宋明理学主要有两大系统，一是以朱熹为代表的理学道统论；一是以王阳明为代表的心学道统论。作为建立道统的依据，前者以思想谱系的传承为主，后者则主要以证悟道体、心体为主。关于道统论，王阳明曰："颜子没而圣人之学亡。曾子唯一贯之旨传之孟轲，终又二千余年而周、程续。自是而后，言益详，道益晦；析理益精，学益支离无本，而事于外者益繁以难。"③ 这段话，尤其是"颜子没而圣人之学亡"，构成了阳明心学史上的"一大谜案"，更是儒学史上的"千古大公案"④。为什么说是谜案、公案？因为"颜子没而圣人之学亡"，是说圣人之学传到颜回就断了，但接着又说"曾子唯一贯之旨传之孟轲，终又二千余年而周、程续"，则圣人之学似乎又再传到了曾子、孟子、周、程。关于此吴震先生有一长文论之。⑤ 笔者据吴震之论且断以己意简言之，"颜子没而圣人之学亡"，是从证悟道体、本体说，"圣人之学"是证

---

① （明）邹守益：《录诸友讲语答两城郡公问学》，载《邹守益集》，第734页。
② （明）邹守益：《复濮致昭冬卿》，载《邹守益集》，第537页。
③ （明）王阳明：《别湛甘泉序》，载《王阳明全集》，第257页。
④ 吴震：《心学道统论——以"颜子没而圣学亡"为中心》，《浙江大学学报》（人文社会科学版）2017年第3期。
⑤ 吴震：《心学道统论——以"颜子没而圣学亡"为中心》，《浙江大学学报》（人文社会科学版）2017年第3期。

道之学，孔子之后唯有颜回证道了，之后再无来者，即使之后的曾子、孟子、周、程，都未完全证道，如曾子"尚有一间之未达"；而"曾子唯一贯之旨传之孟轲，终又二千余年而周、程续"，则是从思想谱系说，"唯一贯之旨"是指思想谱系的传承，从孔子继续传到了曾子、孟子、周、程，此仍是就着朱熹的旧道统说。不过阳明更强调前者，此后王龙溪更充分发挥前说，了结此"千古大公案"。东廓也大体继承阳明的前说，但与阳明、龙溪仍有较大的不同。

东廓认为，孔子已彻底证悟本体，他常以曾子称赞孔子"江汉以濯之，秋阳以暴之，皜皜乎不可尚已"（《孟子·滕文公上》）来作为孔子证悟本体的说明，并以皜皜作为本体之主要特征，称"皜皜真体"，孔子便是"皜皜真体"之人格体现。对于颜回，他说："颜氏之屡空，只是查滓浑化，使终身如三月焉，便是皜皜不可尚矣。"① 认为颜回已经消融了生命之渣滓，但还未完全达到孔子"皜皜不可尚"之境界，只是"其心三月不违仁"（《论语·雍也》），如果终身如此，便是彻底证道。不过大体上说，东廓还是认为颜回已证悟本体，他又说："用舍无恒，行藏有定，粹然一出于正，而无一毫系累，孔、颜自许，正是本体洁净，非群弟子所及。"② 对于孔子其他弟子，东廓认为他们均未能证悟本体，他说："柴（子高）愚、参（曾子）鲁、由（子路）喭、师（子张）辟、赐（子贡）货殖而亿中，虽浅深不同，终是查滓未融。查滓未融，则不能廓然大公；不能廓然大公，则不能物来顺应，与屡空之颜，毕竟殊科。"③ 不过，这里的曾子是指年轻时的曾子，东廓认为曾子晚年已经证悟本体，他说："参鲁，圣门之所指渣滓也……曾氏之训曰：'仁以为己任，死而后已。'其弘毅之学，任重道远，至于全归而知免，此岂鲁者所能乎？渣滓消融，本体呈露，江汉以濯，秋阳以暴，皜皜而无以尚。"④ 东廓以为曾子通过长期的修养工夫，最后消融了渣滓，证悟了本体，最终"全归而知免"，这不同于阳明、龙溪，认为孔门弟子只有颜回已证悟本体。

① （明）邹守益：《赠黄志学归惠州》，载《邹守益集》，第 59 页。
② （明）邹守益：《再简洪峻之》，载《邹守益集》，第 521 页。
③ （明）邹守益：《赠黄志学归惠州》，载《邹守益集》，第 58—59 页。
④ （明）邹守益：《赠董谋之》，载《邹守益集》，第 101 页。

正如阳明、龙溪，东廓也以证悟本体作为建立道统的依据。他说：

> 礼乐之等，最为近之，然犹自闻见而求，终不若秋阳江汉，直悟本体为简易而切实也。盖在圣门，惟不迁怒、不贰过之颜（颜回），语之而不惰；其次则忠恕之曾（曾子），足以任重而道远。故再传而以祖述宪章，譬诸天地四时（指子思），三传而以仕止久速之时，比诸大成，比诸巧力（指孟子），宛然江汉秋阳家法也。秦汉以来，专以训诂，杂以佛老，侈以词章，而皥皥肫肫之学，淆然偏陂，而莫或救之。逮于濂洛（指周敦颐、程颢），始克续其传，论圣之可学，则以一者无欲为要；答定性之功，则以大公顺应学天地圣人之常……至阳明先师，慨然深探其统，历艰履险，磨瑕去垢，独揭良知，力拯群迷，犯天下之谤而不自恤也。①

这里所谓"江汉秋阳家法""皥皥肫肫之学"，即直悟、证悟本体之学。在儒门，唯有孔子、颜回、曾子、子思、孟子、周敦颐、程颢、王阳明，以此为学，以此作为生命的终极追求。东廓以此为依据，建立了阳明学的心学道统。显然，这与阳明、龙溪的说法是有所不同的，阳明、龙溪是以"已经证悟"本体为依据来建立心学道统的，故认为"颜子没而圣人之学亡"；而东廓则是以体证、证悟本体为学、为生命的终极追求（是否"已经证悟"本体除孔子、颜回、曾子之外，未加一一严格论证）为依据来建立心学道统的，所以他排了一个较长的谱系。总之，他们都是以体证或证悟本体作为道统的依据。不过在取法上，阳明、龙溪从严，仅把孔、颜作为心学道统人物，有惊世骇俗之气象；而东廓从宽，还增加了曾子、子思、孟子等作为心学道统人物。

总之，邹东廓从以上四个方面建立了自己的本体论，从而丰富了阳明学本体论的内涵，并以此作为自己哲学的根基，成为其整个哲学的统帅和灵魂。

---

① （明）邹守益：《阳明先师文录序》，载《邹守益集》，第 39 页。

# 朱子、阳明心性结构中自由意识与成德动力的比较研究

## ——以《大学》解读为核心

朱光磊

（苏州大学政治与公共管理学院）

**摘要：**朱子与阳明在成德之教上具有不同的理论进路。在朱子的系统中，心的主宰范围为气，理给予气心道德判断。气心在意识自由状态下作诚意工夫，对此道德判断作出自由选择而成就善恶。气心选择理所给予的道德判断成为其成德的方向并给此方向以动力，故朱子的成德的动力来自后天的诚意。在阳明的系统中，心的主宰范围为理气一贯之整体，心之本体自由开显就是理的客观实现，由此而成就善；在意之发动时，自由意识一念昏塞而选择恶，由此而成就恶。良知本心的开显，既是自由，又是道德判断、道德实践，故阳明成德的动力，就是自由心本身的发动，是后天即着先天的致良知。

**关键词：**自由意识　道德判断　控制范围　成德动力

朱子与阳明是儒学内部的两大流派。两家都秉持着先秦孔孟成德之教的宗旨，并各自对儒学心性论作出了整体性的发展与完善。成德之教最为关键的是善恶来源与成德动力的问题。前者是对有善有恶作出理论说明，后者是对为善去恶作出理论说明。这些观念在朱子学与阳明学中都有蕴含，但缺乏现代意义上的理论阐释，故有必要对这些问题进行系统性的梳理。

由于朱子与阳明在心性结构的义理阐释上，多借助《大学》文本的解读来进行自我理论系统的构建，故我们可以借助《大学》的核心概念作为公共的理论平台来分析两家学说心性结构中的善恶来源与成德动力的问题。

# 一　两家心性结构的逻辑顺序

《大学》中所讨论的心性结构，三纲领中主要是明明德，八条目中主要是格物、致知、诚意、正心。朱子与阳明都共用了这些概念，同时又加入了自己的术语与理解，作出了新的整合，于是两家的解释就各不相同。

## （一）朱子学心性结构的逻辑顺序

朱子将自身的理气结构置入大学的系统中，并加入《格物补传》来重新诠释格物致知之意。

在朱子的系统中，理气二分。气是然，理是所以然。若就心言，心之气是然，心之理是所以然。然而，只有心之气才是人能够主宰的，可以自由地如此或如彼。如果我们将可以自由主宰的心灵状态视为心，那么心之气就是心的全体，而心之理由于无法为气心自身所自由地掌控，就会变成心外之理。但这样谈心中之理或者心外之理，仅仅是语词的差别，更为关键的因素在于理对于心的作用。

朱子注解"明明德"，其曰：

> 明，明之也。明德者，人之所得乎天，而虚灵不昧，以具众理而应万事者也。但为气禀所拘，人欲所蔽，则有时而昏；然其本体之明，则有未尝息者。故学者当因其所发而遂明之，以复其初也。①

---

① （宋）朱熹：《四书章句集注》，台北：鹅湖出版社1984年版，第3页。

在理气二分的构架下，明德本身是理，具有未尝息的本体之明，具有发动的功效。"明之"的"明"，是气心的功效，可以就着本体之明的所发而遂明之。也就是说，理对于气心具有作用，可以促使气心产生道德判断，而气心则能顺遂此道德判断而作出道德行为。

某人的理的发动与心的明觉，并非悬空的，而是必然处在事物之中。故理的发动与心的明觉是即着事物而言的。这就需要从核心处的理和核心处的明向具体事物上表现出来。朱子的《格物补传》曰：

> 所谓致知在格物者，言欲致吾之知，在即物而穷其理也。盖人心之灵莫不有知，而天下之物莫不有理，惟于理有未穷，故其知有不尽也。是以大学始教，必使学者即凡天下之物，莫不因其已知之理而益穷之，以求至乎其极。至于用力之久，而一旦豁然贯通焉，则众物之表里精粗无不到，而吾心之全体大用无不明矣。此谓物格，此谓知之至也。①

格物是偏于客观的所，致知是偏于主观的能。格物的根源在于理，致知的根源在于气心之明理。格物致知的过程，就是将既有的核心的理，具体表现在人所处的具体的事事物物上，也就是说，将抽象的道德标准落实到具体的事事物物上。故格物的起点，只有里与精，没有表与粗，而通过格物，则可以达到表里精粗；致知的起点，只有体没有用，而通过致知，则可以达到全体大用。格物致知完成后，从所上看，众物表里精粗无不到；从能上看，吾心全体大用无不明。由此可见，格物致知相当于将前面所讲的明明德的道德判断具体化、细致化。②

实行道德实践，则不在格物致知的范围中，而在诚意的过程中，朱子注解"诚意"曰：

---

① （宋）朱熹：《四书章句集注》，第6—7页。
② 关于朱子的性理与格物说的理解，此处与一般理解不一样，参见《朱子之理的"活动"问题——兼论朱子格物说》，《哲学动态》2019年第1期。

独者，人所不知而己所独知之地也。言欲自修者知为善以去其恶，则当实用其力，而禁止其自欺。使其恶恶则如恶恶臭，好善则如好好色，皆务决去，而求必得之，以自快足于己，不可徒苟且以殉外而为人也。然其实与不实，盖有他人所不及知而己独知之者，故必谨之于此以审其几焉。①

前面格物致知，已经对善恶及为善去恶具有了知识性的理解。如某人知道人应该好善恶恶、为善去恶。诚意的工夫，则是实用其力，真的做到好善恶恶、为善去恶。这个实用其力，是自己能够自由控制的，属于愿不愿的问题，不属于能不能的问题。而且，这种实用其力，不是听从外在的规范要求，而是全由自己进行主宰。也就是说，在自我意识真正自由的情况下，气心在无所牵绊的前提下实用其力来做到真实的好善恶恶、为善去恶。

气心的发动可谓之情。若是诚意而实用其力，那么情的发动就是正面的；若是不能诚意、不能实用其力，那么情的发动就是负面的。朱子注解"正心"曰：

盖是四者，皆心之用，而人所不能无者。然一有之而不能察，则欲动情胜，而其用之所行，或不能不失其正矣。②

四者是忿懥、恐惧、好乐、忧患四种情感。这四种人的常情，需要在诚意的主宰下发动，才为心正；如果不在诚意的主宰下，而在欲望的牵引下发动，就是心不正了。

如上所述，在朱子的心性结构中，格物致知与诚意最为关键。格物致知是理的知识性的趋于整全的表达，诚意是理的道德性的实践的起点。从成德之教看，格物致知属于给予道德判断及其充实，诚意属于道德选择，正心属于道德实践。

---

① （宋）朱熹：《四书章句集注》，第7页。
② （宋）朱熹：《四书章句集注》，第8页。

## （二）阳明学心性结构的逻辑顺序

阳明学继承孟子学与象山学的发明本心之道，将本心提升为天地万物一体之仁，是一切存在的根基与动力。其言：

> 盖身、心、意、知、物者，是其工夫所用之条理，虽亦各有其所，而其实只是一物。格、致、诚、正、修者，是其条理所用之工夫，虽亦皆有其名，而其实只是一事。何谓身心之形体？运用之谓也。何谓心身之灵明？主宰之谓也。何谓修身？为善而去恶之谓也。吾身自能为善而去恶乎？必其灵明主宰者欲为善而去恶，然后其形体运用者始能为善而去恶也。故欲修其身者，必在于先正其心也。然心之本体则性也，性无不善，则心之本体本无不正也。①

阳明认为为善去恶的根源在于心。心之本体是性，是必然正的，那么不正的就是心的其他部分。阳明晚年所创四句教曰：

> 无善无恶心之体，有善有恶意之动，知善知恶是良知，为善去恶是格物。②

心包含心之体，也就是性。这个心之体本身就是善的创生，故其功效就是知善知恶的良知。然而，意属于气，气变动不居，可善可恶。善的意的发动，就是投射为善的事物；恶的意的发动，就是投射为恶的事物。但无论是善的意的发动还是恶的意的发动，心之本体的良知功效仍旧可以知道哪些是善的发动可以保持的，哪些是恶的发动需要纠正的。

阳明以为格物就是正物，而物又是"意之所在"，故正物就是正意，正意就是诚意。然而，意有诚与不诚，故诚意的标准和动力来自良知，

---

① （明）王阳明：《大学问》，载《王阳明全集》，上海古籍出版社 1992 年版，第 971—972 页。

② 陈荣捷：《王阳明传习录详注集释》，华东师范大学出版社 2009 年版，第 214 页。

是心之本体的功效。故诚意就可以视为良知去纠正意之恶，贞定意之善。

如上所述，在阳明的心性系统中，心之体（性）最为关键，是自由的道德本心，具有本体与发用的功效（从发用上看，可以谓之良知）。意的地位比较次要，属于心气的发动，容易被外物牵引而脱离向善的轨迹。从成德之教看，心之体是道德创造，良知是道德判断，诚意是道德实践。然而，良知与诚意都是心之用，故又可以合起来说，阳明的一心就是在自由状态下的道德创造、道德判断、道德实践的合一。

## 二　自由意识与道德精神的确定

自由意识与道德精神具有内在一致性的联系。如果某存在者在没有自由意识的情况下做出道德的行为，则此存在者是被设置为善的，那么这种道德行为并不是真正的善，此存在者也不会对这个善负责。同理，如果某存在者在没有自由意识的情况下做出不道德的行为，则此存在者是被设置为恶的，那么这种道德行为并不是真正的恶，此存在者也不会对这个恶负责。没有自由意识的存在者只是程序运行下的产物，其本身只是工具，并不应该对所产生的后果负责。一般认为，使用工具的主体具有自由意识，故此主体需要对后果负责。孟子亦有类似的阐述，其曰：

> 狗彘食人食而不知检，涂有饿莩而不知发，人死，则曰"非我也，岁也"，是何异于刺人而杀之，曰"非我也，兵也"？①

梁惠王作为一国之主，将国家治理的败坏怪罪在时运上，而孟子则对其推卸责任很不满，认为梁惠王的这种说法如同有人用刀杀人而怪罪在刀上。刀和时运都是客观物，没有自由意识，故不能对后果负责；而一国之主的梁惠王和使刀的人都具有自由意识，故需要对后果负责。

由此可见，真正的善是需要对其后果负责的善，为此善是为善者自

---

① （宋）朱熹：《孟子·梁惠王上》，载《四书章句集注》，第204页。

己的自由选择；真正的恶是需要对其后果负责的恶，为此恶是为恶者自己的自由选择。故自由意识虽然在经验上不可证，但必须在成德之教上承认人人具有这种能力。

1. 创生性的自由与选择性的自由

自由意识之自由可以分为创生性的自由与选择性的自由。创生性的自由是在心灵完全自由的情况下，没有任何情感欲望的束缚，没有任何心气波动的影响，而相应于某一事件创生出基于纯粹自身的判断方向与实践动力。这种判断方向与实践动力是客观而普遍的，判断方向是道德的判断方向，实践动力是道德的实践动力。选择性的自由是在心灵完全自由的情况下，没有任何情感欲望的束缚，没有任何心气波动的影响，而相应于某一事件，对先天给予的既定的判断方向给出做与不做的选择并生成实践动力。

创生与选择的共同点，在于两者都彰显了自由，都呈现了善。两者的差异是，前者的善并非既定的，而是内在于自由而生成的，即在心灵自由对某物的意向性生成时，善亦生成。后者的善是既定的，心灵对此既定之善做出自由的选择。从表面上看，创生性的自由是自由最为彻底的表现，而选择性的自由似乎在自由度上不如创生性的自由。其实，选择性的自由仍旧具有隐性的创生性。选择不是被动地、消极地在两者中选一舍一，而是积极地择取。这时候需要主宰的作用，就仍旧隐含着创生性。就如法官断案、君主临朝一样，需要聆听庭前的各方陈诉，但最终拍板的却是自己一人，而不能被庭前各方牵绊。

2. 儒学中的自由意识

真正的道德不能外于道德自身而有其目的，而以道德自身为目的。如果外于道德自身而有其目的，道德自身就成为手段，道德行为就成为伪善。因此，道德心灵就应该纯粹以道德为目的，而不以其他为目的。此时，必然要求此心在没有任何目的——心灵意识自身完全自由的状态下——创造出道德的目的或者选择道德的目的，这样才能真正挺立住道德精神。因此，如果没有自由意识，道德精神就无法真正成立。

（1）孔孟思想中的自由意识义涵

自由意识是现代词汇。在传统儒学的典籍中，自然不可能出现自由意识的词汇，但却具有相应的义涵。比如，孔子言：

> 人能弘道，非道弘人。①
> 仁远乎哉？我欲仁，斯仁至矣。②

孔子所言，不是道成就人，而是人成就道。人对于仁的追求，则基于自身的主体性。人的主体性的自由度就在这里彰显。

孟子言：

> 挟太山以超北海，语人曰"我不能"，是诚不能也。为长者折枝，语人曰"我不能"，是不为也，非不能也。③

孟子彰显了人的为与不为的自由，认为成就王道之德行，就在此主体自由的为与不为上，而不在客观限制的能与不能上。

（2）朱子思想中的自由意识义涵

在朱子的心的理解中，人在平常状态下能够控制的仅仅是气心的部分。对于气心而言，气心能够知识性地知道理所给予的道德判断。这个道德判断是先天的，而不是气心自己生成的，故道德判断并不自由。然而，气心是否选择这样的道德判断作为自己的成德方向，是否实用其力地去实践，却是气心自身的自由。

气心虽有禀赋差异的区别，但是在选择善与不善上，禀赋差异却不起决定作用。这些观点，可以在朱子处理人禽之别，上智与下愚之别的论述中看出。朱子在注释《孟子》"人之所以异于禽兽"一章时说：

> 人物之生，同得天地之理以为性，同得天地之气以为形；其不同者，独人于其间得形气之正，而能有以全其性，为少异耳。虽曰

---

① （宋）朱熹：《论语·卫灵公》，载《四书章句集注》，第168页。
② （宋）朱熹：《论语·述而》，载《四书章句集注》，第100页。
③ （宋）朱熹：《论语·梁惠王上》，载《四书章句集注》，第209页。

少异，然人物之所以分，实在于此。众人不知此而去之，则名虽为人，而实无以异于禽兽。君子知此而存之，是以战兢惕厉，而卒能有以全其所受之理也。①

人与物一样，都禀赋天地之理，都禀赋天地之气，只是人得形气之正，禽兽不得其正，故人之气能够显现理，而禽兽之气不能显现理。禀气在这个层面上，是天生的质的差别。从这个意义上，禽兽自身再努力，也几乎不可能达到人的状态。禽兽要转变为人，具有先天的限制。

人与人也都禀赋天地之理，都禀赋天地之气。人与人固然有禀气的清浊厚薄的差别，但这些差别并不是质的差别，这些差别完全可以靠人后天的努力来弥补。朱子在注解《论语》"唯上知与下愚者不移"章时说：

> 人苟以善自治，则无不可移，虽昏愚之至，皆可渐磨而进也。惟自暴者拒之以不信，自弃者绝之以不为，虽圣人与居，不能化而入也，仲尼之所谓下愚也。②

这就意味着，凡夫与圣人的差别，并不在先天的禀赋上，而在自身的努力上。心的努力在成德上是没有先天限制的，是完全自由的。人可以选择善，而逐渐成德；也可以选择恶，而逐渐沦为禽兽一般。故成德的障碍，表面上是禀气的劣势，其实怪不得禀气，而是需要由自身的选择来承担。

对于朱子而言，道德判断是先天的理所给予气心以自明的，故气心先天就具有道德判断。但是气心可以选择并执行这个道德判断，也不可不选择、不执行这个道德判断。心灵的自由就体现在选择与否、执行与否之中。

（3）阳明思想中的自由意识义涵

阳明之心灵以本心而言。故本心兼具创造义、自觉义、主宰义。

---

① （宋）朱熹：《四书章句集注》，第293—294页。
② （宋）朱熹：《四书章句集注》，第176页。

其言：

> 良知是造化的精灵。这些精灵，生天生地，成鬼成帝，皆从此出，真是与物无对。人若复得他，完完全全，无少亏欠，自不觉手舞足蹈，不知天地间更有何乐可代。①

阳明此言是从本源的发动来看的，良知是就着心之体（性）的功效而言的，其实说性体心体的发动亦可。良知本心就是道德的创生，故其自身与物无对，是完全自由的。在完全自由的状态下，良知本心创造一切，赋予天地鬼神以存有的价值与意义。因此，阳明的良知本心，既是自由的，又是道德的，即着自由而开显道德精神。在此意义上，良知本心在自由中创生道德，就其本身是自由的而言，没有善恶是非为其准则，心之体可以称为"无善无恶"；就其本身能够创生一切价值，是一切是非判断的根源而言，心之体又可以称为"至善无恶"。

若从已经存在有善有恶的状态上来看，阳明仍旧主张人具有为善去恶的内在能力。阳明在解释《论语》"唯上知与下愚者不移"章，说：

> 不是不可移，只是不肯移。②

即使是下愚之人，也有良知，也能知善知恶。下愚不是不能移向善，而是主观上不肯移向善。阳明在为善的解释上仍旧凸显了人的自由意识而非外在限制。

# 三　自由意识与善恶的来源

朱子之心灵自由是选择性的自由，阳明之心灵自由是创生性的自由。

---

① 陈荣捷：《王阳明传习录详注集释》，第193页。
② 陈荣捷：《王阳明传习录详注集释》，第78页。

就朱子而言，其心灵自由是从气心上立言的，理给予了气心道德判断，故气心只需要做出选择即可。在朱子的思想中，做出选择完全在于修行者自己，这与修行者禀气的清浊厚薄并无多大关系。而阳明之心灵虽未明说，但此自由是从理心上立言的，或者即着气的理心上立言，其自由是理自身确立自身，从而开显万物。故其自由是理自身的创造，理主气随，一条鞭地贯彻到事事物物中去。①

在朱子的系统中，善与恶都在选择性的自由中得以成立。善之所以为善的根源不是先天具有的道德判断，而是气心的自由选择；恶之所以为恶的根源也不是禀气的清浊厚薄，而是气心的自由选择。故而，此气心选择善不能视为理的强迫与他律，此气心选择恶也不能视为欲望的勾引与牵绊，而是需要视为其自身的主宰使然，故气心需要对其自身的自由选择承担道德后果。

在阳明的系统中，道德律令则是其良知本心在自由状态中所创生开显而成的，属于完完全全的自律道德。而且，阳明乃就着自由无限心的道德创生来言良知本心，故真正的自由就必然开显真正的道德。在这里就没有恶生成的可能。因此，就良知本心的创生开显而言，其本身就是绝对的善。于是，阳明学要解释恶的存在，必然将恶归于意之动。

> 无善无恶者理之静，有善有恶者气之动。不动于气，即无善无恶，是谓至善。②
> 良知者，心之本体，即前所谓恒照者也。心之本体，无起无不起，虽妄念之发，而良知未尝不在，但人不知存，则有时而或放耳。虽昏塞之极，而良知未尝不明，但人不知察，则有时而或蔽耳。虽有时而或放，其体实未尝不在也，存之而已耳；虽有时而或蔽，其体实未尝不明也，察之而已耳。③

---

① 选择与创生的区别在于朱子与阳明对于理气的把握不同。朱子将理气二分，故此心的活动属于气，不属于理，也故此心的活动不能创生，只能选择理的既定的道德判断。阳明将此心视为本心，与性合一，故此心的活动就是性理的活动，就是性理的创生。

② 陈荣捷：《王阳明传习录详注集释》，第 73 页。

③ 陈荣捷：《王阳明传习录详注集释》，第 127—128 页。

意与良知不同。良知是心之体（性理）所发动，是纯善而无恶；而意是心之所发，就包含了心气之驳杂，故其所发是有善有恶。其恶的来源，是心意在万物的影响下，不能完全秉持自身的自由状态下所开显的道德精神，产生一念昏塞，故而遮蔽了原来的道路和方向。这个一念昏塞的遮蔽，固然是气性驳杂的影响，但归根结底仍旧是心意自身的偏离，是心意自身选择远离其自由状态下所做的道德抉择。只是，虽然心意有所偏离，但良知深层的发动仍旧对这种偏离与否能够持续地有所察觉，并自发地具有纠偏的要求。人即使在错误的选择下，仍旧知道这个选择是错误的，杜绝错误与否仍旧是此人愿不愿的问题，也即是一个自由选择的问题。

自由意识是善恶的来源。朱子与阳明在善恶来源上，都需要承认人的自由意识。善是自由选择，恶也是自由选择。气禀的差异虽然有影响，但不起真正的关键作用。起关键作用的还是心的自我主宰、自我选择。

# 四  成德动力与心灵主宰的范围

真正的德性需要在意识自由的状态下以德性自身为目的而进行自我展开，故而成德之动力成为十分重要的关键要素。两家学说在这一点上，虽然皆可以讲具备了真正的德性，但对于成德之动力，却有不同的解读。

无论是朱子还是阳明，动力均来自自由意识的抉择。自由意识属于心，可以由人的主体性进行主宰。然而，朱子与阳明关于心的主宰范围，或者说控制范围却有不同的认识。

在朱子的系统中，主体性能够控制主宰的范围只是心之气，也就是气心部分。心之理在控制主宰的范围之外，故此心之理亦可以说是心外之理。人的明觉、认知、自由选择都落在气心上，而心之理所给予气心的道德判断是气心对于心之理的所知。这个所知，仍旧属于气，与理本身不同质，故在此意义上，可以说朱子气心所认识的理仍旧不是纯粹的理，而是理在气心上的投影。因此，气心中所知的理与纯粹的所以然的理仍旧有区别。气心中所知的理给气心以道德判断的方向，而气心自身的自由选择，由诚意慎独而来的道德方向的自我贞定，才是朱子真正的成德动力之所在。

结合朱子的知行关系来看，气心中被给予的道德判断在具体场景中的充实，属于知；而此知在诚意慎独下的真正落实实践，属于行。陈来先生认为，"在朱熹哲学体系来看，格物致知属于'知'的范畴，虽然格物致知也是人的一种行为，但其性质与目的属于明理知理而不是行理循理，而正心诚意以下才算是行"①。格物致知是在能所两方面论述明理，而诚意才真正进入行理。朱子说：

> 格物是梦觉关。格得来是觉，格不得只是梦。诚意是善恶关。诚得来是善，诚不得只是恶。过得此二关，上面工夫却一节易如一节了。②

梦觉关是讲真假问题的，所论述的是事实判断。格物致知仅仅是将道德判断的知识落实在具体的事事物物上，考察一下如何在具体的事物中落实道德判断，如何在具体的事物中将道德要求圆满地体现出来。这种考察是知识性的、理论性的考察，与个人的道德实践无关。善恶关是讲价值问题的，所论述的是道德实践。诚意是实用其力在道德实践上，好善恶恶，就是身体力行的实践。如此，格物致知属于知，诚意属于行。格物致知给予了成德的方向（方向的核心是先天给予的，但方向的具体细节是后天格物穷理中慢慢获得的）；诚意给予了成德的动力。推动人不断奋发图强、勇猛精进的，不是先天的道德判断，而是人心中以诚意为核心的道德实践工夫。

在阳明的系统中，虽然偶尔有理气的表述，但没有严格的理气二分，而是理气一贯，故心也没有严格的理气二分，而是理气一贯。主体性能够控制主宰的范围就是心之整体，包含了理气的一贯性。故人的明觉、

---

① 陈来：《朱子哲学研究》，华东师范大学出版社 2000 年版，第 318 页。
② （宋）黎靖德编：《朱子语类》，王星贤点校，中华书局 1986 年版，第 1 册，第 298 页。

认知、自由选择，就是心，就是理，即心即理，即理即心。理是心的核心，理与心是一体的。主体性的心的自由开显，就是普遍性的理的道德生成。

结合阳明的知行关系来看，阳明并不如朱子那样将知行分为先后关系。阳明认为：

> 知是行之始，行者知之成。圣学只一个功夫，知行不可分作两事。①

知是良知，良知必然发动，良知的几微的萌动就可以算作行，故知便包含了行。行是发动，从发动的源头看则必然是心之体的作用，故发动必然是良知的发动，故行便包含了知。良知本心本身的运动就包含了知与行，而知就是行，行就是知，两者是合一的。阳明的知行合一的心性本体的理解，就保证了其成德的方向和动力是融合在一起的。良知本心既是成德的方向也是成德的动力。其知是自由状态下开显的即着先天的本心良知，其行是自由状态下开显的即着先天的道德实践。虽然在细分的情况下，阳明的知与行必然含着气的运动，但其主张的核心点却是理的自我扩充，或者说是理统御着气的自我扩充。故阳明的成德的动力，来自良知本心，是合着理气而言的；这与朱子以诚意来讲成德的动力，仅仅就气而言，是有所不同的。

由于阳明顺着理的发动来讲成德，故其讲得似乎更为爽快直截；而朱子只能就着气心的选择来讲诚意，故其讲得万分艰苦。实际上，朱子与阳明相比，是把理的方向悬置于气心自由把捉之外，故理的外在客观性增强，内在主动性减弱；而阳明与之相反，他将理收纳为内在主体性，故朱子的心灵自由只能就人能主观掌控的气心而言，阳明的心灵自由则能就理气相合的良知本心而言。两人之所以对心的理解不一样，是源自两人对于理气关系的理解存在差异。

综上所述，在朱子的系统中，理气二分，理落实在气心中具有天然

---

① 陈荣捷：《王阳明传习录详注集释》，第38页。

的道德判断。气心在具体的事物环境中，需要格物致知来考察此道德判断如何细化在具体的事事物物中。这是知的工夫。由此，气心需要在意识自由的情况下，选择此具体的道德判断成为其成德的方向并给此方向以动力，这是行的工夫。故朱子的成德动力来自后天的诚意。在阳明的系统中，理气一贯，良知本心就心之体而言，就是知的源头、行的源头。良知本心就是意识自由的，在意识自由状态下开显出道德判断，具有道德方向和道德动力。故其本身就是知行合一的。阳明的成德动力，就是自由心的本身的发动，是后天即先天的动力。

由此可见，朱子的自由意识仅仅限于气心范围，在纯粹气心（去除欲望牵绊）的前提下对于先天的理给予的道德判断进行选择，在自由中选择道德；阳明的自由意识则达至性理范围，良知（性理）自身可以确立道德判断，在自由中创造道德。朱子的成德动力来自气心自身的决断，主要依靠后天的力量；阳明的成德动力来自良知（性理）的决断，具有后天即先天的力量。

# 历代象山学建构考论

## 邓国坤

（贵州大学哲学学院）

**摘要：** 象山学得以传承与发展，是历代学人不断进行象山学建构的结果。由于历代象山学的背景与宗旨不同，历代象山学建构行为各有千秋。宋人以编撰象山遗作，学术阐释，争取谥号，旌表义门，修建象山书院和祠堂等为主，完成了象山学的基本建构。元人通过重印与修订象山著作，会同朱陆，为象山学争取道统地位，从而缓解朱陆之争，使其学术地位与声望进一步提升。明人通过《象山先生文集》（本文也称《象山文集》）的整理与改编，从会同朱陆到心学的阐释，争取从祀孔庙等，使得象山学与阳明学并为心学，且正式确立了其道统地位。清代人通过修订点次《象山先生全集》，以学案体重构象山学，会同朱陆与力辨象山学非禅学等，为象山学正名洗嫌，使其在质疑与批判中焕发生机。由于历代的构建，象山学呈现嬗变性、多样性，乃至矛盾性。全面、深入、具体地研究好历代象山学之建构，将为象山学之历史研究与思想创新提供理论典范与经验借鉴。

**关键词：** 陆九渊　象山学　心学　道统

象山学得以传承与发展，是历代学人不断进行象山学建构的结果。经典诠释无疑是象山学建构的重要组成部分，但象山学建构却不局限于此。象山学建构从宋代延续至今，具有极其丰富的内涵与方式，包括象山著作编撰、学术阐释、争取谥号、修院建庙、请求从祀孔庙等。由于历代象山学建构状况与宗旨不同，历代象山学建构行为也各有不同：宋代象山学建构以编撰文集，学术阐释，争取谥号，旌表义门为主；元代以会同朱陆，以及争取道统为主；明代以全集整理与改编，心学阐释，争取从祀孔庙为主；清代以修订点次全集，以学案体重构象山学，重新阐释象山学为主。由于历代建构的不同，象山学呈现了嬗变性、多样性乃至矛盾性。因此要梳理历代象山学史，首先要考证历代象山学建构，探讨其具体行为、特征和价值，从而为象山学史研究奠定坚实的文献、历史和思想基础，以及为当下象山学的阐释辨析与理论重构提供宝贵的理论依据和经验借鉴。

# 一　宋代象山学建构行为

宋代象山学的建构，应该源自陆象山本人。陆象山的自我建构，是"本末先后"的思想学术体系，此论已为学界所研究。① 因此当下研究重点，可以象山之后的学人为主。宋代乃象山学的奠基期，包括文献、思想、地位等一系列工作需要完成，因此宋代建构象山学任重道远。值得庆幸的是，宋人成功地完成了象山学的基本建构，如以编撰象山遗作奠定象山学文献根基；以学术阐释呈现象山学体系与道统地位；以争取谥号，旌表义门，修建象山书院和祠堂等，彰显象山的功绩以及扩大其社会影响。

象山去世之后，象山遗作的编撰是象山学建构的首要工作。因为《象山文集》是承载与呈现象山学的基本文献。象山遗作的编撰工作，应该在象山去世后不久即开始。在杨简的《象山先生行状》中，提及"先生遗文，诸生已次第编纪"②。《象山先生行状》即写在象山去世一年多以后。宋代《象山文集》至少有六种版本，包括临汝本，陆持之本［开禧元年（1205）首刻，嘉定五年（1212）重刻］，陈孙喜刊本［嘉定十三年（1220）］，袁甫刊本，高商老刊本［开禧三年（1207）］，张衍刊本

---

① 参见邓国坤《本末先后：象山学阐释新探》，《管子学刊》2020 年第 4 期。

② （宋）陆九渊：《陆九渊集》，中华书局 1980 年版，第 536—537 页。

（嘉定五年）。① 最早的版本当属临汝本。此本应是抚州人士编刻，且其书"尚多缺略"，也就是缺漏许多内容。究其原因，乃是没有象山家属与重要弟子的参与，如陆持之、杨简、袁燮等均没有参与其事。按此推断，临汝本应当是个别抚州象山弟子私自编刻，仓促刊行（出版时间在象山去世后十年内），因此所掌握之资料尚不完备。其编刻之意，应当是为了汇集象山著作，缅怀乡贤，弘扬象山学。自临汝本后，最为权威与流行的是陆持之本。陆持之编辑初衷有二，一是完善《象山文集》，二是呈现完整的象山精神。如袁燮的仓司本序中，指出"临汝本尝刊行矣，尚多缺略，先生之子持之伯微衺而益之，合为三十二卷，今为刊于仓思，流布寝广，书满天下，而精神亦无不徧"②。

受陆持所托，杨简为该本作序。其旨涵亦有二：一是受师傅嫡子之托，不好违背，二是宣扬象山宗旨。杨简认为象山继承孔孟之道，"先生谆谆为学者剖白斯旨，深切著名，而学子领会者寡。简不自揆度，敢少致辅翼之力，专叙如右"③。袁燮在嘉定五年重刻陆持之本时，指出象山乃学界之"北辰泰岳"，"遏俗学之横流，援天下之既溺，吾道之统盟，不在兹乎"。④ 陆持之编辑的《象山文集》，乃阐明儒家道学的经典，所谓"言近而旨远，虽使古人复生，莫之能易。呜呼！兹其所以为后学之师表也与"⑤。在此，袁燮表达了两点旨涵：一是认为象山文集能够展现象山之学；二是能够重树儒家之道统，改正学术之风气，以及促使天下道德教化。

比《象山文集》更早编撰的是《象山语录》。《象山语录》的编撰，可追溯自象山在生时。象山弟子李伯敏曾编撰《象山语录》，并且呈交象山评阅。然而象山批评道："编得也是，但言语微有病，不可以示人，自存之可也。兼一时说话有不必录者。盖急于晓人或未能一一无病。"⑥ 与

① 参见邓国坤《历代〈象山先生全集〉版本演变考》，《贵阳学院学报》2023 年第 2 期。

② （宋）陆九渊：《陆九渊集》，第 536—537 页。

③ （宋）陆九渊：《陆九渊集》，第 535 页。

④ （宋）陆九渊：《陆九渊集》，第 536 页。

⑤ （宋）陆九渊：《陆九渊集》，第 536 页。

⑥ （宋）陆九渊：《陆九渊集》，第 445—446 页。

李伯敏一起求学问道的同门很多，据记载有数千之众，因此与李伯敏一样编撰《象山语录》者，应该存在不少，因为当时无论是禅宗还是儒家都盛行编撰语录。但是更早的语录编撰者应该是杨慈湖。因为在象山三十四岁游学京城时，曾蒙杨简请教"何为本心"。当象山以扇讼喻之，慈湖猛然有省，方才执弟子礼。而慈湖曾多次提及此事，以及象山之话语。而鉴于此事发生在象山三十多岁时，因此杨简无疑是《象山语录》的最早记录者。统观《象山语录》编撰之旨涵有三。一是偶尔得教于象山，感触甚深，不自觉记录之。二是曾就教于象山，所得象山话语有感而有意地记录并编撰之。三是触动于象山精神与后学精诚，致力于汇集象山话语，以求光大象山学。

在编撰象山著作的同时，象山后学也在阐释象山学。因为象山著作较少，且没有系统的著作，象山学之体系与精神难以被认知，所以象山后学的阐释非常重要。首先从事这项工作的是浙东后学。在象山去世一年后，杨简曾作《象山先生行状》，高度评价了陆九渊其人其学。象山后学大力弘扬象山学精神，强调其孟子之后的正统地位，例如"先生之道，至矣大矣……所略可得而言者：日月之明，先生之明也；四时之变化，先生之变化也；天地之广大，先生之广大也；鬼神之不可测，先生之不可测也。欲尽言之，虽穷万古，不可得而尽也。虽然，先生之心与万古之人心一贯无二致，学者不可自弃"[1]，而且直言"象山之心与万古之人心一贯无二致，学者不可自弃"[2]。此处前半句是弘扬象山学之精髓，后半句是让后世学者师法象山。杨简的话语委婉表达了，象山学之光辉伟大，足以让后人铭记与效法。而且录史浩之赞语，"渊源之学，纯粹之行，辈行推之，而心悟理融，出于自得"[3]，以及当时丞相周必大的评语，"荆门之政，于以验躬行之效"[4]。所谓渊源之学，其实是指渊源于孔孟之学。然而，杨简更早的阐释发生于扇讼教学之记录中，因为慈湖著作中多次记录此事。慈湖以扇讼为例，论述象山师徒教学，进而论述象山

---

① （宋）陆九渊：《陆九渊集》，第394页。
② （宋）陆九渊：《陆九渊集》，第394页。
③ （宋）陆九渊：《陆九渊集》，第389页。
④ （宋）陆九渊：《陆九渊集》，第393页。

之"心"及其心学。此论之内涵且不论述，因为其中争议甚多。然而慈湖此论在历代学界影响极大，后人基本以此论断象山之教学与心学，此不待言。可见，慈湖对于象山学塑造之精，影响之大。杨简又曾为象山文集作序，指出先生谆谆为后学剖析说明孔孟之道，深切著名。杨简曰："简自主富阳簿时，已受教于先生。因言忽觉澄然清明，应用无方，动静一体，乃知此心本灵、本神、本明、本广大、本变化无方。奚独简心如此，举天下万世人心皆如此。"① 在此，杨简以自身之理解，已经呈现了象山的心学特色。

另一浙东弟子袁燮的阐释对于象山学的构建同样重要。袁燮明确阐释象山学问之大体："学问之要，得其本心而已。心之本真，未尝不善。有不善者，非其初然也。……向也跂望圣贤若千万里之隔，今乃知与我同本培之溉之皆足以敷荣茂，遂岂不深可庆哉！呜呼先生之惠后学宏矣？②"又在《题彭君筑象山室》中提出，"义理之学，干道淳熙间讲切尤精。一时硕学为后宗师者，班班可睹矣，而切近端的平正明白惟象山先生为然"③。袁燮在此指出义理之学在乾道淳熙年间出了许多大师，而"切近端的平正明白"的唯有象山。言下之意，陆九渊之学不但是理学，而且在其中相当出色。更重要的是，袁燮强调陆九渊为孟子后一人，与程朱等人共同接续孔孟道统。

槐堂诸儒秉承陆子之说，也在阐释象山学，而且好以"孟子之学"称颂之。傅子云祭文曰："周衰文弊，孟没学绝，功利横流，道术分裂。所见益凿，所言益支，易知易行，谁其觉斯。千七百载，乃有先生。"④又如周清叟祭象山文有云："天为斯文，乃至先生。指学者之膏肓，示入圣之门庭。不缴绕而支离，诚坦然而可行。暴之以秋阳之白，濯之以江、汉之清。继孟子之绝学，舍先生其谁能。"⑤ 又如喻仲可祭文道："孟子

① （宋）陆九渊：《陆九渊集》，第535页。
② （宋）陆九渊：《陆九渊集》，第536页。
③ （宋）袁燮撰：《絜斋集》卷八，文渊阁《四库全书》本。
④ （宋）陆九渊：《陆九渊集》，第517页。
⑤ （宋）陆九渊：《陆九渊集》，第517页。

千五百年后，得其传者惟象山。象山之传惟默信。"① 上述槐堂诸儒之话语，充分凸显了象山学的"孟子特色"。这种阐释不仅强调象山学的思想本真，而且强调象山学的道统地位。因为在宋代，孟学本身就意味着道统之正宗。

在第二代象山后学中，他们建构象山学之工作不逊色于第一代象山后学。其中最值得注意的有三位弟子，分别是浙东后学的袁甫、钱时，以及槐堂后学的包恢。袁甫是袁燮之子，他重修象山书院，重新刊刻《象山先生文集》，大力阐释与弘扬象山学。袁甫在《初建书院告陆象山先生文》中揭示："先生之道，精一匪二，揭本心以示人，此学门之大致。"② 刊刻《象山先生文集》时颂扬："先生发明本心，上接古圣，下垂万世，伟矣哉。"③《祭陆象山先生文》提出："先生立言，本末具备，不堕一偏，万世无弊。"④《象山书院记》直言："先生发明本心之学，有大功于世教，易名文安，庸示褒美。"⑤ 相较第一代象山弟子，袁甫的阐释有过之而无不及，充分呈现象山学的本真精神。

钱时也是著名象山后学之一，曾为象山书院山长，长期主象山学教化。钱时著作已经遗失，仅有辑稿存世。今存辑稿不乏阐释与颂扬象山学之话语，如《云峤书堂记》曰："其所闻象山先生之学，吾圣人之学也。则所谓书堂之书，吾圣人之书也。吾圣人之书，尧舜禹汤文武周公孔子传心之要旨，经世之大法也。"⑥ 又如《吴县学慈湖先生祠堂记》："于赫我朝，笃生贤哲，续寥寥绝学于千载之上，慈湖先师踵象山陆文安公以出，而斯道大明，自汉以来穿凿附会，冥迷沉痼之习，为之一洗，圣经昭垂如日在天矣。"⑦ 又如《辨志轩记》："象山先师讲明义利两途，独拳拳乎辨志，此正是非之判，善恶之别，而君子小人发轫之枢机，可

---

① （清）黄宗羲等撰：《宋元学案》卷七十七，文渊阁《四库全书》本。
② （宋）袁甫撰：《蒙斋集》卷十七，文渊阁《四库全书》本。
③ （宋）陆九渊：《陆九渊集》，第523页。
④ （宋）袁甫撰：《蒙斋集》卷十七，文渊阁《四库全书》本。
⑤ （宋）袁甫撰：《蒙斋集》卷十三，文渊阁《四库全书》本。
⑥ 舒大刚编：《宋集珍本丛刊·蜀阜存稿》卷三，线装书局2008年版，第705页。
⑦ 舒大刚编：《宋集珍本丛刊·蜀阜存稿》卷二，第715页。

不谨欤。"① 上述皆阐释象山学之本真精神，树立象山之道统地位的重要论断。

包恢所撰的《三陆先生祠堂记》不但为象山学极力辩护，证明象山学非禅学，而且宣扬象山学之本真精神，树立象山之儒学地位。包恢提出："是先生之学，乃宇宙之达道明矣。而或者乃斥以别为一门，何耶？……是先生之学，非释氏之邪说亦明矣。而或者指以为禅学，又何邪？"② 在此文中，包恢针对禅学攻击予以具体且系统的反驳与辩护，条分缕析，有理有据，足以服人。包恢又以两处短文赞颂象山先生。其一为《陆象山先生赞》，"高明英特，所立之卓；沉潜镇密，所守之约……内则皆寅，广大而可入乎圣智。不差毫厘而一是之归同，无过不及而一中之浑融"③。其二为《跋象山先生二帖》："象山先生之学至明且实，粹然一出于正，而知之者鲜。"④ 包恢明其学，颂其德，情深意切，款款动人。

编撰象山著作与阐释象山学，主要属于思想文化的工作，要更好地弘扬象山学，不能缺乏社会现实方面的工作。宋代象山学建构者在这方面的工作，主要包括争取谥号，旌表义门，修建象山书院和祠堂等。象山虽然自称得于孟学，然而当时学界多以其为禅学。因此象山后学希望宋代官方阐明象山学与孟学的关系，甚至明确肯定象山学的"道统"地位。于是，"槐堂诸儒"竭力为他争取谥号，实质上是希望得到朝廷的明确诏令，奠定象山学的儒学地位。而带头上书的正是槐堂诸儒的严滋等人。严滋是宋抚州临川人，曾从陆九渊学习。严滋请谥曰："故荆门军监丞陆公，以身任道，为世儒宗。一时名流，踵门问道，常不下千百辈。今其遗文流布海内，人无智愚，珍藏而传诵之。盖其为学者大公以灭私，昭信以息伪，揭诸当世曰：'学问之要，得其本心而已。'"⑤ 而后备说象山之功，"学者闻师训，向者视圣贤若千万里之隔，乃今知与我同本，培

---

① 舒大刚编：《宋集珍本丛刊·蜀阜存稿》卷三，第 712 页。

② （宋）陆九渊：《陆九渊集》，第 530 页。

③ 曾枣庄、刘琳编：《全宋文》，上海辞书出版社 2006 年版，第 319、385 页。

④ 曾枣庄、刘琳编：《全宋文》，第 311—312、319 页。

⑤ （宋）钱时：《蜀阜存稿》卷三，宋集珍本丛刊本。

之溉之，皆足以敷荣茂遂，如指迷途，如药入病，先生之功宏矣"①。严滋等象山后学的请谥应该得到了本州的认可，故曰"本州备录申闻，乞指挥施行"。嘉定十年（1217），抚州州学教授林恢在《告祠堂赐谥文》中指出，"属者诸生请谥，郡闻于朝，定议太常，谥以文安，圣天子俞之"②。所谓"属者诸生请谥"，是指严滋等抚州当地学者，所谓"郡闻于朝"，是指抚州当地的支持并且上报朝廷。除了槐堂后学的努力，浙东后学的影响也不容忽视。因为慈湖受到当朝重视，曾多次向宁宗讲学，被当时人誉为儒宗。围绕甬上四先生形成了一个庞大的学术兼官僚集团，有学者统计，在象山的再传弟子中，列于甬上四先生之门者占83%，而仅慈湖一人的弟子便占到64%。慈湖门人在当时约有200人。并且引用清代四库馆臣的话语证明之，"简则为象山弟子之冠，如朱门之有黄幹，又历官中外，政绩可观，在南宋为名臣，尤足以笼罩一世"③。因此，浙东诸儒在朝廷中应该发挥了不少作用，起码使此请谥不会遭受太大的反对。

没过多久，朝廷准允了象山后学的请求。在嘉定十年，宣教郎大常博士孔炜奉旨撰《议谥》，承认了陆子继承孟子之学："自轲既末，逮今千有五百余年。学者询口耳之末，昧性之天真，凡轲之所以诏来世者卒负于空言。有能尊信其者，修明其学，反求诸己，私淑诸人，如监丞陆公者，其能自拔于流俗，而有功于名教者与？"然后直接称呼其学为"理学"，"公生而颖悟，器识绝人，与季兄复斋讲贯'理学'，号江西二陆"④。此乃官方承认象山学的"理学"（道学）地位的标志。

为象山先生争取谥号并非究竟之举，因为象山后学为象山一门做了更荣耀的一件事。此便是为金溪陆氏一门争取"义门"。相比文安谥号乃一人的荣耀，陆氏义门是对于象山兄弟乃至整个家族的荣耀，是对于整个陆氏家族儒学思想与实践的肯定。淳祐元年（1241），象山家族所在地

① （宋）陆九渊：《陆九渊集》，第520页。
② （宋）陆九渊：《陆九渊集》，第521页。
③ 赵灿鹏：《杨慈湖与南宋后期的儒学格局》，《湖南大学学报》（社会科学版）2009年第4期。
④ （宋）陆九渊：《陆九渊集》，第385—386页。

金溪官员上表，青田陆氏"彬彬乎儒门，州县以其义聚，谨具表进"①。淳祐二年（1242），皇帝下旨敕旌陆氏义门，"青田陆氏，代有名儒，载诸典籍。聚食逾千指，合爨二百年。一门翕然，十世仁让。惟尔睦族之道，副朕理国之怀。宣特褒异，敕旌尔门，光于闾里，以励风化"②。值得重视的是，陆氏义门不仅是千古佳话，而且是儒家社会理想的小型实践，他将为整个儒家思想及其实践提供宝贵的理论典范与经验借鉴。

旌表陆氏义门已然是莫大的荣耀，然而此终究只是陆氏一家之荣耀。象山后学未满足于此，于是四年后上表旌表陆氏闾里。此举请求旌表陆氏所居住的一片乡里。也就是说，象山后学请求从表彰陆氏一门，扩大至表彰陆氏所居住的乡里。两者的范围及其程度，自然所有不同。淳祐五年（1245），漕吏江万里上奏："抚州金溪青田陆氏，义居十世，闺门雍肃，著于江右。是为淳熙名儒文达、文安之豪，揆之令典，盖表宅里，以厉风化。"③ 但是江万里上表三载而无音信，或许是不久前旌表陆氏义门，抑或是旌表陆氏门闾的意义和难度要大于旌表陆氏义门。但是象山后学没有放弃此事，漕使曾颖茂不久后再次上表，而后允准旌表。是日，抚州守赵时焕大书曰"道义里"。包恢撰的《旌表义门记》云："然门闾之高，不惟其世，惟其人，此古今之所尤难者。惟陆氏五世而有文达九龄、文安九渊二大儒，特起东南，上续道统，陆氏之所以名家者，由二先生之名世也。"④

与旌表陆氏义门和陆氏闾里相对应的是，宋人在多地修建象山书院以弘扬象山学，以及修建象山祠堂以纪念一代思想大师。如抚州守叶梦得下令在槐堂创立祠堂，增葺书院，由是象山之威望愈加广大。据记载，绍熙五年（1194），贵溪刘启悔在象山"方丈"遗址建立象山先生祠。绍定三年（1230），江东提刑赵彦悈重修象山精舍。绍定四年（1231），江东提刑袁甫在贵溪之徐严重修象山书院，专门在书院里祭祀陆九渊三

① （宋）陆九渊：《陆九渊集》，第527页。
② （宋）陆九渊：《陆九渊集》，第527页。
③ （宋）陆九渊：《陆九渊集》，第528页。
④ （宋）陆九渊：《陆九渊集》，第528页。

兄弟。①

宋人的象山学建构，是历代象山学最为基本与核心的建构，它影响了后世象山学建构的内涵与方式。宋代象山学建构通过编撰象山遗作以奠定象山学的文献根基；以学术阐释呈现象山学体系与道统地位；以争取谥号，旌表义门，修建象山书院和祠堂等，彰显象山的功绩以及扩大其社会影响等，奠定了象山学的基本思想体系与社会地位。相较而言，宋人构建的象山学应该是最接近象山思想本真的，而且最为重要的是，如无宋人的构建，后世的构建将无从着手，且将难于登天。

# 二 元代象山学建构行为

由于元代学术思想状况与任务不同，元代学者的象山学建构呈现了不同的风格。一是象山诸种著作已经刊刻完备，因此元代学者不需要在编撰文献上下功夫，修订重印即可。二是朱陆后学纷争四起，朱陆两家势同水火，因此元代学者注重对会同朱陆的阐释。三是宋代学者虽已经树立了象山学的儒学地位，但是其道统地位尚未稳固，于是元代学者进一步为象山学争取道统地位，以更好地建构与弘扬象山学。

元代时期，《象山文集》至少三次重印。大元至治甲子岁（1324），金溪士子洪琳在象山古乡建造青田书院，祭祀象山先生，并且重刻《象山文集》，请当时的儒林巨子，陆学私淑吴澄为之作序。吴澄表示，之前已经读过《象山语录》，今又得《象山文集》，于是乐意为之作序。② 言语之间，吴澄对于象山钦佩至极，对于象山著作也是奉为至尊："道在天地间，古今如一，人之同德，贤知愚不肖无一啬焉。能反之于身，则天之所予我者，我固有之，不待外求也，扩而充之，不待增益也。先生之

---

① 参见（宋）陆九渊《陆九渊集》，第518—523页。

② 吴澄序中似乎表现出之前没有读过《象山文集》，只是读过《象山语录》。盖元代《象山文集》因战火失传。幸得金溪陆氏向来有保存《象山文集》的传统。因此《象山文集》在宋、元、明、清四代均能屡屡重刻。

教人盖以是，岂不至简易、切实哉！"① 吴澄认为，重刻《象山文集》能够让人明白道非外求的道理。但是吴澄另一方面也要超越象山言语，"勿徒以先生之学传之于言也"②。换而言之，吴澄认为不要局限于象山之言，而是要求得之于心。此外，江西人刘壎，与陈苑、赵偕等是元代陆学的代表人物。刘壎著《象山语类》，且题词曰："象山有语类一册，遗训二册，但是门人各自编次，多有重复。于是编著之。"他认为象山学不如朱子学，因为先生虽然是"天人"，但是"先生不寿，文公则高年，先生简易不著书，文公则多述作，先生门人大不显，朱门则多达官羽翼。其教以若不逮，而究其实践，则天高日精，千古独步"③。在此，刘壎表达了对于象山学及其著作的推崇，也有修订文献以光大象山学之意。

元朝乃朱陆合流的时代，整体学风以会同朱陆为主。几乎任何学派的学者都喜欢调和朱陆。究其原因，是朱学的"格物"更加支离泛滥，陆学的"本心"进一步被禅化。如黄翰门下的陈淳、董梦程与黄鼎、胡方平等将朱熹的读书博览，"流为训诂之学"④，落入所谓"博而不能返约"的弊端。"槐堂诸儒"严立"门墙"，但无建树。"四明四先生"，"慈湖之下，大抵尽入于禅，士以不读书为学，源远流分，其所以传陆子者，乃其所以失陆子也"⑤。对此，元人自有判断："陆氏之学，其流弊也，如释子之谈空说妙，工于卤莽灭裂，而不能尽夫致知之功。朱子之学，其流弊也，如俗儒之寻行数墨，至于颓惰委靡，而无以收其力行之效。然岂二先生垂教之罪哉，盖学者之流弊耳！"⑥ 所以元代会同朱陆，是朱子之格物穷理与陆子之发明本心互补互融，以救朱陆后学之弊，促进元代理学的中正、全面、圆融发展。

当然，会同朱陆者也有派别之分，由于各自学术师承有出入朱陆者，以及学术兴趣与倾向的关系，因此，元代会同朱陆可分为右朱派、右陆

① （宋）陆九渊：《陆九渊集》，第545页。
② （宋）陆九渊：《陆九渊集》，第545页。
③ 李修生主编：《全元文》，江苏古籍出版社2000年版，第10册，第328—329页。
④ （明）黄宗羲等撰：《宋元学案·介轩学案》，文渊阁《四库全书》本。
⑤ （明）黄宗羲等撰：《宋元学案·静清学案》，文渊阁《四库全书》本。
⑥ （明）黄宗羲等撰：《宋元学案·师山学案》，文渊阁《四库全书》本。

派、中立派。全祖望曰："继草庐而和会朱、陆之学者，郑师山也。草庐多右陆，而师山则右朱，斯其所以不同。"右陆之吴澄曰："朱子于道问学之功居多，而陆子以尊德性为主。问学不本于德性，则其蔽必偏于语言训释之末，故学必以德性为本，庶几得之。"① 右朱之郑师山曰："陆子静高明不及明道，缜密不及晦庵，然其简易光明之说，亦未始为无见之言也，故其徒传之久远，施于政事，卓然可观，而无颓堕不振之习。但其教尽是略下工夫，而无先后之序，而其所见，又不免有知者过之之失，故以之自修虽有余，而学之者有弊。学者自当学朱子之学，然亦不必谤象山也。"② 草庐、师山之外，另有一派，会同朱陆而无明显偏好。此派可称为中立派，代表者为虞集、吴莱等。在《临川先生吴公行状》中，虞集指出："时则有若陆子静氏，超然有得于孟子'先立乎其大者'之旨，其于斯文，互有发明。学者于焉，可以见其全体大用之盛。而二家门人，区区异同相胜之浅见，盖无足论也。"吴莱也指出，"朱子以东都文献之余，集濂、洛诸儒之大成；而陆氏欲踵孟子，曾不以循序渐进为梯阶，特以一超顿悟为究竟"③。相较于吴澄和郑玉，虞集、吴莱的会同朱陆比较中正调和两者，没有展现出偏向一方，或打压一方的评论，因此可称为中立派。

调和朱陆并非元代象山学建构者的最终目的，因为要进一步建构与弘扬象山学，就必须竭力树立象山学的道统地位。元代在调和朱陆的主调下，虞集、郑玉、赵汸、吴澄等学者大多推崇象山学，承认其为"道学"或者"理学"。如刘壎认为陆九渊乃孔孟道统之集大成者，"自尧舜而累传而达孔孟，自孟氏失传而俟夫宋儒，故有周程二张濡其原，而周则成始也，有朱张吕陆承其流，而陆则成终者也。脉理贯通，心境融辙，殆天地重开而河洛复泗也，道之统绪，撂见是矣"④。值得注意的是，在刘壎的道统话语中，陆九渊乃是比程朱等人更为重要的人物。此可谓推崇象山学者的又一进步话语。此外，刘仁本甚至称象山为"道学之宗"：

---

① （明）黄宗羲等撰：《宋元学案·草庐学案》，文渊阁《四库全书》本。
② （明）黄宗羲等撰：《宋元学案·师山学案》，文渊阁《四库全书》本。
③ （明）黄宗羲等撰：《宋元学案·木钟学案》，文渊阁《四库全书》本。
④ （宋）刘壎撰：《水云村稿》卷十五，文渊阁《四库全书》本。

"春满花香竹影间，慈湖水长绿潺湲，庙廷独祀扬夫子，道学还宗陆象山。"① 这自然又是推举象山学的又一高扬之作。相比宋朝，象山学被某些元代儒者更加尊崇一些，因为元代儒者不但以道学称呼象山，而且开始重视象山学在道统上更高的地位。

当然，刘壎也是元代重要的会同朱陆者，且以狭义之理学阐释象山学。刘壎常把朱、张、吕、陆四人相提并论，代表作为《朱陆合辙》。刘壎在《朱陆合辙序》中提出："有宋干道淳熙间，金世宗仁厚不用兵，复修旧好。故大定二十九年，东南赖以休息，国家闲暇，文事聿兴。儒先森聚，理学炳明。衿佩云从，接关洛而通洙泗，则东莱吕成公兴于浙，南轩张宣公起于湘，建安朱子金溪陆子则角立杰出，号大宗师者也。朱陆之学本领实同，门户小异。故陆学主超卓，直指本心，而晦庵以近禅为疑，朱学主于著书，由下学而上达，而象山翁又以支离少之。门户分别，党同伐异。末流乃至交排互诋，哗竞如仇敌。……夫人惟一心，心惟一理，群理相授，继天立极，开物务成，何莫由斯。"② 在此，刘壎将朱、张、吕、陆皆称为理学，而且着力调和朱陆之争。与之类似者，还有"盖亦门人弟子有分朋植党挟私取胜者，其实二先生未尝立异也"③，"朱陆二先生同出一时，俱天地之间气，名世之巨儒也"④。

除了理学阐释，元代学者正式以"心学"阐释象山学，以树立其道学地位。吴澄指出："以心而学，非特陆子为然，尧、舜、禹、汤、文、武、周、孔、颜、曾、思、孟以逮邵、周、张、程诸子，盖莫不然。故独指陆子之学为本心之学者，非知圣人之道者也。"⑤ 吴澄认为从尧舜开始一直到邵雍、周敦颐、张载、二程，都是以"心"作为为学的宗旨，象山学自然也在其中。象山学也称"本心之学"。与之类似的学者还有戴良。他在《题杨慈湖所书陆象山语》中说："陆文安公之学由《中庸》尊德性而入，故其用工不以循序为阶梯，而以悟入为究竟，所谓传心之

---

① （元）刘仁本撰：《羽庭集》卷六，文渊阁《四库全书》本。
② （宋）刘壎撰：《水云村稿》卷十五，文渊阁《四库全书》本。
③ （宋）刘壎撰：《隐居通议》卷二，文渊阁《四库全书》本。
④ （宋）刘壎撰：《隐居通议》卷二，文渊阁《四库全书》本。
⑤ 李修生主编：《全元文》，第15册，第290—291页。

学是已……文安此贴有'家之兴替，在德义而不在富贵'之语，盖亦心学之所发耳。"① 戴良此处以"传心之学""心学"称呼象山学，与吴澄的"本心之学"含义基本一致。宋人的阐释自然也有"心学"的意味，例如强调象山学之大要在本心，以及本心之学等，然而正式以心学称呼象山学，并且以心学跻位道统者，实始于元代。

在元代，时人通过修订重印以弘扬与光大象山学，以会同朱陆而确立象山学的思想本真，以为象山学争取道统更好地确立其地位。因此，象山学在元代得到了较好的发展，在学术阐释与道统地位上有了更进一步的提升。同时，心学阐释的正式确立为明代的流行奠定了基础，理学阐释也为明代从祀孔庙提供了前提。

# 三　明代象山学建构行为

明代乃象山学发展的辉煌时期，但也是象山学阐释的转变时期。明初官方修书如《五经四书大全》与《性理大全书》编有象山陆氏九渊，而且朝廷一直在修缮陆九渊的祭祠与书院。当时甚至出现了一股"右象山，表慈湖"的浪潮②，例如正德末年，湛若水读书于西樵山，"闻海内士夫，群然崇尚象山"③。明代推崇象山学者甚多，开国功臣、号称文臣之首的宋濂在《金溪孔子庙学碑》中指出，象山学博大圆融，光辉明亮，照耀后世④，且能够昌明为学界所忽视的"心"，与入其门者共同努力，一起践行大道⑤。此等情状，为明代建构与弘扬象山学奠定了良好的基础，也增进了其重新建构与阐释象山学的意愿。在明代，象山学不但与阳明学并称心学，而且成功从祀孔庙。所有这些变化皆来源于明代学人

---

① （元）戴良著、纪昀等编：《四库全书·九灵山房集》，上海古籍出版社 1987 年版，第507 页。

② （明）崔铣撰：《恒词》卷七，文渊阁《四库全书》本。

③ （明）湛若水撰：《湛甘泉先生文集》卷七，清康熙二十黄楷刻本。

④ 参见（明）宋濂撰《文宪集》卷十六，文渊阁《四库全书》本。

⑤ 参见（明）宋濂撰《文宪集》卷二十八，文渊阁《四库全书》本。

的象山学建构。明代象山学建构，包括《象山先生文集》的整理与改编，从会同朱陆到心学的阐释，争取从祀孔庙等。

明人将《象山文集》《象山语录》《象山先生年谱》等统合为一，形成了《象山先生全集》。全集在明代存有多种版本，现存的版本有景泰年间陆时寿刊本、成化年间陆和刊本、正德年间李茂元刊本、嘉靖年间荆门州学正本、嘉靖年间金溪本、嘉靖年间何迁本、万历年间周希旦刻本、家藏明刻本等。从有案可查的景泰年间陆时寿刊本、成化年间陆和刊本得知，金溪陆氏仍然是不断刻印象山著作的主力。从大体编次而言，陆持之与陆和版本将象山书信放在首位，而且将五十岁左右的书信置于首位。此应当是视其为象山的晚年定论的精华著作，如《与邵叔谊》《与侄孙睿》《与朱元晦》等；而后大体是青年的书信、中年的书信等；而后是奏表、记、序、杂著、讲义等。应当注意的是，此版本没有回避朱陆之异同，反而有意突出朱陆之异同，例如将陆子批评朱子，同时凸显象山学精神的书信至于文集前列。

此后，《象山先生文集》在明代建构者手中历经嬗变，大体可分为正德派、金溪与荆门州学正本、嘉靖四十年本三种版本。首先值得注意的是，阳明作序的正德本率先作了改变。相较成化年间的陆和本，正德本文集在编次上作出了较大的改变。陆和本卷二的文章次序为：《与王顺伯（二）》《与朱元晦（三）》《与吴显仲（三）》。然而在正德年间李茂元刊本中，改为《与陶赞仲（二首）》《与吴显仲（二）》《与李宰》。相较而言，此版本不但文章次序作了修改，而且连所选文章都作了替换。于是，全书唯一具有"心即理"话语的《与李宰》从卷十一提前为卷二，而能够凸显朱陆分歧的《与朱元晦》却被放到了后面。这种变更的意图十分明显，就是凸显象山学的心学特色，同时减少朱陆之间的分歧。这与王阳明的《序言》是一致的，因为王阳明的序文主要表达了两种观点，一是象山学为心学，二是象山学非禅学，而是圣人之学；阳明此举无非消除朱子后学的批评，会同朱陆之意。阳明学派通过改编《象山先生文集》，以此呈现倡心学、会同朱陆的色彩，自然有助于改变阳明学当时身处的困境，同时也可以推动与发展心学。

然而，正德年间的改编并未受到后世的认可，嘉靖年间荆门州学正本与金溪本均没有保持这种变更，而是改为成化本的编辑次序。戚贤的《序》中，没有再提及"心学"的字样，只是在后面强调阳明之学类似象山之学。嘉靖三十九年（1560）的金溪本同样没有用正德年间李茂元的修改，而是恢复成化本、荆门州学正本的编次与体例。阳明版本与其他版本的差异与改动，应该值得学界关注。因为此涉及明人对象山学的理解，以及对阳明学的态度。

到了嘉靖四十年（1561），《象山先生全集》重刻，王宗沐为之作序。王宗沐本也没有按照正德本的编次，而是恢复了荆门州学正本与金溪本的编次；但是同时收入王阳明的序，并且作了一篇极具"心学"意味的序言。其序开篇便是"圣人之言心渊然无朕，其涵也；而有触即动，其应也"，与阳明之"圣人之学，心学也"异曲同工；又言"圣人之言心，详于宋儒，最后象山陆氏出"，大有视象山为宋代心学之大成者之意。[①]此大概也是阳明后学的另一种努力。

此外，明代尚有许多节选本行世，例如嘉靖葵丑（1553）本《象山粹言》、万历丁酉（1597）本《陆象山集要》、崇祯二年（1629）本《陆象山先生集要四卷》、崇祯十七年（1644）本《陆子重光集》等[②]，所有这些版本的旨涵大体相同。一是为了弘扬象山学。二是象山文集日渐凋零，因此重新编刊，救亡存续。三是以己意重新编排象山文集，以此建构新的象山学体系。上述三种旨涵，第三种是最重要的，也最值得重视。因为这反映了学术发展中，学人自身的思想以及对象山学的思想的转变。而这种转变投射在《象山文集》的选材与编次中，便成就了各自的象山选集与象山学体系。

除了《象山先生全集》的建构与改编的间接方式外，明代学者还通过会同朱陆与心学阐释来表明自己的观点。明代初期延续了元人的学风，进一步会同朱陆。其一是，承认朱陆有所不同，却都属于儒者范围，应该兼顾两者，不应相互对立。最早如苏伯衡（1360 年前后在世）："文公以道问学为主。文安以尊德性为主、夫道问学尊德性。二者如之何其可

---

① （宋）陆九渊：《陆九渊集》，第 539 页。
② 参见程学军《陆九渊著述考》，图书馆研究 2015 年版，第 117—120 页。

偏废也。"① 其二，有些学者认为，朱陆乃早异晚同。如程敏政认为朱陆兼有"道问学"与"尊德性"，乃早异晚同，两者同尊德性，也同道问学。② 其三，有些学者只论朱陆之同，力消朱陆之异，或者是大同小异。如刘文卿认为朱陆皆归于尊德性一路，后人也应在此处会同朱陆。③ 此外，还有些学者指出朱陆异同之论，主要是两家后学之缘故。如张宇初（1359—1410）指出，朱陆之辩乃后人循习、求奇之过。④

在王宗沐编撰的《象山粹言》中，其序言也表达了朱陆殊途同归，象山学非禅学的旨涵。⑤ 其言曰："二先生偶以其一时之见相与校订，是亦不过朋友切磋之心，而后世遂分别之攘斥之，使不得并系孔氏之徒焉，则无乃采声遗实而责之太深矣乎？固自今言之，以弥纶宇宙为己分，而以继往开来为立心，以沉迷训诂为支离，而以辨别义利为关钥；本之于收放心以开其端，极之于克四端以致其力，由于尽心知性而达于礼乐政刑，此象山先生之学之大也。备观先生之书，而更合于朱子，得其所以同，辨其所以异，则知道无不合，而言各有指。然后指之为俗与禅者，皆可得而论其概也。"⑥ 此序明确说明备足象山著作之意，更展现会同朱陆，呈现象山学精神的主旨。

在会同朱陆的同时，以"心学"阐释象山学也在明代流行。早在明初，已有学者称呼象山学派为"心学"，如张宇初的《故绍庵龚先生墓志》称呼象山学为"传心之学"，程敏政称呼象山弟子杨简之学为"心学"，其《金坡稿序》中指出"慈湖心学之传"⑦。称呼象山学为"心学"者，最有名、最有影响的当属王阳明。王阳明在《象山文集序》中指出"圣人之学，心学也"，而且"有象山陆氏，虽其纯粹和平若不逮于二于，而简易直截，真有以接孟子之传。其议论开阖，时有异者，乃其气质意

---

① （明）苏伯衡撰：《苏平仲文集》卷五，文渊阁《四库全书》本。

② 参见（明）程敏政撰《篁墩文集》卷十六，文渊阁《四库全书》本。

③ 参见（清）黄宗羲编《明文海》卷二二一，文渊阁《四库全书》本。

④ 参见（明）张宇初撰《岘泉集》卷三，文渊阁《四库全书》本。

⑤ 参见（宋）陆九渊《陆九渊集》，第540—543页。

⑥ （宋）陆九渊：《陆九渊集》，第540—541页。

⑦ （明）程敏政撰：《篁墩文集》卷二十八，文渊阁《四库全书》本。

见之殊，而要其学之必求诸心，则一而已"①。阳明之后，明朝中期的阳明后学也开始称呼象山学为"心学"，如薛侃曰："自孟子没而心学晦，至宋周敦颐、程颢追寻其绪，九渊继之，心学复明。故所至，从游云集，惟绑曲老长，俯首听诲，当时吕祖谦、张栻莫不敬服。"②

除了以心学阐释象山学，阳明后学也喜欢将陆王相提并论，同为心学。例如，宋仪望暗示陆王同归"万世心学"，认为陆九渊和王阳明，"若相传学脉，则千古一理，万圣一心，不可得而异也……若夫阳明之学，从体仁处开发生机，而良知一语，直造无前，其气魄力量似孟子，其斩截似陆象山"③。《鸣冤录》有"自孟氏道远，伊洛言湮，而心学失传"一语④，也是暗指象山学为心学。会同朱陆与以心学阐释象山同为明代学术界的重要事件，然而就象山学之新发展而言，以心学阐释似乎更为重要，其对象山学之定位与阐释影响至今。

除了文集改编与学术阐释，陆象山在明代从祀孔庙同样值得关注。已有研究指出，"明代前期象山学日渐隆盛，受到朝野的推崇。在会同朱陆的风潮影响下，象山学的道学地位也得以确立，从而为陆九渊从祀孔庙奠定学术基础。此外，明代前期江西籍士大夫显贵众多；推崇象山学的士人在大礼仪事件后当政，宗朱贬陆者纷纷离任；从祀孔庙的标准发生转变等因素，也促使陆九渊顺利从祀孔庙。陆九渊从祀能够提升与巩固象山学的社会地位，消弭朱陆之争，更重要的是促进阳明学的发展，以及协助王阳明从祀孔庙"⑤。正式为陆象山争取从祀孔庙者，乃阳明后学薛侃。薛侃在《正祀典以敦化理疏》中，请求陆九渊与陈白沙一同从祀孔庙。从祀的主要理由是其对心学的功绩，"自孟子没而心学晦，至宋周敦颐、程颢追寻其绪，九渊继之，心学复明。故所至，从游云集，惟

---

① （明）王阳明撰：《王阳明全集》卷七，文渊阁《四库全书》本。

② （明）薛侃：《薛侃集》，陈椰编校，钱明主编，上海古籍出版社 2014 年版，第 164—169 页。

③ （宋）陆九渊：《陆九渊集》，第 538—543 页。

④ （明）席元山撰：《皇明文征》卷四十六《鸣冤录序》，文渊阁《四库全书》本。

⑤ 邓国坤：《陆九渊从祀孔庙之因果考证——兼陆王关系新探》，《学术探索》2018 年第 11 期。

绑曲老长，俯首听诲，当时吕祖谦、张栻莫不敬服"①。但是值得注意的是，"心学"在明代早中期与"理学"名殊实一。两者一物二名，并非对立之概念，共同指向整个儒家思想正统，此在日本学者荒木见悟的著作中已有所阐述。② 具体文献如杨升庵曰"道学、心学理一名殊，明明白白，平平正正，中庸已"③，以及张东白指出，"心学与理学，体用相须，初非贰致"④。因此心学可以称呼陆王之学，也可指称程朱之学，如程敏政曰"心学所渐，悉本伊洛"⑤。

陆象山从祀孔庙的影响是深远的，其不但能够为阳明学派的发展与壮大保驾护航，而且能够广大象山之道，以及坚固其道统地位。正如陈明水所言，"象山之道，近已少明，圣天子从祀之文庙，则固与周程并矣……象山（书）院额，晦翁手笔也。互相尊信，亦与晦翁无嫌"⑥。因此有些学者要剥夺陆象山的从祀地位，屡屡不可得，反而受到斥责，如："霍韬又欲黜司马光、陆九渊、吕怀，欲将道统正传皆进之庙堂，系于四配下。至是，礼部集议以请。上曰：'司马光、陆九渊从享与四配等位次，俱历代秩祀。又经我太祖钦定，俱照旧，不许妄议。'"⑦ 晚明唐伯元因反对王守仁及陆九渊从祀孔庙，因而被贬，"疏末又欲斥两庑之陆九渊，而进宋之周、张、朱、二程于十哲之末。则举朝皆骇怪。九渊为世宗所褒，与欧阳修并祀，安得擅议废退？其仅得薄谴者幸耳"⑧。上述可见，陆象山从祀孔庙对于象山学地位的影响大且远。

明代象山学建构极为关键，对于象山学的阐释与地位确立产生了深远的影响，而且这种影响可能延续至今。总而言之，明人通过对《象山先生文集》的整理与改编确立了象山著作的基本面貌，从会同朱陆到心学的阐释赋予了象山学新的阐释体系，争取从祀孔庙确立了象山学的道

---

① （明）薛侃：《薛侃集》，陈椰编校、钱明主编，第164—169页。
② 参见［日］荒木见悟《心学与理学》，《复旦学报》（社会科学版）1998年第5期。
③ （明）杨慎撰：《升庵外集》卷六，文渊阁《四库全书》本。
④ （清）张东白撰：《张东白文集》卷二十三，文渊阁《四库全书》本。
⑤ （明）程敏政撰：《篁墩文集》卷十一，文渊阁《四库全书》本。
⑥ （明）陈明水撰：《明水陈先生文集》，文渊阁《四库全书》本。
⑦ （明）官方修：《明实录明神宗实录》卷八十七，红格钞本。
⑧ （明）沈德符撰：《万历野获编》卷十四，文渊阁《四库全书》本。

统地位。通过上述种种构建，象山学在明代实现了较大的转型，同时进一步确立了其学术地位。

# 四　清代象山学建构行为

在清代，象山学与阳明学一起被迫背负亡国之责，且被以为是禅学而饱受批评。在此情形中，象山学与阳明学的研习与弘扬是艰苦卓绝之事，然而象山学建构者未曾临难畏缩，而是以独特的方式与高超的智慧建构之。清代象山学之建构，主要包括修订点次《象山先生全集》，以完善基本文献与凸显象山学精神；以学案体重构象山学，展现象山学的新面貌；以会同朱陆与力辨非禅，重新阐释象山学。

清代象山学建构者修订刊刻了多种《象山先生全集》版本，包括雍正二年（1724）初刻，雍正六年（1728）重刻本吴兴张鹿野重辑的版本，乾隆年间《四库全书》本，嘉庆二十五年（1820）金溪槐堂书屋刻本，道光三年（1823）金溪槐堂书屋刻本，同治辛末重刊本等。清人对象山学之重视，还可参考雍正二年吴兴张鹿野重辑的《象山先生文集》，江宜笏在序言中指出，雍正帝"重道崇儒，化民成俗"，且认为"陆子大有关乎世教"，特命重修鹅湖书院，且亲书"居敬穷理"的匾额，而江宜笏认为朱陆之学相须为用，象山"心，天地心；学，圣贤学"。但是"古本业已岁久言湮，今所传者率皆字义讹舛，无足动观者之目"。上述可见，象山学在雍正时代受到了最高统治者的重视与礼遇，以及一些学人的推崇与弘扬。

或许是受到朝廷的高度重视，当时出现了一个更为重要的版本，即江西抚州李绂点次本。李绂评点的校本是王阳明的校本①，但是并未正式刊行。后世道光本今李绂之点次见于嘉庆本槐堂书屋本，以及道光三年本。李绂对于象山学的研究与传播厥功至伟。其不但点次了《象山先生全集》，还刊行了《象山先生年谱》，撰写了《陆子学谱》《朱子晚年全

---

① 参见（宋）陆九渊《陆九渊集》，第546页。

论》等象山学专著。《陆子学谱序》曰："绂自早岁，即知向往牵于俗学玩物而丧志三十余年矣，再经罢废，困而知反，尽弃宿昔所习，沉潜反复于先生之书，自立课程，从事于先生所谓切己自反，改过迁善者，五年于兹。于先生之教，粗若见焉，独学无反，不敢自信。"① 象山学在清代的传承与发展，李穆堂应推首功。

另外一个版本为道光二年初刻，道光三年再刻，名为《象山先生全集》。十四行四十二字，临川后学李绂点次，楚陂后学周毓龄重校。道光年本也是陆邦瑞刊刻，周毓龄重校，李绂点次的。周毓龄为之作序。周毓龄序通篇为陆子辩解：首先论证象山学乃圣贤传心之学，明心与践履并行，践履本之于心；其次阐明朱陆之辩，虽有言语之争，实无二致；再次以荆门之政阐明象山之学与功德；最后以象山后学与朱子等证明象山非禅学。

在修订点次全集之外，清人喜欢以学案体重构象山学。例如《陆子学谱》《象山学案》干脆就以学案体的形式，对象山思想与文献进行有意的重构。在《宋元学案》中，专门设有《象山学案》的专题。在此专题中，首先作陆九渊个人的传记，并作一番思想学术评价；然后摘录陆九渊的思想学术之片段，并附有评判；最后收录古人或时人对陆九渊的评价，留待后人参见。而稍晚出现的《陆子学谱》则更为精致与独到。首先，《陆子学谱》不同于《宋元学案》的研究范围之广，专门针对陆子学。此外，《陆子学谱》还有针对性地概括象山学之主要思想，李绂一共分为辨志、求放心、讲明、践履、定宗仰、辟异学、读书、为政八个维度。然后分门别类地收录相关思想片段。

《陆子学谱》与《象山学案》的出现，意味着象山著作编撰到达了更高层次。倘若说明代周希旦版还是借着《象山先生全集》的名号，对象山学进行有意或无意的建构。那么《陆子学谱》《象山学案》干脆就以学案体的形式，对象山思想与文献进行有意的重构。与周希旦版相比，《陆子学谱》《象山学案》的优点有三个。一是直接以思想为纲，然后以之重新编次材料，使得全集更有条理。二是整个编辑主要突出象山学的结构

---

① （清）李绂：《陆子学谱·序言》，商务印书馆 2016 年版，第 1 页。

与宗旨，虽然这可能是编者自身的理解。三是在编辑中加入了大量评注、介绍，乃至与象山的对话，便于呈现与阐释象山学。如此一来，象山著作虽然以节选本的形式出现，却让象山学获得了新的生命，不但思想内涵鲜明而直观，而且更加精练与清晰，促使世人更乐于且容易接受象山学。

除了文献整理与思想重构，清代象山学建构者还要面对时人的批评和攻击，因此他们还要与之辩论，对象山学进行直接阐释。黄宗羲、孙奇逢、李绂等学者为陆王心学与之辩论，具体表现在两个方面：辨明象山学非禅学，会同朱陆。

首先，黄宗羲、李绂辨明陆王之学非禅学，而是正统之学。黄宗羲认为，当时之学者已经养成了"学骂"的风气，"昔之学者，学道者也；今之学者，学骂者也。矜气节者则骂为标榜，志经世者则骂为功利，读书作文者则骂为玩物丧志，留心政事者则骂为俗吏，接庸僧数辈则骂考亭为不足学矣，读艾千子定待之尾，则骂象山阳明为禅学矣……逊志骂其学误主，东林骂其党亡国，相讼不决，以后息者为胜，东坡所谓墙外悍妇，声飞灰火如猪嘶狗嗥者也"①。显而易见，黄宗羲对此种骂名是十分反对和痛恨的。于是，他又在《寿张奠夫八十序》中明确展现自己的定论，"古今之人，同是尧、舜，同非桀、纣，周、程、张、朱、象山、阳明，不可不谓尧、舜之徒也"②。

李绂在《陆子学谱》中指出象山学为圣人之心，如"圣人之学，'心学'也。道统肇始于唐、虞，其授受之际，谆谆于人心道心。……至陆子则专以求放心为用功之本，屡见于文集语录"。而且干脆指出："咸曰陆氏为顿悟之禅学，不知陆子全书具在，绝无此说"③，又如"诋陆子为禅学，实未究观二家之书，不知朱子晚年之教，尽合于陆子"④。当然，他也有不足，全祖望认为有一些人物应该属于陆子之徒者，李绂反而没有把其列入其中，如："至端宪弟名炳，字季文，年未四十，弃去场屋，

---

① （清）黄宗羲撰：《黄宗羲全集》，浙江古籍出版社1993年版，第10册，第604页。
② （清）黄宗羲撰：《黄宗羲全集》，第10册，第674页。
③ 徐世昌等编纂：《清儒学案》，中华书局2013年版，第2180页。
④ 徐世昌等编纂：《清儒学案》，第2172页。

师事陆子，务穷性理。赵忠定公以遗逸荐之不就，固穷终身，是亦《学谱》中所当附传者也。"①

与黄宗羲、李绂同调者，有毛奇龄、汤斌、彭绍兴等人。毛奇龄认为陆王皆正统"心学"，且为之辩护。他曰："又且正心、诚意本于《大学》，存心见性见之《孟子》，并非金溪、姚江过信伪经，始倡为'心学'，断可知矣。今人于圣门忠恕，毫厘不讲，而沾沾于德性问学，硬树门户，此在孩提稚子，亦皆有一诋陆辟王之见存于胸中。"② 汤斌在《同门公建征君孙先生夏峰祠堂启》中指出："昔仲尼殁而微言绝，孟子出而杨墨之道熄。其后濂、洛、关、闽，继洙泗之统；金溪、姚江，阐心学之宗。"认为陆王皆为心学。又有彭绍兴，他认为陆学乃圣学，也就是"心学"。他说："自一二年来，反覆观于《中庸》之书，乃益信陆子之学，其为圣人之学无疑也……圣人之学唯在复性，复性之功在明明德，外德性无所为问学也。外德性而为文学，为之玩物丧志……知圣人之学，则知陆子之学矣。"③ 又曰："本心之学，直达而已。"④ 上述三人皆认为象山学是心学，但此心学乃圣人之学，而非禅学。

其次，黄宗羲、孙奇逢、李绂等人敢于反抗潮流，会同朱陆之学。黄宗羲认为，朱陆之学确实有不同，不仅在"格物穷理"与"立乎其大"上不同，在"无极太极"上也不同；但是"二先生之不苟同，正将以求夫至当之归，以明其道于天下后世，非有嫌隙于其间也。道本大公，各求其是，不敢轻易唯诺以随人"。此即说朱陆二先生观点虽不同，并且互相论辩，这正是要"求夫至当之归"，探索真理，昭示天下后世，而并不是互相诘难。黄宗羲认为二先生的学说并不是互相排斥，而是互相贯通的，所不同者仅是入门先后不同："况考二先生之生平自治，先生之尊德性，何尝不加功于学古笃行；紫阳之道问学，何尝不致力于反身修德，特以示学者之入门各有先后，曰：'此其所以异耳。'"其子百家继承其父的观点，评价如出一辙，"以是知盈科而后进，其始之流，不碍殊途，其究朝宗于海，同归一致

---

① 杨朝亮：《〈陆子学谱〉初探》，《聊城大学学报》（社会科学版）2003 年第 6 期。
② 徐世昌等编纂：《清儒学案》，第 1015 页。
③ （清）彭绍升：《答宋道原》，《二居林集》卷三，光绪辛巳刻本。
④ （清）彭绍升：《答杨子书》，《二居林集》卷三，光绪辛巳刻本。

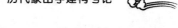

矣。乃谓朱、陆终身不能相一，岂惟不知象山有克己之勇，亦不知紫阳有服善之诚，笃志于为己者，不可不深考也"①。

孙奇逢在《理学宗传》一书中，录周敦颐、二程、张载、邵雍、朱熹、陆九渊、薛瑄、王阳明、罗洪先、顾宪成十一人，以为"道统之传"，力图把朱、王的学说统一起来。在《四书近指》一书中也强调说："文成之良知，紫阳之格物，原非有异。"又曰"朱、陆同异，聚讼五百年迄今。自其异者而观之：朱之意，教人先博览而后归之约；陆之意，欲先发明人之本心而后使之博览。朱以陆之教人为太简，遂若偏于道问学；陆以朱之教人为支离，遂若偏于尊德性。究而言之，博后约，道问学正所以尊德性也；约后博，尊德性自不离道问学也。总求其弗畔而已。即朱、陆教人有'道问学'与'尊德性'先后之区别"。二者只有先后之分，并不矛盾，不仅不互相排斥，而且互相贯通、互相包容。然而，孙奇逢折衷朱陆并未折衷到底，最后还是援朱归陆。《理学宗传》为朱熹立传时，选录朱熹晚年反思"支离"之言论，并加批语曰："此与子静先立乎其大！求放心有二耶？此终与子静同。"又如李绂《朱子晚年全论序》曰："朱子与陆子之学，早年异同参半，中年异者少同者多，至晚年则符节之相和也。"② 此显然是会同朱陆之意，序末更是直言"学朱子即学陆子"。

清代乃陆王学饱受批评的时代，然而清代学人没有一味地攻击与指责。黄宗羲、孙奇逢、李绂等象山学建构者，仍旧传承与弘扬象山学。他们通过修订点次《象山先生全集》，以完善基本文献与凸显象山学精神；以学案体重构象山学，展现象山学的新面貌；以会同朱陆与力辨非禅，阐明象山学的本真与地位。

# 五　结论

由于历代象山学的背景与宗旨不同，历代象山学建构各有千秋。大

---

① （明）黄宗羲等撰：《宋元学案》卷五十八，文渊阁《四库全书》本。
② （宋）朱熹：《朱子晚年全论·序言》，李绂编、段景莲点校，中华书局 2015 年版。

体而言，历代象山学建构均能合乎思想学术大势，将象山学不断传承与发展，免其遭误解或断绝，最终使得象山学源远流长，生生不息。具体而言，宋人以编撰象山遗作以奠定文献根基；以学术阐释呈现象山学基本面貌；以争取谥号，旌表义门，修建象山书院和祠堂等，奠定陆象山的学术地位等，完成了象山学的基本建构。元人通过修订重印象山著作，会同朱陆，为象山学争取道统地位，进一步建构与弘扬象山学，也推动了理学的融合与发展。明人通过《象山先生文集》的整理与改编，从会同朱陆到心学的阐释，争取从祀孔庙等，使得象山学与阳明学并为心学，正式确立了其道统地位。清代人通过修订点次《象山先生全集》，以学案体重构象山学，力辨会同朱陆与力辨非禅等，为象山学正名洗嫌，同时使之在质疑与批判中焕发生机。

象山学的延续与弘扬，并非陆九渊一人之功劳，而是历代象山学建构者的合力之功。今人研究象山学，不仅要研究陆九渊本人的生平、著作和思想，更要研究历代建构象山学之举措，例如象山著作编撰，学术阐释，争取谥号，修院建庙，请求从祀孔庙等。因为这些建构行为不仅与象山学之演变与创新息息相关，甚至决定了象山学在特定时代的生死沉浮。因此研究象山学及其历史，绝不能忽视历代象山学之建构。反言之，全面、深入、具体地研究好历代象山学之建构，将为象山学之历史研究与思想创新提供理论典范与经验借鉴。

# 意义世界的追寻与建构

## ——宋代理学视野下的韩愈思想*

单虹泽

（南开大学哲学院）

**摘要：** 面对中唐时期道德仁义学说的消解以及佛老带来的意义偏离，韩愈试图确立一个以"道"为价值指向、以人的自我实现为实践目标的意义世界。由此，韩愈提出了列圣传续"仁义之道"的道统论、仁义道德内在于己的人性论，以及"传道"与"行道"相统一的工夫论。这些思想与宋代理学之间有着颇为密切的理论联系。在理学家看来，韩愈的道统论虽有很大价值，却没有将"道"上升为一种普遍、必然的本体概念；韩愈对人性有一定洞见，但未能在"天地之性"的层面把握人性的根源；韩愈明确了"行道"的必要性，但没有形成内向型的修德工夫。即便如此，韩愈还是为宋代理学的开展提供了一个基本方向，那就是为生存世界确立终极意义。循此进路，宋代理学奠定了以"天理"为核心的意义世界，使社会秩序与思想秩序得到了重建。

**关键词：** 韩愈 意义世界 道 人性 工夫 理学

学界在探寻两宋儒学复兴运动和新儒家兴起的原因时，往往将它们的生发条件和契机追溯到中唐时期的韩愈，并以其为"宋学"的先驱。

---

* 本文系南开大学文科发展基金项目"王阳明及其后学情论研究"（项目编号：ZB21BZ0336）的研究成果。

陈寅恪认为韩愈是"唐代文化学术史上承先启后转旧为新关捩点之人物"①。钱穆也指出，"治宋学必始于唐，而以昌黎韩氏为之率"②。可见，韩愈在一定程度上影响到宋代理学的形成，已成为学界的基本共识。不过，在以往的研究中，学者很少深入研究韩愈的道统论等学说究竟在哪些方面影响了宋代理学，以及为何理学家虽对韩愈多有称道，却不肯将其纳入理学的思想谱系。这些问题恰恰是揭示韩愈思想与宋代理学之间渊源关系的关键。从表面上看，韩愈关注和实践的主题是"文学改革""建构道统""复兴儒学""拒斥佛老"等，而在这些主题背后，韩愈更着意确立一个以"道"为指向、以人的自我实现为目标的意义世界。在此意义世界中，人的实践活动指向最高的善，而社会也朝着一个合理的方向发展，人的心灵秩序和社会秩序由此得到安顿。以追寻与建构意义世界为中心，韩愈提出了列圣传续"仁义之道"的道统论、仁义道德内在于己的人性论，以及"传道"与"行道"相统一的工夫论。这些思想对宋代理学的一些核心观念形成了影响，同时又在理学的发展中不断得到丰富和完善。

## 一 意义世界的失序与"道统说"的提出

陈寅恪将韩愈的学术成就概括为六点，其中第一点就是"建立道统，证明传授之渊源"③。冯友兰也指出，早在孟子的时代，儒家的"道统说"就有了一个大概，而韩愈受到禅宗传述宗系的重新启发，又对儒家的"道统"作出大略阐述，至宋元时期乃形成统一的思想体系。④ 学界普遍

---

① 陈寅恪：《论韩愈》，载《金明馆丛稿初编》，上海古籍出版社1980年版，第296页。

② 钱穆：《中国近三百年学术史（上）》，商务印书馆1997年版，第2页。

③ 陈寅恪：《论韩愈》，载《金明馆丛稿初编》，第285页。

④ 参见冯友兰《中国哲学简史》，北京大学出版社1985年版，第308页。关于韩愈的道统论是否受到禅宗的影响，以及在多大程度上受到禅宗的影响，也是近代以来学界争论不休的一个问题。在陈寅恪看来，受两汉经学递相授受的刺激，唐代新禅宗提出了自己的传灯谱系，只为"证明其渊源之所从来，以压倒同时之旧学派"。而韩愈同样受到了禅宗的刺激和影响，"表面上虽由孟子卒章之言所启发，实际上乃因禅宗教外别传之说所造成，禅学于退之之影响亦大矣哉"。

承认，韩愈对于儒学的最大贡献，就在于他明确了自孔孟以来儒家道统的传承谱系。关于韩愈提出道统说的缘由，也引发了很多争议。①主流观点认为，韩愈提出"道统"，既是为了对抗佛老，也是为了使儒学在新时期重获生命力。这种说法有一定道理，但没有解释清楚韩愈所谓的"道"究竟是什么，以及"道"何以能够通过"统"来传续。我们将要阐明的是，韩愈提出的"道"超越了儒佛之辨的一般观念，而指向更深层的"意义"以及由其构成的"意义世界"。

哲学上所讲的"意义"，主要指能够支撑人在现实世界中安身立命和生活实践的价值理念。② 以人的存在与世界之在为本源，意义内在并展现于人化实在，这意味着"通过人的实践活动使本然世界打上了人的印记，并体现人的价值理想"，而意义世界则是对人的价值意义的现实展现。③意义世界本质上是属人的世界，渗透其中的意义对人敞开，使人在自身的观念中建立对生存世界的认同感和归属感。人是以意义为生存本体的存在，而对意义世界的探讨本质上就是对人的存在意义"是什么"以及"意味着什么"的追问。总的来说，作为融入世界历史进程中的主体，人与世界的关系展开为两重面向：一方面，人作为存在者内在于世界之中，对世界提供的意义进行理解和评判；另一方面，人在认识与改造世界的过程中赋予世界以更为丰富的意义。以世界的完善和人的超越为基本内涵，人改造世界与实现自身的目的都指向意义世界的追寻与建构。

韩愈自少时孜孜以求的，就是这样一种使人和生存世界趋于至善的意义。他在《答侯继书》中写道："仆少好学问，自五经之外，百氏之

---

另有一些学者认为韩愈的道统论与禅宗无关，而是先秦儒学至汉唐经学自身演进的结果。比如蒙文通认为，从秦汉至明清中国始终处于经学一脉相承的统治之下，韩愈等中唐儒者借由诸子直探经学，佛教所起到的只是负面作用。邓广铭也指出，韩愈、李翱等学者仍拘守着儒家的思想壁垒，以儒家的义理学说为本位，尚未自觉吸收融会佛道思想。参见陈寅恪《论韩愈》，载《金明馆丛稿初编》，第285—286页；蒙文通《经学抉原》，上海人民出版社2006年版，第209页；邓广铭《邓广铭治史丛稿》，北京大学出版社1997年版，第192页。

① 参见史少秦《韩愈"道统"论缘起辨微——以陈寅恪与饶宗颐的争论为中心》，《管子学刊》2020年第3期。

② 参见徐贵权《论意义世界》，《南京师大学报》（社会科学版）2004年第5期。

③ 参见杨国荣《论意义世界》，《中国社会科学》2009年第4期。

书，未有闻而不求、得而不观者；然其所志惟在其意义所归。"① 这里的
"意义"，指的是经验知识之上的普遍真理和价值。韩愈认为，生存世界
必然承载着某种意义，后者既使人不断完善自身，也使人所在的世界得
到有序发展。作为最高的生存意义，"道"贯穿于世界，使后者展开为具
有整体性、丰富性内涵的价值共同体。历史地看，中国社会经过自南北
朝至隋唐长达几个世纪的战乱，加之自魏晋以来佛道二教对传统伦理观
念的冲击，社会价值已经趋于撕裂，生存世界的终极意义无法得到安顿。
直到唐代中叶，这一情况也并未发生根本的改变，所以韩愈在其时代所
面对的最大问题，就是意义世界的失序。韩愈看到，这种失序是由内外
两方面因素造成的：从内在的方面看，是儒家道德仁义学说的消解；从
外在的方面看，则是佛道二教对儒家文化的持续渗透。

　　道德仁义学说的消解造成的严重后果是意义世界的崩坏。在韩愈看
来，早在秦火焚书与汉初黄老学兴起的时候，儒学就处于不利的境地。
虽然汉代经学在经典注释层面发展了儒学，使其成为国家意识形态，但
道德仁义学说并没有得到应有的传承和发展，反而湮灭于诸多"邪说"
之中："周道衰，孔子没，火于秦，黄老于汉，佛于晋、魏、梁、隋之
间，其言道德仁义者，不入于杨，则入于墨；不入于老，则入于佛。"②
生存世界的意义唯有通过"道德仁义"才能得到确立，所以随着"道德
仁义"的缺失，意义世界也就趋于崩坏和瓦解。历经数百年的动荡，唐
代统治者开始尊儒崇经，重视经学尤其是礼学的政治教化作用。唐代修
礼，以玄宗朝为最盛，自《大唐开元礼》成，"唐之五礼之文始备，而后
世用之，虽时小有损益，不能过也"（《新唐书》卷十一《礼乐志一》）。
到了韩愈的时代，礼制的形式更大于内容，其无力建构一个伦理价值丰
盈的意义世界。自此，包括韩愈在内的诸多儒者都尝试吸收、借鉴传统
思想资源来建构存在世界所应有的价值和意义。

　　相比于儒学在建构意义世界过程中的乏力，韩愈认为更大的危险来

---

① （唐）韩愈：《答侯继书》，载《韩昌黎文集校注》，马其昶校注，上海古籍出版社1986
年版，第164—165页。

② （唐）韩愈：《原道》，载《韩昌黎文集校注》，马其昶校注，第14页。

自佛道二教尤其是佛教带来的生存意义的偏离。作为一种非伦理性的宗教，佛教传入中国伊始，就产生了出世解脱与入世实践的张力。韩愈意识到，佛教的最大危害是以"清静寂灭"的价值观消解了伦理纲常的意义，"欲治其心，而外天下国家，灭其天常；子焉而不父其父，臣焉而不君其君，民焉而不事其事"①。这是说佛教的哲学理念和修道方式使家庭失去孝道，使国家失去君臣之道，瓦解、破坏了社会政治秩序。除此之外，佛教还仰仗朝廷的支持，不断扩张寺院经济，甚至出现"十分天下之财而佛有七八"的局面。更为严重的是，同佛教相比，这一时期的儒学在探索宇宙和心性方面有着明显的不足，这导致很多以追求自我超越为人生目标的儒者沉耽佛学。正如唐君毅所言："方中国魏晋六朝至隋唐佛学大盛之日，中国传统之儒者，正从事于经注与经疏。其智慧心思之所注，皆唯及于世间礼乐政教，人生日用之常，而不能外是。此与佛教高僧大德之期佛果之究竟，而穷法相之广大，探心识之精微，极语言之设教与当机立教之妙用者，诚不可以相及。"② 因此，尽管佛教有能力凭借一套精微的心性学说为生存世界奠定意义，但这种意义是偏离正轨的，与尧舜时代作为"典范"的意义相去甚远。

作为内在于世界之中的价值存在，人既追问所在世界的意义，也追寻自身之"在"的意义；既以多重方式把握世界和自我的意义，也通过各种观念和实践赋予世界以多方面的意义。就此而论，人对存在的思考，从根本上关联着对意义世界的追寻与建构。面对意义世界的失序，韩愈以"复兴古学"自命，尝试通过重建"道统"来接续和阐扬华夏文化的基本精神，维持中国历代延承的儒家生活方式。他在给友人的一封信中写道：

> 汉氏已来，群儒区区修补，百孔千疮，随乱随失，其危如一发引千钧，绵绵延延，浸以微灭。于是时也，而唱释老于其间，鼓天下之众而从之，呜呼，其亦不仁甚矣！释老之害过于杨墨，韩愈之

① （唐）韩愈：《原道》，载《韩昌黎文集校注》，马其昶校注，第17页。
② 唐君毅：《中国哲学原论·原性篇》，中国社会科学出版社2005年版，第197页。

贤不及孟子，孟子不能救之于未亡之前，而韩愈乃欲全之于已坏之
后……使其道由愈而粗传，虽灭死万万无恨！①

"道统"所承载的，是作为终极意义的"道"。儒学之所以不振，给佛老
留下话语空间，是因为这个"道"自孟子之后就失传了："尧以是传之
舜，舜以是传之禹，禹以是传之汤，汤以是传之文武周公，文武周公传
之孔子，孔子传之孟轲，轲之死，不得其传焉。"② 言下之意，韩愈要做
儒家的传道者和卫道者，从更深的层面看则体现为建构一个以良好生活
秩序为导向的意义世界。

　　韩愈首先明确了儒家之"道"的内涵，以此纠正佛老带来的意义偏
失。为了区别儒家与佛老所构造意义的不同，韩愈在概念上将"道"与
"仁""义"统一起来。他这样说："博爱之谓仁，行而宜之之谓义；由
是而之焉之谓道，足乎己，无待于外之谓德。仁与义，为定名；道与德，
为虚位。"③ 韩愈从概念的内涵和外延入手，指出"道"与"德"是两个
最大的概念，各学派皆可在这两个概念中充实不同的内容，故称其为
"虚位"。就"道"而言，老子用其指示"自然"和"无为"，故非价值
性的概念；儒家的"道"则以"仁""义"为核心内容，具有鲜明的价
值属性："凡吾所谓道德云者，合仁与义言之也，天下之公言也；老子之
所谓道德云者，去仁与义言之也，一人之私言也。"④ 韩愈将"道"理解
为一种具体的道德精神，它不能独立于"父子""君臣""先王"等伦理
实体和伦理关系，而展开为具有价值指向的终极意义。如此一来，"道"
就不再是一个孤悬于历史与世界之上的抽象原则，而是根据其实质意义，
在历史演进的过程中不断获得具体的价值内涵，并将人的行动引入意义
之域。因此，韩愈"道统说"的一个理论前提就是明确儒家之"道"的
价值属性，用它来替换给生存世界带来意义偏失的佛老之"道"，这就为
意义世界的建构提供了某种价值担保。

---

① （唐）韩愈：《与孟尚书书》，载《韩昌黎文集校注》，马其昶校注，第215页。
② （唐）韩愈：《原道》，载《韩昌黎文集校注》，马其昶校注，第18页。
③ （唐）韩愈：《原道》，载《韩昌黎文集校注》，马其昶校注，第13页。
④ （唐）韩愈：《原道》，载《韩昌黎文集校注》，马其昶校注，第13—14页。

其次，韩愈提升了孟子的历史地位，基于孟子学说提出了"相生养之道"的概念。两汉到南北朝这段时间里，孟子没有得到太多关注，只被视作一般的儒者。通过提出"道统说"，韩愈揭开了唐宋间"孟子升格运动"的序幕①。韩愈认为孔门后学中唯有孟子得孔子真传，"自孔子没，群弟子莫不有书，独孟轲氏之传得其宗"②，并称赞孟子"醇乎醇者也"③。冯友兰撰文指出，韩愈尊孟是为了借鉴孟子思想来丰富儒家的心性学说，"盖因孟子之学，本有神秘主义之倾向，其谈心谈性……可认为可与佛学中所讨论，当时人所认为有兴趣之问题，作相当之解答"④。还有观点认为，韩愈推尊孟子是出于排佛的需要，将孟子视为儒学史上"卫道"的标志性人物，即"儒家与异端之学斗争的典范"⑤。这些说法都有其合理性，但更根本的原因在于，韩愈看到了孟子的仁义之道对于构建良好社会秩序的意义，"圣人之道易行；王易王，霸易霸也"⑥。孟子的仁道有一个鲜明的特点，那就是包含了政治制度和经济生活方面的具体设计，所以能够推行为"仁政"。韩愈将这种统合内圣、外王为一的"道"称为"相生养之道"，以其为列圣相传的一贯精神："有圣人者立，然后教之以相生养之道……害至而为之备，患生而为之防。"⑦"相生养之道"蕴含了深刻的价值内涵，赋予生活世界以积极意义，所以它本身也是一种教化："夫所谓先王之教者，何也……是故生则得其情，死则尽其常。"⑧ 以"相生养之道"为判定依据，荀子、扬雄等人所传之"道"不能丰富人的精神世界，佛老所传之"道"不能为生存世界带来实践意义，二者都与列圣相传之"道"相去甚远。

最后，韩愈提出列圣相传之"道"是通过"文"来承载和传续的，

　　① 徐洪兴：《唐宋间的孟子升格运动》，《中国社会科学》1993 年第 5 期。

　　② （唐）韩愈：《送王秀才序》，载《韩昌黎文集校注》，马其昶校注，第 261 页。

　　③ （唐）韩愈：《读荀》，载《韩昌黎文集校注》，马其昶校注，第 37 页。

　　④ 冯友兰：《三松堂全集》卷十一《韩愈李翱在中国哲学史中之地位》，河南人民出版社2001 年版，第 252 页。

　　⑤ 陈来：《宋明理学》，北京大学出版社 2020 年版，第 26—27 页。

　　⑥ （唐）韩愈：《读荀》，载《韩昌黎文集校注》，马其昶校注，第 36 页。

　　⑦ （唐）韩愈：《原道》，载《韩昌黎文集校注》，马其昶校注，第 15—16 页。

　　⑧ （唐）韩愈：《原道》，载《韩昌黎文集校注》，马其昶校注，第 18 页。

故曰"文以载道"。对韩愈来说，文章是用来表达和阐明"古道"的，它们不能空有优美的文辞却言之无物："学古道则欲兼通其辞；通其辞者，本志乎古道者也。"① 陈寅恪指出，受禅宗影响，韩愈扫除了南北朝以来繁琐的义疏章句之学，"新禅宗特提出直指人心见性成佛之旨，一扫僧徒繁琐章句之学，摧陷廓清，发聋振聩，固吾国佛教史上一大事也。退之生值其时，又居其地，睹儒家之积弊，效禅侣之先河，直指华夏之特性，扫除贾、孔之繁文，原道一篇中心旨意实在于此"②。在一定意义上讲，韩愈所推动的"古文运动"不仅实现了文体上的革新，更指向人伦价值的奠定和意义世界的生成，也就是"儒道自身由礼乐转向道德、由雅颂转向讽谕、由章句转向义理的一场革新"③。

韩愈对意义世界的追寻和建构深刻影响了后来的宋代理学。首先，理学家肯定并进一步发展了韩愈的"道统说"。二程兄弟十分赞许韩愈崇孟抑荀的做法："至如断曰：'孟氏醇乎醇。'又曰：'荀与扬择焉而不精，语焉而不详。'若不是佗见得，岂千余年后便能断得如此分明也？"④ 朱熹则肯定了韩愈在《原道》中的论述，称"其言虽不精，然皆实，大纲是"⑤。朱熹还将"道统"这一概念与"十六字心传"结合起来，使儒家心性论成了"道统"中的重要内容："盖自上古圣神继天立极，而道统之传有自来矣。其见于经，则'允执厥中'者，尧之所以授舜也；'人心惟危，道心惟微，惟精惟一，允执厥中'者，舜之所以授禹也。"⑥ 其次，理学家从本体论的高度对"道"作出规定，发展出一套为生存世界奠定终极意义的天理学说。周敦颐借助《易传》的形上思维阐发了"道"的超越性："无极而太极……太极动而生阳，动极而静，静而生阴。静极复动。一动一静，互为其根；分阴分阳，两仪立焉。"⑦ 此后，宋代理学家

---

① （唐）韩愈：《题欧阳生哀辞后》，载《韩昌黎文集校注》，马其昶校注，第305页。

② 陈寅恪：《论韩愈》，载《金明馆丛稿初编》，第287页。

③ 葛晓音：《论唐代的古文革新与儒道演变的关系》，《中国社会科学》1987年第1期。

④ （宋）程颢、程颐：《二程集》，王孝鱼点校，中华书局1981年版，第5页。

⑤ （宋）黎靖德编：《朱子语类》，王星贤点校，中华书局1986年版，第8册，第3270页。

⑥ （宋）朱熹：《四书章句集注》，中华书局2011年版，第16页。

⑦ （宋）周敦颐：《太极图说》，载《周敦颐集》，陈克明点校，中华书局1990年版，第3—4页。

的一个共同认识路径就是从本体的层面来理解"道"或"天理"。理学家以"理"或"天理"名"道",视其为天地万物的本原和根据,如朱熹说:"未有天地之先,毕竟也只是理。有此理,便有此天地;若无此理,便亦无天地,无人无物,都无该载了!有理,便有气流行,发育万物。"①如此一来,"道"或"天理"就被理解为一种无条件的存在,甚至"万一山河大地都陷了,毕竟理却只在这里"②。理学家还将"理"与"性"等同起来,用以规定人性和物性,使人和天地万物成为有意义的存在:"性,即理也。天以阴阳五行化生万物,气以成形,而理亦赋焉……人物各循其性之自然,则其日用事物之间,莫不各有当行之路,是则所谓道也。"③ 必须指出,宋代理学家所提出的本体论规定,从根本上讲是为了建构一个以"天理"为价值归宿的意义世界,而这正是顺承韩愈"道统说"而来的。相较韩愈,理学家进一步从本体层面明确了"道"或"天理"的普遍性和必然性,使生存世界展开为一个有序的真实图景,也使人的本质力量得到具体体现。

查尔斯·泰勒认为,人的在世存在体现为意义世界的生成与发展。一方面,各种语言、习俗、文化观念等因素呈现为生存世界的范导性背景,人在生活中不断接受这个世界的意义赋予。另一方面,人根据自己对生存世界的理解,不断创造新的意义,赋予世界以更为丰富、深沉的内涵。可以说,人所在的世界就是"在生活和历史中不断被塑造的意义世界"④。在中国哲学中,形上之思并没有单纯指向本然的生存世界,而更多地关注生存世界之"在"与人自身存在的关系,指向意义世界的追寻与建构,由此展开存在与价值、本体论与价值论相统一的形上学路向。韩愈"道统说"所指向的目标,就是重建意义世界的价值系统,使世界与人成为有意义的存在。而在宋代理学的视域和语境中,"道"被诠释为"天理",它既表现为世界的终极意义,也赋予人以存在的意义:"天理云

---

① (宋)黎靖德编:《朱子语类》,王星贤点校,第1册,第1页。
② (宋)黎靖德编:《朱子语类》,王星贤点校,第1册,第4页。
③ (宋)朱熹:《四书章句集注》,第19页。
④ Charles Taylor, *Philosophical Arguments*, Massachusetts, Harvard University Press, 1995, p. 97.

者，这一个道理，更有甚穷已？不为尧存，不为桀亡。人得之者，故大行不加，穷居不损……是它元无少欠，百理具备。"① 还需看到，在价值的层面，意义的生成关联着人的自我实现，这就将意义世界的追寻与建构引向了人性方面的讨论。

## 二　人如何确立生存意义：韩愈对人性的反思

以意义世界的追寻与建构为指向，人对世界的理解与改造展开于人的整体存在过程。人之所以为人，就在于他不是生活在一个纯然由物质构成的世界里，而是生活在充满整体意义的世界里，并通过自身的实践赋予世界以更为丰富的意义。易言之，意义世界不仅表现为人所理解的存在形态，同时还相应地包含了属人的价值关系以及围绕人性能力而展开的价值建构。② 人面对的最根本的存在问题是一个"存在意义"问题，它体现着人在世界之中确立生存意义的理想与责任。基于以上视域，韩愈着力构建的以列圣相传"仁义之道"为中心的意义世界，实为蕴含了主体的实践活动及其价值向度的精神世界。所以，意义世界不仅关涉本体论问题，也涉及人性和精神境界的问题。

在《原性》这篇文章中，韩愈针对孟子性善论、荀子性恶论以及扬雄"善恶混"说，提出了性三品论。早在韩愈之前，包括董仲舒、王充、荀悦等汉儒都提出了"性有三品"的说法，而魏晋至唐初的儒者很少讨论人性问题，故而韩愈的性三品论往往被视为汉代以来性三品思想的总结。③ 在韩愈看来，孟子、荀子及扬雄的人性论都有偏颇之处，即"举其中而遗其上下者也，得其一而失其二者也"④。由此，韩愈调和了孟、荀、扬三子的说法："性之品有上中下三。上焉者，善焉而已矣；中焉者，可

① （宋）程颢、程颐：《二程集》，王孝鱼点校，第31页。
② 参见汪晓阳《价值哲学视域下的意义世界》，《求索》2013年第3期。
③ 参见韩强《韩愈、李翱对宋明理学的影响》，《哈尔滨工业大学学报》（社会科学版）2020年第6期。
④ （唐）韩愈：《原性》，载《韩昌黎文集校注》，马其昶校注，第22页。

导而上下也；下焉者，恶焉而已矣。"① 相较先秦两汉儒学，韩愈对人性问题有了更新的理解。他既认为人性是先验的，又引入了"情"来说明人在后天道德表现上的差别："性也者，与生俱生也；情也者，接于物而生也。"② 性是先验的道德本质，情则发生于人在后天应事接物的过程之中。与人性之三品相应，情也表现为三品：上品之情"动而处其中"，中品之情有过有不及，下品之情肆意而行，不符合道德标准。③ 基于性发为情的立场，一方面道德对情感欲望具有决定性和超越性；另一方面现实生活中人的道德品质会通过后天的习得而发生变化。

韩愈关于人性的第二个论述是"五常为性"说。在《原性》篇中，韩愈指出："其所以为性者五：曰仁、曰礼、曰信、曰义、曰智。"④ 在《原道》篇中，韩愈则进一步将"仁"定义为"博爱"，将"义"定义为"行而宜之"。《原道》篇以"仁""义"为道德乃列举，而非备举。可以认为，在韩愈那里，"五常"就是道德的内涵。"道"是"由是而之焉"，即依照"五常"而行；"德"是"足乎己"，即"五常"内在于自身。"五常为性"说事实上规定了人性的本质是善。将"五常"作为"性"或道德的内涵，无疑体现了韩愈对孟子人性论的继承，同时也符合理学关于人的道德本性的论述。

很多学者看到，韩愈的性三品论与"五常为性"说存在着理论上的张力。《原性》在肯定人性是善的同时，又提出人性为善、恶和可善可恶，这就使韩愈的人性论呈现一种矛盾。还应看到，《原性》与《原道》两篇文献在思想上存在着巨大差异，应非同一时期所作。据考证，《原性》的创作时期早于《原道》，不能代表韩愈人性思想的最后定论。韩愈人性思想之定论，当见于晚年所作的《原道》与《原人》。⑤ 在《原人》中，韩愈指出："人者，夷狄禽兽之主也；主而暴之，不得其为主之道

---

① （唐）韩愈：《原性》，载《韩昌黎文集校注》，马其昶校注，第 20 页。
② （唐）韩愈：《原性》，载《韩昌黎文集校注》，马其昶校注，第 20 页。
③ （唐）韩愈：《原性》，载《韩昌黎文集校注》，马其昶校注，第 20 页。
④ （唐）韩愈：《原性》，载《韩昌黎文集校注》，马其昶校注，第 20 页。
⑤ 参见邓小军《理学本体——人性论的建立——韩愈人性思想研究》，《孔子研究》1993 年第 2 期。

矣。是故圣人一视而同仁，笃近而举远。"①　人道就是通过人类的自觉性、能动性发挥作用的仁义之道，它使人类和自然界中的禽兽得到发展。"一视而同仁"则意味着大道流行的世界是一个仁的世界，人性是天赋的善。从这些观念看，韩愈后期的人性论与孟子的仁民爱物说相通。有学者认为，韩愈的人性论整体上属于汉代以来流行的性三品论。②　这一说法或许抹杀了韩愈人性论的复杂性。实际的情况是，韩愈前期的人性论为性三品论，后期的人性论则直接继承了孟子以来的性善论传统。

韩愈的人性论之所以有这样的转变，是因为他认识到唯有品德高尚的人才能真正承担起为世界确立生存意义的理想和责任。生存世界的意义和人生意义为善的理念所导向，这一理念对人之为人具有构成性意义。反过来讲，人都是追求善、实现善的存在，其在与善的理念的关联中筹划世界与人生的意义，使自身与所在世界趋于完美。按照性三品论，人性是参差不齐的，圣贤固然能够依据个人的道德本性来为世界确立意义，然而这样一种意义却很难凝化为文化观念的力量影响到中品及下品之人。孟子的性善论则预设了一种道德理想，它既包括人皆能成就自我价值，也包括人能够通过道德实践实现"成己"与"成物"的统一。这就是韩愈最终接受性善论的原因，而这种价值选择也影响到宋代理学。大多数理学家都将性善论作为讨论人性问题的基调。在他们看来，人对意义世界的追问和理解，不仅仅在于揭示世界内在的必然法则，更在于发现和把握人自身如何"在"的方式，并将道德理想的规范、类型作为人在世的"当然"根据，从而构建一个蕴含主体性精神的意义世界或价值境域。

韩愈对于人性及其能力的讨论为宋代理学提供了理论先导。朱熹对韩愈的人性论作出了积极评价："韩文公于仁义道德上看得分明，其刚领已正。"③　此外，韩愈关于性情关系的论述，也为程朱理学中的心性情体用动静关系奠定了基础。伊川以圣人"约其情使合于中，正其心，养其

---

① （唐）韩愈：《原人》，载《韩昌黎文集校注》，马其昶校注，第 26 页。

② 参见王中江《儒学的新开展与公共实践——韩愈的典范性》，《中州学刊》2021 年第 11 期。

③ （宋）黎靖德编：《朱子语类》，王星贤点校，第 8 册，第 3261 页。

性"为"性其情"①，无疑借鉴了韩愈以道德本质规定自然情感的说法。正是基于对人性及其能力的思考，才使得理学不同于汉儒之学，"不是宇宙观、认识论而是人性论才是宋明理学的体系核心"②。

不过，理学家同样认为韩愈的人性论存在着一些局限。首先，韩愈没有将"气"引入对人性的讨论。伊川就认为讨论人性应当"性""气"并举，用"气"来解释人在后天作恶的情况："论性，不论气，不备；论气，不论性，不明。"③ 伊川此论隐隐包含着对韩愈的批评。朱熹也评论道："退之说性，只将仁义礼智来说，便是识见高处。如论三品亦是。但以某观，人之性岂独三品，须有百千万品。退之所论却少了一'气'字。"④ 从后天发展的角度讲，人是千差万别的，这应当归结于"气禀"的不同："人之所以有善有不善，只缘气质之禀各有清浊。"⑤ 韩愈未见得此，只将后天的道德表现粗略地分为三品，所以陈淳批评道："三品之说，只说得气禀，然气禀之不齐，盖或相什百千万，岂但三品而已哉！他本要求胜荀扬，却又与荀扬无甚异。"⑥ 陆象山则认为韩愈将"性"与"气"混杂来说了，"韩退之《原性》，却将气质做性说了"⑦。这些说法都认为韩愈没有深入讨论人的"气禀"问题。其次，韩愈未能严格区分"天地之性"与"气质之性"。朱熹认为，韩愈没有讲明"气质之性"，这导致他的人性论始终蕴含着某种紧张，即便他最后提出"五常"为性，也未能用它来统领"三品"之性："退之说三品等，皆是论气质之性，说得尽好。只是不合不说破个气质之性，却只是做性说时，便不可。"⑧ 这是说，韩愈以性三品论指出了人在后天的道德差异，这固然有其合理性，不过他没有指出三品之性就是气质之性，故犹有阙。在张载看来，"天地

① （宋）程颢、程颐：《二程集》，王孝鱼点校，第577页。
② 李泽厚：《中国古代思想史论》，生活·读书·新知三联书店2008年版，第236页。
③ （宋）程颢、程颐：《二程集》，王孝鱼点校，第81页。
④ （宋）黎靖德编：《朱子语类》，王星贤点校，第8册，第3272页。
⑤ （宋）黎靖德编：《朱子语类》，王星贤点校，第8册，第68页。
⑥ （宋）陈淳：《北溪字义》，熊国祯、高流水点校，台北：鹅湖出版社1984年版，第9页。
⑦ （宋）陆九渊：《陆九渊集》，钟哲点校，中华书局1980年版，第404页。
⑧ （宋）黎靖德编：《朱子语类》，王星贤点校，第1册，第65页。

之性"就是本原的性，它对于万物来说是先验的；"气质之性"则是事物
禀气成形之后获得的属性。人性也属于"气质之性"，由于"气禀"不
同，众人也就有了品性善恶的不同。朱熹还结合理气论来讲这两种性：
"论天地之性，则专指理言；论气质之性，则以理与气杂而言之。"① 着
眼于上述观念，朱熹对韩愈人性论的评价是一分为二的：韩愈以"五常"
为性，肯定了性善，这是超越荀、扬诸子之处，不过他没有引入"气质
之性"说明人的先天之性与后天之性的区别，这就使性三品论与荀、扬
诸子之论处在同一层次。为了解决这一问题，朱熹用"天理"与"气禀"
的二元结构解释了"性"在本原层面的同一性与经验层面的复杂性："性
即理也。当然之理，无有不善者。故孟子之言性，指性之本而言。然必
有所依而立，故气质之禀不能无浅深厚薄之别。"② 这一说法是朱熹对韩
愈人性论的丰富与完善。

　　在现实中，人性呈现出具体的形态，内在地作用于世界的变革与人
的发展过程之中，而这一过程所达到的广度和深度，总是相应于人性的
不同表现的。以此观之，韩愈的人性论虽有粗疏之处，但其规定了人应
当成为善的存在，以及人应当为世界赋予善的意义，在观念的层面明确
了人之为人的本质属性。在韩愈的影响下，理学家普遍承认一个无限敞
开的世界的终极意义，归根结底是由人来赋予的，只有承认人性的良善
以及人对善的无限趋近，才能形成一个根本的生存意义来整合不同的价
值观，化解生活世界中的各种矛盾和冲突。

# 三　建构意义世界的工夫进路

　　意义世界的建构不仅涉及人对自身的理解，还反映在人通过道德实
践等现实活动赋予世界以更为丰富的意义。意义世界的价值形态与人的
道德实践总是在历史条件下展现为某种切近的联系。人在赋予世界意义

① （宋）黎靖德编：《朱子语类》，王星贤点校，第1册，第67页。
② （宋）黎靖德编：《朱子语类》，王星贤点校，第1册，第67—68页。

的过程中，既是意义的具体体现，又是追寻与建构意义世界的德性主体，所以生存意义的生成同时表现为德性主体在实践过程中的自我实现。质言之，人追寻与建构意义世界的过程，就是不断实现自身价值的过程，后者展开为人对自身存在意义的反思以及相应工夫的践履。

在理学传统中，人性论与工夫论是统一的。心性之学对意义的追寻，并不限于从心性层面理解和把握意义世界。从更为内在的层面看，以心性为出发点的意义建构进一步指向的是个体精神境界的提升。如张载说："为天地立心，为生民立道，为去圣继绝学，为万世开太平。"① 此处的"四为"既体现了道德理想的设定，又包含了内在的使命意识。理学家普遍认为，人的最高道德理想和历史使命就是确立自身在天地之中的价值主导地位，而它的出发点就是围绕心性修养而展开的各种工夫实践。

按照程朱理学的理解，除了"生而知之"的圣人，其他人如要认识和把握"道"，就必须切实做工夫。朱熹这样论述了做工夫的必要性：

> 人之所以生，理与气合而已。天理固浩浩不穷，然非是气，则虽有是理而无所凑泊。故必二气交感，凝结生聚，然后是理有所附著。凡人之能言语动作，思虑营为，皆气也，而理存焉……然而二气五行，交感万变，故人物之生，有精粗之不同……人得其气之正且通者……以其受天地之正气，所以识道理，有知识……然就人之所禀而言，又有昏明清浊之异。故上知生知之资，是气清明纯粹，而无一毫昏浊，所以生知安行，不待学而能，如尧舜是也。其次则亚于生知，必学而后知，必行而后至。又其次者，资禀既偏，又有所蔽，须是痛加工夫，"人一己百，人十己千"，然后方能及亚于生知者。及进而不已，则成功一也。②

在朱熹看来，"气"决定了人的认识能力，而认识能力的差异取决于所禀之气的"昏明清浊之异"。在这里，朱熹将人的认识能力分为三个层级：

---

① （宋）张载：《张载集》，章锡琛点校，中华书局1978年版，第376页。
② （宋）黎靖德编：《朱子语类》，王星贤点校，第1册，第65—66页。

（1）"上知生知"的圣人禀气"清明纯粹"，故生而知之；（2）"亚于生知"的人需要依靠工夫来证道；（3）禀气有偏又为后天所蔽者，必须有远过于第二等人的工夫。从"气禀"或"气质之性"上讲，理学家承认人在后天的道德表现上有差别，但他们同时又抱有"圣人可学而至"的道德信念，强调做工夫以"变化气质"。

基于上述观念，朱熹对韩愈提出了批评。朱熹认为，韩愈虽"才高"，对"道"有正确的认识，但"及至说到精微处，又却差了"①。这是因为，韩愈远未达到圣人"生知"的境界，所以他只能认识部分真理。此外，韩愈没有做工夫弥补资禀之偏蔽，所以未能更深入、细致地认识"道"："《原道》中说得仁义道德煞好，但是他不去践履玩味，故见得不精微细密。"②"他也是不曾去做工夫。他于外面皮壳子上都见得……只是不曾向里面省察，不曾就身上细密做工夫。只从粗处去，不见得原头来处。"③朱熹进而指出，韩愈没有提出工夫论来印证本体论，所以他只能在一般伦理价值层面把握"道"，未能将其上升至本体高度，"至其每日功夫，只是做诗，博弈，酣饮取乐而已。观其诗便可见，都衬贴那《原道》不起"④。

朱熹之所以认定韩愈不做工夫，亦无关于工夫的讨论，是因为他将工夫严格限定为一种内向型的道德修养。按照朱熹的认识，这种内向型工夫始自禅宗六祖慧能，并由伊川引入儒家："佛学只是说无存养底工夫，至唐六祖始教人存养工夫。当初学者亦只是说不曾就身上做工夫，至伊川方教人就身上做工夫。所以谓伊川偷佛说为己使。"⑤这是说在伊川之前，学者未知在身心上做工夫。朱熹由此指出，韩愈没有涵养心性的工夫经历："韩公当初若早有向里底工夫，亦早落在中（按即禅学）去了。"⑥韩愈固然没有转向禅学，但他同样没有依照儒学义理做"向里"

---

① （宋）黎靖德编：《朱子语类》，王星贤点校，第8册，第3272页。
② （宋）黎靖德编：《朱子语类》，王星贤点校，第8册，第3261—3262页。
③ （宋）黎靖德编：《朱子语类》，王星贤点校，第8册，第3273页。
④ （宋）黎靖德编：《朱子语类》，王星贤点校，第8册，第3260页。
⑤ （宋）黎靖德编：《朱子语类》，王星贤点校，第8册，第3040页。
⑥ （宋）黎靖德编：《朱子语类》，王星贤点校，第8册，第3274页。

的工夫。

事实上，韩愈虽然没有做内向省察的工夫，也未能在思想体系中形成系统的工夫论，但是他明确揭示了证道的工夫路径，这同样对宋代理学产生了深远的影响。首先，韩愈指出"道"不仅是可"知"、可"传"的，更是可"行"的。先秦儒家提出"道"这一概念伊始，即认为它是可知的。孔子曾说："朝闻道，夕死可矣。"（《论语·里仁》）韩愈进一步指出，仅仅"知道"与"传道"不足以丰富生存世界的意义，而必有赖于"行道"，即运用和实践"道"："是故以之为己，则顺而祥；以之为人，则爱而公；以之为心，则和而平；以之为天下国家，无所处而不当。"① 韩愈试图说明人的内在修养目的就是"有为"，在社会中有所成就，"这就自然引出这样的观点，要做一个有道德的人，就要在与人利害相关的世界中入世"②。总之，韩愈认为作为普遍道德法则的"道"是可行的，其展开于人的入世实践之中。

其次，韩愈最早发掘出《大学》的思想价值，发明正心诚意之旨。韩愈在《原道》中援引了《大学》有关"八条目"的论述，并指出"古之所谓正心而诚意者，将以有为也"③。对此，清儒全祖望评价说："自秦汉以来，《大学》《中庸》杂入《礼记》之中，千有余年无人得其藩篱，而首见之者，韩、李也。退之作《原道》，实阐正心诚意之旨，以推本之于《大学》。"（《鲒埼亭集经史问答四》外编卷三十《李习之论》）陈寅恪也认为韩愈以《大学》合"内圣""外王"为一，对宋代理学产生了很大影响："退之首先发见小戴记中大学一篇，阐明其说，抽象之心性与具体之政治社会组织可以融会无碍，即尽量谈心说性，兼能济世安民，虽相反而实相成……退之于此以奠定后来宋代新儒学之基础。"④ 韩愈将《大学》中的"修齐治平"与"道"联系在一起，这就为"修齐治平"尤其是治国、平天下设定了一个"道"的前提和依据。这个联系包

① （唐）韩愈：《原道》，载《韩昌黎文集校注》，马其昶校注，第 18 页。

② ［美］包弼德：《斯文：唐宋思想的转型》，刘宁译，江苏人民出版社 2000 年版，第 138 页。

③ （唐）韩愈：《原道》，载《韩昌黎文集校注》，马其昶校注，第 17 页。

④ 陈寅恪：《论韩愈》，载《金明馆丛稿初编》，第 288 页。

含了一种新的理解：通过修身等一系列工夫，人就能拥有符合"道"的道德品质，而这正是治国、平天下等政治实践的必要前提。

宋代理学对"内圣外王"之道及"行道"的理解之所以能达到秦汉儒学所不及的境界，归根结底是因为他们在"修齐治平"与"道"之间建立了逻辑关系，并明确了人应尽力"行道"的实践立场。这些观念的形成，在很大程度上得益于韩愈。韩愈的贡献在于确认了生存世界的意义以人的实践过程为基础并外化于现实的存在领域。还需看到，宋代理学对韩愈工夫论的评价是复杂的：一方面，理学家肯定了韩愈本人有所见"道"；另一方面，理学家又认为韩愈没有就己身做工夫，讨论《大学》的时候还略去了"格物、致知"一节。在理学家看来，"行道"即依循"天理"而行，而这必须以认识"天理"为前提，所以"格物致知"是第一位的事情。由此，朱熹指斥韩愈的思想学说为"无头学问"①。陈来认为，韩愈之所以未能重视"格物""致知"等工夫，"显然是由于，在儒学复兴运动的初期，主要的任务是首先在政治伦理上抨击佛教，恢复儒学在政治社会结构中的地位，还未能深入如何发展儒学内部的精神课题"②。这一说法是合理的。

# 四　结语

一些学者认为，韩愈开启了儒家思想的哲理化过程，并对宋代理学中的程朱学派产生了诸多影响③。这种影响体现在多个方面，诸如理学的道统论、人性论和工夫论都可以在韩愈那里找到根据。然而理学家对韩愈也是褒贬不一。苏轼称赞韩愈"文起八代之衰，而道济天下之溺"④，以其为实现"文""道"相合的典范。而更多理学家对韩愈提出批评，认

---

① （宋）黎靖德：《朱子语类》，王星贤点校，第 8 册，第 3272 页。
② 陈来：《宋明理学》，第 29 页。
③ 孙晓春：《韩愈的道统学说与宋代理学家的政治哲学》，《文史哲》2017 年第 5 期。
④ （宋）苏东坡：《苏东坡全集》卷九，载毛德富等编《潮州韩文公庙碑》，北京燕山出版社 1997 年版，第 4619 页。

为他重"文"更甚于"道"。比如朱熹评价韩愈未能明晓"正学",是因其"不曾去穷理,只是学作文"①,"第一义是去学文字,第二义方去穷究道理,所以看得不亲切"②。象山也批评韩愈"欲因学文而学道"③,在"文""道"关系的处理上本末倒置。正是出于以上考虑,宋代的很多理学家没有将提出"道统说"的韩愈列于道统之中,"他们视文学为无足轻重的消磨时光把戏,认为耽玩文学会疏离道德责任和自我修养"④。在这个意义上讲,尽管理学的开端可以追溯到韩愈那里,但是它的思想系统直到北宋五子的时代才明确地形成。⑤

我们认为,韩愈虽然没有提出后世理学那种精微的心性论和工夫论,却为宋代理学的开展提供了一个大方向,那就是为生存世界确立终极意义。对此,韩愈提出了一种"明道"或"行道"的承诺:"君子居其位,则思死其官;未得位,则思修其辞以明其道:我将以明道也,非以为直而加人也。"⑥ 就其现实形态而言,意义世界不仅表现为人所承受和理解的存在形态,更随着人的发展而不断得到丰富和完善。在这个过程中,人对所在世界和人自身的性质逐渐形成了一种自觉,而更为丰富、深沉的价值内涵也相应地不断形成。可以看到,韩愈追寻与建构意义世界的努力成了宋代理学家共同的价值取向,他们将宇宙与人生奠基在以"天理"为核心的终极依据上,使社会秩序与思想秩序得到了重建,这一进路是唐宋儒家思想转型的必然结果。

---

① (宋)黎靖德编:《朱子语类》,王星贤点校,第 8 册,第 3276 页。

② (宋)黎靖德编:《朱子语类》,王星贤点校,第 8 册,第 3273 页。

③ (宋)陆九渊:《陆九渊集》卷三十五《语录上》,钟哲点校,第 399 页。

④ 刘子健:《中国转向内在——两宋之际的文化内向》,赵冬梅译,江苏人民出版社 2001 年版,第 129 页。

⑤ 参见冯友兰《中国哲学简史》,北京大学出版社 2013 年版,第 309 页。

⑥ (唐)韩愈:《原道》,载《韩昌黎文集校注》,马其昶校注,第 112—113 页。

# 从退溪的四七异质论分析其理气观背离朱子的原因[*]

## 刘舒雯

（厦门大学哲学系）

**摘要：**韩国的四端七情之辨肇始于分析理气。李退溪严判四端与七情的不同，由此提出理气互发说，但这却与朱子的理气观背离。四端七情异质基础上的理气互发说，是退溪类比朱子判天命之性与气质之性为二的思路在逻辑走向上的必然结果。从目的上看，理气互发说是退溪为了解决朱子遗留问题的需要。退溪自诩为朱子理论的继承者，因而大量援引朱子文本为自己辩护。但是，退溪并没有贯彻朱子的立场，反而利用朱子的话语来强化自己的立场。

**关键词：**四端　七情　理发　气发　天命之性　气质之性

四端七情之辨发生于16世纪中期的朝鲜李朝，其奠定了朝鲜性理学的基础。儒学家对四端七情的来源提出见解，并用朱熹的话语和理论体系作为自己的支撑。不过，四端与七情实出自不同文本，朱熹本人并没有直接对四端与七情的关系进行义理辨析。"四端"出自《孟子》，孟子将恻隐之心、羞恶之心、辞让之心、是非之心分别对应仁、义、礼、智四性，并作为它们的四个发端，简称四端。"七情"出自《礼记·礼运》，

---

　* 本文系国家社会科学基金重大项目"明清朱子学通史"（项目编号：21&ZD051）的研究成果。

指的是人生而具有的喜、怒、哀、乐、爱、欲、恨七种自然感情。四七论争缘起于郑之云的《天命图说》，退溪对《天命旧图》中的"四端发于理，七情发于气"的语句作出修订，提出"四端理之发，七情气之发"的命题，从理与气两处追溯人的情感根源。后来，退溪接受奇高峰的意见，把该句修改为"四端之发纯理，故无不善；七情之发兼气，故有善恶"①。其后又修改为"四端，理发而气随之，七情，气发而理乘之"②。可见，李退溪认为，若是从其内在根源方面讲，四端纯善，根于理，七情兼善恶，根于气。但在宇宙造化生成方面，二者又兼乎理气。

# 一 退溪在理气观上背离朱子的逻辑因

高峰对退溪的批评，主要在于"四端理之发"上。因为据朱子的观点，理不动故理不能发，只能气动。退溪的观点显然与朱子背离，那么原因何在？

笔者暂不关注四端七情在造化中的构成与发用机制，先从四端七情各自的价值属性和根源进行分析。四端纯善，而七情兼善恶，可见四端之情是纯粹的、不含任何杂质的情感，而七情兼善恶，更贴近于现实。人的现实情感固然有善恶分别，但退溪把人的道德情感，即恻隐、羞恶、辞让、是非之心从人的情感中提纯、分离出来，作为七情之外的，且与七情异质的独立的存在。笔者认为，可将退溪对情的二分称为"情二元"论，这不禁让人们想起朱熹的"性二元"论。李退溪对情进行划分的逻辑思路，其实与朱熹对性划分的思路，有十分相似的地方，笔者分析如下。

朱熹完全接受了程颐"性即理"的思想，把对性的理解，纳入自己的理气范畴中分析，提出了天命之性与气质之性的分别。朱熹认为人禀

---

① ［韩］李滉：《退溪先生文集》卷十六《与奇明彦》，载《韩国文集丛刊》第二十九辑，首尔：民族文化推进会1996年版，第404页。

② ［韩］李滉：《退溪先生文集》卷十六，载《韩国文集丛刊》第二十九辑，第419页。

理为性，则此性就是本于天地流行的公理，是纯粹的、无恶之性，即天命之性。虽然理被禀受到形体中才能成为性，但是理一进入形体，就必然受到气质的影响，于是就形成了气质之性，气质之性有善恶。诚如有识者所云，一切现实的人性已不再是天命之性的本来面目了。这个受到气质影响，并对个人直接发生作用的现实的人性就是朱熹所谓的"气质之性"。① 朱熹曾举例说，天命之性如水，气质之性如盐水，这明确地指出了二元区分。② 朱熹把气质之性作为人的现实属性，只要进入了造化领域，就是气质之性，而天命之性则不然，天命之性更具本体的意义，它已经从人的现实属性中抽象出来，直接本于理。它不是水的本来之清，而是本源之清。若说盐水等于盐加水，天命之性并不是等式右边的那个水，它始终是一汪纯净的水，也就是说，天命之性不是气质之性中剔除掉杂质的部分，而是气质之性之外的纯粹的逻辑的存在，它不在造化领域。综上分析，天命之性与气质之性是异质的，前者是本源之善，直接本于理，后者是人的现实属性，是人的本来之善。本源之善和本来之善的区别，用比喻来说，前者始终是一汪净水，而后者是盐水中过滤了盐的水。

李退溪的"情二元"论在思路上与朱熹类似，认为四端是纯善之情，七情是兼善恶之情，七情固然有善，但四端之善与七情之善在质的方面已经不同。李退溪把四端的价值纯粹化了，认为人的道德情感与人的自然情感不可混说，应该泾渭分明。朱子认为天命之性是纯善之性，气质之性是兼善恶之性，并把天命之性看作人的现实属性之外的纯粹之性，因而二者在逻辑思路上是一致的，都是把纯善的部分从整体中分化出去，作为独立的部分。朱熹把他对性的分析纳入理气范畴，作为人性建立本体论的依据。理和气，一个是形上之道，一个是形下之具，二者是异质的，因而，在价值属性上，理的价值在先，纯善的东西都归于理，恶的来源则归于气。所以，用理和气来解释人性，会得出天命之性和气质之

---

① 陈来：《宋明理学》，华东师范大学出版社 1991 年版，第 177 页。

② "气质之性，便只是天地之性。只是这个天地之性却从那里过。好底性如水，气质之性如杀些酱与盐，便是一般滋味。"（宋）黎靖德编：《朱子语类》卷四，王星贤点校，中华书局 1986 年版，第 68 页。

性的二元区分。李退溪先判四端纯善，七情兼善恶，并想为此寻找本体论的根据，于是他用朱熹的理、气范畴进行分析。理与气也异质，正符合李退溪所想，这在逻辑上必然会导向四端—理发、七情—气发这样的平行关系。

笔者的以上想法有其文本上的依据。退溪说："情之有四端，七情之分，犹性之有本性、气禀之异也；然则其于性也，既可以理、气分言之，至于情，独不可以理、气分言之乎?"① 可见，退溪借鉴了朱子用理气分言人性的思路，力图证明四端对应理，七情对应气的合理合法性。笔者认为，李退溪的想法在逻辑上合理，但并不代表这就是朱子之意。因为，朱子借理气来分言的是人性，而退溪借理气来分言的是情感。朱子曾说："性只是理，万理之总名。此理亦只是天地间公共之理，禀得来后便为我所有。"② 朱熹认为人禀理为性，在他看来理不仅是性的原因，在顺序上似乎还包含承接关系。朱子对于情的看法，基本观点是"情根于性，性发为情"③。这样看来，朱子认为性才是情的原因，在顺序上性和情具有承接关系。所以，我们可推测朱子对于情的分析应该是建立在对性的基础上，而对性的分析是建立在本体论——理气的基础上。朱熹虽然对于情没有多少详尽的分析，但只要他的看法不前后矛盾，我们就可以据他已有的观点来推测他对于情的看法，从而看结果与退溪的看法是否一致。

朱熹认为心统性情。心在朱熹的眼中是经验之心，是知觉之心，既然如此，一定有气禀的参与，所以情在此被当成了人的现实的情感来看待。现实情感应根于人的现实属性，因而情之根应为气质之性而非天命之性。朱熹说气质之性是理气杂而言之④，因而气质之性既有理的影响，也有气的作用，这是气质之性有善恶的原因。情也有善恶，那么，情之善可以发于气质之性的本来之善，情之恶则发于气质之性中气作用的部

① ［韩］李滉：《退溪先生文集》卷十六，载《韩国文集丛刊》第二十九辑，第408页。
② （宋）黎靖德编：《朱子语类》卷一一七，王星贤点校，第2816页。
③ （宋）朱熹：《晦庵先生朱文公文集》卷三十二《又论仁说》，载朱杰人、严佐之、刘永翔主编《朱子全书》，上海古籍出版社、安徽教育出版社2010年版，第1411页。
④ "论天地之性，则专指理言；论气质之性，则理与气杂而言之。"（宋）黎靖德编：《朱子语类》卷四，王星贤点校，第67页。

分，笔者认为这是符合朱子的逻辑的。于是顺着朱子的理路，笔者得到了如下结论，即情皆发于气质之性。由于是朱熹不会认为气质之性发于理，理只是影响，它不动，那么此造化发用过程应该就是理的影响加气发—气质之性—情。

退溪与朱子的想法明显不同，他持有的是四端—理发、七情—气发的观点。笔者认为原因有两个方面。第一，也是上述提到的，退溪把情的二分直接诉诸理气的解释，与朱子相比，在思路上有所僭越！朱子的分析思路是理气—性—情，而退溪的分析思路是理气—情，跳过了"性"这一阶段。从逻辑上看，这是退溪把四端、七情分开，然后把四端归于理之发用的结论的重要原因。因为气质之性综合了理的作用和气的作用，气质之性有人的本来之善，就可以把情中的纯善之情归于气质之性的本来之善中。退溪若能够仔细分析朱熹的理路，并认识到这一点，他可能就不会贸然将四端、七情的根源与理、气直接挂钩，得到"四端理之发，七情气之发"的结论。① 第二，笔者认为"情之有四端，七情之分，犹性之有本性、气禀之异也"这个类比并不合适。退溪对朱子关于性的二元区分，可能存在理解上的偏差。在这里，笔者把本性理解为天命之性，气禀理解为气质之性，二者是异质的没错，但是在朱子看来，天命之性作为本源之性，并没有进入造化领域，因为它并不是人的现实属性。在造化领域只可言气质之性。但是退溪一方面把四端和七情判为异质；另一方面又认为四端和七情都是人的现实情感，也就是四端七情都在造化领域，这就与朱子对天命之性和气质之性的理解产生了矛盾。所以，这个类比不成立，由此也反映出退溪在立论上与朱子存在分歧。

## 二 退溪对朱子文本的理解之误

退溪借朱子对天命之性和气质之性的区分来表明自己将情二分，并

---

① 当然，在《朱子语类》中本有"四端是理之发，七情是气之发"的话语。（宋）黎靖德编：《朱子语类》卷五十三，王星贤点校，第1297页。

将其分属理气的合法性。殊不知，退溪的理解已经出现了偏差。但退溪
自诩为朱子的继承与发扬者，他一定不会自说自话。他明确地阐明
"四端理之发，七情气之发"，其实是援引了朱子的观点。这句话出自
《朱子语类》。学者们都认为，李退溪对"发"字的理解是一种积极的
活动，而且大家也认为，朱熹主张理不动。如果朱熹本人的看法不出现
前后矛盾，那么有两种可能性：一是《朱子语类》记载错误了，二是
退溪对朱子的这句话理解有误。假设我们承认《朱子语类》的正确性，
那么，退溪的理解误于何处，以及为何有误？奇高峰曾对《朱子语类》
的这句话解释道："气之顺理而发，无一毫有碍者，便是理之发矣。若
欲外此而更求理之发，则吾恐其揣摩摸索愈甚，而愈不可得矣。"[1] 按
他的理解，"理发"实指"气发"，这个"发"字的主体虽为理，但是
"发"的意思已经从"活动"变为了"影响"。高峰的解释合于朱子的
观点。李明辉曾论述，"理之发"和"气之发"的两个"发"字，含义
不同。前者的"发"为虚说，后者的"发"才是实说。[2] 能活动的只
有气，理不能活动，但是理作为内在根据，可以对万物施加影响，表面
上看，"理"消极无为，实质上理是无不为！为了表示理"无不为"的
效果，朱子运用了"发"字，但是这个"发"却不是积极活动的那个
意思，而是表示一种施加影响的状态。退溪显然是把两个"发"字的
意思归于"气之发"的"发"，以为给自己的立论找到了权威依据，实
际上却是误读了朱子。

　　退溪顺着朱子的性理学架构，构建自己的性理学体系，并用朱子的
观点，给自己的观点辩护。虽然在逻辑上，若用理气来解释四端七情的
异质，必然会导向四端—理发，七情—气发的结果。但是退溪对朱子性
理学架构及朱子文本的理解又存在偏差，这些导致退溪在理气观上背离
了朱子。

---

　　[1]　［韩］奇大升：《两先生四七理气往复书》下篇，载《高峰集》第3辑，首尔：民族
文化推进会1989年版，第132页。

　　[2]　参见李明辉《"理"能否活动——李退溪对朱子理气论的诠释》《现代哲学》2005年
第2期。

# 三　退溪在理气观上背离朱子的目的因

李退溪持有理发气发的观点，还有一个原因，即它是基于解决朱熹遗留下的问题的需要。韩国的性理学并非像宋明理学一样，从本体论开始建立起来，而是先对四端与七情的关系发出疑问，而后再进行对本体的阐述。可以说，韩国儒学有明确的问题意识，他们的儒学是针对问题而发展开来的。

上述说到，四端和七情出自不同的文本，四端是恻隐之心、羞恶之心、辞让之心、是非之心，出自《孟子》，朱熹在《孟子集注》中对它的解释是"恻隐、羞恶、辞让、是非，情也。仁、义、礼、智，性也"①。七情是喜、怒、哀、乐、爱、欲、恨，出自《礼记》。《中庸》中著名的语句也讲到了七情，即"喜怒哀乐之未发谓之中，发而皆中节，谓之和"。朱子解释道："喜怒哀乐，情也，其未发，则性也。"② 所以在朱子的观点中，情指两种：一是四端，四端是人们的良知，也即道德情感；二是七情，七情是人们的自然情感，是有善有恶的。朱子对性情的看法是"情根于性，性发为情"，那么四端发于仁义礼智之性可以贯彻这个原则，但说七情发于它则不妥，因为不善之情发于全善之性是矛盾的。朱子没有对四端七情的来源与发用作直接的详细探讨，但是韩国儒者们主动发现了朱子学遗留的这个问题，并试图作出合理的解释。

退溪主张理发而成纯善之四端，气发而成兼善恶之七情，指出四端和七情各自有不同的内在根源。这样区分，可以解决问题，但与此同时背离了朱子的观点。退溪试图在朱子的哲学理论中寻找文本依据，来为自己的观点作权威支撑，事实上他也找到了。但是像"发"与"用"此类词语可以多解，表面上退溪似乎可以得到朱子的肯定，但实际上是他没有仔细思量和寻求朱子思路的前后一致性，而是对他的观点进行了创

---

① （宋）朱熹：《四书章句集注》，台北：鹅湖出版社1984年版，第239页。
② （宋）朱熹：《四书章句集注》，第18页。

造性的发挥。

# 四　总结

退溪主张理发而成纯善之四端，气发而成兼善恶之七情，指出四端和七情各自有不同的内在根源。这样区分可以解决四端七情异质的问题，但与此同时背离了朱子的观点。朱熹用理、气判天命之性与气质之性为二，退溪类比朱子的理路，认为四端与七情是异质的情感，让二者的根源分属理和气，而情是造化领域中的概念，必有一个发处，这在逻辑上必然会导向四端理发、七情气发的结果。原因在于，一是退溪并没有严格遵循朱熹的性理学架构，将情直接与理气联系；二是他在承认四端与七情异质的同时，又让四端进入了造化领域，那么理在逻辑上也会进入造化领域，成为情发的主体。由此，退溪虽然援引了朱熹的话为自己辩护，其实质是用朱子的话来辩护自己的立场，而非坚持朱熹的立场。

# 刘宗周"改过"的工夫论研究

## ——结合古典实用主义的视角

## 关　欣

（北京大学哲学系）

**摘要：** 工夫是儒学独特的实现生命转化和提升的"道"。明代儒者刘宗周的工夫论以"改过"为特点，体现出他对现实人性可能流于过恶的警惕，而现实人性的不足正是工夫的入手处。《人谱》是刘宗周最重要的作品，就内容而言乃以"改过"为特色而专论工夫，并详细介绍了讼过的方法。本文根据对《人谱》写作背景等的分析，指出对"改过"的专门提出和强调，根本而言是刘宗周出于对明末时期阳明后学信奉良知现成说而轻视工夫的不满，有意将儒学的工夫理论落在"实"处。并在此基础上，对其改过工夫论提出一种实用主义的分析，借助实用主义对经验及身心关系的分析，尝试发掘其工夫学说对人类生存境遇的深刻揭示。

**关键词：** 刘宗周　《人谱》　工夫　改过　妄

刘宗周（1578—1645），字起东，号念台，浙江绍兴府山阴县人，学者称念台先生，因曾居于蕺山下讲学，又称蕺山先生。刘宗周一生著述宏富，讲学不辍，是蕺山学派的创立者，亦被称作宋明理学之殿军。其学以慎独、诚意为宗旨，具有熔铸百家、统汇诸流的特点，可谓集明末儒学之大成。由宋而明，心学日盛，至阳明殁后，王学分化，其中良知现成一派主张当下现成，无视工夫，又或流于禅而愈空泛虚玄，风靡当时，助长了蔑视纲纪伦常的社会风气，完全背离了阳明学植根于道德的经世之本。至于明末，社会政治经济更是一片混乱，心学的这一流弊也达到极点。正是在这一背景下，刘宗周克己慎独之学的首要目标，便是救正王门后学之流弊。

在《人谱》中系统论证的改过工夫论，体现出刘宗周对现实人性可能流于过恶的警惕，现实人性的不足正是工夫的入手处。如杨国荣指出刘宗周将气质之性和义理之性合言，理义不能撇开生命存在，为学是成性的必要条件。① 陈荣灼认为"'变化气质'的可能性亦表明了生命之'自我转化'并非虚玄"②，都提出了现实人性有不足的一面，认为"工夫"是本体实现的可能手段。

# 一 强调工夫实践

《人谱》③ 是刘宗周工夫论思想的系统展开，是他论述工夫理论最详尽、最系统的作品。就写作背景而言，首先，通过自序部分刘宗周陈述的撰写缘由可以知道其写作的直接动因是不满袁了凡的《了凡四训》。袁了凡结合自己的亲身经历体验，以因果报应论为依据宣扬积德行善，在民间产生了广泛影响。但在刘宗周看来，这种夹杂功利的劝善之书，形式上劝人向善，根本而言却道德动机不纯，终究会使人远离道。

其次，《人谱》初名《证人小谱》，是刘宗周出于对秦履思《迁改格》的不满而作的。秦履思和陶石梁均属王龙溪一派，信奉良知现成说，反对一切思虑工夫。而刘宗周论学一开始就反对无善无恶说，反对脱离日用人伦去悬空识想本体。因此陶石梁和刘宗周在证人会上讲学时便多有争论，如：

> 陶先生曰："学者须识认本体，识得本体，则工夫在其中。若不

---

① 参见杨国荣《晚明心学的衍化》，《中国文化研究》1997 年第 3 期。
② 陈荣灼：《回归彻底的内在性——东西方生命现象学之比较研究》，《清华学报》2010年第 1 期。
③ 《人谱》由《人谱正篇》（包括《人极图》和《人极图说》）、《人谱续篇》（《证人要旨》《纪过格》《静坐法》和《改过说》），以及其子刘汋最终补充完成的《人谱杂记》组成。

识本体，说甚工夫？"先生曰："不识本体，果如何下工夫？但既识本体，即须认定本体用工夫。工夫愈精密，则本体愈昭荧。今谓既识后遂一无事事，可以纵横自如，六通无碍，势必至猖狂纵恣，流为无忌惮之归而后已。"①

陶石梁注重识认本体，认为识认本体之外别无工夫，工夫就在本体之中。刘宗周认为不识本体则不能"下工夫"是有道理的，但识认本体本身，也要求认定本体"做工夫"，只有通过工夫不断地深化实践，对本体的识认才能越来越精明。本体与工夫是合一的。如张瑞涛总结："一方面，本体是工夫践行的可能依据、必然归宿；另一方面，工夫是本体彰显的现实存在、自然过程。"② 本体与工夫是没有间隔的，本体的彰显就在工夫实践之中，言本体不言工夫则会沦为虚无。

对于秦履思仿照功过格写作的《迁改格》，刘宗周多次书信劝说秦履思"立教不可不慎"，并且将他写作《人谱》的基本思路提供给秦履思为参考，但未被采纳。秦履思的《迁改格》深受佛道教影响，并非出自儒家立场。对此，刘宗周在写给秦履思的信中说：

> 大抵诸君子之意，皆从袁了凡、颜壮其来。了凡之意，本是积功累行，要求功名得功名，求子女得子女，其题目大旨显然揭出，虽是害道，然亦自成一家之言。诸君子平日竖义，本是上上义，要识认求良知下落，绝不喜迁改边事。一旦下稍头，则取袁了凡之言以为津梁，浸入因果边去。③

这里值得琢磨的是，刘宗周认为袁了凡积功累行所求的就是"功名"或"子女"，其所求的对象是"显然揭出"的，虽然和儒家所讲的道不同，

① （明）刘宗周：《会录》，载吴光主编《刘宗周全集》，浙江古籍出版社 2007 年版，第 2 册，第 507 页。

② 张瑞涛：《心体与工夫：刘宗周〈人谱〉哲学思想研究》，人民出版社 2014 年版，第 287 页。

③ （明）刘宗周：《与履思十》，载吴光主编《刘宗周全集》，第 2 册，第 320 页。

但"自成一家之言",而陶石梁和秦履思等人,平日里讲识认本体之外别无工夫,"绝不喜迁改边事",本是"上上义",最为高洁,这里却赞同袁了凡的功过计算的方法,流于因果报应。就此而言,刘宗周表面上批评袁了凡的《了凡四训》,认为因果报应说于道有害,但更深层的,却是警惕因果报应说与儒学相掺杂,并认为后者是更有害于道的。

因此,《人谱》一方面针对《了凡四训》等善书,另一方面批评秦履思的《迁改格》,既拒斥佛老之说,又警惕儒学内部的问题,试图对阳明后学空谈本体、不重改过的弊病进行纠偏。

# 二 专言改过

"改过"并非刘宗周独创,自先秦儒家就讲"过则勿惮改"(《论语·学而》),曾子更以"吾日三省吾身"(《论语·学而》)闻名,宋明儒者重视道德精神修养,对迁善改过的工夫亦多有心得体会,如朱熹在《近思录》中对"改过及人心疵病"① 有专门讨论,阳明《教条示龙场诸生》中有"改过"一条示人②,而刘宗周论"改过"的特殊性,除了对人性之现实的深刻体察外,更在于他对身心过错的严细分类的独创性。

在《人谱》的《纪过格》一部分,刘宗周对人在生活中可能犯错的情况罗列了百余种,提供了一个类似行为规范的手册。其中将过错按照从隐到显的递进分为微过、隐过、显过、大过、丛过、成过,而关于改过方法,刘宗周提出"工夫吃紧,总在微处得力云"③,即去妄还真,当下反身而诚。

刘宗周认为所有过恶都由"妄"而来,"妄"是心体最深层的"微

---

① (宋)黎靖德编:《朱子语类》,王星贤点校,中华书局1986年版,第8册,第2629页。

② 参见(明)王守仁《王文成公全书》卷二十六,载《教条示龙场诸生》,王晓昕、赵平略点校,中华书局2015年版,第1120—1122页。

③ (明)刘宗周:《人谱续篇二·改过说一》,载吴光主编《刘宗周全集》,第2册,第17页。

过"，他也称之为"妄根"，以标明其根源性。在《纪过格》中，刘宗周将过恶按照深浅程度分为微过、隐过、显过、大过、丛过、成过六层，首先讨论了最根本、最细微的"微过"，也就是"妄"：

> "妄"字最难解，直是无病痛可指。如人元气偶虚耳，然百邪从此易入。人犯此者，便一生受亏，无药可疗，最可畏也。①

这里所言"元气"首先应指身体体质状况的强弱理解，如人虽无症状，没有疼痛不适的感觉，但其实已经有了生病的先兆，只是自己无法知觉到，但已经给病邪侵入身体提供了机会。放在现代的语境下，我们或许可以将之理解为免疫力的强弱：一个人的免疫力如果较弱，则在日常生活中会比免疫力强的人更容易生病；一个免疫力较强的人，则在流行病高发的时节更容易保持健康，免疫力强为他抢占了健康的"先机"。虽然"妄"只是一个端倪，并非立刻外显为对具体事物的念头或某种行为，但已经构成了一个"妄"的意境，这一意境潜在地长存于心意发动的每一个当下，一旦在应事接物中有相应触动，"妄"便实化为真正的过恶。

刘宗周解释"毋自欺"的时候也说"欺之为言罔也，非伪也"②，"欺"指"罔"，"罔"意为迷惑、失意，"毋自欺"就是有主"意"，有定向。"伪"则是与"诚"相对的，是在"毋自欺"和"无妄"之后再有分判的。"无妄"则是有意识，主于"意"为"诚"，不主于"意"为"伪"。"妄"只是一种失去了主宰的状态。好比我们可以叫醒一个真的在睡觉的人，却叫不醒一个装睡的人，"伪"就是装睡的状态，"妄"只是真的睡觉的状态。

也就是说，如果能够在事情发生的当下时刻意识到过错，从无意识的状态转入有意识的状态，则当下廓清，本心澄明。根本而言，这其实也就是要调控自我的意识状态。但如果将这比作一种纯粹的精神修炼，

① （明）刘宗周：《人谱续篇二·纪过格》，载吴光主编《刘宗周全集》，第 2 册，第 10 页。

② （明）刘宗周：《大学古文参疑》，载吴光主编《刘宗周全集》，第 2 册，第 613 页。

则一方面，以精神为可以脱离客观实际的实体，是不合适的；另一方面，不符合刘宗周所批评的本体与工夫二分的做法，又落入此空言心之本体的窠臼。

换言之，中国哲学的本体是主客一体的，而文字对其的诠释是主客分离的。按照传统中文哲学语境，我们有的是活泼的经验而不是先在的对象及知识，我们有如"即本体即工夫""工夫所致即其本体"的表达，可以圆融地体现主客一体的含义。但在现代语境中，想要单纯地从文字上来说明这一点是困难的。下面本文尝试引入实用主义的分析来说明刘宗周此说的含义应是有帮助的。

# 三　一种实用主义的解读

和西方传统二元思维方式不同，实用主义哲学家们提倡通过优化实践而实现人与环境的共同成长，重视人与世界之间的互动关系，同意心灵并非实在实体，而与经验一同流变。这对于我们理解刘宗周的本体与工夫之间的关系或许能够提供某种帮助。

首先，杜威（John Dewey）对心灵作出了一种实用主义的说明。他提出了一系列关于复杂程度递增的有机体活动的分析，精细地论证了心灵不是独立于有机体活动的另一种实在，而是体现在物理活动中的附加的特性，他指出物理（physical）、心理—物理（psycho-physical）和心理（mental）之间的区别是自然事件之间日益复杂和亲密的相互作用的层次递进。① 而在复杂程度递增的情况下，可以逐步分析出感触（feeling）、感知（sense）、意义（signification）和心灵（mind）的含义。② 其中和本文我们所要讨论的工夫论密切相关的一个要点在于杜威所说的有距离的活动的解放（the liberation with distance-activity）:

---

① 参见 *The later Works of John Dewey*, edited by Jo Ann Boydston, Carbondale IL: Southern Illinois University Press, 1981, p. 201。

② 参见 *The later Works of John Dewey*, edited by Jo Ann Boydston, pp. 196 – 200。

当活动被远距离的事物所引导时，直接接触的活动就必须被抑制下去或被约束住。他们变成了有工具性的，只有当它们被用来指导为距离所制约的活动时，它们才起作用。这个结果是具有革命性的。有机的活动被解放出来了，它已不再局限于在空间和时间上最接近手边的东西了。①

对杜威来说，心灵是有意义的、可以记录和预言的状态。对应着经验不再处于一种模糊的感觉状态，而有了进一步的区别和选择，赋予过去和未来的事物以重要的意义。对于人而言，即指意识到了自己行为的意义，对于自己所身处的境域有了有意识的理解，从而有希望按照最适合整体情形的方式来行为，使行为主体和环境之间处于一种有机的平衡状态，是在直接的物理—精神层面的作用之上，有了调整和控制的意识。

在工夫论的语境下，也就是能够调控自己的心意，使之不完全因为外物的牵引而做出不合适的行为。因此所谓心之"本体"不是从天而降的，一定是在具体的现实条件中表现出来的。因为它在本质上是一种活动的附加的特性。意义在行为中积累，不能单独发生或发展。离开工夫的实践去谈本体，本体只能是一个空悬的理想概念。杜威强调他提出的是一种描述性（categories of description）而非解释性（explanatory categories）的范畴，用以陈述经验事实，而不是归结"原因"（causes）。借用杜威关于有机体行为和心灵的出现的分析，我们可以摆脱将本体和工夫视为两种存在的观点，而将二者都视为流变的人类经验本身。

进一步而言，也可以结合杜威关于"习惯"（habit）的说法，即认为习惯是有机体和环境共同作用的结果，来看工夫的艰难和渐进性。杜威认为：

习惯的本质是一种后天养成的反应的方式、模式的倾向，而不是特定的行为……习惯意味着对特定类型的刺激的特殊敏感性或易接近性，持久的偏好和厌恶，而不是简单的重复特定行为。它和意

---

① *The later Works of John Dewey*, edited by Jo Ann Boydston, p. 206.

向相关。①

习惯在行为中积累和沉淀下来，并成为我们特定的行为方式。当一种习惯形成了之后，意味着我们在面对一类情况时会倾向于做出某种行为，这种行为的做出常常是不假思索而非常快速的。因而，当情形是对于坏的习惯而言的话，如果要改变它，是十分困难的，如威廉·詹姆斯（William James）指出，在接受新观点的过程中，我们都是极端保守主义者。②这是因为改变意味着从习惯变为不习惯，从一种快速、畅通无阻的情况变为一种缓慢、断续的情况，意味着改变与世界相处的模式。所以刘宗周在《人谱》的《讼过法》一部分将内自讼中自讼者的状态描述为 "痛汗微星，赤光发颊"，是不那么愉快的经历。

总的来说，人是在自觉到 "妄" 之存在的同时，即心意的无意识状态时，而能够 "尽力将与物交汇的意念重新组合，调节自身的心物交汇之境，改变周围世界的运动形成"③。如果人对于自身意念的控制力弱，则往往处于一种无意识的状态，对于自身存在的境遇不具备敏感性，因而会面临被物化的困境，而依据《人谱》有意识地 "做工夫"，能够不断地增强人对自己心意的控制能力，则能够不断增强对于自己所身处世界的整体理解和把握，也就是能够把握心意发动的 "先机"。

需要特别指出的一点是，世界和人的交往是永恒流变的，工夫的积累不是以线性的方式进行的，就现实生活而言，人的生活世界的范围由其实践界定，是开放而非封闭的，所以即使工夫的递进有一个文字上的层次发展的描述，但文字有限，而实践的境域在每时每刻都生长着。因此不能说工夫实践推至某一个界限就只达到某种标准而只需要保持了，工夫的极则是 "一迁一改，时迁时改"，道德修养过程永远都在进行中，没有完成时，道德主体必须一刻也不能停歇地努力调整自己的心意，这

---

① *The Moral Writings of John Dewey*, edited by James Gouinlock, revised edition, Buffalo, NY: Prometheus Books, 1994, p. 87.

② 参见 *The Works of William James*, edited by Fredson Bowers（Textual Editor）and Ignas K. Skrupskelis（Associate Editor），Cambridge：Harvard University Press, 1975, pp. 35 – 36。

③ 温海明：《心通物论——〈系辞上〉的形上意蕴》，《现代哲学》2008 年第 3 期。

不正是人心主动超越其现实性，正是儒者式的积极入世态度的体现吗？在这个意义上，儒家之为儒家的根本不仅在于对世界采取一种动态的过程性理解，不在于承认人心创生的可能性，而在于对待这一可能性的坚持和坚守，在于以人心参与世界运转变化的运世、转世精神。

# 四　结论

通过对刘宗周《人谱》写作背景的分析，可知刘宗周改过工夫论的提出旨在反对阳明后学中空言本体、轻视工夫一派的做法。其改过工夫的关键在于"去妄还真"，结合实用主义的视角，可以发现刘宗周强调要时刻警惕和反思"妄"的可能。进一步而言，这揭示了人类心灵与经验一同流变的存在状态，反映出道德本体不是一个认识的对象，而是生命体验本身，刘宗周的工夫学说体现出儒者的与世界一同创生的转世精神。

儒

儒学经典诠释

# 由外王而内圣

## ——荀子"王霸之辩"的一种方法论反省[*]

### 东方朔

（复旦大学哲学学院）

**摘要：**"王霸之辩"向为学者所盛言，但究竟如何恰当地理解荀子的"王霸之辩"却不是一个自明的问题。长期以来，学者以孟子式的伦理学意义上的"义利之辩"作为理解荀子"王霸"论述的方法，以致在一开始就错会了荀子对"王霸之辩"的理解。"王霸之辩"的基础在孟子那里主要是一"道德"的命题，而在荀子那里却是一"政治"的命题；孟子期望借由道德来建立一个良好的"国家体制"（此处借用康德的说法），进而实现王道世界，而荀子却认为王道世界的实现，为政者的道德修身固然重要，但其着眼点却首先在期待一个良好的"国家体制"。孟、荀王霸之别原不在于他们两人在重建政治秩序（王道）的目的上，而在于如何实现此一政治秩序的方法上，亦即以道德的方法还是以政治的方法。对于荀子而言，他要瓦解的"知识背景"便是孟子"以道德说政治"的方法，重新恢复政治生活之于道德生活的重要性和优先性。

**关键词：**王霸之辩　内圣　外王

　　"王霸之辩"向被认为是中国传统思想中与政治哲学密切相关的议题。学者认为，"'王''霸'这一组概念，通贯近代以前中国政治思想

---

　　* 本文由原稿删节而成，仅限于处理荀子王霸之辩中的"义立而王"部分，故行文论证或不免窦漏不粹。

史，是传统中国（特别是儒家）政治思想家思辨政治理论时的重要概念"①。有的学者甚至认为，"'王道'和'霸道'是中国传统政治中的一对重要概念。在一定意义上，可用'王道'和'霸道'来解释传统政治的所有特征，也可以说王道和霸道就是古代帝王之道"②。

其实，王道、霸道就其原本含义而言指的是一种政治治理形态，按照历史上说，后世儒家虽尊王道，但王道原并不是政治治理形态的最高境界。中国以前儒者讲政治治理形态的境界原是顺着"皇"（三皇）、"帝"（五帝）、"王"（三王）、"霸"（五霸）这一顺序往下说的。王道之所以不是最好的政治治理形态，是由于代表王道的禹、汤、文武周公三代政治是"家天下"的政治，尽管如此，相比霸道政治而言，王道政治又显然要优越，如是，儒者便以三代的王道政治作为治理形态的最高理想。③ 由此可见，王霸之别指的是不同的政治治理形态及其相应的不同的效果，而或王或霸则端在君主的选择。④ 不过，若从先秦儒学思想史的角度上看，孔子虽有称许齐桓公和管仲之言，但并未明确论及王霸问题⑤，王霸之辩到孟子时已发生了一个转折。学者指出："在中国古代思想家之中，将'王'与'霸'作为对立之政体，实以孟子为最重要之关键人物。"⑥ 此说以"对立之政体"来区分王霸，于理有据，但从另一角度看，孟子的转折根本上不在于他关注不同的政体或政治治理形态，而

① 黄俊杰：《孟学思想史论》，台北："中研院中国文哲研究所筹备处"1997年版，第144页。

② 王鸿生：《中国传统政治的王道和霸道》，《武汉大学学报》（哲学社会科学版）2009年第1期。

③ 参见牟宗三《中国文化大动脉中的现实关心问题》，载《中国文化的省察》，台北：联经出版事业公司1983年版，第72页。

④ 荀子的"王霸之辩"基本上承袭此一思路，故《王霸》篇开始则告诫"用国"之"人主"对此必须"谨择""善择"；此外，《王霸》篇中，荀子提出的王、霸、权谋三种不同的治理形态，也论述了各自所具有的不同的政治和道德效果；《王制》篇则提出"王、霸、安、存、危殆、灭亡"五种形式，认为"此五等者，不可不善择也……善择之者王，不善择之者亡"。荀子的王霸之辩坚持以政治来说政治和道德，此道德在很大程度上是因政治而有的"道德"。

⑤ 参见干春松《儒家王道政治秩序的构建及其现实化困境——以〈论语〉"管仲之器小哉"诠释为例》，《哲学研究》2011年第4期；有关儒家王道与世界秩序的论述，干春松《重回王道——儒家与世界秩序》（华东师范大学出版社2012年版）中有清楚的论述。

⑥ 黄俊杰：《孟学思想史论》，第144页。

在于为不同政体确立道德的存心（动机），也可以说，孟子将王霸之辩中原本以政治治理形态为主轴的论述转换成以道德存心的不同来区分王霸的论述。因此，当孟子以道德意识意义上的"义利之辩"作为划分王霸的依据和标准时，其影响波及宋儒而成为正宗。

或许正是由于这个原因，有关对荀子"王霸之辩"的理解长期以来也便形成了某种固定的思考模式，亦即以孟子式的伦理学意义上的"义利之辩"以及与此相关的"动机——效果之辩"作为理解荀子"王霸"论述的方法，把荀子对"王霸"的理解在方法上等同于孟子和宋儒（如朱子）的一套理解，以致误解了荀子的主张，也遮蔽了荀子理论的独特性。具体到荀子而言，我们要问，以"义利之辩"作为方法来理解荀子的"王霸之辩"为何并不恰当？从方法上看究竟应如何理解荀子的"王霸之辩"？对于类似问题不能不说存在许多误解，故而我们有理由对此加以必要的澄清。

一

从儒学思想史的角度上看，学者对先秦"王霸之辩"的探讨基本上是将孔、孟、荀，尤其是将孟、荀置于同一标准中加以论述和比较，而当前学界最常见的诠释方法是以孟子道德上的"义利之辩"作为理解孟、荀"王霸之辩"的方法论基础。① 孟子的"王霸之辩"首先是与"义利之辩"联系在一起的，他将道德问题延伸到政治领域，将王霸之分建立在是否以道德存心为基础的原则之上。孟子的此一主张在南宋的朱（熹）陈（亮）之辩中获得了更为深入的讨论。李明辉专论孟子的"王霸之辩"，认为孟子的王霸之辩是其义利之辩在政治领域中的逻辑延伸，义利

---

① 在此一方法之下，学者还提出以"公利"与"私利"、"道德判断"与"历史判断"等作为理解"王霸之辩"的方法，李明辉对此给出了不同的看法，参见李明辉《从康德的"幸福"概念论儒家的义利之辨》，载《儒家与康德（增订版）》，台北：联经出版事业股份有限公司2018年版，第157页；《孟子王霸之辨重探》，载氏著《孟子重探》，台北：联经出版事业股份有限公司2001年版，第59页。

之辩则是在人禽之辨的基础上进一步说明道德的本质。① 李明辉此文论说的主要对象是孟子，在正文中并未涉及荀子有关王霸的具体论述，即此而言，我们有足够的理由同意其基本主张。②

　　然而，我们必须指出，若以孟子道德意义上的"义利之辩"作为理解荀子"王霸之辩"的方法论基础，那么，这种看法在一开始就错会了荀子对"王霸之辩"的理解，我们也无法为荀子对孟子的批评以及荀子思想中由"欲多而物寡"的理论预设所逼显的"礼义"概念乃以"政治"而非"道德"之作为首出的含义给出合理的解释。③ 在具体给出正面论述之前，我们预先只消提出以下几个方面的看法。其一，"王霸之辩"的基础在孟子那里主要是一"道德"的命题，而在荀子那里却是一"政治"的命题；孟子重动机与心术，荀子重效果与治术。其二，孟、荀虽然面对相同的重建秩序的时代课题，但在如何重建秩序的方法上，孟子乃期待借由道德来建立一个良好的"国家体制"（此处借用的是康德的说法，亦即此处所说的政治治理形态）；而荀子却相反，他认为天下国家良好道德的形成，为政者的道德修身固然重要，但其着眼点却首先在期待一个良好的"国家体制"。孟子着眼于从道德存心来分判不同的政治治理形态，而荀子则着眼于从不同的政治治理形态来观其道德的特点。其三，与孟子"义利之辩"的"义"不同，荀子"义立而王"的"义"无论是"义"字本身的含义，还是作为"礼义"的"义"，其首出意义都是政治学的，而非伦理学的；荀子的"义"首先不是作为纯粹的道德意识和道德动机，而是作为政治的客观化的原理原则。其四，孟、荀两人对政治与道德之关系的理解不同，孟子以道德来理解政治，政治的"自

---

　　① 参见李明辉《孟子重探》，第 65 页。

　　② 孟子的王霸之辩在不同脉络中或具有不同的标准，萧公权便认为，"孟子论王霸之分，标准不一。或就仁义之真假（《孟子·尽心上》，'尧舜性之也，汤武身之也，五霸假之也'，此为宋代理学家以心术分王霸之根据）；或就操术之殊异（《孟子·公孙丑上》，'以力假仁者霸'，'以德行仁者王'），或就行之者之地位（《孟子·告子下》'天子讨而不伐，诸侯伐而不讨'）"。萧公权：《中国政治思想史》，辽宁教育出版社 1998 年版，第 92 页。

　　③ 荀子"欲多而物寡"则争，故先王为之起礼义，此礼义之首出意义是政治学的，而非伦理学的。参见东方朔《"欲多而物寡"则争——荀子政治哲学的逻辑前提和出发点》，《社会科学》2019 年第 12 期。

性"不显；荀子则以政治来理解道德，认为良好的政体本身就蕴含了道德，他要恢复政治生活对于道德生活的优先性，在某种意义上道德成为政治的附属。

围绕王霸之辩的另一个问题是，王霸之间究竟只是程度上的差别还是本质上的不同？若是前者，则王霸之间是同质的；若是后者，则王霸之间是异质的。当然，区分同质和异质的方法依然是"义利之辩"。对此冯友兰认为："总的说起来，认为王霸有所不同，王是以德服人，霸是以力服人，王优于霸；这是儒家的共同认识。孟轲认为这个不同是种类的不同，荀况则认为是程度上的不同。这是他们的'取舍不同'。"所谓程度的不同，是说王霸是同质的；所谓种类的不同，是说王霸是异质的。若王霸是异质的、种类的不同，则孟、荀也必然是异质的。冯氏又说，"荀子认为，霸也还不错，仅只是在程度上比王还差一层，没有王那么'纯粹'，还有一点'杂驳'。王和霸是一类的东西，仅只是走的彻底和不彻底而已。王和霸的不同是程度上的不同，不是种类的不同。这也是荀况的王霸之辩。他的王霸之辩和孟轲是不同的。孟轲认为王霸的不同是种类的不同，是互相对立的"①。

将孟子的"王霸之辩"看作异质的、种类上的不同，同时，将荀子的"王霸之辩"看作同质的、程度上的不同，今暂且撇开究竟在什么含义上理解荀子所谓程度上的不同不论，此一看法尽管在不同学者的具体解释上有所出入，但其方法实为许多学者所共取，如惠吉星便认为，与孟子将王霸对立起来的观点不同，在荀子，王霸之间只是程度的不同②；金圣文（Kim Sungmoon）也认为，与孟子有别，荀子乃重新欣赏霸道观念，并且把霸道看作"道德上体面"（moral decent）的治国才能的方法③。孔繁的看法则略有不同，他认为荀子继承了"儒家自孔子以来崇王

---

① 冯友兰：《中国哲学史新编》第二册，载《三松堂全集》第八卷，河南人民出版社2001年版，第580—581页。

② 参见惠吉星《荀子与中国文化》，贵州人民出版社1996年版，第128页。

③ Kim Sungmoon, "Between Good and Evil: Xunzi's Reinterpretation of the Hegemonic Rule as Decent Governance", *Dao: A Journal of Comparative Philosophy*, Vol. 12, 2013, pp. 73–92.

黜霸的思想"，但又认为荀子"并不完全否定霸道"①，霸道在德义方面
不如王道广大深入，但还是具备德义精神的②。依理，孔繁所理解的王霸
之别是"德义"在程度上的差别，其方法固然是以"义利之辩"为基础
的，但孔繁认为荀子乃继承孔子（包括孟子）以来崇王黜霸的思想，而
孟子的王霸是异质的，但在他的理解中，荀子的王霸似乎是有一定程度
的，此间显然还存在解释的空间。

　　在《荀子与古代哲学》一书中，韦政通试图通过引入道德判断与历
史判断来评价孟、荀的王霸主张。韦政通认为，孟子尊王黜霸的观点
"彻头彻尾是一道德意识"、道德判断，而不能如孔子兼有历史的判断，
"此足见孟子识量之不广。荀子王霸之辩能直承孔子之大处；他亦以王为
最高的理想，但尊王而不黜霸"③。在荀子，判别王霸不仅有道德意识，
而且还有历史意识；王霸虽不尽相同，但也绝不相远。④ 韦氏强调孟、荀
王霸之论的不同，其抑孟扬荀的态度情见乎辞。就肯定荀子言霸道的积
极意义而言，韦氏与孔繁以及其他许多学者的看法是一致的，但孔繁认
为，荀子是尊王黜霸，似与孟子同，而韦氏则认为荀子不同于孟子，乃
王霸同尊，韦氏更欣赏荀子"王霸之辩"兼道德与历史判断于一体的主
张。对韦氏所论，学者自有不同的看法，但问题的症结似乎在于韦氏并
未清楚地看出孟子所谓的"以德行仁"的"道德意识"与荀子"行礼义
而王"的"礼义"所具有的道德与政治的分别。

　　显然，这一问题也同样出现在周群振的书中。周氏认为，王与霸在
先秦儒家的政治思想中有着本质与等级的不同，孟子寄情于王者，而对
霸者则常多贬词，不稍假借。孟子纯乎王道，不欲降格以就霸业之杂，
荀子则"无法不承认德义为基本的原则，而以王道为尚；但他并不以一
剖两开，是此非彼的态度，完全否定霸业的意义，而是以德义为基本原
则，视其所表现的程度，而为不同等级之区分也"⑤。周氏上述所言为许

---

① 孔繁：《荀子评传》，南京大学出版社1997年版，第46、48页。
② 参见孔繁《荀子评传》，第62、63页。
③ 韦政通：《荀子与古代哲学》，台北：台湾商务印书馆1992年版，第126页。
④ 参见韦政通《荀子与古代哲学》，第130页。
⑤ 周群振：《荀子思想研究》，台北：文津出版社1987年版，第183页。

多学者共持之论。周氏进一步认为，荀子"义立而王"的"义"就是其说的"礼义"的简称，而"荀子所谓的'礼义'，作用上是与孟子所谓之'仁义'相同的，而所以视为得不得天下之基本原则，亦与孟子如出一辙，毫无异致"。周氏此论显然意在强调孟、荀在王道理解上之同。为此，周氏对韦氏认为孟子识小而蹈空，荀子识大而切实的看法进行了批评，认为韦氏表面上"似甚推尊荀子而言之成理，实则不仅于孟子为无知，即于荀子亦大不当也"①。周氏批评韦氏之论于孟、荀皆无所见，此中是非学者固可争论，唯周氏将荀子之"礼义"等同于孟子之"仁义"乃可见其对荀子思想之理解尚存一间未达之病。

与许多学者认为荀子在一定程度上认可了霸道的观点不同，韩国学者金渡镒认为，虽然荀子对霸道采取了积极的态度，但他只是在分析非儒家甚至是反儒家的统治方式如何在历史上获得成功而已，那种认为荀子对霸道的历史认识与分析导致了荀子对霸道的容忍的观点是站不住脚的。荀子虽认为在没有与之匹敌的竞争对手的时候霸道可以获得成功，也承认霸道在某种意义上可以赢得政治的稳定和国际声誉，但却深度怀疑霸道获得政治成功与影响力的持久性。至此，金氏认为，荀子并非因为王道实现艰难而妥协性地认可了霸道，若追求不以本统为基础的统治方式，无异于说荀子已放弃了自己的核心立场。② 金氏之论王霸乃站在道德理想主义的角度为荀子辩护，并将荀子与孟子同观。但若将荀子的主张严格理解为孟子式的道德的理想主义，不仅模糊了孟、荀在许多问题上的根本差异，而且对荀子的文本也难于获得融贯性的解释。

现在，我们再回到冯友兰以"种类"和"程度"的不同来区分孟、荀王霸的看法。依冯氏，种类的不同是指"德"与"力"的不同，故云"孟轲认为'王'与'霸'的根本区别在于'以德'与'以力'的不同"③。以"德和力"来区分王霸在理论上约略指向以"道德和功利政治"的方法来区分王霸。冯氏认为孟子的王霸是种类的不同，是异质的；

---

① 周群振：《荀子思想研究》，第187页。
② 参见［韩］金渡镒《荀子是否容忍霸道?》，《社会科学》2021年第4期。
③ 冯友兰：《中国哲学史新编》第二册，载《三松堂全集》第八卷，第310页。

荀子的王霸是程度的不同，是同质的。所谓同质、异质的说法蕴含了判断标准的不同，但冯氏在解释荀子的王霸时依然使用同一的道德标准。在《新理学》中冯氏认为，在政治上依照道德的本然的办法去办政治，其政治是王道政治，相反，依照功利的本然办法去办政治，其政治便是霸道政治。① 对于荀子的王霸之别，则冯氏将荀子王道的"义术行"理解为"提高道德威望"，而霸道还需要通过"修礼"的方式进一步完善，从这个角度看，冯氏显然是以道德的方法来判别荀子的王霸之分；而且问题似乎还在于，若以孟子的王霸异质为标准，那么荀子即便注重道德，其种类也与孟子相别。

## 二

到目前为止，学者讨论荀子"王霸之辩"虽各有自己的观察点和侧重面，但其基本方法大体皆是以道德作为判断的标准。同样值得一提的是，Eiric Lang Harris 专门撰长文讨论荀子的政治哲学②，其思路和论述颇为细致。Harris 认为，那些将孟子的"王霸之辩"作完全对立的理解的观点似乎并不妥当，因为孟子也说过"尧、舜，性之也；汤、武，身之也；五霸，假之也。久假而不归，恶知其非有也"（《孟子·尽心上》）。按照此一说法，毋宁说在孟子，王霸之别在于"出于"仁还是"合于"仁之别③，而荀子认为，霸者不如王者，不仅在道德上，而且在政治上、军事上都是如此④。尽管就整篇文章之基本方法而言，作者所要说明的是，荀

---

① 参见冯友兰《新理学》，载《三松堂全集》第四卷，第119—120页。冯氏的这种主张依然是采取宋儒朱子等人的主流看法，未必切合于荀子。

② 参见 Eiric Lang Harris，"Xunzi's Political Philosophy"，*Dao Companion to the Philosophy of Xunzi*，ed. by Eric Hutton，Dordrecht：Springer，2016，pp. 94 – 138。

③ 对于孟子的这段话的解释，李明辉认为孟子严王霸之分，但"无碍于他在历史思考中承认霸者的相对价值与地位"，也因此在某种意义上赋予政治领域一个相对独立的地位。参见李明辉《孟子王霸之辨重探》，载《孟子重探》，第59—63页。

④ 参见 Eiric Lang Harris，"Xunzi's Political Philosophy"，*Dao Companion to the Philosophy of Xunzi*，p. 119。

子的政治哲学其实是其"德行伦理理论"（virtue-based ethical theory）的
扩展①，但 Harris 在讨论荀子的"王霸之辩"时特别注重统治者的角色，
而统治者工作的一个重要方面是与效果的考量联系在一起的，对荀子而
言，一个统治者让国家处于安全地位的手段就是选择一套模式或法规，
这套模式或法规主要与礼、义有关，但毕竟如何来理解荀子思想中的礼
义显然是作者需要认真处理的。总之，荀子相信，无论王者还是霸者皆
有能力管理一个有效且繁荣的国家，至少在政治上是这样的②，只是霸者
缺乏某种重要的品质，而这种品质对于一个统治者来说是十分关键的。
尽管荀子并非一个"天下论的效果主义者"（all under Heaven' consequen-
tialist），然而，造福天下的事实作为王者工作的重要部分足以在一些重要
方面将他与霸者区分开来。③ Harris 的文章对王霸及其相互关系有着详细
的分析，今不一一赘述。如前所言，荀子和孟子一样，关注的是王道秩
序的重建，但荀子显然反对孟子所采用的道德的方法，依荀子，王道秩
序之实现只能首先采取政治性的方法，而礼义即这种政治性方法的核心，
只是我们需要记住礼义作为政治性的方法，其本身即蕴含道德，而王霸
之判亦当取政治的而非道德的方法，故我们很难在"强判断"的意义上
（strong claim）同意将荀子的政治哲学只看作其德行伦理理论的延伸，尽
管荀子不可能舍去德行伦理。

此处，我们不得不提及罗娜（Loubna El Amine）对相关问题的看法。
在《古典儒家的政治思想：一种新的诠释》一书中④，罗娜首先对学者
理解先秦儒家有关道德与政治的方法进行了检讨，罗娜认为，学者对早
期儒家有关道德与政治之关系的许多新近研究文献显示，在儒家思想中，
政治是完全依赖于道德的，学者皆假定儒家的政治学是儒家伦理学的逻

---

① 参见 Eiric Lang Harris，"Xunzi's Political Philosophy"，*Dao Companion to the Philosophy of
Xunzi*，p. 135.，p. 95。

② 参见 Eiric Lang Harris，"Xunzi's Political Philosophy"，*Dao Companion to the Philosophy of
Xunzi*，p. 123。

③ 参见 Eiric Lang Harris，"Xunzi's Political Philosophy"，*Dao Companion to the Philosophy of
Xunzi*，p. 129。

④ 参见 Loubna El Amine，*Classical Confucian Political Thought：A New Interpretation*，Princeton：
Princeton University Press，2015。

辑结论①，而造成此一现象的原因主要有两个方面：首先推崇一套儒家核心价值观的倾向可以被理解为作为现代化的热衷者（enthusiasts）对儒家思想批判的回应；其次，相比儒家的伦理学，儒家的政治学所以被降级到次要的位置乃与南宋朱熹将儒家思想主要理解为内在自我的道德修身的学问有关。然而，罗娜认为，古典儒家文本所提供的政治的方法并不以任何直接的方式遵循伦理学，儒家的政治哲学与沃林（Sheldon S. Wolin）所认为的驱动西方政治哲学的核心问题相同②，此问题即"如何使政治符合秩序的要求"，亦即如何协调（资源）稀缺条件下由竞争所产生的冲突以及满足公共安宁的需求③。在儒家，政治秩序本身有自足的价值，它不是达到（伦理）目的的手段，政治秩序本身就是目的，儒家秩序的政治标准并不同于儒家德行的伦理标准；但另一方面，政治的标准本身即规范的，因而我们很难坚持认为它与道德无关，政治的领域并不完全独立于伦理的领域。④ 然而，此一说法的核心在于，是政治秩序而非道德教化，才是目的；政治秩序即目的自身，而非达到德行的手段，"一个有德能的统治者（A virtuous ruler）之所以重要，是因为他知道要实现持久的政治秩序应该推行什么政策，而不是因为他通过榜样的力量来治理社会，并在社会中促进德行"⑤。撇开孔孟不论，罗娜的此一说法至少对我们理解荀子是有启发意义的，故而在王霸问题上，罗娜一方面论述了荀子的王霸之别；另一方面她显然更为在意对霸者的理解，认为荀子通过王霸比较所提供给我们的是有关霸者治理国家的理想模式，亦即通过粮食的供应，使用一致的惩罚，赢得人民的信任、遵守盟国的协

---

① 参见 Loubna El Amine, *Classical Confucian Political Thought: A New Interpretation*, p. 4。

② Sheldon S. Wolin，美国著名的政治学者，著有 *Politics and Vision: Continuity and Innovation in Western Political Thought*，以及 *Tocqueville Between Two Worlds: The Making of a Political and Theoretical Life* 等著作。

③ 参见 Loubna El Amine, *Classical Confucian Political Thought: A New Interpretation*, p. 10。

④ 参见 Loubna El Amine, *Classical Confucian Political Thought: A New Interpretation*, p. 15。

⑤ Loubna El Amine, *Classical Confucian Political Thought: A New Interpretation*, p. 15. 罗娜的说法固然有其自身的逻辑和道理，也看到了一些问题的实质，但显然具有矫枉过正之处。儒者和荀子重视为政者个人的道德榜样作用，而且这种榜样对秩序具有重要影响；只不过在王霸之辩上，至少对荀子而言，重视政治治理形态的原理、原则与强调为政者个人的道德修身和榜样作用必须给予必要的区分，而且两者不是矛盾的。

议等，借此我们可以说，霸者为一个道德繁荣之社会的出现提供了必要的条件。然而，尽管如学者所言，在原则上个人修身需要足够的外部条件的说法是对的，但罗娜认为这并不意味着建立霸权的目的在于个人的修身，依罗娜，霸者所创造的"福利、和平、秩序在其自身即是善品（goods），它们并不需要通过'道德的'标准的实现来证明"①。总之，与那种认为儒家治理的目的要么是向普通人灌输德行，要么就是满足他们的利益与需求的看法不同，罗娜认为，儒家治理的目的在于促进政治秩序。无疑，我们有坚实的理由认为，对于先秦儒家而言，强调政治秩序的实现之于儒家思想的重要性的看法可以获得历史与理论理由的双重支持；同时，罗娜主张在儒家思想中政治与道德虽密切相关，但儒家的政治并非如学者所说的仅仅只是其道德的延伸，创建良好的政治秩序本身就是目的，这种看法至少在很大程度上与司马谈的看法若合符节，若联系到"王霸之辩"的理解，仍然给人以启发。② 也许问题的关键在于，指出政治秩序之于儒家思想的重要性是一回事，阐明如何实现政治秩序、采取何种方法实现政治秩序又是另一回事。具体到孟、荀而言，孟、荀王霸之别原不在于他们两人在重建政治秩序之目的上，而在于如何实现此一政治秩序的方法上，亦即是以道德的方法还是以政治的方法？至少对于荀子而言，他要瓦解的"知识背景"便是孟子的"以道德说政治"的方法，荀子要重新恢复政治之于道德的重要性和优先性。这是我们理解荀子"王霸之辩"首先需要确立的认知基础。

三

我们前面说过，"王霸"问题的实质其实就是政治与道德的关系，而或王或霸则涉及两种不同的政治治理形态。

---

① Loubna El Amine, *Classical Confucian Political Thought: A New Interpretation*, pp. 58 – 59.
② 司马谈在《论六家要旨》中云："夫阴阳、儒、墨、名、法、道德，此务为治者也。直所从言之异路，有省不省耳。"

理论上，政治与道德的关系其实可以有两种不同的讲法，亦即一种是由道德而说政治，一种是由政治而说道德；前者是为政治奠定道德基础，后者是将道德作为政治的附属，或者说通过政治本身的规范性来说明其道德性。基本上，孟子属于前者，而荀子属于后者。

从政治哲学的角度上说，我们有足够的理由去阐明和论证道德在理想政治的建构中所承担的角色。理论上，"政治需要道德"这种说法既可以指向理想的层面，也可以指向现实的层面，故而要对道德在政治中的角色提出说明可以有两种不同的方式，一种是理想主义的，另一种是现实主义的。政治的理想主义在于为政治制度（政治治理形态）、权力安排及一切政治行动寻求道德的基础，使政治接受道德的质询、约束和批评，在此意义上，政治理想主义可以理解为道德理想主义在政治领域中的应用或体现。一般地说，政治之本质涉及权力的安排与利益的平衡，所以从政治的角度上看，政治家及为政治家代言的学者出于特殊的关心①，常常倾向于用道德来达到其政治的目的，从这个意义上来理解政治与道德的关系通常被认为是政治现实主义。但学者认为，政治现实主义对道德的理解又可以有描述的政治现实主义和规范的政治现实主义两种不同的主张，前者基于经验研究，描述道德在政治现实中的辩护的、消极的角色；后者则对道德在政治中的作用采取评价的立场。但由于基于政治的现实主义的视角，规范的政治现实主义——以荀子为例——在评价道德在政治中的作用时也可以表现出两种不同的特点：一是把道德理解为工具性的角色，如荀子云"仁义德行，常安之术也"（《荣辱》）；二是从政治制度建构的原理原则（如"先王之道""礼义之统"）中包含的规范性来理解其道德性。② 尽管如此，规范的政治现实主义将道德视作工具这一主张在理论上仍然可以与"政治需要道德"的命题保持一致，只不过其注重的是此一命题的现实的面向，其根本原因在于无论这种道德的基础

---

① 政治不同于道德，道德是对"理"的终极关怀，政治是对"事"的现实关心。政治固然要考虑"意图伦理"，但它不离于现实的效果。

② 由制度建构的原理原则所包含的规范性来说明其道德性，在理论上则不仅要求我们提供一套规范，还必须对之提出规范证立以说明其普遍有效性的理由，对规范的历史合理性的解释不能取代对规范的普遍有效性理由的证立，此荀子之所虚歉也。

是出于神意天命还是出于先王之道、礼义之统，就其功能作用而言，道德皆具有辅成政治统治和实现政治秩序的功效，因而规范的政治现实主义仍具有政治理想的一面。

按通常的说法，孟子的"王霸之辩"是道德上的"义利之辩"在政治领域中的逻辑延伸，是由其道德的理想主义所表现出来的政治的理想主义。如是，孟子一方面站在儒家道德主义的立场驳斥各种异端邪说；另一方面则坚持以三代的王道政治相期许①，既致力于以道德来制衡权力，亦希望以仁政的方式来实现政治秩序的重建。所以，孟子所理解的王道政治其实质就是仁政，而仁政的基础和核心在于每个人都具有的仁心（"不忍人之心"），统治者将其仁心推扩于政治即为仁政；而仁政的内容在保民、制民之产。孟子坚信，王道政治之实现在于实行仁政，而仁政之实施则有赖于统治者以其所固有的不忍人之心行不忍人之政②，而实现仁政的途径和方法则是"推恩"，亦即"举斯心而加诸彼"；能推恩，则足以保四海而天下平。③孟子的此一主张暗含着，天下政治混乱的根源在于为政者失其仁心，进而推之，良好的政治，必须以为政者的仁心作为政治行动的作心动意（动机）的基础。就孟子以道德仁心为政治治理形态确立的基础而言，孟子着眼的并不是现实政治，而是对政治本身所作的道德反省。依孟子，举凡政治之事，必当先讲求一个"应当"，并以此"应当"来要求政治，评判政治。不过，从政治哲学的角度上看，孟子的这种观念颇具含混与跳跃。依孟子，为政者个人的道德修养是建构王道理想的前提，它蕴含着一个良好的政治治理形态建立的必要条件乃至充分条件是为政者道德仁心的肯定与推扩。然而，孟子却混淆了道德与政治、道德行为与政治行为在性质上的不同，孟子言"以德行仁"之目的虽欲求实现秩序重建的外王事业，但他却将政治事务看作道德事务，

---

① 如孟子云："三代之得天下也以仁，其失天下也以不仁。"（《离娄上》）

② 如孟子云："人皆有不忍人之心。先王有不忍人之心，斯有不忍人之政矣。以不忍人之心，行不忍人之政，治天下可运之掌上。"（《公孙丑上》）

③ 黄俊杰认为，"在孟子政治思想中，政治领域并不是一个诸般社群、团体或阶级的利益相互冲突、折衷以及妥协的场所；相反地，孟子认为政治领域是一个道德的社区（moral community），它的道德性质依靠人心的价值自觉的普遍必然性来保证"。黄俊杰：《孟学思想史》，台北：东大图书股份有限公司 2010 年版，第 414—415 页。

将政治问题化约为道德心。如是，政治领域便不是与道德领域有别的独立领域，而成为一个道德的场域；政治的秩序不是依靠制度、法则来实现，而是通过为政者的道德意识的自觉来保证，所谓"君仁莫不仁，君义莫不义，君正莫不正，一正君而国定矣"（《孟子·离娄上》），致使其向往的政治理想主义（王道）变成了政治空想主义。

可以说，在道德与政治的关系问题上，荀子在一开始就不同意孟子的主张，而认为在由人之性恶而引发的"争乱穷"的客观事实面前，唯有建立以礼义法度等有效约束措施为核心的政治国家才能从根本上避免争夺和冲突①；在"人之性恶"之下，道德并不能独立于政治而被说出，而政治国家的存在反倒是礼义道德得以可能的前提和保证。故而孟子式的依靠统治者行其恻隐之心去实现秩序之重建，进而实现"王道"世界的主张，根本不具有经验意义上的辨合、符验，是"起而不可设，张而不可施行"的。依荀子，一个良好的政治治理形态（王道）的建立不能借由统治者道德推恩的方式来实现，而只能通过圣王的权威（权力）及其所制定的政治意义上的礼义法度、法正刑罚来达成，所以荀子会说"性善，则去圣王，息礼义矣；性恶，则与圣王，贵礼义矣"（《性恶》）。此处，"圣王"和"礼义"所代表的实际含义便是政治国家及其所具有的一整套强制约束措施，换言之，在荀子，政治上的"王道"只能通过政治性的手段才能实现，"故古者圣人以人之性恶，以为偏险而不正，悖乱而不治，故为之立君上之势以临之，明礼义以化之，起法正以治之，重刑罚以禁之，使天下皆出于治，合于善也"（《性恶》）。因此，与孟子注重从道德上的动机来判别王霸不同，荀子更侧重从政治治理形态的原理、原则的不同来区分王霸，注重的是特定政治所体现的制度法则和客观效果，故而荀子所说的"义立而王"中的"义"作为评价的标准乃已然不同于孟子。

不过，在道德与政治的关系上，若将荀子的主张一概纳入规范的政治现实主义或许会招致有些学者的批评，因为荀子的一些说法似乎并不允许我们作出如此判断。荀子讲礼义虽然强烈地突出其"去乱止争"的

---

① 荀子云："礼者，政之挽也"（《大略》），"国无礼则不正"（《王霸》）。

政治含义，但荀子也强调道德修身优先于国家的治理，如云"请问为国？曰闻修身，未尝闻为国也"（《君道》）。在这个意义上，荀子似乎也是一个基于道德信念的政治理想主义者。①

然而，即便我们撇开在荀子那里统治者的道德修身具有明显的政治目的不论，荀子之重政治的说法并不意味着政治与道德是决然分开的，荀子的礼义既是政治的，也是道德的，只不过这里有第一序与第二序之分；同时，区分个人道德与公共道德，认识到荀子对礼义的政治性和外在性的理解也是我们把握荀子"王霸之辩"的关键。② 在荀子的"王霸之辩"中，对"公共善"的关注始终是第一义的，而荀子用来论证和说明"公共善"的理据又主要是政治性的③，荀子用政治的原理、原则来说明和展示道德，此原理、原则本身又是规范的（"先王之道"），这一点构成了我们理解荀子"义立而王"的基础。退一步，当我们追踪荀子建立了一整套政治哲学理论的前提和基本预设时，我们便有相当的理由认为，荀子的思想具有明显的效果论的特点，表现在处理"王霸之辩"的问题上则体现为规范的政治现实主义的特色，用更为极端的话来说，为了有效地达到去乱止争、实现王道的目的，荀子常常以政治的方式将道德功用化甚至工具化，正是在这个意义上，荀子认为"仁义德行，常安之术也"，亦即仁义道德是实现社会政治长治久安的手段和方法，而荀子的这一主张与他的整个思想系统之间是一致的、融贯的。造成这一现象的原因一方面与其所持的人性主张有关，另一方面也与其建构王道政治的"自然状态"的理论预设有关。劳思光指出："荀子只识自然之

---

① 学者常常以道德理想主义说孟，以政治理想主义说荀。严格地说，我们认为以"规范的政治现实主义"来说明荀子更具有解释的融贯性，这种说法能够正视荀子政治的理想的一面，也能够突出荀子对政治现实的优先性的思考。荀子所言的政治与韩非所言的政治颇有不同，规范的政治现实主义之所以是"规范"的，乃不离政治的理想。

② 柯雄文认为，"在效果上，以礼为中心的荀子思想中，我们所能得到的，与其说是个人主义的道德，毋宁说是权力主义的（authoritarian）道德"。Antonio S. Cua, "Dimensions of Li (Propriety)", *Human Nature, Ritual, and History: Studies in Xunzi and Chinese Philosophy*, Washington, D. C.: The Catholic University of America Press, 2005, p. 46.

③ 我们曾不断提示荀子用"正理平治"来定义"善"，原因就在于此，参见东方朔《差等秩序与公道世界》，上海人民出版社 2016 年版，第 182 页。

'性'，观照之'心'，故不能在心性上立价值之源，又不欲取'法自然'之义，于是推而以'平乱'之要求为礼义之源；如是，礼义之产生被视为'应付环境之需要'者，又为生自一'在上之权威'者。就其'应付环境之需要'而论，礼义只能有'工具价值'；换言之，荀子如此解释价值时，所谓价值只成为一种'功用'。另就礼义生自一'在上之权威'而论，则礼义皆成为外在（荀子论性与心时，本已视礼义为外在）；所谓价值亦只能是权威规范下之价值矣。"①

如前所云，由道德说政治，是对政治形态和政治行为提出道德要求，从道德上看王霸之别，其着眼点不在王道或霸道所具有的实际效果或事功，而在于所谓的"心术"②，亦即政治行为的道德动机，如明道云："故诚心而王则王矣，假之而霸则霸矣，二者其道不同，在审其初而已。"③ 明道所谓的"审其初"即考察政治行为的动机，出乎仁义，依天理之正而行者则为王；相反，用其私心，却在迹上模仿或示之以仁，以便于一己之利者则为霸，这是以道德家的眼光看政治。由政治而说道德，是主张国家的政治制度和政治行为具有优先性，道德是蕴含在特定政治治理形态中的制度、法令之中的，这些制度、法令又反过来影响、塑造人们的道德品质和习惯。需要特别强调指出的是，在荀子看来，由于这些制度、法令是出于历代那些道德完备和智慧甚明的圣王之作，故其本身就体现了规范性，蕴含了道德，这种道德并不隶属于私人性的领域，而表现为对"公共善"的寻求；如是，政治与道德并不是对立的，而是融合在一起的。荀子以政治的原理、原则区分王霸，表现的是以政治家的眼光看道德，与孟子以道德家的眼光看政治，颇为不同。

---

① 劳思光：《中国哲学史（一）》，台北：三民书局1984年版，第340页。

② 黄宗羲云："王霸之分，不在事功，而在心术。事功本之心术者，所谓'由仁义行'，王道也。只从迹上模仿，虽件件是王者之事，所谓'行仁义'者，霸也。"沈善洪主编：《孟子师说》卷一，载《黄宗羲全集》，浙江古籍出版社1985—1994年版，第1册，第51页。

③ （宋）程颢、程颐：《河南程氏文集》卷一《明道先生文一·论王霸札子》，载《二程集》，中华书局1981年版，第2册，第451页。

# 四

在"王霸之辩"上，要理解荀子的"义立而王"，我们就得先分析"义"的含义。

不过，此处需要辨明的是，虽然荀子"王霸之辩"的说法散布于各篇，但《强国》《王制》尤其是《王霸》篇的文本当最具说明效力[①]，而《王霸》篇的主旨在于阐明政治国家之王霸危亡的关键是确立政治国家治理的基础和原则，其着眼点在于讨论作为政治治理形态的国家，故荀子在言"国者，天下之（制）利用也"后，紧接着阐明"用国者，义立而王，信立而霸，权谋立而亡"，所谓"用国"即为国、治国；治国若用不同的原理、原则作基础，即会呈现出不同的政治形态和效果。荀子以济之以"义"说王道，"义"则构成了良好国家治理的原则和基础，故荀子云："今亦以天下之显诸侯诚义乎志意，加义乎法则度量，著之以政事，案申重之以贵贱杀生，使袭然终始犹一也，如是，则夫名声之部发于天地之间也，岂不如日月雷霆然矣哉！故曰：以国齐义，一日而白，汤武是也。汤以亳，武王以鄗，皆百里之地也，天下为一，诸侯为臣，通达之属莫不从服，无它故焉，以济义矣。是所谓义立而王也。"（《王霸》）

然而，说起"义"，人们会直接联想到荀子思想中与礼连用的"礼义"以及与仁连用的"仁义"，而且在不加仔细分辨的前提下，人们也自然会将此礼义、仁义首先倾向于作为道德的术语（moral terms）来理解，

---

① 环顾学者对荀子"王霸之辩"的论述，最引人争论，或最形成解释张力的文本多来自《荀子·仲尼》篇的说法。在讨论荀子"王霸之辩"时，如何看待《仲尼》篇所具有的文献效力？我们觉得《仲尼》篇只具有参考的意义，很难将之作为理解荀子"王霸之辩"的最具说明性的文本文献。梁启超认为"本篇多杂论，无甚精彩"；李涤生亦认为此篇"多杂论"；郭沫若在《十批判书》"后记"中则认为，"《仲尼篇》不会是荀子的文章。荀子的中心思想之一是把礼看得很隆重的，而本篇通篇却没有一个礼字。因此我又把《荀子》书通读了一篇，统计了各篇中的礼字。结果就只有本篇和《宥坐篇》没有，而后者自来是被认为'弟子杂录'的。那么本篇也可断定是'弟子杂录'了。一开首便是问答体，到这时又成了另一个证据"。郭沫若：《十批判书》，东方出版社1996年版，第505页。

这并非没有一点根据。然而，当我们从荀子思想的整体来了解"义"时，会发现荀子所说的"义立而王"的"义"，首先是建构政体之基础和处理政务的原理、原则，而不是政治行为的道德存心。

今案，《荀子》一书言及"义"字凡三百余见，除单独言"义"之外，更多的是与"礼义"并称，此外，荀子还论及仁义、公义、正义、通义、分义等名称，以及与此相关的义士、义荣、义辱、义法、义术等说法。不过，假如我们不以字害义或望文生义，那么我们必须马上指出，在"王霸之辩"的脉络下，荀子所谓的"义"与孟子在"王霸之辩"中道德意义上的"义利之辩"的"义"在含义和性质上并不完全相同，换言之，荀子言"义"首先注重的是政治学意义上的普遍的、公共的原理、原则（礼义），这种原理、原则包含着政治和道德意义上的公共的道理和条理。①

对此荀子事实上有明确的说明，《大略》篇即云："义，理也。"义指的是理，此理可以理解为道理、原理、义理、条理、公理等。荀子又云："有法而无志其义，则渠渠然，依乎法而又深其类，然后温温然。"（《修身》）"不知法之义而正法之数者，虽博，临时必乱。"（《君道》）此两条涉及法之"义"与法之"数"的关系，依荀子，但据守具体的法律条文，而不明法之所以为法的普遍的道理（又谓"统类"），一旦遇到"法教之所不及，闻见之所未至"（《儒效》）的情况，那就会一筹莫展，无法应对。此处"法之义"指的就是具体的法条赖以制定的普遍原理。② 《不苟》篇又云："诚心行义则理，理则明，明则能变矣。"杨倞注："义行则事有条理，明而易，人不敢欺，故能变改其恶也。"所谓"义行则事有条理"意即依义而行便会产生相应的条理，而其行为也必合乎此条理，在此意义上可以说"义"即"理"或"条理"，故荀子又云，"义者，循理"（《议兵》）。

假如就"义"作为道理、原理而言，此"义"的含义可体现为事物

① 有关从道德规范的角度研究荀子所言的"义"之含义，学者可参见王灵康《"义"的歧义与〈荀子〉道德规范的性质：以近年国外学者之探讨为线索》，《国立政治大学哲学学报》2019年第41期。本文则着重从政治哲学的角度来讨论荀子所言之"义"，侧重点十分不同。

② 参见东方朔《"有治人"与"无治法"》，《中国哲学与文化》2019年第17辑。

的事实上的条理，而此事实上的条理初看上去似乎是中性的，没有价值内涵的。但正如陈大齐所指出的，"荀子所说的义，是一个美名，故必原理之足以致善的，方足称为义，其足以致恶的，则不足以当此称"①。依此我们可以说，荀子所言"义"不是单纯的描述概念，而是具有价值蕴含的语词，荀子类似的说法所在多有，不复赘引。与此相联系，荀子言"义"也多用特殊的修饰词来加以限定，如"正义""公义"等，如荀子云："故正义之臣设，则朝廷不颇。"（《臣道》）"君子……正义直指，举人之过，非毁疵也。"（《不苟》）又云"不学问，无正义，以富利为隆，是俗人者也"（《儒效》），等等。

　　需要特别指出的是，荀子在论"义"时尤重"公"和"公义"的概念。将"义"与"公"合成为"公义"一词，不仅对"义"的含义性质作出了明确的规定，使其更倾向于政治上的"既公且正"的道理，而且从哲学和思想史上也翻转了孟子倾向于道德上的"由内说义"的特点，这使得荀子"义立而王"的主张颇不同于孟子的讲法：孟子言"义"着重于作为个人内在的道德性之"义"，故当其言"以德行仁"而王时，表达的是"道德的政治家"的动机论论述；而荀子言"义"着重于"理"，此理在政治上体现为公共的原理或条理，"义及国而政明"，政明即有法度而公正，此亦前引所谓"著之于政事"的"法则度量"，故当其言"义立而王"时，表现的是"政治的道德家"的效果论论述。②

　　荀子在"义"与"公"之间建立了密切的联系，"公"常常是对

---

① 陈大齐：《荀子所说的义》，《孔孟学报》1971 年第 21 期。
② 黄俊杰认为，"孔孟思想中的'义''利'观念，到了荀子手中经历了至少两层重要的转折。第一层是'公义'观念的提出。在中国思想史中，'义''利'之辩与'公''私'之别这两条思想线索是密切绾合的。孔孟所反对的是'私利'的讲求，至于'公利'则与孔孟所提倡的'义'是并行不悖的。但不论孔子或孟子都没有明白提出'公义'的观念，因为孔孟大体上都把'义'当作属于'我'的范畴的个人修德问题。但是，到了战国晚期，荀子把'公'与'义'这两个观念结合而提出了'公义'观念，使孔孟思想中特重内省意义的'义'转而取得了外铄的含义，从'个体'（我）的范畴突破而指涉'群体'（人）范畴的问题……第二层转折是：荀子极端'以义制利'的必要性，于是，'义'从孔孟思想中作为自律性之道德禀赋的静态概念，一变而为强制性的动态概念。这层转折的结果使得先秦儒学史的'义'从孔孟思想中原属于'伦理的境域'（Realm of ethics），一跃而进入'法律的境域'（Realm of jurisprudence）"。黄俊杰：《孟学思想史论》，台北：东大图书股份有限公司 1991 年版，第 145 页。

"私"而言的，所以"公"可以解释为"不偏私"，是着眼于众人的普遍适用的道理，而"私"则指向个人利益的诉求和作为，故云"公生明，偏生暗"（《不苟》），盖公正则会产生明智，偏私则会产生昏暗，这是王道政治治理国家的基本原则和要求，由此而言"公平者，职之衡也"（《王制》），便将"义"与"公"结合而生成的"公平"作为政治哲学的原则规范完全地表现了出来，从而赋予荀子所说的"义"主要是以政治哲学而后才是道德哲学的含义，盖无论是"公平"还是"公义"所表达的皆首先是制度、法律所追求的基本价值。荀子的类似说法并非孤立的，当"义"与"公""公义""公道""公平"等联系在一起的时候，荀子明显在表达作为一种理想政体的"王道"政治的治理原则和效果，荀子云：

> 天子三公，诸侯一相，大夫擅官，士保职，莫不法度而公：是所以班治之也。（《君道》）
>
> 至道大形：隆礼至法则国有常，尚贤使能则民知方，纂论公察则民不疑，赏克罚偷则民不怠，兼听齐明则天下归之；然后明分职，序事业，材技官能，莫不治理，则公道达而私门塞矣，公义明而私事息矣。（《君道》）

所谓"度法而公"指的是政治上的天子、诸侯、大夫、士等各级官员皆谨守其职，各尽其能，无不按照法令制度而秉公办事，这是王道政治治理人的方法。又，上云所谓"至道"，其实可以理解为荀子心目中的"王道"，亦即最好的政治治理形态。"大形"一词，则解义纷纭。王先谦谓"至道至于大形之时"。钟泰则云"至道之大形也。形者，仪也"[1]。李涤生释"至道大形"为"治道的大原则"[2]。北大本《荀子新注》谓"大形：充分的表现"[3]。张觉释为"形：表现。此指实行'至道'以后所表

---

[1]　王天海：《荀子校释（上）》，上海古籍出版社2005年版，第547页。

[2]　李涤生：《荀子集释》，台北：台湾学生书局1979年版，第276页。

[3]　北京大学《荀子》注释组：《荀子新注》，中华书局1979年版，第200页。

现出来的政治效果"①。今观上述各注本的解释，北大本和张觉的释义似较为合适，其中尤以张觉的解释最为明晰，盖依荀子，王道政治之治理依"公义""公道"而行，必有其最好的政治效果，这些效果表现在国家治理的常道、民众努力和向往的方向、治理各级官吏的条理等方面，最后即公道通达而私门杜塞，公义昌明而私事止息，荀子所谓"义立而王"至此乃可获得恰当的解释。荀子又云：

> 是为是，非为非，能为能，不能为不能，并己之私欲必以道，夫公道通义之可以相兼容者，是胜人之道也。（《强国》）
>
> 不比周，不朋党，倜然莫不明通而公也。（《强国》）

所谓"公道通义""明通而公"就是摒弃了个人的私欲，不相互勾结，不拉帮结派，使自己遵行那些可以相互并存而没有抵触的公正原则和普遍适用的道理，故而荀子主张君子要以"公义"胜"私欲"（《修身》），所谓"公义胜私欲"表达的是"王之道""王之路"，其实质就是"王霸之辩"中的王道，包含公共的道理高于个人的道理，公共的利益高于个人的利益，主张以符合公众利益的原则来战胜个人的欲望。从哲学史上看，有所谓孔子言"仁"，孟子张"义"之说，但孟子本人却未提出"公义"一词，因为孟子基本上把"义"当作个人的道德修身范畴。黄俊杰指出，到荀子提出"公义"概念，从而赋予了孟子中特重"内省意义"的"义"外铄的含义，导致"义"发生了个体向群体转变。故而，荀子言"公义""显然是在政治的意义下使用'公义'一词，这一点与孔孟在个人修身问题（宜也，我也）的脉络下来谈'义'，是相当的不同。从个人道德向政治范畴的转变，使荀子的'义'的观念在形式和实质上都与'公''私'问题结合，而与孔孟的'义'观念歧出甚大"②。黄氏以为，荀子言"公义"蕴含了"从个人道德向政治范畴的转变"，所言甚为端的，这一理解符合我们对荀子"义立而王"中将"义"主要理解为一政治性的范畴的看法。其实，荀

---

① 张觉：《荀子译注》，上海古籍出版社 2012 年版，第 172 页。
② 黄俊杰：《孟学思想史论》，第 146 页。

子的这种转变毋宁说与荀子讨论政治哲学的逻辑前提密切相关，荀子从一开始就将所谓个人的道德纳入政治国家的领域加以理解；离开了政治国家，一个本性上倾向于自利的人并不能自行生出道德规范，"顺性情则不辞让矣，辞让则悖于性情矣"（《性恶》），从此一角度观之，在荀子，所谓"公义"的含义又实不待"公义"一词之出现而有，假如我们把"公义"简单地理解为"公共的道理"的话，那么，荀子言"义，理也"，"义者，循理"实已蕴含了此意，也因此，不仅是"公义"概念，荀子的"义"概念也多是在政治范畴的意义下使用的，所不同的是，荀子以"公"进一步强化和突出了"义"所涉及的众人的公共的性质，从而将其首出的政治哲学而非道德哲学的含义作了更为坚实的规定。明乎此，当我们以孟子式的"义利之辩"（并以此来分判王霸）作为了解荀子的"王霸之辩"的方法时，其实意味着对荀子思想的误读和误解。

当荀子以"义"来说明"王道"时，此"义"的政治限禁义便显得更加突出，荀子云：

> 夫义者，所以限禁人之为恶与奸者也……夫义者，内节于人，而外节于万物者也……凡为天下之要，义为本，而信次之。古者禹汤本义务信而天下治，桀纣弃义倍信而天下乱。故为人上者，必将慎礼义，务忠信，然后可。此君人者之大本也。（《强国》）

此段之重心虽落在为政者"君人者之大本"上，然而，荀子在对"义"加以定义时明显突出其"限禁"之意。① 所谓"限禁"总是与政治上的制度规范、法律条文相关。无疑，释"义"为限禁并不排斥其间具有道德的含义，因为道德本身也有限禁之意。不过，当"义"之限禁与奸邪、

---

① "内节于人"之"节"，杨倞释为"限禁"；俞樾则注"节，犹适也"。又，杨倞在注《王制》篇"义以分则和"时云："义，谓裁断也。"此处注"义"为"裁断"与释"节"为"限禁"可相互发明；又，《易·系辞传》有云："何以守位曰仁，何以聚人曰财，理财正辞，禁民为非曰义。""义"亦被理解为"限禁"之意，可供参考。杨倞与俞樾注"节"似有不同，但陈大齐认为，两人的说法在字面上看似乎不同，但从作用上看却是可以相通的，盖所谓限禁的目的正在于使人与万物达到一种适宜的状态。陈氏之说揆之于《礼论》篇开头一段所谓先王制礼义的目的在于使"欲"与"物"之间能够相持而长，则其说可从。

作恶相联系时，其体现出来的硬约束的特点便更为明显；尤其重要的是，当荀子将"义""信"与禹汤之治天下、桀纣之乱天下放在一起说明时，"义""信"与天下治乱的叠合，已将其政治学的意义表露无遗，更何况荀子将礼义看作"政之挽"、正国之本呢！

所需强调的是，在荀子，"义"的首出意义为政治学或政治哲学，其当下即意味着荀子的"义"同时也必蕴含"伦理学"的含义，"义"是政治的原理、原则，但其本身又足以致善，因而"义"包含价值的规范性。孟、荀的分别不在于要不要道德，而在于如何理解道德、如何安置道德。孟子强调以个人的自由意志或存心来说明道德的"道德性"，荀子则强调以遵循先王制定的礼义来保证个人行为的"正确性"和"合法性"①。与孟子以道德的方式来处理或解决政治问题不同，毋宁说荀子是以政治的方式来处理和解决道德问题，他们两人的此一差异直接导致他们对"王霸之辩"理解的不同，是荀子使得政治国家及其制度设施存在的合理性和必要性在先秦儒家思想中获得了前所未有的严肃性，荀子也第一次明确地为政治国家之于王道重建的可能和必要提出了逻辑清晰的辩护。但这并不意味着荀子不讲"道德"，只是其讲法异于孟子。② 依荀子，一种良好的政治治理形态，其制度、设施、法则、规范本身便隐含了"道德"，这是我们前面说过的荀子所以以政治意义上的"正理平治"来规定和说明道德意义上的"善"的概念的一个重要原因③。换言之，在荀子，王道政治（由圣王所创制的礼义法度的政治）所预设的良好的制度本身可以，也能够为人的道德发

①　荀子的伦理学倾向于以个人行为的"正确性"或"合法性"来说明个人行为的"道德性"，或者他是以个人行为的"正确性"或"合法性"来代替个人行为的"道德性"，这也是我们反对以孟子的"义利之辩"的方法来作为理解荀子"王霸之辩"的方法的理由。

②　此处必须指出，荀子以良好的政治治理形态的原理、原则及其所蕴含的道德作用来谈"道德"，故而从义务论伦理学的角度看，这种道德所体现的"善"（如荀子所言的"正理平治"）虽不必为义务论伦理学所排斥，但它却被看作"非道德意义上的善"，也正是从这个角度，李明辉认为，道德上的义利之辩比公私之辩更根本。参见李明辉《从康德的"幸福"概念论儒家的义利之辩》，载《儒家与康德（增订版）》，第157页。

③　如何理解荀子的"正理平治"？笔者觉得何艾克（Eric Hutton）将此译为"correct, ordered, peaceful, and controlled"（大意为规正、有序、平和与得到有效的管控）最为得当。参见 E. Hutton, "Xunzi: Introduction and Translation", in *Readings in Classical Chinese Philosophy*, ed. by Philip J. Ivanhoe and Bryan W. Van Norden, New York : Seven Bridges Press 2001, p. 288。

展创造条件。不仅如此，对于那些在本性上无法承担政治和道德规范之基础的人而言，政治和道德秩序之达成也唯待王道政治始能见其实功，舍此则无异于以指测河、以锥餐壶。也因此，对荀子而言，他必须瓦解孟子"以不忍人之心，行不忍人之政，治天下可运之掌上"（《公孙丑上》）的主张：与其指望经由道德（不忍人之心）的方式来建立良好的政治治理形态（王道），进而解决政治的治乱问题，不如指望经由良好的政治治理形态（王道）的建立来实现政治国家的道德教化，进而转化和提升人们的道德素养，荀子重学、重师法、盛言"化性起伪"等亦唯在此一脉络中方能得到恰当的理解。荀子的此一主张在纯粹的道德学家眼里可能会招致严厉的批评，不过，康德在《论永久和平》一书中却从另一个侧面对此给予了必要的辩护，康德认为，"良好的国家体制并不能期待于道德，倒是相反地一个民族良好道德的形成首先就要期待于良好的国家体制"①。康德的此一说法可以为我们理解孟、荀王霸之别提供方法论的启示。也正是在此意义上，我们约略可以认为，荀子是一位政治的道德家，而不是一位道德的政治家。

奥特弗利德·赫费（Otfried Höffe）曾不无忧心地指出，道德常常被人们贬为私人的事，实质上，道德不只属于私人生活，而是评价人类实践的一种形式，问题在于，"实践本质上具有制度特征；在制度范围内，具有特别重要意义的是那种包含和规范第一层次制度的第二层次制度，即法和国家制度。与法和国家有关的道德，我们称为法和国家道德，从哲学上对它进行的研究，称为法和国家伦理学"。如果说，荀子的"义立而王"的"义"在第二序的意义上可以理解为道德的话，那么，这种意义的"道德"在"借用"的意义上的确可以称为"法和国家的道德"。需要指出的是，赫费强调，仅仅从道德层面进行思考是建构不起法和国家伦理学的，"实际上，道德评价并不是从外面加到法和国家制度上，而是法和国家制度所固有的"②。

---

① ［德］康德：《永久和平论》，何兆武译，上海人民出版社 2005 年版，第 36 页。

② ［德］奥特弗利德·赫费：《政治的正义性》，庞学铨等译，上海译文出版社 2014 年版，"序言"。

赫费的看法对于我们理解荀子的"王霸之辩"显然具有启发性。在荀子,"义立而王"之"义"首先表现为确立"法和国家制度"的原理、原则,而此原理、原则的"道德性"是法和国家制度所固有的。我们不认为孟子那种道德意义上的"义利之辩"可以作为理解荀子"王霸之辩"的恰当方法和标准,荀子不从道德存心意义上的"义利之辩"来谈论政治上的"义立而王",无论是荀子的"礼义"还是"仁义"皆与孟子"仁义内在"的说法不同,故荀子"义立而王"的"义"已然不同于孟子之作为纯粹道德动机的"由仁义行"的"仁义",而是首先作为理想的政治治理形态的原理、原则(礼义)。依荀子,由先王所创制的良好的政治治理形态及其内涵的原理原则、法则制度本身("先王之道")就具有道德的意义,然而,这种说法本身当下即意味着我们不能将荀子"义立而王"的"义"理解为道德哲学意义上的"义",荀子所言的"义"无疑具有道德的含义,但这种"道德"毋宁说"是法和国家制度所固有的",也正是在这个意义上,我们有充分的理由把荀子的"礼义"看作"国家理由"(reason of state)的一种表现形式。[①] 依荀子,不是独立于政治之外的道德可以塑造客观的秩序,为人们带来"王道"的理想,而是良好的政治形态及其蕴含的法则规范可以为人们带来"群居和一"的符合礼义的生活,故荀子所说的道德乃表现为"法和国家的道德",这种说法的确切含义是,良好的政治可以蕴含道德,但理想的道德却无法解决政治上的治乱问题。假如说在孟子那里,"王霸之辩"体现出"由内圣而外王"的特点的话,那么,在荀子那里,"王霸之辩"则表现出由"外王"而"内圣"的特点:孟子试图通过道德的方法建立良好的政治治理形态,进而实现外王;荀子则相反,认为一个政治国家良好道德的形成,首先要期待于良好的政治治理形态。荀子的用心在于告诉我们这样一个事实,理想的政治治理形态可以蕴含道德,但理想的道德却无法代替良好的政治治理形态的建立,也无法解决政治上的问题。这便是荀子"王霸之辩"的实质。

---

① 参见东方朔《荀子伦理学的理论特色——从"国家理由"的视角说起》,《文史哲》2020 年第 5 期。

# 唐君毅与儒家宗教性的当代探索

## 陈振崑

（台湾中国文化大学哲学系）

**摘要**：儒教只是一种人文教化的礼教或心性之学的良知教？儒教虽然不是一种宗教，但具有宗教性或内在的超越性？还是儒教始终是一种即哲学即道德即宗教的道德宗教？此议题牵涉对"儒家"与"宗教"的不同理解与诠释。儒家宗教性的探索之学术重要性在于把此议题提升到宗教哲学或宗教诠释学的理论层次；而其对社会文化之教育功能的重要性则在于阐扬儒教宽容与融合的宗教精神，不仅可以成为促进社会和谐的稳定力量，更可沟通和化解各大宗教与族群间观念与行动的冲突，有助于人类社会生活与文化活动的健全发展。本文参照西方启蒙运动之后面对前现代、现代性与后现代文化的三重困局，援引具有启发性的重要宗教思想理论，聚焦于理性、道德与主体性的关键概念，进行一番当代儒家宗教性的观念探索。作者总结儒家宗教性的三种理论形态：（1）以道德代替宗教（以劳思光为代表），（2）把道德宗教化（以牟宗三为代表），（3）由道德到宗教（以唐君毅为代表），并推崇唐君毅所标榜的三祭说之报本反始、性情的超越感通与天人合德的精神价值。

**关键词**：三祭说　性情之教　超越的感通　天人合德　宗教性

## 一　前言

中国儒家文化中祭天、祭孔或祭祖的仪式是否具有宗教信仰（reli-

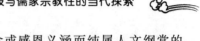

gion）的意味？或只是表达慎终追远的思念或感恩义涵而纯属人文纲常的道德伦理的层次？所谓儒教只是一种人文教化的礼教或心性之学的良知教，并不是一种宗教信仰？还是儒教不是一种宗教，但具有宗教性或内在的超越性？或是儒教早已经由原始宗教进化为一种人文宗教？儒教始终是一种即哲学即道德即宗教的道德宗教？还是儒教始终是既具有宗教向往又含有道德理想，却渐渐分化为知识分子（理性信念）与老百姓（宗教信仰）的不同传统？这种争议基本上牵涉论者对"儒教"的界定与对"宗教"的界定，至今众说纷纭，莫衷一是。①

基本上笔者肯定这种争议的重要性。儒教宗教信仰之理论研究的重要性在于四个方面。（1）可以厘清儒家的道德意识与宗教意识的分际，还原儒家的宗教向度的本来面目；同时可净化儒学的哲学研究，使之早日发展为严谨的当代专业学术，诸如宗教哲学、道德哲学、政治哲学，等等，与世界哲学对话。（2）可以界定儒教的宗教信仰是什么形态的人文宗教，以及这种人文宗教如何可能。（3）可以使儒学的人性论与天道论的研究突破传统的思维格局，提升到宗教哲学与宗教诠释学的层次。（4）可以阐扬儒教宽容与融合的宗教精神，促使现代人之精神生活的正向开发，促进社会和谐的稳定力量与各大宗教和族群间观念、行动冲突的沟通、化解，有助于人类之社会生活与文化活动的健全发展。②

存在主义文化神学家保罗·田立克（Paul Tillich）在指出儒教具有世俗化的基本性质之外，也肯定了儒教的宗教性。田立克说：经由孔子汇集并整理的修身之道，已经成为一个具有传统规条的系统。虽然一般人认为其中根本没有信仰的观念，但是事实上，儒教的确包含了信仰成分，

---

① 有关"儒家""儒学"与"儒教"的区分，李杜、傅伟勋、杜维明诸先生曾有专文讨论。李杜：《唐君毅先生与台湾儒学》，《哲学与文化》1997 年第 8 期。傅伟勋：《现代儒学发展课题试论》，载《佛学思想的现代探索》，台北：东大图书股份有限公司 1995 年版，第 25 页。[美] 杜维明：《儒学第三期发展的前景问题》，台北：联经出版事业公司 1989 年版，第 296—299 页。对于儒教议题，牟宗三、刘述先、杜维明、项退结、傅佩荣、郑志明、黄俊杰、李明辉、任继愈、何光沪、牟钟鉴、李申、李中华、郑家栋、彭国翔、黄信二、小岛毅、田立克等学者，都曾提出不同立场的看法可供参考。

② 参见陈振崑《唐君毅的儒教理论之研究》，新北：花木兰出版社 2015 年版，第 20 页。本书在作者 1998 年完成的博士学位论文的基础上有所修改，并有相关期刊论文发表。

这不仅可以从敬拜祖先的观念与礼仪看出，而且也可以从儒教道统的绝对性看出。既然儒家的基本观念蕴含了对宇宙法则的洞见，那么奉儒家思想为圭臬的国家与社会的法律，便充分显现出儒家思想的宇宙观。①

几年前在日本学术界引起极大反响的加地伸行的《儒教是什么》一书，在界定宗教是"对死与死后的解释"之后，指出儒教的宗教性主要表现在通过孝道的具体实践，即祖先崇拜的礼仪，使自己的生命借着传宗接代，在子孙中延续下去，借以消解对死亡的恐惧和不安心理。他称这种以祖先崇拜实践孝道为核心的儒教，所形成的历史与宗教一体化的文化圈为"儒教文化圈"。它的范围覆盖了中国、朝鲜、日本等东北亚大部分的地区。②

唐君毅先生从中国之道德伦理文化中，举出了他所认为的中国之宗教性的超越感情。（1）中国民间家庭仍有"天地君亲师"之神位的敬拜，还有中国人普遍的祭天地、祖宗的礼仪活动。③（2）在中国古代思想中，"天"的观念明指有人格的上帝。④（3）在孔孟老庄的思想中，"天"的观念纵有不同，但不能否认，都超越了现实的个体自我与现实的人际关系。（4）中国儒家思想向来正视"生"与"死"的问题，志士仁人常能"舍生取义""杀身成仁"，以表现出超越个人的生命价值，对"仁义之价值本身""天地正气"或"心之所安之道"怀抱着绝对的信仰。⑤ 有关儒教的宗教向度，唐先生在肯定其安顿伦理道德修养与社会政治事业的

①　参见［美］保罗·田立克《信仰的动力》，鲁燕萍译，台北：桂冠图书公司1994年版，第59页。田立克把所谓的"道德形态的信仰"分析为"法律"（如犹太教或伊斯兰教）、"传统"（如儒教）与"伦理"（如犹太先知）三大类别。

②　参见［日］小岛毅《儒教是不是宗教？——中国儒教史研究的新视野》，载周博裕主编《传统儒学的现代诠释》，台北：文津出版社1994年版，第29—30页。

③　参见唐君毅《唐君毅全集》卷八《中华人文与当今世界（下）》，台北：台湾学生书局1988年版，第142页。

④　参见唐君毅《唐君毅全集》卷八《中华人文与当今世界（下）》，第143页。又唐先生曰："孔孟之未尝明白反对中国古代宗教，而否定天帝，正见中国古代之宗教精神，直接为孔孟所承。孔孟思想，进于古代宗教者，不在其不信天，而唯在其知人之仁心仁性，即天心天道之直接之显示，由是而重在立人道，盖立人道即所以见天道。"唐君毅：《唐君毅全集》卷四《中国文化之精神价值》，台北：台湾学生书局1988年版，第448页。

⑤　参见唐君毅《说中华民族之花果飘零·中国文化与世界》，台北：三民书局1984年版，第144—145页。

功能之外，更提出了他独特的看法：

> 儒家之精神固重现实伦理及社会政治之事业，然儒家精神亦实有一超现实而极高明之一面。此除其心性论与天道论之形而上学，思想理论外，在生活上则表现为三祭之礼。此三祭之礼之价值，乃中国之礼教衰落以后，人所忽略者。由此而世人之视儒学，低者乃只视之为历史，高者亦只视之为一种哲学，而忘其为一种生活。而知儒学之为一种生活，又或只知其为一重人生情趣之艺术性生活，或只知其为一种重道德修养之道德的生活，而不知言其为艺术性生活，乃言儒家之重乐之一面。言其为道德的生活，则指其重礼之一面。而儒家之礼实以祭礼为中心，而乐则所以行礼。由祭礼之乐，以通天地鬼神，而彻幽明之际，则此礼乐之生活，皆涵超现实之宗教意义与形上意义。①

唐君毅先生更深入宗教意识的分析，指出真正的宗教精神是一种深切的肯定人生之苦罪，自觉去除苦罪之能力有限，由忏悔心、悲悯心，接受一超越的精神力量，以从事道德文化实践的精神②；而宗教意识的本质要素包含了"解脱意识、虚己意识、超越真我意识、与崇拜皈依意识"③。相对于西方当代宗教思想家，唐君毅对于宗教精神与宗教意识的界定，有其独到的见解；且对于儒家的形上意境与宗教性以及比较宗教哲学具有一番深入而精思明辨的探究。

本文之论旨探讨以下问题：现代新儒学在现代理性与主体性的要求下呈现出何种形态的宗教意识？现代新儒学所强调的心性之学表现出何种意义的主体性与其超越向度？在此现代与后现代的文化交错中，如何承继儒家传统的"三祭说"与"性情之教"的道德实践与宗教超越向度？

---

① 唐君毅：《唐君毅全集》卷六《中国人文精神之发展》，台北：台湾学生书局 1988 年版，第 388—389 页。

② 参见唐君毅《唐君毅全集》卷五《人文精神之重建》，台北：台湾学生书局 1988 年版，第 31 页。

③ 唐君毅：《唐君毅全集》卷二十《文化意识与道德理性》，台北：台湾学生书局 1988 年版，第 479 页。

唐君毅"天人合德"的宗教融合论如何在后现代情境下的多元文化或跨文化探索中呈现出独特的宗教意识？

## 二　前现代、现代性与后现代的三重困局

对照西方的宗教史发展来看，"启蒙运动"（The Enlightenment）是一场理性化的思想革命运动，后来演变成几乎笼罩全世界之现代化（modernization）的文化更新狂潮。韦伯所提出的"解除魔咒"（disenchantment）的说法最为传神地描述了这个现代文化潮流摆脱"宗教迷信"与"神权统治"的现象。康德于 1784 年定义"启蒙"为"人类脱离未成年状态，勇敢地使用自己的理性"，似乎表现出现代人以自律理性脱离神权统治而当家作主的勇气。

现代化起源于欧洲世界，带领 19 世纪的世界成就一个所谓"希望的世纪"（century of hope），然而对于现代化的深度反省也从西方本身开始。回顾两次世界大战均肇始于现代化最发达的进步国家。希特勒的大屠杀与斯大林的大审判的发生都是对现代文化的最大反讽。韦伯"铁笼"（Iron Cage）的说法，悲观地控诉这是现代文化中"工具理性"被过度运用而凌驾于"价值理性"的必然结果。现代文化的病态或危机等议题早已渐渐引人深思。三位现代性的质疑大师齐克果、马克思与尼采都对现代文化提出了深刻的批判。论及当代思想界对于现代性的论述，最具有代表性的思想家，德国哲学家哈贝马斯当之无愧。哈贝马斯指出启蒙运动以来理性精神的发扬，形成了宗教与形上学之统一世界观的瓦解，三个自主的文化领域各自独立发展起来，也因此分化成三个独立的价值范畴：科学认知真理（truth）、道德规范正义（justice）与艺术鉴赏品味（taste），哲学则担任诠释（interprete）、中介（mediation）与整合（integration）功能。①

对于理性的思考，哈贝马斯早期在《知识与人类志趣》（*Knowledge*

---

① 参见劳思光《哈贝马斯论道德意识与沟通行为》，陈振崑编注，新北：华梵大学劳思光研究中心 2017 年版，第 199—210 页。哈贝马斯晚年亦以其沟通行为理论论列跨族群、跨宗教沟通问题。限于学力，未能深入讨论。

*and Human Interests*）一书中已揭示出基于人类的三大志趣所建立的三门学科。哈贝马斯指出人类的社会文化生活得通过三个媒介进行活动：劳动、语言、权力与意识形态。

（1）人类通过劳动获取物质资料，从事工具性的活动，企图对世界予以正确的预测与有效率的控制。这一类技术活动源自人类具有"技术的志趣"（instrumental interest），可以建立自然科学与部分的社会科学等"经验性分析式的学科"（the empirical-analytic sciences）。

（2）人类通过语言了解对方的意思、意向与动机，相互沟通，化解冲突与建立共识。这一类沟通活动源自人类的"实践的志趣"（practical interest），可以建立人文学、历史学与政治、法律等社会学科，属于"历史性诠释式的学科"（the historical-hermeneutic sciences）。

（3）人类通过批判与自我反省（self-reflection）的思考活动，进行权力与意识形态的分析与批评，解除公众的权力与自由意识被系统性地扭曲与宰制。这一类思考活动源自人类的"解放的志趣"（emancipatory interest），可以建立批判的社会哲学、道德学等"批判取向的学科"（the critically oriented sciences）。①

捍卫理性地位的哈贝马斯把现代性看成"一个未完成的计划"②。现代性的特性是理性，但现代性的理性不应该只是狭隘的工具理性或分析理性，理性的含义有其更为深邃而丰富的可能性与开放性。陈文团教授以清晰的定义区分出理性或合理性的不同界定：

> 如果理性（reason）是我们终极关怀的原则，理智（rationality）是自然科学中工具性、合目的性的原则，则合理性（reasonableness）可以当成人类实践生活的原则。这人类的实践生活包含了道德、法律、艺术等诸多不同的生活形式。③

---

① 参见 ［德］ J. Habercmas, "Knowledge and Human Interests: A General Perspective", in *Knowledge and Human Interests*, trans. Jeremy J. Shapiro, Boston: Beacon Press, 1971, pp. 308 - 311。

② ［德］ J. Habercmas, "Modernity: An Unfinished Project", *in Knowledge and Human Interests*, trans. Jeremy J. Shapiro, Boston: Beacon press, 1971, p. 38. 或译作："一个不完整的计划。"

③ Quoted. Tran Van Doan, *Reason Rationality Reasonableness*, Lanham-New York-London ：University press of America, 1989, p. 3.

理性（reason）在希腊哲学中被看成"终极的原因""道"或"原理的原理"，表现了人的存有学和形上学（神学）的向度。在处理科技的知识与进步，还有反省人类宰制自然，及决定人类命运的技术志趣方面，理智（rationality）则被当成最有效率的工具。合理性（reasonableness）则可以为人类日常生活中所发生的冲突，建立尝试性的结论；也可建立人与人之间的关系与了解。①

从"前现代性"到"现代性"的转变中，我们可以找到具代表性的概念。譬如以形上学来讲，前现代的形上学可以称为"实体形上学"，它讲实体（substance），是从亚里士多德（Aristotle）发展出来的。现代性则是以"主体性"（subjectivity）来代替"实体性"（substantiality）。以近代哲学而言，笛卡尔（Descartes）仍有（实体性）这个倾向，一直到莱布尼茨（Leibniz）都无法摆脱那种"实体性的形上学假定"，直到康德"知识论的转向"才正式地被扭转。再者，从"现代性"到"后现代性"来看，哈贝马斯的沟通行为理论所尝试建构的"交互主体性"（intersubjectivity）便成为演变到"后现代性"对于"主体性的解消"与"多元主义"的一个最好的过渡了。劳思光教授晚年研究文化哲学一方面聚焦在哈贝马斯的后形上学沟通行为理论，另一方面反思了后现代思潮对"主体性"的消解与对理性的否定。劳先生指出后现代思潮前仆后继地对现代文化进行破坏与否定，这就使今日当代哲学文化发展所遭遇的种种问题，显得更为错综复杂，并纠结成劳先生所描绘出的当今哲学文化所面对的三重困局（predicament）："传统与现代性的文化冲突问题""现代性文化的不完整问题"与"后现代的反理性危机问题"。②

————————

① Quoted. Tran Van Doan，*Reason Rationality Reasonableness*，p. 4 . 唯"理性""理智"与"合理性"三者之间的理论关联有待更进一步的哲学反省。

② 劳思光：《当代哲学文化的困境与希望》，《"劳思光思想与当代哲学文化"国际学术研讨会论文集》主题演讲讲辞，华梵大学哲学系 2012 年版。又参见劳思光《西方思想的困局》，台北：台湾商务印书馆 2014 年版，第一章"从希望世纪到三重困局"，第 2—3 页。劳先生对于哈贝马斯之论"合理性"（rationality，rationalitat）有不同的名词翻译，并申论哈贝马斯之主张："哲学是合理性的守护者"（guardian of rationality）。其在道德法律规范上的意义近似于陈文团教授所指"合理性"（reasonableness）。参见劳思光《哈贝马斯论道德意识与沟通行为》，陈振崑编注，第 66、135 页。

# 三　现代意义内的主体性宗教意识

传统的宗教信仰面对现代理性思考的冲击，超越性的追求并不就此销声匿迹。社会的理性化解除了神话的魔咒并不代表人们不再渴慕灵魂深处的触动与满足。现代文化与传统文化虽然有表现方式的改变，但人性本身或人的文化本身仍然存在着较为固有的基本需求或本质性的成素。以下笔者分别论列几位具有代表性的现代宗教思想家，他们在现代文化与宗教心灵之间斟酌推敲，踵事增华以努力寻求现代宗教之新形式与新出路的可能性。从辩证的发展观点看来他们的宗教论述之间似乎存在着某种内在的关联性，一个阶段接续着一个阶段迈向更为成熟而准确的宗教现代新形式。省察这一个辩证的发展轨迹对于我们回头来反省儒家的宗教意识，将有莫大的助益。其中康德想要以建立在理性与道德基础上的自然宗教取代传统的启示宗教，虽然强调了宗教信仰中的主体的义务感与尊严以显现其自由，且把宗教信仰内化于个体的道德质量的提升之中，而畅通了由道德而宗教的理论论述，但仍然无法完全以道德实践代替宗教信仰。德国宗教社会学家韦伯指出信仰的内涵应该脱离巫术的束缚，但是现代人仍然可以保有超越向度的追求。他着眼于一个宗教是不是积极地面对现实世界并寻求积极的拯救之道以及一个宗教是否具备对于超越世界的追求，是否保持与世俗社会相抗衡的自主性。史莱马赫（Friedrich Schleiermacher）主张宗教敬虔，诸如爱、谦卑、喜乐等宗教情感才是宗教生活的真实的内容。唯有信仰主体的亲身体验，才让宗教信仰活了起来，也使生命有了真正的意义与动力。西美尔（Georg Simmel）之"主体宗教性"的观念告诉我们宗教的外在客观形态不得不被现代社会遗弃，然而生命的活力、灵魂的拯救等宗教敬虔的实现仍然是人的内在生命不可放弃的宗教价值所在。奥陀（Rudolf Otto）以"令人畏惧又神往的神秘"界定宗教的"神圣"来与道德的"完善"相区别。如此明确地划分道德的自主性质与宗教信仰的非自主性质，是一个很重要而关键的见解。最后，马丁·布伯（Martin Buber）指出进入与上帝的绝对纯粹关系中，并非意味着极度自我骄傲地遗弃世界，或极度自我谦卑地鄙弃自己；而是呈显将万有以及整个世界都纳入"永恒的你"之中，也就是将世界与自己两者都安放在真实的基础之上，这才是我与上帝之真正充盈纯全的关系。[①]

# 四 从现代到后现代的"宗教性"转变

就宗教问题而言，西方的现代神学与宗教学的研究在理性思维与科学主义思潮的冲击之下，宗教作为学术研究的对象不仅并未因此销声匿迹，反而更开拓出蓬勃发展的光景。现代宗教学的学术研究发展出人文学、文化人类学、社会学、心理学、历史学、诠释学、语言学、现象学与哲学分析等不同专业学术领域向度的探索与成果。宗教哲学的主流研究议题则从"上帝存在的证明"转变为"人性的超越性"的探索与"人的宗教经验或神秘经验"的分析；又从考量仪式、教条与组织制度等外在条件的"宗教"（religion）转变为倡导人自身内在体验与宗教情操的"宗教性"（religiousness）。正如劳思光先生指出：后现代思想的最复杂之处，在于对宗教的态度。从21世纪发生后现代情境的趋势来说，宗教本来的面目已经有了非常大的变化。"后现代思潮"表现出对"差异性"的强调，以及对"普遍性"与"理性"的否定等相同或类似的倾向。劳先生谈后现代世界里的宗教，举出两个最基本的态度。

（1）"多元主义"（pluralism）：讲宗教问题要用多数（religions），而不是使用单一的宗教为唯一"真"的宗教。而宗教上的"多元主义"与政治上的"反权威主义"刚好互相配合。因为反对权威，所以对于所谓标准、秩序与所要求的普遍性都不予承认。

（2）"相对主义"（relativism）：特别是"道德的相对主义"。道德价值若是顺着多元论的想法，抗拒权威与排斥绝对性，也就把道德价值的选择看成了多元可能的、相对性的。若是抱持这种态度，就会碰触

---

① 参见陈振崑《现代意义内的儒家宗教意识》，《哲学与文化》2003年第5期。

文化现象中很严重的问题：在道德相对主义的态度下，没有共同信仰的不同宗教之间——特别是就它们的基本教义派而言——的沟通将更为困难。①

现代性到后现代宗教哲学研究境况的进展，虽然具有以上如劳思光先生所论述的突破性的转变，不过，笔者却更重视现代性与后现代性之间的宗教思想或宗教意识所具有的延续性或差异性的发展倾向，首先是两个前后延续的相同倾向：（1）从"制度性的宗教"到"内在宗教性"的转变更为明显；（2）从"以神性为中心"到"以人性为中心"的转变更为彻底。

从现代到后现代的发展，宗教思想与宗教意识逐渐收摄在"宗教性"的概念内涵与"人性"的范畴。宗教意识的开拓仍必须建立在实现人性的"内在性"与"超越性"之间，两者才能够真正形成动态平衡的辩证发展。②

其次是两个前后差异的倾向：（1）从"人的主体性的挺立"到"人的主体性的解消"；（2）从"标举人性的理性"到"标举人性的非理性"，即从"以理性为中心"到"以理性为中心的解消"。

如果把劳思光所论述文化中的"开放成素"和"封闭成素"这一对指称文化内涵中隶属"普遍价值成素"或"特殊情境成素"的理念套用在人性的开展上，则后现代对于人的"理性的否定"与"主体性的解消"，实际上反而提供了某种可以打破由于现代性强调"理性"与"主体性"为中心所可能造成的自我封闭与自我局限的契机。因此，相对于现代性而言，审视后现代思维的内涵，仍然有助于寻求提升人性宗教性之某种开放成素或自我突破的可能性。

---

① 参见劳思光《西方思想的困局》第三章"反理性思潮之检评与理性言谈之转向"，第三节"后现代思想之理论重点"，华东师范大学出版社 2016 年版，第 136 页。因此劳思光教授尝试提出一个穿越于"绝对主义的独断"与"相对主义的放任"两个极端之间的"非绝对主义的新基础主义"，参见劳思光《危机世界与新希望世纪——再论当代哲学与文化》，香港中文大学出版社 2007 年版，第 129—183 页。

② 参见陈振崑《儒家与基督宗教的会通："超越内在"是否不可能?》，《哲学与文化》2013 年第 1 期。

# 五　由现代到后现代之宗教理念的突破

## （一）保罗·田立克

存在主义文化神学家保罗·田立克把"宗教"表述为人的生命之存亡的"终极关怀"（ultimate concern）①，并以"终极关怀"界定神学的内涵。他说：

> 我们的终极关怀决定我们的存有或非存有（生存或灭亡）。只有那些处理我们的存有或非存有之问题的命题，才是神学的命题。②

其中"关怀"（concern）指出了宗教体验之"存在的"（existential）性格，是一种放弃旁观的客观分析态度，而超越主客间的藩篱，热心地参与投入对象之中的态度。"终极的"（ultimate）则指出宗教信仰中"最为重要""不受限制""整体的""无限的持续"等特性。人的存在处境面对真实的"生存或死亡"的问题，也就是人的存有面对着自身生命中的"偶有性""时空的局限""归属及皈依的需要"等，人类由于遭受失落或无法被拯救的威胁，不得不终极地关怀着自身的存有与意义。这就是人类终极生命与意义之生死存亡的问题。追问这一问题亦展现出人类面对生死大事的智慧与勇气。

## （二）汉斯·昆

普世神学与全球伦理的倡导者汉斯·昆建立了肯定人性之基本信赖的宗教对话与《全球伦理宣言》。他在《什么是真正的宗教——论普世宗

---

① 参见［美］保罗·田立克《信仰的动力》，鲁燕萍译，台北：桂冠图书公司1994年版，第7—8页。

② Paul Tillich's Systematic Theology（v1），p. 14. being or not-being，即"存有或非存有"（或译作生存或灭亡）。

教的标准》》① 一文中提出了三个宗教对话的前提：（1）任何一种宗教都没有"真理垄断权"；（2）宗教真理问题不仅涉及理论，而且关系到实践；（3）若不寻求某种普遍的真理标准，宗教对话便不可能。于是，汉斯·昆从三个方面来解决这个真理判准问题。（1）以"人性"作为"一般的伦理标准"，区分为肯定性的标准：能提供成就人性美德的宗教就是一种真、善的宗教，以及否定性的标准：只要是传播非人性的东西的宗教，妨碍人成为真正的人，就是一种假、恶的宗教。（2）以"本原"（创始人）或"经典"如《旧约全书》《新约全书》《可兰经》《道德经》等，作为"一般的宗教标准"。（3）以"耶稣基督"作为特殊的基督教标准。宗教对话的具体实践成果则是 1993 年的《全球伦理宣言》的制定与落实。② 由此可见汉斯·昆把人性的实现当成良善宗教的一个必要的伦理判准，表现出现代性与后现代性共通的宗教发展倾向。再者，他主张人性中的理性与信仰并不对立，并特别强调一种对于"整体的实在"之"先验的基本信赖态度"，相对于虚无主义，这种深层的人性肯定乃根源于一种人性中"超理性的胆量"与其抉择，并提倡理性与信仰共融的实践理性的方法论。③

### （三）威尔弗雷德·史密斯（Wilfred Cantwell Smith）

宗教思维从现代迈进后现代的视域，可借镜威尔弗雷德·史密斯的《宗教的意义与终结》（*The Meaning And End of Religion*）④ 与约翰·希克（John Hick）的《宗教之解释——人类对超越者的回应》（*An Interpreta-*

① 参见刘小枫编《20 世纪西方宗教哲学文选》上卷，杨德友、董友等译，生活·读书·新知三联书店 1990 年版，第 3—32 页。
② 张志刚：《宗教哲学研究——当代观念、关键环节及其方法论批判》，中国人民大学出版社 2003 年版，第 432—438 页。
③ 参见张志刚《宗教哲学研究——当代观念、关键环节及其方法论批判》，第 524—525 页。
④ 参见［美］威尔弗雷德·史密斯《宗教的意义与终结》，董江阳译，中国人民大学出版社 2005 年版。

tion of Religion：Human Responses to the Transcendent）① 两本后现代思潮的宗教哲学巨著。

首先，史密斯呼吁我们放弃提问："什么是宗教的本质"这种本质主义式的抽象思维。他重新对"宗教"（Religio，Religion）这个笼统的语词，进行观念史的分析。史密斯描绘出"宗教"起初那种属于"形容词性"或表现某种属性的行为、关系或本能等，例如，"渎圣的"行为、"被禁忌的"关系、"敬虔的"本能等是如何慢慢在历史的变迁中，被凝结成某种"名词性"、固定信仰组织体系的"一种宗教"，或被认定是彼此壁垒分明的实体，例如基督教、印度教、伊斯兰教等。其中史密斯特别提到圣奥古斯丁之观点的基础重要性。史密斯主张把圣奥古斯丁的著作 De Vera Religione（On True Religion）的含义从理解成"论这种真宗教"转变为理解成"论真正的虔敬"或"论真正的崇拜"，意指："论对那唯一真神的崇拜。"② 对圣奥古斯丁而言，史密斯指出：

> "宗教"并不是什么仪式或信仰的体系，也不是什么体制化的或适宜于外部观察的一种历史传统。它毋宁是与神的荣光和爱的一种生动真切的、个人性的相遇。③

在此，圣奥古斯丁对于"真正的"宗教与崇拜的宣称，提出了：在人与神之间存在着一种应当维持下去的理想的、完善的或本质性的"关系"。这一观念配合着柏拉图式的普遍性的思想形式，在某种意义上可以进行一般性的被移转，有助于后人促成后来宗教组织化与制度化的意义的那种转变，并最终导致"一种宗教为真，余者皆为假"这般真伪之别、正误之辨的观念形态产生。④

---

① 参见［美］约翰·希克《宗教之解释——人类对超越者的回应》，王志成译，四川人民出版社 1998 年版；John Hick, An Interpretation of Religion：Human Responses to the Transcendent, London：The Macmillan Press，1989。

② ［美］威尔弗雷德·史密斯：《宗教的意义与终结》，董江阳译，第 29 页。

③ ［美］威尔弗雷德·史密斯：《宗教的意义与终结》，董江阳译，第 29 页。

④ ［美］威尔弗雷德·史密斯：《宗教的意义与终结》，董江阳译，第 30 页。

从文艺复兴时期开始，每个阶段总有一些人文主义者或文化的改革者，采纳了指称内在虔诚的宗教概念，例如，德国的敬虔派（Pietistic）①与英国的约翰·卫斯理（John Wesley）所展开的循道圣洁的生活运动，还有最关键的 19 世纪的现代神学之父史莱马赫发表了第一部论述宗教本质的著作。他邀请文化知识分子依照内在的情感与心性，而不是按照外在的仪式体制来思考宗教问题。②

但是史密斯指出其中最为关键的转折阶段起于 17 世纪，由于唯理智主义的兴起，抽象的普遍概念渐渐取得优势。首先，黑格尔首创宗教哲学，并把宗教定位为在历史发展中一个自在的超验性观念，从此欧洲与随后的世界思想开始把单数形式的"宗教"当成社会科学的一个概念来对待。而接续的路德维希·费尔巴哈出版了《基督教的本质》（*The Essence of Christianity*，1841）与《宗教的本质》（*The Essence of Religion*，1851），且不论他的唯物论或无神论的立场，成为基督宗教甚至有神论者的批判者，他把上帝现实化与把神学人本化，可以说是更确立了宗教之人本学的基础。③ 他也是以唯理智主义的抽象思考方法探讨"宗教的本质"之理论体系的始作俑者，使得宗教神学的研究更显现重视抽象性与普遍性。其次，加上多元族群与异质文化的频繁接触，在复数形式的"诸宗教"之间充满了争执与冲突，使得宗教对话的必要性愈加迫切。最后，史密斯主张以"累积的传统"与"个人的信仰"两个新概念代替笼统含混的"宗教"这个必须被终结的概念。史密斯也就更强调认识不同宗教信仰在经典涵泳的文艺性、仪式与道德的行为模式、诸具体宗教史的历史性、社团生活的组织④，以及最归根结底的个

---

① 反抗教会僵化刻板的形式主义与教条主义，呼吁在人的内心深处达到一种对基督的内在个人化。

② 参见 Schleiermacher, *On Religion*, edited by Richard Crouter, Cambridge：Cambrigde University, 1996。

③ 费尔巴哈说："上帝的意识就是人的自我意识，上帝的认识就是人的自我认识……神圣的本质不是别的东西，就是人的本质……"转引自潘德荣《哲学与现代宗教——以费尔巴哈人本学为思维进路》，《宗教哲学》2013 年第 65—66 期。

④ 例如基督徒的"教会"、穆斯林的"乌玛"、印度人的"种姓"与佛教徒的"僧伽"等社团。

人内在性情的特性。①

史密斯认为那些超验的至上神并非启示一种"宗教"，而是启示了他自己，而那些被启示的人们作为"参与者"之持续性的回应——仅属于一种附属的或次要层面的——便被"旁观者"称为一种"宗教"。因为信仰不是一门理论科学而是一门生活艺术；而真理不只是抽象的思想体系，更是一股生生不已之内在泉源的动力。史密斯说：

> 一种活生生的信仰涉及的是与他人、与自己、与这宇宙之造物主或根基或整体的一种至真至诚的关系。②

我们从史密斯的著作里警觉到过去那种本质主义思维方式与抽象理论体系的宗教研究可能呈现的局限性，以及我们其实可以从具体宗教史、社团生活的团体经验与个人内在体验的情性，开启人与神、人与宇宙整体之真诚关系的深切体验。

## （四）怀特海

怀特海的历程神学倡导一种"动态的上帝观"，亦即"历程化的上帝观"。他认为上帝具有两重性质。（1）"原有的性质"（primordial nature），即把上帝看成具有绝对丰富的可能性而不受限制的概念现实，这是原有的创造力所要求的。（2）"后有的性质"（consequent nature），即上帝不只是宇宙创造的"起点"，也是宇宙生成的"终点"。上帝将和所有其他的一切创造行为一并生成。③ 怀特海的上帝观具有足以向往某种超越性的开创性与开放性，颇值得作为往超越性或超主客观境界继续观念探险的借镜。

## （五）约翰·希克

约翰·希克以"宗教哲学"与"宗教多元论"闻名于世。他在广博

---

① 参见［美］威尔弗雷德·史密斯《宗教的意义与终结》，董江阳译，第358—361页。

② ［美］威尔弗雷德·史密斯：《宗教的意义与终结》，董江阳译，第285页。

③ 参见张志刚《宗教哲学研究——当代观念、关键环节及其方法论批判》，第151—154页。

的宗教史知识的基础上，指出人类宗教文明中无穷无尽的"神灵"或"神祇"的名字，若是表列起来有一本大城市里的电话号码簿一样厚。这其中存在了许多不同的宗教传统族类，它们都指称了许多不同的人格神或非人格神的终极者。前者如"上帝""阿拉"等，后者如"梵""法身""涅盘""空""道"等。① 希克比田立克的"终极关怀"观念更往前跨了一大步，延续史密斯所提出的"超越者"（Transcender），希克更喜欢用"实体"（the Real）来泛指"梵""太一""上帝""道"等终极实在。②

希克特别标举轴心时代的"宗教"作为人类从自我中心向实体中心转变的"拯救"或"解脱"之道。若以宗教史的传统来说有四个方面的内容。（1）根据印度教传统中，第一条"智慧之道"是一种直接转入不二论哲学的宗教实践；第二条"行动之道"通过忠实履行宗教仪式、家庭责任与承担社会职责，成就非个人私利，乃人类福祉的道德之善；第三条"奉爱之道"无私地把自己奉献给神圣的"祢"而相遇的实体。这是真正从自我中心转向实在中心的道路。（2）根据佛教传统，人类拯救性的转变被理解为从强大的"我"或"自我"的虚幻中解脱出来。而"无我"的觉悟是"我慢"的消失（亦即"虚妄我"的消失）。若进一步就菩萨道中的觉悟者而言，对实体的开放性，则表现在对众生离苦趋乐的无限慈悲之中。（3）根据基督教传统，这种转变发生于信徒无私地信仰上帝的无限的主权和恩典，经历了赎罪称义并逐渐成圣的新生命质量，不仅免于局限在令人焦虑的自私，更因此产生一种信任、爱、喜乐与和平的新精神。（4）根据伊斯兰教传统，《古兰经》启示的迫切要求是要将人类在个体和公共生活、宗教与世俗生活中，从自我中心向以真主的怜悯与仁慈作为生命中心的转向，并渴望天堂喜乐的敬虔生活。③

---

① 参见［美］约翰·希克《宗教之解释——人类对超越者的回应》，王志成译，四川人民出版社 1998 年版，第 273—275 页。Cf. John Hick, An Interpretation of Religion: Human Responses to the Transcendent, New Haven: Yale University Press and London: Macmillan, 1988, pp. 233 - 235。

② 参见［美］约翰·希克《宗教之解释——人类对超越者的回应》，王志成译，第 12—13 页。

③ 参见［美］约翰·希克《宗教之解释——人类对超越者的回应》，王志成译，第 42—59 页。

最后，希克的"宗教多元论"是建立在康德区分"现象"与"本体"（或称"物自身"）的知识论思想架构之上的。希克以不能被直接观察到单纯物理结构的"光"同时具有不同实践条件下之"波"与"粒子"的两种属性为例①，来类比地指称：不能被直接认识的同一"本体"的"神性实在"（或称"绝对者"）可以在不同的语境中被体验为"人格的"或者是"非人格的"实体，以及被理解成"实在论的"或者是"非实在论的"终极者。"宗教实在论"（Religious realism）是指承认宗教信念之物件的存在，并独立于我们人类所获得的关于"祂"的经验内容。每一个宗教传统都指向某种"实在"，例如"上帝""神""绝对者""道""法身"与"圣灵"等。"祂"既在万物之外，又在万物之中，并且给予我们的生存以意义和价值。② 相反，"宗教非实在论"（Religious non-realism）则并未这般肯定其实在性。这些现代性到后现代的宗教思维都给予了我们思考反省的适时参照。

# 六　儒家宗教性的当代探索

儒家传统以"敬天法祖"作为宗教信仰的实质内涵，而天人关系的变迁可以作为儒家宗教意识之历史发展情势的主轴。这在历代儒者的思想里，作为哲学概念是以"天""道""命""性""心"的演变表现而出的。"天""天道"或"天命"原是儒家传统的价值根源与意义结构的基石。而儒家当代终极信念最后的呈现重心则是"心性之学"与"天人合德"。儒家宗教性的当代探索，整体而言，大致可以区分为（1）以道德代替宗教，（2）把道德宗教化，（3）由道德到宗教三种理论形态。

（1）以道德代替宗教。笔者以劳思光先生为代表。劳先生早期以"圣凡直通，神人相隔"指出道德与宗教的不同，并提出"以圣代神"的

---

① 参见［美］约翰·希克《宗教之解释——人类对超越者的回应》，王志成译，第287页。

② 参见［美］约翰·希克《宗教之解释——人类对超越者的回应》，王志成译，第201页。

主张。① 在如此区隔宗教与道德的观念下，儒家之道德教化也有实践的层面，"以圣代神"的主张则代表着以儒家道德实践代替宗教信仰之功能的人文立场。这与康德之"道德的宗教"用道德化约宗教具有异曲同工之妙。晚年劳先生划分人之世界发展的三个方向：神权、人文与物化，而以孔孟为核心的儒家传统则主要显扬人文精神。人类的人文精神所表现出的主宰性的自觉必须在崇尚神权与追求物欲两个极端的摆荡之间争取发展。劳先生以"彼世观念与超越性之图像化"与"神力观念与主宰性之存有化"重新对宗教意识进行一番深刻的反省。劳思光也体认到再多的理性辩论与推理论证都不足以证明上帝的存在，宗教更为有力的说明是心灵主体内在的相信、感受与心理安顿。然而作为一种宗教意识，劳先生亦承认某些超自然世界与非理性成分的肯定仍然是必要的。这些超自然世界与非理性成分在宗教信仰里不仅牵连一个可以脱离于现实世界的彼岸世界，还把彼岸世界或者超自然的世界图像化如同神话般的想象或以经验世界的内容加以描写。这个图像化的彼岸世界，可以在宗教信仰中发生某种外在的力量与作用，作为提升精神与庇护心理的超越保证。②

（2）把道德宗教化。笔者以牟宗三先生的道德形上学与圆善论为代表。牟先生的哲学受到了宋明理学，特别是陆王心学与康德道德哲学决定性的影响。牟先生早期开展出一条"由道德而宗教"的道路，他用"内在的"（immanent）与"超越的"（transcendent）两个概念对道德与宗教采取有所分化的立场，并指出中国传统哲学中的天道既超越又内在的特性。③ 牟先生从孟子尽心知性知天的心学进路中，把存有问题与道德问题相含摄而提契出所谓"摄性于仁、摄仁于心、摄存有于活动"，使仁德事业与心性涵养可以相贯通合一的一条含摄存有意义的道德实践进路。

其后，因着阳明后学与佛教天台哲学的心学影响逐渐显著，牟宗三先生的哲学也因着以心体即性体的绝对普遍性与心性的内容有所同于天，而渐渐取消了心性与天之间的距离。牟先生更用程明道的"一本

① 参见劳思光《宗教精神与宗教问题》，载《儒学精神与世界文化路向——思光少作集》，台北：时报文化出版公司 1986 年版，第 1 册，第 207—211 页。
② 参见劳思光《文化哲学讲演录》，刘国英编注，中文大学出版社 2002 年版，第 82 页。
③ 参见牟宗三《中国哲学的特质》，台北：台湾学生书局 1984 年版，第 20 页。

论"圆顿观点来表达这种心性与天合一的心学立场。① 在渐渐取消心性
与天之距离的同时，牟先生在诠解孟子"事天""立命"的观念时，原
先却也还表现出了人有所谦退于天的态度与对人的有限性的警觉。然而
牟先生对"天与人之间的距离感"的体会在后来的著作中渐渐消失无
踪，而彻底改变为"即人性即天道""即道德即宗教"的诡谲辩证立
场。在这样的最高主体性心学立场之下，道德的内在超越性被高举而渐
渐取消了宗教的独立性。而其间"道德的形上学"的完成，还有与康
德道德哲学的分道扬镳是关键。牟先生所标榜之"道德的形上学"是
一种由道德的具体实践工夫进入，并能生发宇宙关怀与形上学意涵，而
真正树立道德人格之尊严的一条通透、具体而达致圆熟智慧的实践
哲学。②

　　牟先生晚年更由"智的直觉""无限的智心"而转为"圆善论"的
心学立场，不仅脱离了祈福的宗教，亦跨越了康德之理性界限内的道德
宗教，而终致标榜由儒家仁心、良知等"无限智心"所开启的"圆善"。
牟先生推崇儒家传统的仁心的传承，从孔子、孟子、《中庸》、《易传》、
明道之识仁与一本、象山之重言本心、阳明之致良知（四句教与四无教
并进），到刘蕺山之慎独（心宗与性宗合一）等一系列的反复阐明仁心作
为"无限的智心"，通过不安、不忍与愤悱不容已的感通，即起"觉润"
与"创生"二义，足以显现普遍而无限之道德实践"纯亦不已"的纯净
性与天地万物之存在谐和于德性的必然性，以此开启德福一致所以可能
的契机。③

　　牟先生将此"无限智心"落实而为仁人所体现达致圆极的境界，称
为"圆圣"。"圆圣"依仁心之自律天理而行即目的王国的"德"，仁心
于神感神应中觉润万物与创生万物，使万物之存在跟随仁心而转即自然

---

　　① 参见牟宗三《心体与性体》，台北：正中书局 1990 年版，第 1 册，第 28 页。并参见
牟宗三《圆善论》，台北：台湾学生书局 1985 年版，第 144—145 页。
　　② 参见牟宗三《心体与性体》，第 1 册，第 139 页。
　　③ 参见牟宗三《智的直觉与中国哲学》，台北：台湾学生书局、台湾商务印书馆 1993 年
版，第 190 页。

王国的"福"。"德""福"两王国所形成"同体相即"的关联即为"圆善"。① 依此可以说牟先生之论无限智心、人性道德之觉润和创生之无限性与德福一致的圆善境界，已然把人的道德性的无限精神追求予以超越宗教化的开展。

（3）由道德到宗教的理论形态，由唐君毅的"三祭说""性情之教的感通"与"天人合德"代表之。唐君毅先生之论礼乐教化，大致出于《礼记》之《礼运》和《乐记》两篇。《礼运》专论"礼"可以表现与培养人的德性，并且将之运行于天地鬼神万物与历史文化之中。《乐记》则通论礼乐之道兼为人之伦理政治和序之道，与天地鬼神万物和序之道。有关祭礼，依据荀子代表一种人文主义的理性态度。《荀子·礼论》说：

> 祭者，志意思慕之情也，忠信爱敬之至矣，礼节文貌之盛矣，苟非圣人，莫之能知也。圣人明知之，士君子安行之，官人以为守，百姓以成俗。其在君子，以为人道也；其在百姓，以为鬼事也。②

然而唐先生并不为这种理性态度所局限。从古今中外的人类文化历史中，通过祭礼与祖先、圣贤忠烈或天地鬼神沟通的记载比比皆是。且诸多祭礼除表达内心主观的真诚之外，必然深信祖先、圣贤忠烈或天地鬼神的神灵应当是实有的存在。《礼记·祭统》描述祭祀者在祭祀之前，须弃绝嗜欲、斋戒净身，不敢丝毫放松意志，诚心诚意地使心志达于精明之至，才能在祭礼中与神明有所交通。这正是"心诚则灵""至诚如神"的写照。奥陀区分道德的"完善"之外，另有宗教的"神圣"（holy），并以"令人敬畏又神往的神秘"来描述这"神圣"的本质。因此，人表达内心的诚敬，以契合于生命存在的根源。人通过祭礼表达内心的诚敬，以与众神灵有所感通，扩展了人的情感与意义于超现实世界。祭礼的一个更大的含义是可以契合于人的生命存在的诸多根源。正如《礼记·祭义》："君子反古复始，不忘其所由生也，是以致其敬，发其情，竭力从事，以

---

① 参见牟宗三《圆善论》，第 333 页。
② 李涤生：《荀子集释》，台北：台湾学生书局 1979 年版，第 451 页。

报其亲，不敢弗尽也。"此段落描述了不忘亲情的报恩情怀与幽明之际的联结。① 然而世间的恩情与一己生命有所关联的，又何止是亲情？举凡自然神、天神地祇、圣贤仙佛或至上神的礼敬祭拜，都表现出一种饮水思源的感恩情怀与神圣奥秘的精神向往。以致人的生命存在的诸多精神根源，都可通过祭礼表达内在心灵的诚敬感通与崇拜，而形成一有情有义的精神价值世界。

唐君毅先生的"三祭说"从诸多祭礼之中，标举出最能表现出人的敬意的三种祭礼："祭天地、祭圣贤、祭祖先。"这也是儒教之宗教精神的核心所在。唐先生说：

> 然依儒家义，一切礼之大者，则为祭祖先、祭圣贤忠烈、及祭天地之礼，吾尝称之为三祭。人之敬之大者：对其自己生命所自生之本言，莫大于敬其宗族之共同之祖先；对人之道德生命、文化生命之本言，莫大于敬一切圣贤忠烈之人格与德性；对人与万物之自然生命之本言，莫本于敬天地。②

这是祭祖先、祭圣贤、祭天地，所谓三祭之所以成立的意义所在。其中就祭天地而言，唐先生指出在中国传统思想中，于天德中开出地德而天地并称，实表现出极高明的形上学与宗教智慧。而且由天德中开出地德，其统一性并未丧失而使宇宙成为二元。仍然是由同一根本的天开出地，乾坤并建以包举自然界与人文界而已。

首先，唐先生之融合论以儒教之祭天，相对地可肯定上帝、梵天、天帝之崇拜。儒教之祭圣贤，相对地可肯定释迦、耶稣、穆罕默德、摩西、老子之崇敬。因此儒教作为"圆满的人文主义"可以涵摄其他宗教，并有助于协调宗教之沟通与交流。唐先生认为儒教对于一切有德或有功

---

① 唐先生说："人之念死者之遗志，与未了之愿而受感动者，皆觉死者之精神，如在其上，如在左右，以感动我，我乃初为被动。必俟我受感动后，而再致我之诚敬于死者，我乃为主动。故我必先觉死者之如出于幽以入于明，而后乃有我之明之入于幽，以为回应，而成其互相之感格。"唐君毅：《人生之体验续编》，广西师范大学出版社2005年版，第105页。
② 唐君毅：《唐君毅全集》卷二十《文化意识与道德理性》，第210页。

的圣贤祖先一概为之建庙宇盖祠堂，实行献祭，如同祭天地鬼神，而表现出更广大的宗教精神。因此，在儒教广大的祭祀精神中，一切其他宗教的礼仪祭祀的价值，都可以相对地被肯定与尊重。以此儒教提供了一个足以化解宗教冲突，调合超越精神价值的广大空间。唐先生三祭说的思想，与荀子"礼有三本"的观念颇有相似。《荀子·礼论》：

> 礼有三本：天地者，生之本也；先祖者，类之本也；君师者，治之本也。①

其中唐先生舍去了君权政治的尊贵性，而代之以圣贤的功烈或德行。这除了要与现代的民主政治潮流相融合外，也有高举圣贤之功烈德行的人本用意。而荀子在理性主义的态度下所指的天地是一个自然的天地。唐先生所理解的天地则复杂丰富得多。细查唐先生的祭天地祭祖先的观念都可在传统中找到其思想的根源。《礼记·郊特牲》："万物本乎天，人本乎祖，此所以配上帝也。郊之祭也，大报本反始也。"《孝经·圣治章》："昔者，周公郊祀后稷以配天，宗祀文王于明堂，以配上帝。"祭圣贤的观念也可以在传统中找到其思想的根源。而儒家之道德实践与宗教践履正以孝道为一切仁爱慈悲的根本。

其次，唐君毅先生以"超越的感通"来表示人的这个超越向上的向往。儒家所展现出的最充实圆满的宗教精神，乃源于此人之超越性的最高表现。我们可以用唐君毅所描绘人之仁心客观化为天心的历程来表示人在此的超越性。这是一种对人本身之"无限心量之具体内容"的领悟。这种无限的心量既是由人的道德本性中的至性至情自然呈现的，也是通过最高之道德实践的真切反省深深服膺而逐渐发展出的。人之至性至情之超越性的感通发展到最极限的境界时，可以表达出"一体之仁"的涵养与"民胞物与"的胸襟以仁民爱物，这种修养与胸襟最足以由耶稣的博爱与释迦的慈悲而体现出来。如此伟大的仁爱精神更能贯通古今，表现出对圣贤的崇敬；并通于幽明之际，表现出对祖先鬼神之崇祀；更达

---

① 李涤生：《荀子集释》，第421—422页。

于造化之原，表现出对"天命"或"上帝"的崇敬。唐君毅信心十足地肯定儒家之三祭："祭圣贤、祭祖先、祭天地"，在原则上即能成就这种"超越的感通"①。超越的信心则来自人性中愤悱向上的好善恶恶之性情。唐君毅说：

> 此所说之好善恶恶之情，乃以恶恶成其好善，亦以好善成其恶恶之情。劫在此情之中心看，其一方恶现有之恶，一方好未有之善，即为愤悱之情。愤为好善，悱即恶恶。亦为一恻怛或恻隐之情，或肫肫其仁之情。……此言恻隐、恻怛、肫肫其仁之情，乃儒者言心最亲切之语。②

人性深处存在着一份爱好良善、厌恶罪恶的至性至情，且这两种心情之间不断地相互引发。而从这种至性至情的核心看，人的仁心之自然流露会一方面爱好未实现的良善，而促其实现；一方面厌恶已实现的罪恶，而尽以消除之。③ 这是一套具有深刻精神内涵的儒家性情之教。

最后，唐君毅先生之论儒家性情之教有其"天人合德"的最高理想。"天命"与"人性"之间究竟存在着怎样的关系？"天命"在唐先生的理解之下具有两个意义，即超越的"天命"与内在的"性命"。超越的"天命"有如一个活的超越的上帝从外呼召我的生命灵觉。我的生命灵觉，只是顺服地奉承此"天命"而求"知命""俟命"与"安命"。唐君毅认为这是"后天而奉天时"之"坤道"的展现。其中以"天命"为先，而人的"性命"顺承于后。相反，内在的"性命"，则以人之顺承天命，奉承天命之呼召，有如人性之顺此天人不二之自性，受自己的仁心本性的呼唤，而自立己命、凝己命、正己命。这是"先天而天弗违"之

---

① 唐君毅：《唐君毅全集》卷八《中华人文与当今世界（下）》，第 477 页。
② 唐君毅：《唐君毅全集》卷八《中华人文与当今世界（下）》，第 494—495 页。
③ 参见唐君毅《唐君毅全集》卷十七《中国哲学原论·原教篇》，台北：台湾学生书局 1988 年版，第 506 页。其中"愤"是爱好良善之情，"悱"是厌恶罪恶之情，出自《论语》"不愤不悱，不启不发"。"恻隐之情"出自《孟子》，乃取其自此心之昭明潜隐而出之意。"肫肫其仁"语出《中庸》，肫字义从肉表生命，从屯表草木自地生出，则意指由潜隐而至昭明之事。"恻怛之情"语出阳明，从心从旦，心之昭明，包含好善义。

"干道"的展现。其中则以自命为先，而天命即存乎其中。① 儒家的心性德行与崇敬精神实兼容在这一条上下互动的双向途径之中。如此乾坤并建，天人合德，人性与天命相融合而为一。所以在唐先生既内在又超越地诠释阐发之下，儒家由道德而宗教的精神向度，让道德实践与宗教信仰、人性自主与天命显现密切地结合为一体了。

# 七　结语

在前现代、现代性与后现代思潮三重交错的当代文化困境里，通过自然科技、人文理性与终极信仰多层交叠互动的系统有机的中介与整合，一起建构新文化的社会蓝图。秉承儒家哲学尊生健有、日新又新、与时俱进的创造精神，回顾儒家文化传统正德、利用与厚生的价值理想，务必把当代的文化建设与哲学体系重建于大易哲学天、地、人三才之道的存有论基础之上。审视唐君毅先生所标榜之圆满的人文主义正是我们的时代精神之所需，唐先生说：

> 唯肯定宗教之人文主义，乃圆满之人文主义。②

真理使人自由。开放的心灵正是创新思维之解放力量的关键源头。儒家传统与时俱进、守经达变的权宜精神不该被惯用的语言文字阻隔，不该被既有的观念意识束缚。宗教信仰之所以成为意识形态的束缚，之所以成为现实经济社会中被剥削阶级麻醉抵抗意志的鸦片，是现实宗教体制追求正义与真理之超越精神的堕落与异化所导致。我们不该轻视儒家道德宗教信仰成为国家社会和谐稳定的强大力量资源。

---

① 参见唐君毅《唐君毅全集》卷二十四《中国哲学原论·原教篇》，台北：台湾学生书局1988年版，第201—202页。

② 唐君毅：《唐君毅全集》卷四《中国文化之精神价值》，第432页。唐先生之综摄宗教信仰、人文理性与自然科学，正如倡导文化中国的杜维明教授以儒家的人文主义不排斥超越层面的天，也不排斥自然。［美］杜维明：《儒学第三期发展的前景问题》，第182页。

　　最后，宗教哲学家马丁·布伯批评了两种神人合一之超越关系的错误。第一种是以"只有祢没有我"的姿态来消融神人间二元性的对立：让"我"把自身的有限性吞没于无限的宇宙之中，而得以超越自我。也就是使自我融入神之中而达到无我或忘我的境界，如神秘主义之"神迷狂喜的合一"（Ekstase，Union）。第二种是灵魂之自我意识的统一，借着"只有我没有祢"的姿态来消除神人间二元性的对立，即用至大无外的"我"来吞没无垠时空中的宇宙与其他存有者，由此充实自我的内容，以完成自我的永恒。亦即自我以神自居，自信能超越一切限制，也能包容一切存有。由此可知，在布伯所论"我与永恒的祢"之真实关系中，"绝对的自我否定"（如极端的神秘主义）与"绝对的自我肯定"（如极端的人文主义）都不能表达出神人之间真实的关系。由此观之，唐君毅先生所推举的祭天地、祭圣贤、祭祖先三祭说之报本反始、性情之教的超越感通、天人合德之人性天命相贯通正是不落入两个极端的康庄正道。

# 孔子遗说及其形成与特征

## 杨朝明

（山东大学儒学高等研究院）

**摘要：**《孔子家语·哀公问政》中的"尊贤""笃亲亲""敬大臣""子百姓""来百工"，分别变成《礼记·中庸》中的"劝贤""劝亲亲""劝大臣""劝百姓""劝百工"，动词"尊""敬"等皆改写为"劝"，透露出尊君卑臣的明显用意。孔子所谓"王言"乃指言"明王之道"，亦即王道；而《大戴礼记》易为"主言"，则与西汉时期尊崇君权、忌讳诸侯王有关。如果将《孔子家语》与二戴《礼记》比较，类似例子俯拾即是。发现了这一规律，仅从孔子遗说文献中也能将儒学由先秦"德性儒学"到汉代"威权儒学"的这种演变看得一清二楚。

**关键词：**孔子遗说 《论语》 《礼记》

任何研究首先都是对资料的认识问题，这就像当年"古史辨"最终落脚于"古书辨"的道理那样。中国传统文化以儒学为主干，儒学又以经学为核心，那么对传统文化研究而言，经典研究就是最基本的课题。儒家经典最重要的是"四书五经"，五经（或"六经"）被视为"先王政典"，出于孔子整理；"四书"阐发"五经"大义，出于孔子及其后学。因此，那些被确认出于孔子而"正实而切事"的所有言论，应该都被视为最为基本、最为重要的经典文献，否则就像西汉孔安国所说"孔子家古文正实而疑之"（《孔子家语后序》）那样显得不可思议。对中国传统文化的认识很大程度上取决于对孔子的认识水准，人们至今对孔子儒学还褒贬不一，不都是对孔子遗说的理解不同造成的吗？

# 一　"孔子遗说"与"论语类文献"

孔子遗说，指孔子遗留下来的言论或论说。孔子"述而不作"，但他长期从事教育教学，阐发圣王之道、六经大义，于是留下来很多言论。对于孔子儒学研究而言，只有解决这些言论的可靠性问题，才具备了以之研究孔子、儒学与中国传统文化的前提。那么如何认识这些资料，就不是可有可无的问题了。

依照《汉书·艺文志》（或简称《汉志》）的分类，被著录其中的这些孔子遗说可称为"论语类文献"。这些文献的著录包括以下几种：《论语》古二十一篇，出孔子壁中，两《子张》；《齐》二十二篇，多《问王》《知道》；《鲁》二十篇，《传》十九篇；《齐说》二十九篇；《鲁夏侯说》二十一篇；《鲁安昌侯说》二十一篇；《鲁王骏说》二十篇；《燕传说》三卷；《议奏》十八篇，石渠论；《孔子家语》二十七卷；《孔子三朝》七篇；《孔子徒人图法》二卷。其中既有《论语》的不同版本，也有对《论语》的解释，还有记录儒家学者言行的传本。这些书籍被著录在一起，就具有了"类"的意义。

《汉书·艺文志》是我国目录学史上里程碑式的著作，它将先秦至汉代的典籍分为六艺、诸子、诗赋、兵书、数术、方技六大类，既保存了古代典籍的基本概况，又体现了汉代学者对书籍的看法。《汉志》是对西汉末年刘向、刘歆父子遍校群书成果的直接继承。据《汉书》说，成帝时朝廷"以书颇散亡，使谒者陈农求遗书于天下"，刘向奉命主持校书工作，并根据校书内容写成中国第一部综合性分类目录著作《别录》。刘向去世后，其子刘歆继承并完成父业，最后总群书而奏其《七略》。"七略"分别是《辑略》《六艺略》《诸子略》《诗赋略》《兵书略》《术数略》《方技略》，这是我国第一部官修目录书。后来，班固《汉志》"删其要，以备篇籍"，继承了刘氏父子的目录学成果，以之为蓝本，基本保留了《七略》的记载，坚持了刘向、刘歆父子的编纂原则。

对于《汉书·艺文志》的图书分类特征，有学者说："《诸子略》以思想系统分，《六艺略》以古书对象分，《诗赋略》以体裁分，《兵书略》以作用分，《数术略》以职业分，《方技略》则兼采体裁作用，其标准已绝对不一，未能采用纯粹之学术分类法。"① 《汉志》不仅按照图书的内容分类，而且考虑书籍文献和社会价值，比如把"小学"书籍列入《六艺略》，同六经并列，就是综合考虑的结果，此即《汉书》所说"言其宣扬于王者朝廷，其用最大也"。

在《汉书·艺文志》中，"论语类文献"位列《六艺略》中，除了相当于"序录"的《辑略》，《六艺略》实际居《汉志》六略之首，相当于后来四部分类法中的"经部"。当时学者认为《六艺略》中图书都极其重要，关涉国家社会的统一意志、行为规范，为治国安邦所必需。《六艺略》"序六艺为九种"，六经之后就是"论语""孝经""小学"三类，属于解经之"传"。这三类又以"论语类"最前，概因"传莫大于《论语》"② 之故。汉代学者以《论语》为诸子传记最重要者，对扶翼六经的意义高于一般传记，具有六经"通论"的地位。

由《汉书·艺文志》的著录，可见"论语类文献"作为"类"存在的重大意义。除了《论语》及其不同版本，《孔子家语》《孔子三朝》等也位列其中，汉代学者包括刘向、刘歆、班固在内，他们对这些典籍"解经之书"的地位应该没有异议，十分认同，体现了汉人以之与六艺等同的观念。

实际上，关于孔子的言论，自然不仅只有《汉志》著录的这些。现存孔子言论的直接材料，可用"孔子遗说"加以概括。"孔子遗说"是孔子长期教学、生活过程中的谈话记录。《论语》和《孔子家语》《孔子三朝记》都主要是孔子及弟子、时人的言论集。西汉学者孔安国说《孔子家语》是"当时公卿士大夫及七十二弟子之所咨访交相对问言语"，《汉书·艺文志》也说《论语》是"孔子应答弟子时人及弟子相与言而接闻于夫子之语"，说的都是同一性质。

---

① 姚名达：《中国目录学史·溯源篇》，上海古籍出版社 2002 年版，第 46 页。

② （清）王先谦：《汉书补注》，上海古籍出版社 2008 年版，第 5408 页。

孔子"述而不作"，不欲"载之空言"而愿"见之行事"。他教授生徒，长期从事教育工作，培养了大批弟子，留下了大批言论，又赖弟子后学记录整理，得以流传后世。这些材料以"子曰""孔子云""子言之"等形式保留下来。没有孔子弟子整理的孔子遗说，中国古代文化宝库将不会如此丰富；没有孔子弟子，今人就无法全面了解孔子思想，无法整体把握中国元典文化。

孔子遗说是儒学研究的基础，是传统文化研究的关键。但研究者多，分歧却也极大，其间还存在许多不正确的认识，这与孔子和早期儒学在中国文化中的地位极不协调。长期以来盛行疑古思潮，由怀疑古史到怀疑古书，古代文化典籍是被怀疑的重点。人们对于古书成书和流传规律了解不够，很多古籍被打入"伪书"的行列，多数早期典籍的成书年代被严重后置。经过疑古学者不懈的层层剥离，与孔子有关或可信的资料"似乎只有《论语》一书了"，更为极端者，甚至《论语》本身也受到了怀疑，这样的影响及于海外。

在经过了历史的跌宕起伏后，多数学者的认识趋向理性、平实，但在具体研究中，相关资料缺乏、单一，难以把握。有感于此，有学者多方收集孔子言行事迹资料，清人孙星衍辑有《孔子集语》，今人郭沂有《孔子集语校补》，复旦大学姜义华等编有《孔子——周秦汉晋文献集》，曲阜师范大学李启谦、骆承烈、王式伦合编《孔子资料汇编》。几年前，郭沂教授在多年研究基础上编辑了《子曰全集》（中华书局2017年版），这不仅是资料的汇编，也是他对于孔子言论可靠性问题的研究成果。《子曰全集》根据文献性质和可靠程度分为十二卷，即论语精义、孝经古今、孔子家语、孔丛家学、儒书存录、三传纪实、孔门承训、马迁立传、史海钩沉、传注杂引、诸子载言、两汉谶纬。可以说，这是对所有可见孔子遗说进行的集成式汇录，一卷在手，现存孔子遗说可以一览无余。

近年来，大批战国、秦汉时代的地下文献问世，带来大量关于孔子、孔门弟子及早期儒学的新资料，也"激活"了许多久已被忽视的传世文献。因此，以出土文献与传世典籍相结合，从探讨孔子与六经之关系入手，系统阐发蕴含于其中的教化学说，并深入探讨孔子遗说的形成及其历史价值很有必要。

## 二 历史上"孔子遗说"的集辑与整理

孔子遗说由孔门弟子记录,于孔子去世后陆续纂辑。据《礼记·文王世子》,周代有"乞言"传统,特为重视长老耆宿的善言嘉语。孔子"祖述尧舜,宪章文武",是三代文化的集大成者,当时君臣、大夫名士尤其孔门弟子格外重视孔子的言论。孔子一生都与弟子们相伴,孔门师生间应该是一种类于血缘亲情的关系,可称之为"拟血缘亲"。孔门弟子崇敬孔子,也最了解孔子,他们习闻、珍视进而记录了孔子的许多日常言论。

其最典型的材料见于《论语·卫灵公》。子张闻孔子讲做人要"言忠信,行笃敬"之言,马上将老师之言书写、记录在衣带上,可见其珍重之意态。相关材料还大量见于《孔子家语》,如《入官》篇子张"退而记之",《论礼》篇子夏"敢不记之",《五刑解》冉有"退而记之"等,以及孔子多次提示弟子"识之""志之"等。据《孔子家语》,孔子晚年讲论时,就有弟子轮流加以笔录。

《孔子家语七十二弟子解》有一个记载:"叔仲会,鲁人,字子期,少孔子五十岁,与孔琁年相比,每孺子之执笔记事于夫子,二人迭侍左右。孟武伯见孔子而问曰:'此二孺子之幼也,于学岂能识于壮哉?'"这个记载透露了孔子晚年讲学的一个场景,孔子讲学时,弟子叔仲会、孔琁轮流记录,以更好地保存孔子的教学言论。由此,我们豁然开朗,原来大量的"子曰"大都是这样出于孔子弟子的记录。可以想见,这样的记录应该不少,有的还有问对情形与背景交代。即使只言片语,依然若碎金断玉,值得珍藏保存。

孔子遗说形成系统,进而流传下来,会有一个集中纂辑的过程。这一过程,可能肇端于孔子殁后孔门弟子间的"分化"。弟子们禀性不同,对孔子所讲内容的接受、体会自然各异;孔子施教也往往因材而异,不拘一格,以致弟子们或"有圣人之一体",或"具体而微"。孔子去世后,弟子们游走四方，设帐授徒，必然称扬发挥孔子学说，无形中又强化了这一趋向。

以孔子为中心的儒家群体久已形成，而孔子去世所造成的信仰真空、心理落差又催生新的凝聚核心。有弟子曾推举有若代替孔子。但是，孔子的地位和影响似无可替代，由于敬慕感念孔子，在孔子故居遂聚集了一批弟子。在追慕怀念先师之余，逐渐形成了汇纂孔子遗说的愿望和共识。

孔子弟子众多，又各有所记，孔子遗说必然丰富而庞杂，亟须能力、地位、影响足以服众者出面主持、领纂。以前学者们研究《论语》的成书，也都进行过这样的推测，认为符合这般条件的可举出子贡、有若、曾子等人，他们不仅是孔子身后有影响的弟子，而且有相当的威望与号召力。但其中地位更特殊、理解孔子学说更深透的当属曾子。曾子与其父皆为孔子弟子，曾子对孔子学说的理解颇得孔子肯定。孔子去世后，曾子为群伦推重，孔子的孙子也从而问学，曾子应是纂辑孔子遗说的前期召集人和主持者。

纂辑孔子遗说绝非短期所能告罄，曾子以后主持其事者必为子思。子思幼年聪慧，也直接受学于孔子，以承继孔子学说为职志。他对孔子遗说的搜集和整理之功并没有为学术界所认知，但实际上他在传承孔子学说的作用超出了人们的通常认知。他有孔子裔孙的特殊身份，有别人没有的便利条件，也一定有特殊的使命感与责任心。实际上，子思极重孔子遗说，他专门进行过收集，做了大量认真的整理工作。《孔丛子·公仪》记子思对鲁穆公说："臣所记臣祖之言，或亲闻之者，有闻之于人者，虽非其正辞，然犹不失其意焉。"他会聚孔子遗说，可能最初就以"闻之曰"的形式逐一整理成篇，而且尽力保存孔子本意。

近二三十年来，新出简帛发现了不少孔子遗说资料。其中，上博竹书《从政》篇与郭店竹书《成之闻之》屡次出现"闻之曰"一词，我们认为，所谓的"闻之曰"，与佛家经典"如是我闻"相类似，这就是子思所记"子思闻之""闻之于孔子"的资料。后来经人们整理，这些"闻之曰"被改成"子曰"。所谓"闻之"，其主体就是子思。这一特殊的语式，质朴地反映出所记遗说的来源以及子思与孔子的特殊关系，也反证了这些资料的真实性、可靠性。① 西汉武帝时期，孔子后裔孔安国在《孔子家语后序》中介绍了子思以后孔子遗说的流传情况，有利于我们理解《论语》《孔子家语》等书的成书与性质，值得注意。在孔安国的介绍中，有几个环节比较关键。

第一，战国之世，孟子、荀卿守习儒学，他们学习和掌握有相对丰富的孔子遗说。孔安国《孔子家语后序》中说："六国之世，儒道分散，游说之士各以巧意而为枝叶，唯孟轲、荀卿守其所习。"

第二，荀卿入秦，以"孔子之语及诸国事、七十二弟子之言，凡百余篇"献秦昭王，《孔子家语》由此传入秦国。由于《孔子家语》与诸子同列，所以能在后来秦始皇焚书时得以幸免。荀卿"守其所习"，并将《孔子家语》传到秦国，且使之流传到汉朝，荀卿可谓厥功至伟。② 这也保证了《孔子家语》材料的相对"纯正"，避免了"游说之士各以巧意而为枝叶"的影响。

第三，汉初刘邦灭秦后，"悉敛得之，皆载于二尺竹简，多有古文字"，后为吕后取而藏之。吕氏被诛亡以后，《孔子家语》散入民间，遂出现了《孔子家语》的多种本子。《后序》还说，这时候有些人随意增损《孔子家语》中的话，于是同是一事，记载却有不同。孔安国所言"悉敛得之"，说明汉朝灭秦时所得到的《孔子家语》是一个全本。他还说到这些材料"皆载于二尺竹简，多有古文字"，这些描述，非亲见者所难以言之。孔安国见到这些竹简是没有问题的，因为从汉朝到吕后再到他本人，这些材料一直是在流传着的。

第四，景帝末年募求天下书，那时，京师的士大夫都送书到官府，这期间得吕氏所传《孔子家语》，不过，这些材料"与诸国事及七十子之辞"混乱地放在一处，后来又没有得到妥善的保管，和其他的典籍如《曲礼》等散乱在一起了。这就彰显了孔安国进行搜集、甄别、纂集的意义了。

从《孔子家语》材料的流传到孔安国整理成书，可见《孔子家语》

---

① 参见杨朝明《上博竹书〈从政〉篇与〈子思子〉》，《孔子研究》2005 年第 2 期。

② 参见杨朝明《荀子与〈孔子家语〉》，《邯郸学院学报》2013 年第 4 期。

等孔子遗说的渊源有自。随着文献的传流，孔子言论当然更多以"子曰""孔子曰""夫子曰"等形式呈现出来。所有这些遗说，除少量可能为后世诸子假托，绝大多数系由孔子弟子记录，后由曾子和子思等纂辑而成，流传而来。

# 三 "孔子遗说"的价值与特征

对"论语类文献"的思考研究，最重要的是要打开人们的学术视野，了解这些文献的可靠性，就不应再对这些文献视而不见。研究孔子最可信的依据是《论语》，学习先秦儒学最重要的途径是研究"四书"。但既然晚近出土简帛文献证实《孔子家语》《儒家者言》等可信，就应珍视它们对孔子儒学研究的补充丰富和认识校正意义。王国维当年在清华研究院作《最近二三十年中中国新发见之学问》的著名演讲，谈到了新出土文献的价值，说"古来新学问之起，大都由于新发现"，局限于既有材料，如何深入挖掘经典的丰富内涵，怎样体会古圣先贤的深刻思想？拘泥于既有材料，不能"学思结合"，要在更高层次上取其大义，接近儒家的"大人之学"，必然是一句空谈。

由《汉书·艺文志》的著录，我们要重视《孔子家语》《孔子三朝记》与《论语》同"类"的意义。孔安国在《家语后序》中说："《孔子家语》者，皆当时公卿士大夫及七十二弟子之所咨访交相对问言语也。既而诸弟子各自记其所问焉，与《论语》《孝经》并时，弟子取其正实而切事者，别出为《论语》，其余则都集录之，名之曰《孔子家语》。"相对于《孔子家语》的集辑，《论语》则具有"取"的选择选取，具有"摘要"的特性与意义。《孔子家语》与《论语》"并时"，在时代上一致，性质上相同，"如果说《论语》有'语录'性质，那么《家语》则与'文集'相近"①，认识《孔子家语》，对理解《论语》具有重要意义。我们多次谈到，对于孔子研究来说，《孔子家语》的价值并不在《论语》

---

① 杨朝明：《〈论语〉成书及其文本特征》，《理论学刊》2009 年第 2 期。

之下。① 经过近年来的用心研究，在《孔子家语》的可靠性或价值方面，越来越多的学者达成共识。作为早期重要的儒家文献，《孔子家语》具有其他文献不可替代的作用，走近《孔子家语》，或者将其与《礼记》《大戴礼记》等后人编辑的著作细致比较，即可看到《孔子家语》明显胜于其他古籍。在文字数量上，《孔子家语》是《论语》的3.5倍还多，相对来说内容极为丰富。

西汉末年，张禹以《鲁论》为根据，参考《齐论》与《古论》考证修订，改编成《张侯论》，郑玄又以《张侯论》为本，参考《古论》和《齐论》再加以改订，成今本《论语》，故"三论"与解释《论语》的著作同今本《论语》一样都是记录孔子言行的著作。今本《孔子家语》可能由孔安国写定，最早在孔氏家族流传。《孔子家语》记录了孔子的身世生平、言行事迹，在某种程度上具有"孔氏家学"的性质。《孔子家语》与《论语》价值相同，《孔子三朝记》也是如此，《汉志》著录"《孔子三朝》七篇"，颜师古注曰："今《大戴礼》有其一篇，盖孔子对鲁哀公语也。三朝见公，故曰三朝。"该书是孔子应答时人而为当时弟子所记的内容，记录孔子与鲁哀公问对，保留了孔子言论。

了解了孔子遗说的形成、整理与流传，形成了对"论语类文献"的认知，在使用孔子遗说材料时，还要理解和把握其存在的若干特点，只有这样，才能更好地利用这些材料，发挥其应有的价值。

第一，充分估量、正确理解和认识孔子遗说的整体性。现存孔子遗说，或为只言片语，或为鸿篇畅论，但都是孔子思想某种维度和方面的反映，不论如何，我们都应尽可能地将孔子遗说合观参验。在一段历史时期里，古籍辨伪学曾趋向极为偏执，致使孔夫子几乎被架空为"空夫子"。但《论语》不是研究孔子的唯一可靠资料，仅为孔子遗说材料中"正实而切事"材料的选辑。《论语》类似于"语录"选辑，虽有逻辑体系却难以察见，更缺乏论说背景与情形记述，令人难得要领，容易产生

---

① 参见杨朝明《〈孔子家语〉的成书与可靠性研究》，《故宫学术季刊》第二十六卷第一期，台北：台湾故宫博物院2008年秋季版；杨朝明《〈孔子家语·执辔〉篇与孔子的治国思想》，载《儒家文献与早期儒学研究》，齐鲁书社2002年版。

误解。这就需要参考相关资料，除《礼记》《大戴礼记》外，更有《孔子家语》《孔丛子》等重要典籍。

《孔子家语》类于孔子弟子笔记的汇编，《孔丛子》则可谓孔氏家学的学案。这两本书过去都曾被判为"典型的伪书"，现在看来，它们非但不是伪书，反而是孔子遗说的大宗。尤其是《孔子家语》，内容丰富，材料真实，价值极高，完全称得上"孔子研究第一书"。

第二，辩证认识弟子"润色"与保存"本旨"的关系。孔门弟子记录孔子言论，旨在保存孔子思想学说。原本记录孔子宗旨，其记录工作的最重要原则就是"存真"，这是孔子遗说真实可靠的最初保证。然而，耳"闻"与笔"记"之间毕竟有时间差，口头语与书面语之间也会有距离，禀性与学养的不同会在理解上出现偏差，汇纂和编辑时也必有主持者的润色之功。从绝对的意义上讲，现存孔子遗说不可能完全是孔子言论的实录。但无论是一般弟子，还是主持汇集的曾子、子思，其主观愿望一定是保存孔子思想的"本旨"。由此，我们应理性、客观、辩证地进行理解和把握。

第三，动态考察与客观看待篇卷分合与文字讹变等情况。随着简帛古籍的出土与研究，人们认识到古书的形成要经过复杂的过程，其间往往有多种传本，且经过若干学者之手，一般都要经过较大的改动变化才能定型。因此，应以一种动态的眼光看待文献流传，各种孔子遗说的流传也是如此。对《孔子家语》流传中的各种问题进行梳理、分析，就能发现在特定条件下，其文本所出现的文辞歧异、篇卷分合、文字变更等各种情况及其成因。

第四，遇有时忌或不合时势时往往会改动或调整字词语句。这种情况在汉代较为普遍，其中尤以《礼记》《大戴礼记》的纂辑最为典型。如果将《孔子家语·哀公问政》与《礼记·中庸》的相应部分进行比较，就能看出前者中的"尊贤""笃亲亲""敬大臣""子百姓""来百工"，分别变成后者中的"劝贤""劝亲亲""劝大臣""劝百姓""劝百工"，动词"尊""敬"等皆改写为"劝"，透露出尊君卑臣的明显用意。如将《孔子家语·王言》篇与《大戴礼记·主言》篇进行比较，马上可以看出孔子所谓"王言"乃指言"明王之道"，亦即王道；而《大戴礼记》易为"主言"，则与西汉时期尊崇君权、忌讳诸侯王有关。如果将《孔子家语》与二戴《礼记》比较，类似例子俯拾即是。发现了这一规律，仅从孔子遗说文献中也能将儒学由先秦"德性儒学"到汉代"威权儒学"的这种演变看得一清二楚。

# 晋卦卦辞考释与新解

## 王绪琴

（浙江工商大学马克思主义学院）

**摘要**：晋卦之卦辞曰："康侯用锡马蕃庶，昼日三接。"对于此句的解读历来看似歧义不大，但是，对照《帛书易》之后可发现，对其解读存在重大的偏差。历来大都把此句解读成康侯得到了周天子的恩宠，但是《帛书易》中孔子的解读是指有德之君王怜惜牲畜进而珍爱百姓，勤政爱民故民富国强。如此则整个国家才能蒸蒸日上，此为晋卦之义。而非限于君王对臣下的恩宠、赏赐和晋升，这样就把国家的"整体利益"局限为"个人荣辱"，无疑严重降低了晋卦的理论价值和指导实践的意义。

**关键词**：康侯　锡马　蕃庶　昼日三接

## 一　历来的解读

晋卦之卦辞"康侯用锡马蕃庶，昼日三接"，在历代各家的解读中整体上分歧不大。我们先把历代的解读进行分拆列举，以知晓历来的解读要义。

### （一）关于"康侯"

郑玄注曰："康，尊也，广也。"（《周易郑玄注》）虞翻解曰："坤为康。康，安也。初动体屯，震为侯，故曰康侯。"（《周易集解》）王弼注

曰："康，美之名也。"（《周易王弼注》）朱熹注曰："康侯，安国之侯
也。"（《周易本义》）近代以来也多沿袭旧说，金景芳先生说："康侯，
怀才抱势足以康民治国安天下之诸侯。"① 黄寿祺先生说："康，《释文》
'美之名也'。犹言尊贵。"② 但顾颉刚先生通过考证却认为："康侯即卫
康叔：因为他封于康，故曰'康侯'，和伯禽的封于鲁而曰'鲁侯'一
样；又因他是武王之弟，故曰'康叔'。"③ 如此一来，则"康侯用锡马
蕃庶，昼日三接"所述乃卫康叔得到周天子的接见与恩宠的一段历史史
实。此说一出，从者甚众，高亨④、李镜池⑤、李学勤⑥、张立文⑦和李
尚信⑧等先生皆取顾氏之说。

## （二）关于"锡马"

关于"锡马"中的"锡"，基本所有的注家都解为"赐"，故"锡
马"为"赐马"之义，即君王赐诸侯（康叔）马匹以示恩宠之意。如孔
颖达曰："臣既柔进，天子美之，赐以车马……"（《周易正义》）程颐注
曰："上之大明而能同德以顺附，治安之侯也，故受其宠数，锡之马众多
也。车马，重赐也。"（《周易程氏传》）朱熹注曰："'锡马蕃庶，昼日三
接'，言多受大赐，而显被亲礼也。"（《周易本义》）王夫之注曰："王者
之待诸侯，恩威并用而天下宁。有大明之君，有至顺之臣，则可厚锡车
马，隆礼延接以怀柔之。"（《周易内传》）今人黄寿祺注曰："锡通
'赐'。"⑨ 如此作解的依据似乎也很充分，《尔雅·释诂上》曰："锡，赐
也。"又如讼卦上九"或锡之鞶带"、师卦九二"王三锡命"，皆作
"赐"解。

① 金景芳、吕绍纲：《周易全解》，吉林大学出版社 1989 年版，第 258 页。
② 黄寿祺、张善文：《周易译注》，第 202 页。
③ 顾颉刚：《古史辨》，海南出版社 2005 年版，第 3 册，第 11 页。
④ 参见高亨《周易大传今注》，齐鲁书社 1998 年版，第 238 页。
⑤ 参见李镜池《周易通义》，中华书局 1981 年版，第 69 页。
⑥ 参见李学勤《周易溯源》，巴蜀书社 2006 年版，第 17 页。
⑦ 参见张立文《帛书周易注释》，中州古籍出版社 2008 年版，第 354 页。
⑧ 参见李尚信《释周易〈晋卦〉卦爻辞》，《周易研究》2016 年第 6 期。
⑨ 黄寿祺、张善文：《周易译注》，第 202 页。

## （三）关于"蕃庶"

关于"蕃庶"，大多解为侯王所赐车马繁多之义。如王弼注之曰："臣既柔进，天子美之，赐以车马，蕃多而众庶，故曰'康侯用锡马蕃庶'也。"（《周易王弼注》）程颐注曰："锡之马众多也。车马，重赐也。蕃庶，众多也。"（《周易程氏传》）"蕃庶"皆为赏赐众多之义。而郑玄注曰，"蕃庶，谓蕃遮禽也"（《周易郑玄注》），即把禽兽围起来之义，如此，"康侯用锡马蕃庶"则当释为：天子褒奖诸侯，赐马围猎，一日三胜。① "蕃庶"被解读为围挡遮蔽之义。另有一部分学者解为"繁殖"之义。如周振甫先生注曰："康侯用（周成王）赐给他的良马来繁殖，一天三次交配……蕃庶，繁殖。"② 辛介夫先生亦解"蕃庶"为繁殖之义。此解显然受顾颉刚先生的影响，"康侯用锡马蕃庶的故事久已失传。就本文看，当是封国之时，王有锡马，康侯善于畜牧，用以蕃庶"③。

## （四）关于"昼日三接"

"昼日三接"，大多解为受到宠幸之臣一天之内被君王多次接见。如孔颖达曰："'昼日三接'者，言非惟蒙赐蕃多，又被亲宠频数，一昼之间，三度接见也。"（《周易正义》）程颐注曰："不唯锡与之厚，又见亲礼，昼日之中，至于三接，言宠遇之至也。晋进盛之时，上明下顺，君臣相得，在上而言，则进于明盛，在臣而言，则进升高显，受其光宠也。"（《周易程氏传》）但自顾颉刚先生之后，也有不少学者训"接"为"接合"与"交配"之义，即用受赐之马进行配种，以广为繁殖。如李镜池先生说："康叔用成王赐给他的良种马来繁殖马匹，一天多次配种。这当是周人在西北时的经验，康侯把它传到中原。古代用车战，所以在军

① 参见林忠军《周易郑氏学阐微》，上海古籍出版社2005年版，第311页。
② 周振甫：《周易译注》，中华书局2019年版，第142—143页。
③ 顾颉刚：《古史辨》，第3册，第11页。

事专卦中先说良马的繁殖。"① 周振甫和辛介夫②等人皆从此说。高亨先生则依郑玄训"接"为"捷",说:"康侯出征异国,俘马甚多,以献于王。其战也,一日三胜。"③ 此解流传并不广泛。

## 二 辨析

上述解读虽稍有差异,但是整体上分歧不是很大。而《帛书易》的出土,为我们提供了一个崭新的视角,对于之前的解读将会形成重大的冲击。《帛书易·二三子问》载有:

> 《易》曰:"康侯用锡马番庶,昼日三接。"孔子曰:"此言圣王之安世者也。圣人之正,牛三弗服,马恒弗驾,不优乘牝马□□□□□□□□□□□栗时至,刍稿不重,故曰锡马。圣人之立正也,必尊天而敬众,理顺五行,天地无困,民众不伤,甘露时雨聚降,飘风苦雨不至,民总相觞以寿,故曰番庶。圣王各有三公三卿,昼日三接者,接此三公三卿者也。"④

对照《帛书易》的记载,我们可以看出自郑玄以来历代注解的问题:其一,把"康侯"误解为卫康叔;其二,把"锡马"误解为"赐马";其三,把"蕃庶"误解为受赐众多或用赐马繁殖更多马匹;其四,把

---

① 李境池:《周易通义》,第69页。

② 辛介夫曰:"昼日,犹言一日之间也。日出地上,故有昼象。三接,旧注多解为天子再三接见康侯。按《说文·手部》:'接,交也。'《广雅·释诂二》:'接,合也。'又《说文·壬部》:'壬,位北方也,阴极阳生,故《易》曰龙战于野,战者接也。像人怀孕之形。'据以上资料,可以推知,接的本义当解为交配或接合。今陕西关中口语谓男女行房为接合,当是古音流传至今者。'昼日三接',犹言一日之间,进行多次配种(暗示锡马之多)。按坤为牝马,错乾为良马。乾为纯阳,故良马即牡马。牝牡相并,故有接合之象。"辛介夫:《〈周易〉解读》,陕西师范大学出版社1998年版,第336页。

③ 高亨:《周易大传今注》,第238页。

④ 邓球柏:《帛书周易校释》,湖南人民出版社1987年版。廖名春:《帛书〈周易〉论集》,上海古籍出版社2008年版。

"昼日三接"误解为天子多次接见"康侯"或赐马频繁接种。分析详解如下四个方面。

### （一）康叔乃"安世之圣王"之义

在《帛书易》中，孔子直接以"圣王"对应"康侯"，表明"康侯"是"康美之侯"之义，并非实指历史人物卫康叔。从卦中看，"康"当解为"安"，六五以阴爻居尊位，有怀柔天下之义也；解为"美"者，六五为离之中爻，为文明康丽之象，故为"康美"也。此种圣王为人立正，尊天敬众，因此才能带领民众走向繁荣富强。顾颉刚等人虽进行了严谨的古史考证，但是，顾颉刚先生也只是考证出历史上确有"卫康叔"此人而已，并无直接的文献表明有卫康叔受周成王恩宠接见并赏赐众多良马之事，因此顾先生在解读《易经》相关文句时联想附会有太过之嫌，此处的"康侯"解为卫康叔的必然性值得怀疑。另外，毕竟孔子乃"去史不远"历史当事者，若当时已有明确的历史事实发生，恐怕孔子当知之，并将明确以"卫康叔"而不会在广泛意义上去解"康侯"二字。

### （二）"锡马"乃"惜马"之义

历来注解的共同之处，都把"锡"释为"赐"，然此义并不见于帛书。在《帛书易》的解读中，"锡马"明显无"赐马"之义，孔子以"牛三弗服""马恒弗驾""不优乘牝马"和"刍稿不重"等例证来定义"锡马"，可见，"锡马"当是"惜马"之义。因上古时期普遍存在同音假借的现象，在《帛书易》中更是比比皆是，此处"锡"很可能是"惜"的同音假借字。尤其以"刍稿不重"来推测，或许，"锡马"是指用锡制的马槽喂马。因为，锡的特性是不易氧化、抗腐蚀，《说文》曰："锡，银铅之间也。"据相关考证，周朝时民众就已掌握冶锡和镀锡的技术，锡制品被广泛地使用。① 故"锡马"之义当是指圣王每次喂马时必

---

① 《周礼·考工记》中的"六齐说"载有："金有六齐，六分其金而锡居一，谓之钟鼎之齐。"关于锡在商周时期的运用情况可参考韩吉绍《古代锡汞齐及其应用》，《广西民族大学学报》（自然科学版）2007 年第 2 期；梁瑞香《中国表面处理技术史的探讨（三）——古代鋈（镀）锡技术》，《电镀与精饰》1984 年第 5 期。

把马槽清理干净，使之光亮如新，表明他从不会用剩料来喂马，爱惜牲畜之甚也。对牲畜尚且如此，何况对待民众呢？因此，此处的"锡马"也可以首先理解为该字的本义，即用锡制马槽喂马之义，以示爱惜牛马之甚也，进而引申为"惜"义。这正是儒家"仁民而爱物"的意涵，当然，如果细究之，晋卦则是由"爱物"而"仁民"，殊途而同归也。

### （三）"蕃庶"乃"物盛民富"之义

而"蕃庶"也不是后世所解赏赐众多之义，甚至是马匹繁殖良多之义。《帛书易》所载"圣人之立正也，必尊天而敬众，理顺五行，天地无困，民众不伤，甘露时雨聚降，飘风苦雨不至，民也相骸以寿，故曰番庶"，其中显然没有赏赐之义，而是指圣明的君王尊天敬地，珍惜牲畜，更为珍惜人民，故风调雨顺，万物丰茂，民众富足而寿长，即民富国强则为"蕃庶"。

### （四）"昼日三接"乃"圣王频繁接见三公三卿"之义

依《帛书易》，"昼日三接"乃"康侯"一天之内多次接见三公三卿之义，并非周天子接见卫康叔之事。而且重要的是，"康侯"多次接见朝中要臣，并非显示其恩宠之意，而是为了和这些要臣共谋国事，商议如何才能更好地治理国家，君臣一心，亲密互动，国家如何不兴？显然，孔子之解更为宏大高远，公而无私。而以往的解读与孔子之解相去甚远，且未突出晋卦主旨与大义。解为恩宠与晋升，对君王而言，有示人以帝王御术之嫌；对臣下而言，有教人以媚上争宠之嫌。至于李境池等学者竟解为用所赐之马一天之内多次交配，以求繁衍众多，显然望文生义而偏离更远，简直有点荒诞不经了。

## 三　新解

依孔子在《帛书易》中的解答，"康侯用锡马蕃庶，昼日三接"句当释为：

　　有德之君立于正道，行事必尊天敬众，比如不用三岁以下的小牛耕地，不用老马驾车，不乘坐怀孕母马拉的车……喂马从不用剩料。圣王如此行事，必天地和顺，万物丰茂，仓实丰足，百姓乐居，长寿康宁，民富国强。圣王有三公三卿相辅，他一日之内多次接见众贤臣商议治国之事，以赞天地之化育，条达国事民非，增益百姓之福祉。[①]

相对而言，显然孔子的解读更具合理性，因为在他所解读的义理中，君王才是晋卦的主体，而不是臣下，前文所述的历代解读都是把臣下当作卦的主体。从晋卦之《象》辞"明出地上，晋。君子以自昭明德"句也可以看出，明出地上即日升于天，以人取象，此"君子"乃指君王或诸侯，所自昭之"明德"乃君王的德性。故晋卦讲的是君王因其如红日高升般的德行而广泛怜惜和关爱民众，与朝中众贤臣同心协力治理好国家，使得民富国强。因此，君王才是整体国家是否能够蒸蒸日上的主宰者，这是历来误解的关键所在。清人郭雍曰："晋卦取名之义，与大有略相类。大有火在天上，君道也。晋明出地，臣道也。"（《周易本义》）郭氏此论差矣，若以离卦在上论，大有卦与晋卦皆是离为上卦，因此皆是在论君道；若以五爻君位论，二卦皆是六五为君，故能虚怀若谷，礼贤下士，团结众臣与万民。金景芳先生说："晋是什么？晋就是能康民治国乃至平天下之诸侯，作为天子之臣，受到天子的恩宠，以至于天子赐之众多马匹，一日之中多次亲见他。赐之厚，宠之亲，达到了最高的程度。这是讲古代世间最大的晋，莫过于人臣有德有功受恩宠之晋。"[②] 金先生把人臣（诸侯）受到天子的恩宠视为世间最大的晋，显然把晋之义狭义化和世俗化了，岂不知，世间最大的晋是国家的整体兴旺和民众的共同富裕和进步。

---

① 王绪琴：《周易重读新解》，中国社会科学出版社 2021 年版，第 131 页。
② 金景芳、吕绍纲：《周易全解》，第 258 页。

# 四　结语

综上，有德之君，自修其德而如日丽于天，下恤万民，亲近贤臣，上下一心，天地和顺，如此则整个国家才能蒸蒸日上，此为晋卦之义。而非限于君王对臣下的恩宠、赏赐和晋升，这样就把国家的"整体利益"局限为"个人荣辱"，无疑严重降低了晋卦的理论价值和指导实践的意义。故历来对晋卦卦辞"康侯用锡马蕃庶，昼日三接"句的解读偏差决定性地影响了对整个晋卦的理解，无疑狭义化甚至矮化了晋卦所表达的义理境界。因此，依《帛书易》中孔子所解，当是晋卦应有之大义。

# 清初学者对"数""象"关系的诠释与调和

## 陈　岘

（湖南大学岳麓书院）

**摘要：**邵雍、朱熹等宋代学者通过"加一倍法""太乙九宫"等理论模型构建出了以先天、河洛为代表的图书易学，被誉为宋代新型"象数"易学的代表。但清初学者认为，对于"象"与"数"的诠释都应回归《周易》经传本身，即以卜筮释"数"，而对"象"的解释则要集中于卦画。"辞""象""变""占"四要素在易学中理当并重，只有从"象"与"数"中返归王弼、程颐主张的"义理优位"易学，才是《周易》研习中的正确径路。

**关键词：**图书易学　象数易学　胡渭　黄宗羲

"象"和"数"作为内在于《周易》的两个重要概念，在易学诠释中往往被联系在一起使用，正如学术史上往往喜欢用"象数易学"之名来概括两汉易学。而"象数派"与"义理派"一直以来也被认为是易学史上最主要的两个派别。其中，"象数派"所包含的范围极其广泛，长久以来，不但施、孟、梁丘以降的汉代易学被统称为汉代"象数易学"，在易学史上但凡与卜筮相关的易学，也都会被纳入"象数易学"之名的统摄之中。而自北宋时兴起的以《河图》《洛书》及《先天图》为核心的图书易学，在很多学者看来，也属于由宋代人创建的新的象数易学。①

不论图书易学是否应该归类于象数易学，我们都不能否认，宋代图书易学以探求《周易》中太极、阴阳、八卦的创作来源为主要学术旨趣，其中的绝大多数内容，都建立在对"象"和"数"，尤其是"象""数"关系的理解上。无论是《河图》以五十五数推衍天地生成，还是先天学以八卦、六十四卦次序、方位阐释《周易》卦爻的源流，都是在用"象"和"数"相结合的方式构建图书易学。当然，"象"和"数"在不同的情况下也分别具有不同的含义，自然不可一概而论，两者间的关系在不同的学术背景下也存在巨大的变化。众所周知，胡渭、黄宗羲、毛奇龄等清初学者强烈反对宋代图书易学，那么，他们在图书易学的背景中对"象"和"数"以及二者关系的理解，也一定与以朱熹为代表的宋代易学家迥异。而这两种学说的显著差异，便是我们所亟待考察的问题。

## 一 "象"与"数"在图书易学中的基本意涵

"数"，究其本意当然只是数字的意思。但易学中的"数"，不能只作数字理解，它更多体现的是"卜筮"的意思。但正如《系辞》中对筮法的推衍一样，之所以以"数"体现卜筮之意，是因为筮法的推衍过程仍然是以数字的变化和运算为核心的，在卜筮之外，"数"并没有失去其作为数字的本意，而是通过运算的变化展现了整个卜筮的过程。数本身是抽象的，其运算的法则因此并不会受到太多限制。在这种条件下，只要符合数字本身运算规律的演算方法都可以构建自己的卜筮法则，并在此基础上实现易图的绘制。正如《系辞》通过对四十九数的演算得出了一套卜筮系统。而同样的，宋人基于对"天地之数五十五"的推衍也可以

---

① 比如张善文教授就认为，宋代图书易学"以探索大自然万物的化生奥秘，形成一套注重图说，讲求心法的崭新'象数'哲学体系"。张善文：《象数与义理》，辽宁教育出版社1993年版，第195页。

得出另一套系统，并据此画出了共计五十五点的《河图》。① 从先天学上说，《伏羲八卦次序图》和《伏羲六十四卦次序图》中展现的加一倍法，也完全是一种数学意义上二倍乘法的层级推衍。② 如果单从数字的角度来说，理论上可以创造出无数种卜筮的方法，但无论是《河图》《先天图》还是《系辞》，其所构建的筮法虽然不同，但最终都要回归到《周易》的卦象上。也就是说，"数"的推衍，终究是不能完全脱开"象"运转的。

而"象"的含义又与"数"大为异趣，顾其名便可知，"象"之本义就是形象可见的。③ 而在《周易》中，"象"在不同时候也有着不同的意义。《系辞》曰："八卦以象告。"在《周易》中，"象"的第一义就是卦象和爻象，这也是易学中最直观可见的形象。但我们知道，卦、爻本身虽然是形象的图像，但这种形象的图像本身所展示的内容是经过了抽象的，卦、爻必须有卦爻辞的解释才能具备意义。而"象"这个概念本身在此之外仍然含有具体的形象之意，这一点在汉代象数易学中便体现得非常明显。汉代之易学之所以在易学史上被称为"象数易学"，其原因之一就是汉代易学往往以卜筮和预测为核心，也就是基于对"数"的理解和阐发。原因之二，便是汉人喜欢以"类象"的方式取象配物，把各种形象的东西放进易学的卦爻体系之中。汉人取象的对象涵盖范围非常之广泛，日月星辰、动物、职官、六亲无所不包，而这些用来配合卦爻象的形象之物，便被称为"物象"。宋代图书易学虽然不像汉代象数易学那样把各种物象都纳入图中，但图本身也是一种形象的事物，而且宋代的易图如卦爻象一样，是一种抽象化过后的图像。而五行、五方等介于形象与抽象之间的元素，也得以以形象的形式在易图中展现了出来。不过，正如"数"本身可以无限推衍，但在易学中落实于卜筮的"数"必须跟卦爻"象"能够结合一样，"象"的含义在易学中也必须加以限定，否则必将失于繁杂琐碎。

---

① 参见（宋）朱熹《朱子全书》卷一《周易本义》，安徽教育出版社、上海古籍出版社2002年版，第17页。

② 参见（宋）朱熹《朱子全书》卷一《周易本义》，第20—22页。

③ 《系辞》："象也者，像也。"《文选》李善注、《周易》崔憬注也都直接把"象"解释为"形象"。

清初学者对《周易》的诠释较之宋人最大的不同，便是认为无论"阴阳"还是"四象"，易学概念的诠释都应回归于《周易》经传。而他们对"象"这一概念的限定也是如此。胡渭就指出，汉人所附会的那些所谓"物象"，其实都不是真正易学中所讲的"象"。虽然在《周易》本文的卦爻辞中，也会出现龙、马一类的具体事物，但这些事物在《易经》中分明是作为"辞"而不是"象"存在的。而在汉人的解释中，这些具体事物就完全失去了作为"辞"的合法身份，也不能作为"象"存在。那么，什么才是《周易》中真正的"象"呢？那只能是卦画。① 黄宗羲也对《周易》中各种纷繁复杂的"象"进行了区分："圣人以象示人，有八卦之象，六画之象，象形之象，爻位之象，反对之象，方位之象，互体之象，七者而象穷矣。后儒之伪为象者，纳甲也，动爻也，卦变也，先天也。四者杂而七者晦矣。"② 很明显，在黄宗羲看来，《周易》中的"象"，有真有伪，而真正"八卦以象告"的"象"，那一定是本诸八卦的卦爻象。在卦爻之外的所谓"象"，无论是汉人发明的纳甲还是宋人开创的先天，虽然也是用不同的概念名称或者图像来表达他们所理解的"象"，但这些都不是《周易》中"象"的真实含义，而只是一种"伪象"。

所以说，在清初学者们看来，《周易》中"象"之最主要的含义，就是卦爻象，除此之外，均非重点。而汉人和宋人都把很多似是而非的东西附会在了卦爻上，但那些都不是真正《周易》所讲之"象"。而且，在清人看来，汉人附会而来的那些假象，在历史上早已经被王弼扫除干净了，其历史意义亦早已经被终结。但是，在王弼的这种扫除象数的工作中，卦爻本身，则无论如何并不会被一并扫除。王弼虽然讲得意可以忘象，但是所谓忘象，也并不意味着把卦爻除去，反而意味着要精确把握卦爻象中之道理。同理，"数"也并不会失去其本身的含义。这种扫除象数的工作，实际上是要准确理解"象""数"的含义。而对于"数"的

---

① 此说出自胡渭所引项安世语，胡渭认为可以"正诸儒之失"。（清）胡渭：《易图明辨》，中华书局 2008 年版，第 250 页。

② （清）黄宗羲：《易学象数论》，中华书局 2010 年版，第 117 页。

理解，亦即对卜筮的理解，自然是跟理解"象"同等重要的。

《周易》为卜筮之书，这一事实是无须否认的，无论哪一种解释《周易》的方式，都无法完全否认这一点。但如何理解卜筮背后的意义，在不同时期的差别就非常悬殊了。我们知道，汉代的象数易学之所以为王弼、程颐、黄宗羲、胡渭等人所屡屡诟病，除了过于繁杂的取象配物的体系外，就是太过拘泥于卜筮中预测的意味。在他们看来，卜筮虽不能说没有预测之意义，但将所有事物都加以系统性的严格框定，那么《周易》中"变易"的意味自然就被消解了，"三才"中"人"道的意义也自然无法突显出来。而在清初学者们看来，宋代的图书易学也具有同样的问题，以邵雍为代表，过度地拘泥于对"数"的推衍，虽然形式不同，但在对"数"的推崇上，仍走上了汉人的老路。

在宋代图书易学中，最精于"数"的自然非邵雍莫属，无论是"加一倍法"还是"皇极经世"，都是以"数"的演算为核心的哲学。在邵雍之后，宋代学者二程、谢良佐、朱子等人都对邵雍的学说以"数学"称之，并评价他"易数甚精"①。而朱子在《周易本义》前所绘制的多幅《先天图》，也是由邵雍提出的"加一倍法"推导而来的。就连清人胡渭也认为，邵雍"以象数为一家之学"②。

不过，我们需要注意到另一点，即宋人虽然对邵雍精于"数"之推衍的事实予以肯定，但在他们看来，邵雍之"数学"与《周易》学脉正宗之间，还是存在着一些距离的。大程子便指出，邵雍学说之根基都在于对"数"的推衍，而这些推衍的方法都只是"加一倍法"的运用而已，除此之外并没有什么其他的创造。③ 朱子则认为，《周易》中所讲的，是圣人知天命以理。而邵雍对"数"的推衍，只是停留在术的层面，还达不到理的高度。由此可见，除了邵雍之外，宋代学者事实上对"数"的评价都不是很高。而在他们看来，"数"的推演，作为一种卜筮，归根结底只是末流的"术"的层面的技艺，无法在义理上企及易学之义理的高

---

① （宋）程颢、程颐：《二程集》，中华书局1981年版，第428页。
② （清）胡渭：《易图明辨》，第236页。
③ 参见（宋）程颢、程颐《二程集》，第428页。

度。而这一点在小程子的论述中讲得最为清楚:"《易》因象以明理,由象以知数,得其义则象、数在其中矣。"① 无论是汉儒还是邵雍,"必欲穷象之隐微,尽数之毫忽,乃寻流逐末,术家之所尚,非儒者之所务也,管辂、郭璞之学是也"②。小程子对于卜筮之术,给予了极其严厉的批评,他认为这些基于"数"的筮法不过是易学中的细枝末节,非但不足道,甚至要将之清除出儒家。而朱子虽然没有小程子那么极端,他本人对邵雍之"数学"也有着重要的阐述和发挥,并且在图书易学的构建中广泛采用邵说,但在总体上,还是对之给出了一个相对较低的评价:"自秦、汉以来,考象辞者泥于术数,而不得其弘通简易之法。"③ 虽然不像小程子那样试图将之与儒学划清界限,但也明确表示这种学问拘泥于术数,并非易学之宗旨所在。

由此可见,虽然这种基于"数"的易学推衍方法在图书易学中屡屡被使用,但是宋人对之也并非一味尊崇而不加批评。而不喜此学者如小程子,更是对之严加批判。从这个程度上说,清人对邵雍"数学"的批评都没有这么激烈。胡渭就认为:"邵子之《易》与圣人之《易》,离之则双美,合之则两伤。"④ 我们必须注意到,胡渭对邵雍之学的评价与他批评《河图》《洛书》时的态度并不一样,在他看来,宋代的《河图》《洛书》等易图根本与《周易》无涉,完全不能放在易学内来讨论。但邵雍的"数学",却被胡渭冠以了"易学"之名,称作"邵子之《易》"。也就是说,虽然在他看来,此易学与正统易学之间仍然存在着很大的差距,但是从大的背景中说,已经可以视作一种易学发展的形态了,属于新的易学发展模式。之所以说"离",只是不能够把邵子之《易》当作古代圣人之《易》,而是一种在"数"的视野下的新发展。胡渭屡次强调,孔子在讨论《周易》时,从来没有忽视"数"的意义,并且都是在卜筮的意义下讨论的。因此后人在研究《周易》时,如果完全忽略了对"数"的推衍,那显然也不是一种合适的做法。

---

① (宋)程颢、程颐:《二程集》,第 271 页。
② (宋)程颢、程颐:《二程集》,第 271 页。
③ (宋)朱熹:《朱子全书》,第 3842 页。
④ (清)胡渭:《易图明辨》,第 236 页。

# 二 清初学者对"象""数"关系的调和

无论朱子还是胡渭，对于《周易》中"数"的卜筮意义都予以肯定，并且都认为卜筮其实是《周易》一书的原初意义所在。可是，虽然他们肯定这一事实，但以"数"的推衍为核心的卜筮之学无论在宋代还是清代，得到的批评都远多过认同。尤其以小程子和黄宗羲为代表，他们都将之归入象数之学的行列，严加批评。这又是为什么呢？在笔者看来，这一事实背后其实并不意味着小程子或者黄宗羲有意否定"数"的意义，而是要框定"数"在易学中的地位。要对这一问题进行回应，首先面临的就是怎么理解"象"与"数"之间的关系。而针对这个问题，宋代产生了两种截然不同的说法。

第一种说法就认为数先于象，象是由数的推衍变化而确定的。这种观点主要构建于北宋时期的图书易学家，尤其以刘牧和邵雍对此说阐述得最为清楚。刘牧主张象来源于数，象由数而定："极其数者，为极天地之数也。天地之极数，五十有五之谓也。遂定天地之象者，天地之数既设，则象从而定也。"① 按照这种说法，无论是卦爻象还是世间万物之象，都是由数的变化而确定的。事实上，这种以数为本的解释并不始于刘牧，仍然是早在汉代就已经被提出了，《汉书·律历志》中就有"自伏戏画八卦，由数起"② 之记载。只是此说不像大衍筮法那样在当时就形成了系统的解释，而是直到宋代才被发展为一整套以数为本的易学学说。而邵雍在此基础上更是明确地提出了"数生象"的观点："神生数，数生象，象生器。"③ 在大衍之法、加一倍法之外，邵雍还发明了诸如元会运世数、大小运数、声音唱和万物通数等许多种基于数的推衍之法，用他自己的说法就是"数立则象生"④。

① （宋）刘牧：《易数钩隐图》，清通志堂经解本：卷上。
② （汉）班固：《汉书》，中华书局 1962 年版，第 955 页。
③ （宋）邵雍：《邵雍集》，中华书局 2010 年版，第 162 页。
④ （宋）邵雍：《邵雍集》，第 146 页。

　　第二种说法则是以小程子为代表，认为象先于数。完全针对刘牧、邵雍提出的"数先于象"的观点提出批评。小程子认为"谓义起于数则非也。有理而后有象，有象而后有数。《易》因象以知数，得其义则象、数在其中矣"①。在这种说法中，无论象还是数，都涵盖于《易经》的"义"之中。而在象和数的层面，则是先有《易经》之卦爻象，卦爻象确定之后，才由"象"中产生出与"数"相关的筮法。也就是说，在易学中，要以义为本，而数不过是最末流的术数。汉代象数易学诸家和宋代的刘牧、邵雍等人以数为本，完全颠倒了《周易》本末的学说。

　　清人对这个问题的观点则不像以上两者那么极端。笔者认为，从总体上说，他们稍加偏向于小程子以义理为本的观点，但也并不完全否定"数"的意义。而在"象"与"数"的关系上，面对这两种截然相反的观点，他们则是以调和为主，试图作出持平之论。

　　在清初学者看来，《易经》及《易传》中所论之"象"，就是卦爻象，卦爻象是易经的主体。所以说刘牧、邵雍说象也是从数中推衍而来的，他们显然是不可能完全认同的。但这也并不意味他们就理所当然地认同象比数更加重要的观点。在他们看来，刘、邵这种"数先于象"的说法也并不是完全没有道理的，在特定的情况下也可以解释得通。黄宗羲就认为，我们在把"数"作卜筮来理解的同时并不能完全抛弃其作为数字的本义。尤其是在上古时期，是没有文字的，在这种没有文字的情况下，数字的记载就会起到巨大的作用："《易》结绳而作书契，故文字莫先于记数。"② 在他看来，无论是画卦还是造字，都是从对数字的认识转化而来的。不过，这种对"数先于象"的解释显然与刘牧、邵雍不同，也并没有涉及宋代的两派学者对"象""数"先后的争论之中。因为在清初学者们看来，"象"和"数"在易学中总的来说应该是并重的两个概念，妄然分出先后主次的做法并不妥当。

　　胡渭则认为，不单单是象、数，这两者与辞和变共四者都是易学中

---

①　（宋）程颢、程颐：《二程集》，第 271 页。
②　（清）黄宗羲：《易学象数论》，第 411—415 页。

并重的纲领性概念："象、辞、变、占四者，说《易》之纲领也。"① 而具体到象、数两者的关系上，就以"卦主象，蓍主数"一语最为精当。虽然卦爻是《周易》中所展现出的最明确的形象，但脱离了卜筮的卦爻象也无法支撑起《周易》的整个系统，正如《系辞》所说"极数知来之谓占"，无论卦爻象还是卦爻辞，只有在与卜筮结合的情况下，才能真正突显其在《易经》中的意义。所以，在胡渭看来，"象"是《周易》之根本，而"数"则是《周易》之运用。"二体六画，刚柔杂居者，象也；大衍五十，四营成易者，数也。"② 两者之间，应该是一种体和用的关系。

基于这种立场，胡渭对于小程子的说法自然也并不能完全赞同。在他看来，小程子的观点是想要强调"辞"的重要性，这本身是没有问题的，辞也是《易经》和卜筮中共同的重要内容。但小程子有意通过突出辞的地位而降低象、数（或者说占）的作用，这一点就不能为胡渭所接受了，他强调，辞与象、占之间应该并重："象尤不可忽。"③ "圣人立象以尽意，系辞焉以尽其言。"④ "夫筮谓之辞，筮得其辞谓之占。"⑤ 在象、辞、变、占四纲领之间，绝对不能偏废。

正如胡渭所说，怎样把握这几者之间的关系，是学习和研究《周易》的纲领所在。在清初学者看来，不基于观象玩辞的"占"，是一种无根之术，自然不足取。但无占不足以言变化，象、辞的意义，也终究要在"占"的变化中得以显现。所以归根到底，还是要平衡象、数间的关系。"必其居也有观象玩辞之学，而后其动也有观变玩占之明。"⑥ 无论是观象玩辞还是卜筮，既不可忽视其地位，又不可过度沉溺其中，而要适当地把握其位置。孔子讲"五十以学《易》，可以无大过矣"（《论语·述而》）。卜筮之法，本就不是可以随随便便进行的，更不是什么事情都可以进行卜筮。按照清人的思路，对《周易》的学习，一定要先把精力放

---

① （清）胡渭：《易图明辨》，第 250 页。
② （清）胡渭：《易图明辨》，第 225 页。
③ （清）胡渭：《易图明辨》，第 250 页。
④ （清）胡渭：《易图明辨》，第 250 页。
⑤ （清）胡渭：《易图明辨》，第 250—251 页。
⑥ （清）胡渭：《易图明辨》，第 260 页。

在对卦爻象、卦爻辞的学习、体悟上，如此才能够渐渐习得《周易》中之道理。在此基础上，再从“数”的角度，观变玩占，才能真正明白《周易》中“极数知来”的意义。否则的话，便只能停留在术数的层面，而失却《周易》之大道。

## 三 由“占”而返“理”

问题至此自然没有结束，对“数”跟“象”之间的关系分疏只是第一步，我们在小程子和朱子对“象”“数”关系的考察中可以发现一个相似点。小程子认为，象和数都要涵盖在“义”中，他明确指出：“有理而后有象，有象而后有数。《易》因象以知数，得其义则象、数在其中矣。”① 在小程子看来，“象”是先于“数”的，而“理”更是先于这两者的。朱子也认为，圣人知天命以“理”。也就是说，他们二人都认为，在《周易》中，最需要把握的概念不在于象、数，而在于“理”。对象和占的考察，其最终目的都是要习得《周易》中所蕴含之“理”。

程、朱二人均为理学宗师，他们两人对“理”作如此高地位的理解是符合他们一贯的思想体系的，但这种将“理”放在象、数之上的理论构建，清人又会怎样看待呢？

按照学术史的一般看法，清代乾嘉时期复归于汉学的学风可以追溯到清初学者开始倡导的实学考据上，而对图书易学的考辨就是这种抑宋学而扬汉学的代表。但我们通过对清初图书易学家对图书易学的批评的研究，却发现他们非但没有表彰汉学，反而是对汉代象数之学言辞加以批评，认为其不得易学之正脉。而宋代的图书易学在他们看来与汉代象数易学间有着密切的关系，是一种新形态的象数易学。而这也是图书易学引起清初学者不满的重要原因。所以说，所谓“以汉学而批宋学”“以经学而批理学”的想当然的论断显然是不成立的。

事实上，“象数派”与“义理派”在易学史上也并非一直对立，虽然

---

① （宋）程颢、程颐：《二程集》，第 271 页。

小程子坚决地站在以"理"解《易》的立场上批评汉代象数易学和北宋图书易学，但另一理学宗师朱子却在坚持以"理"统摄包括《周易》在内的群经的同时，大量吸收了图书易学中的易图及思想，构建出了一整套完备的图书易学系统，完成了对两者的调和。

清初学者对这个问题的实际态度与学术史上的一般论断并不一致。以胡渭为例，他明确反对小程子将辞置于象、占之上，又以象置于占之上的观点，认为象、辞、变、占四者应该并重。但如果将"理"放置在这四者之上，胡渭又会如何回应呢？事实上，不同于学术史上的成说，胡渭对于这种经象、数而返归于理的易学观念，是持赞同态度的。

在胡渭看来，卜筮当然是易学中不可或缺的部分："谓易为卜筮之书，无甚碍。"① 但是，无论是汉人的象数易，还是宋人的图书易，其局限性都太过明显。要么过于拘泥术数，要么迷信神鬼而忽略了《周易》最终要落实于人道之中。正如顾炎武所说："心非鬼神吉凶之所得移耳。"② 失却了作为主体的"人"，那么非但天、地、人三才无法兼顾，《周易》无所不包之义更完全无法体现："卦画有形，而义理无形，有形可见者，有无形而不可见者，然其意实在'立人之道曰仁与义'也。"③ 况且，《周易》中所讲的卜筮，绝不仅仅是预测未来的含义，胡渭认为："《易》以前民用也，非以为人前知也。求其知，非圣人之道也。"④ 也就是说，卜筮在《周易》中虽然不可缺少，但最重要的并不是卜筮之结果，而是其背后所蕴含的道理。《周易》最早为卜筮之书不错，但到了孔子作"十翼"之后，孔子以"处忧患""无大过"来解释《周易》，将《易经》之理从卜筮中升华了出来，将文王、周公以阴阳推衍之于人事的人道，以中正之理淋漓尽致地展现了出来，使得《周易》真正与另外五经同理，真正成了一部儒家的经典之作。

所以，在胡渭看来，易学在汉、宋两代两次走入歧途，拘泥于术数而不务观象玩辞。但好在有王弼、程颐二家出，扫除象数、批评图书，

---

① （清）胡渭：《易图明辨》，第 259 页。
② （清）顾炎武：《日知录》卷一《卜筮》，清乾隆刻本。
③ （清）胡渭：《易图明辨》，第 259 页。
④ （清）胡渭：《易图明辨》，第 258 页。

回归义理之正途。王弼的易学虽然有老、庄的思想背景，但胡渭认为，王弼尚知以观象玩辞为务，对《周易》的理解，"其所主在义理，不为百家众技所惑也"①。由此可见，胡渭完全以义理作为对《周易》研习的第一要务。所以，他最为推崇的便是小程子的易学，认为有宋一代，唯有小程子的《周易程氏传》得到了易学之精髓，而没有为各种修炼、预测、图书的方法所迷惑。在他看来，宋代图书易学中的大多数内容，完全不是宋人的新创造，而是对汉代象数易学、内丹学等学说的再包装。之所以对他们提出批评，就是因为这些源自汉代象数易学的解释方法和内容，完全不是易学正宗，都是旁门左道。事实上，早在王弼时便力倡扫除象数，将这些乱七八糟的内容一并清除出易学，这是出自道家的王弼都能正确意识到的易学正途。象和数，当然是易学中的纲领，但更重要的是明白其中之理，而不是其术。从汉代到宋代，产生了很多种术数，但均非易学正道。只有从象、数中返归王弼、小程子提出的专以义理明《易》的途径上，在胡渭看来才是明《易》之正道。

要之，《易经》之"数"，首先不是纯粹数学意义上的数理推衍。在《周易》中，其最终之意义，还是要返归到卜筮上，通过卜筮的方法作用到人事上，实现三才之贯通。所以，卜筮之核心意义，并不在于预测，而是要阐发《周易》象、辞、变、占背后之义理。与之相反的是，宋人创建图书易学，喜言"河洛""先天"，这其中有两重含义，一方面是探求作《易》之源；另一方面则沉迷于对祸福吉凶的预测。均不以阐发义理为重，这也是引起胡渭不满的主要原因。

恰当理解卜筮在易学中之地位，由"占"而返归于"理"这一观点在清初也并不只是胡渭个人的主张。事实上，除了近乎偏执的批判理学的毛奇龄之外，黄氏兄弟也认为，对《周易》的研习最终也要回归对"理"的体悟上，王弼、程颐的易学才是后学应当效仿的模板。

黄宗炎同样认为，对"数"或者"占"的理解，不能仅仅停留在卜筮的意义上："占不止于蓍龟。凡《易》之卦、爻、彖、象，圣人挈以示

---

① （清）胡渭：《易图明辨》，第 247 页。

人，人身之动静语默，当时时与之契合，无地非占，无事非占也。"① 也就是说，"占"其实可以拥有远远超过占卜本身的含义，可以把对"占"的理解落实到每时每刻的每件事情上。如此一来，"占"就把天道与人道结合了起来，使之真正作用于了人事之中，却也不会因此否定人道中人自身的行为。汉人之所以过度地拘泥于象数，是有其历史原因在的："《易》以卜筮独不罹秦火，其民间自相授受，亦止言卜筮而不敢及乎理义，故《汉书》易学大抵多论灾祥祸福，以象数为重。"② 因为秦人将《周易》完全视作占卜之术而不予烧毁，所以对《周易》理解的惯性延续到了汉代，但既然王弼已经将这种术数之学扫除殆尽，那么后儒就没有理由再回到这条已经被摒弃的旧路上来了。

况且，在黄宗炎看来，《周易》之"易"，应当按照小程子所说，作"变易"的意思来理解："《易》，变易也，随时变易以从道也。"③ 如果说仅仅将之作卜筮的理解，以各种方式预测的祸福吉凶来看待未来，那么本就是不符合《周易》的基本思想的。而如果要真正体悟《周易》之精神，那么一定要从小程子说的"道"上着眼，由"占"而及"理"。

黄宗羲也认为，汉、宋间对于《周易》之理解，大多偏离了《易经》之大道，而流于穿凿附会的邪说。诚然，《周易》本身以天地为范围，是无所不包的。但正因如此，如果不明确《周易》之核心所在，那么九流百家之学就都可以窜入易学中，这对易学之破坏是巨大的。在他看来，无论是汉代的焦延寿、京房等人的象数易学还是魏伯阳创作的《周易参同契》，都是这样一种杂学的附会和窜入，扰乱了易学正宗。而宋代陈抟、邵雍、刘牧等开创的图书易学，也无非如此。朱子对这些穿凿附会之说的推崇也是一大错误，把《周易》之源起定位在了图书上，还将之列在了《周易本义》之前，不但不合于《周易》经传，反而使后人对《周易》的学习完全被遮蔽，流于象数之中，不见泰山。④

黄氏兄弟同样把义理视作对《周易》研习的重中之重。因此，与胡

---

① （清）黄宗羲：《易学象数论》，第380页。
② （清）黄宗羲：《易学象数论》，第404—405页。
③ （宋）程颐：《周易程氏传》，中华书局2011年版，第1页。
④ 参见（清）黄宗羲《易学象数论》，第11—12页。

渭一样，在对汉代象数易学和宋代图书易学予以痛斥的同时，他们都对王弼和程颐的易学大加赞赏。基于对图书易学过分地拘泥于术数推衍的不满，而在宋代易学中以专研义理的伊川易学为宗，这一事实本身并不难理解。而黄宗羲、黄宗炎、胡渭三人居然都对一直以来被视作道家易学的王弼易学推崇有加，则着实是一个与学术史上一般看法大相径庭的事实。

　　然而实际上，他们三人并没有否认王弼的易学有道家思想的元素，胡渭就表示：“今观弼所注《易》，各依象爻以立解。间有涉于老、庄者，亦千百之一、二。未尝以文王、周公、孔子之辞为不足贵，而糟粕视之也。独为先天学者，欲尽废周、孔之言，而专从羲皇心地上寻求，是其罪更浮于王、何矣。”①虽然王弼之易学中有老、庄思想的影响，但他对《周易》的解释，则完全是基于卦爻、《易传》来进行的。比起宋代图书易学抛弃卦爻、舍经传而求作易之源的做法，显然是王弼易学更得《易经》要旨。况且，在易学被汉代拘泥于术数的学说笼罩的时代，王弼能扫除象数，功劳实大。黄宗炎就指出，小程子也对王弼易学非常认可：“伊川云：‘学易当先看王注。’未尝稍及先天、太极也。”②“辅嗣生当汉后，见象占之牵强拘泥，有乖于圣教，始一切扫除，畅以义理，天下之耳目焕然一新，圣道为之复睹。”③

　　所以说，在清初图书易学家看来，对于《周易》之理解，不可忽略象、数，不可不懂占筮。但与此同时要明白，占筮之根本目的，并不在于预测。而是通过这种形式，实现天道与人道的沟通，以联结天、地、人三才。对卜筮的理解，不能停留在术数层面，而是要体悟其中所展现的《周易》的运行法则，以及其背后的道理。

　　无论黄氏兄弟还是胡渭，都一致认为，虽然在学习《周易》的过程中，象、辞、变、占四者都非常重要，为易学的四大纲领，缺一不可，不能偏废。但归根结底，是要通过对象、辞、变、占的学习和体会，领

---

① （清）胡渭：《易图明辨》，第263页。
② （清）黄宗羲：《易学象数论》，第406页。
③ （清）黄宗羲：《易学象数论》，第405页。

悟《周易》中所含之"理"。这尤其体现在他们对汉代象数易学和宋代图书易学的批判上，他们认为，这两种形态的易学，舍弃了易学根本之理，而去追求末流之术，走上了歧途。在他们看来，对易学的研究和学习，要按照王弼和程颐的道路，回归到义理优位的易学上来，这才是研习《周易》之正途。

# 《尚书》"明德慎罚"新论*

## 林国敬　刘海天

（温州大学哲学与社会发展研究所，台湾辅仁大学哲学系）

**摘要：** 周灭商后，周公提出了"以德配天"思想，扬弃了殷人统治中重刑罚、轻礼教的治理理念，发展出了一套符合周人重民、重德精神的刑罚理念——"明德慎罚"。"明德慎罚"的主旨包含以"德—礼"去刑与以刑辅"德—礼"两个层面，前者崇尚"德—礼"之治，"明德"之要在于以典法礼制为教，力求刑措不用；后者主张在"德—礼"不被遵守而不得不用刑的情况下，要"以德主刑"，辅助达成"德—礼"之治。"明德慎罚"之论将先周诸王（特别是古公亶父、文王、武王）对民的关怀文化凝冻于"明德"之中，同时也渗透于刑罚之中，使刑罚具备了深厚的政治关怀精神。这是中国刑罚史上的一次重大变革，意义深远。

**关键词：**《尚书》　明德　慎罚

周灭商后，周公提出了"以德配天"思想，扬弃了殷人重刑理念，发展出了一套符合周人重民、重德精神的刑罚理念，即"明德慎罚"。"明德慎罚"的主旨包含以"德—礼"去刑与以刑辅"德—礼"两个层面。前者崇尚"德—礼"之治，"明德"之治便落实于以典法礼制为教，力求刑措不用；后者主张在"德—礼"不被遵守而不得不用刑的情况下，需要"以德主刑"，辅助达成"德—礼"之教。"明德慎罚"之论将先周

---

\* 本文系国家社会科学基金后期资助一般项目"周公政治思想的发展演变研究"（项目编号：21FZXB029）的阶段性成果。

诸王（特别是古公亶父、文王、武王）对民的关怀文化凝冻于"明德"之中，同时也渗透于刑罚之中，使刑罚具备了深厚的关怀精神。刑罚由此转化为辅助君王光明其德的教化之具，而不再是显示君王威权的、冷冰冰的制民之具。可以说，这是中国刑罚史上的一次重大变革。但以往对"明德慎罚"的研究，多将"明德"落空，将"德"视为抽象的道德说教，遗落了"明德"实有的一面，即"德—礼"教化的一面，最终导致"明德"被虚化落空①，"慎罚"成了践行"明德"的着力点。以此理解"明德慎罚"，"明德"便会被架空，而重落于"慎罚"上，此与周初的思想语境不符。

## 一 以"德—礼"去刑："明德"之要

今文《尚书》中"明德"共出现八次，作为动词只有三处，其他五处为名词。作为动词三处为：

> 惟乃丕显考文王，克明德慎罚。（《周书·康诰》）

---

① 王宏林认为，"明德：务崇德惠（显明俊德）；慎罚：严格执法（依法办事）"。王宏林：《"明德慎罚"辨》，《法学研究》1989 年第 6 期，第 88 页。肖永清认为，"所谓明德即尚德，提倡德；所谓慎罚即对刑罚采取谨慎宽缓政策"。肖永清：《中国法制史简编》，山西人民出版社 1981 年版，上册，第 45—46 页。张晋藩认为，"所谓明德，就是提倡尚德、敬德、重民，所谓慎罚，就是刑罚得中，不'乱罚无罪、杀无辜'"。张晋藩：《中华法制文明的历史演进》，中国政法大学出版社 1999 年版，第 40 页。樊鸣则认为"明德"是"忠""孝"道德观念的灌输。樊鸣：《论"明德慎罚"及其对后世的影响》，《法制与社会》2007 年第 4 期。韩星认为"明德"就是尚德，要求民众自我克制，实行德治。韩星：《由明德慎罚到德主刑辅——西周明德慎罚思想及其历史影响》，《观察与思考》2015 年第 9 期。这些理解均未将"明德"视为实有，而是一种抽象的道德教化，如此"明德"就很容易被虚化掉，而落实于"慎罚"上，如张晋藩认为"明德是慎罚的精神主宰，慎罚是明德在法律领域的具体化"。张晋藩：《中华法制文明史》，法律出版社 2013 年版，第 43 页。王立民同样认为"明德是慎罚的指导思想和保证，慎罚是明德的具体落实"。王立民：《中国法制史》，上海人民出版社 2007 年版，第 25 页。由此，最终便会错误地认为"只有通过'慎罚'，才能实现'明德'的目的，体现'明德'的内涵"。冯曙霞：《略论西周"明德慎罚"的理论内涵、成功实践及历史价值》，《中共郑州市委党校学报》2018 年第 2 期。如此理解，"明德"便会被架空，而重落于"慎罚"上，此与周初思想不符。

自成汤至于帝乙，罔不明德恤祀。(《周书·多士》)

　　以至于帝乙，罔不明德慎罚，亦克用劝。(《周书·多方》)

从字面意义看，"明德"便是光明"德"，"慎罚"便是谨慎刑罚的使用。韩星言："所谓'明德'，就是尚德，即对民众提倡德教，要求其要加强自我克制，实行德治；所谓'慎罚'，就是对刑罚的适用，采取审慎的政策。"① 但"德"在《尚书》中，意义是多层面的，既含有宗教的一面，也有道德说教的一面，也有关于统治者自身修养的一面②，同时也具有礼的一面，即"德—礼"。在"明德慎罚"语境中，"明德"之"德"包含了道德说教、统治者自我克制修养等面向，但更加侧重于"德—礼"的面向，因为最终都要落实于"德—礼"之教和"德—礼"之治中。

　　"德—礼"是言"德"的落实或践行需要依循于礼，"德"也因此具有礼的内涵。此在《尚书》中多有体现。如《周书·康诰》言："汝亦罔不克敬典，乃由裕民，惟文王之敬忌，乃裕民。"又说："往哉封，勿替敬典！"这里强调要以文王所敬畏的东西来教导民众，而文王所敬畏的在这里体现为一种"典"。此种"典"便是德的内容。又如周公告诫康叔说："今民将在祗遹乃文考，绍闻衣德言。"(《周书·康诰》)此处，"遹"为遵循，"德言"为德教，意即要恭敬地遵从文王的传统和德教来治理国家。③ 在《周书·君奭》中，周公说："亦惟有若虢叔，有若闳夭，有若散宜生，有若泰颠，有若南宫括。"又说："无能往来，兹迪彝教，文王蔑（注：无）德降于国人。"后一句，蔡沉注："若此五臣者不能为文王往来奔走，于此导迪其常教，则文王亦无德降及于国人矣。"④此句意思为：如果没有以上五个人广布文王之法教，那么文王就无德惠及国人。这里"彝教"与"德"并列，如果文王之"彝教"不能布行于

　　① 韩星：《由明德慎罚到德主刑辅——西周明德慎罚思想及其历史影响》，《观察与思考》2015 年第 9 期。

　　② 如《尚书·周书》中提出"宅心""克念""节性"思想，构建了中国思想史上最初的心性论。林国敬：《"宅心""克念""节性"——〈尚书〉心性思想探微》，《哲学与文化》2021 年第 11 期。

　　③ 参见李民、王健《尚书译注》，上海古籍出版社 2012 年版，第 261 页。

　　④ （宋）蔡沉：《书集传》，凤凰出版社 2010 年版，第 205 页。

天下，那么也就没有文王之德惠于国人。可见，这里的"彝教"是"德"的外在表现，本身具有"德"的内涵。

在《诗经》中也是如此。如"文王之德"与"文王之典"可以互用。如《诗经·周颂·我将》中"仪式刑文王之典，日靖四方"。"文王之典"，《左传·昭公六年》引此诗作"仪式刑文王之德，日靖四方"。王先谦认为此为韩诗之文。① 此正是基于周初早期"德"具有典法礼制内涵，才具有了互通性，"文王之德"可以显示为"文王之典"。此再次说明，周初的"德"不仅是一种抽象的"德"，同时也具有典礼制度的实有之"德"。与之相类的如"我道惟宁王德延""惟文王德丕承"（《周书·君奭》），"济济多士，秉文之德"（《诗经·周颂·清庙》）等，其"德"均含有典礼之义。《大戴礼记·盛德》更是直接指出："礼度，德法也。"广孔森补注："礼，德也。度，法也。"② 这些均说明了在早期"德"与"礼"具有内在的一致性。

不少学者对此已多有论说，如郭沫若说："从《周书》和'周彝'看来，德字不仅包括着主观方面的修养，同时也包括着客观方面的规格——后人所谓'礼'。"③ 杨向奎在论述西周德、礼之关系时，以《诗经·大雅》中的"抑抑威仪，维德之隅"，"敬慎威仪，以近有德"为证，指出"威仪和德是相通的"，"'威仪'为'德'之属性"，最后总结认为"西周时代，以德代礼。'威仪'也是礼的概括，故可以当作德之同义语，因而可以说明，周公对于礼的加工改造，在于以德行说礼"。④ 杨向奎较为明确地认为西周时期所谓的"德"不仅是抽象的道德说教，而且有着物质方面的内容。⑤ 晁福林在考察先秦"德"的演变时便指出"德"在周初并非全是道德之"德"，它的另一面"可谓是'制度之德'"。⑥

明此，"明德慎罚"之"明德"本身便是一种治理方式，是实有的治

---

① 参见（清）王先谦《诗三家义集疏》，中华书局1987年版，第1011页。

② （清）孔广森补注：《大戴礼记补注》，中华书局1985年版，第95页。

③ 郭沫若：《郭沫若全集·历史编（第一卷）》，人民出版社1982年版，第336页。

④ 杨向奎：《宗周社会与礼乐文明》，人民出版社1992年版，第332—333页。

⑤ 参见杨向奎《中国古代社会与古代思想研究》，上海人民出版社1962年版，第174页。

⑥ 晁福林：《先秦时期"德"观念的起源及其发展》，《中国社会科学》2005年第4期。

理之道，而非抽象的道德说教之道，其主要体现为以"德—礼"治家、治国。传统对"明德慎罚"之解释也有此蕴涵。如《左传》引《康诰》"明德慎罚"，并解释言："明德，务崇之之谓也。慎罚，务去之之谓也。"正义："'务崇之'，谓务欲崇益道德。'务去之'，谓务欲去其刑罚。"①按照《左传》的理解，"明德"为勤勉于"德"，使其有所增益，而"慎罚"则是谨慎实施刑罚，意在去刑，所谓"去之"。孔传也是于此意义理解"慎罚"，即"慎去刑罚"。② 在传统解释中，"明德"是主，是目的，而"慎罚"是辅助通达这一目的的手段，如果目的一直在达成，则"刑罚"可以去之。又《左传·文公十八年》言："先君周公制《周礼》曰：'则以观德，德以处事……'作《誓命》曰：'毁则为贼，掩贼为藏……为大凶德，有常无赦，在九刑不忘。'""则以观德"的"则"便是指礼则而言，"'毁则'便是指破坏礼则的行为，这是其罪名为'贼'，应处以不一赦之常刑，这种常刑即规定在'九刑'之中。……即是'失礼入刑'"③。从《左传》的论述看，周公制礼属于"明德"范畴，意在以礼法规范、治理社会，毁坏此规范而后以刑治之，即后来所谓"出于礼，入于刑，礼之所去，刑之所取"（《论衡·谢短篇》）。此与"以'德—礼'去刑"的"明德"之教是一致的。因此，"明德慎罚"之"明德"绝非抽象之说教，而是实有之教，否则便会坠入以"慎罚"来作为"明德"发力点的误解中去。

## 二　以刑辅"德—礼"："慎罚"之要

　　既然"明德"是目的，"刑罚"是手段，且力求刑措不用，那么在迫

---

① （周）左丘明传，（晋）杜预注，（唐）孔颖达正义：《春秋左传正义》，北京大学出版社 1999 年版，第 704 页。

② （汉）孔安国传，（唐）孔颖达正义：《尚书正义》，上海古籍出版社 2007 年版，第 669 页。

③ 韩星：《先秦儒法源流论述——兼论秦汉政治文化整合》，博士学位论文，西北大学，第 54—55 页。

不得已的情况下使用刑罚的目的便不是惩罚本身，即刑罚的目的不在刑罚本身，而在"明德"，从而使刑罚成为"明德"的辅助。为此"慎罚"要做好六个方面。

第一，敬刑，即以一种诚敬的心态去审理案件，这是"慎罚"的主要精神，只有在此基础上，具体的"慎罚"措施才得以公正的实施。如周公言："要囚，服（注：思）念五六日，至于旬时，丕蔽要囚。"（《周书·康诰》）对于囚禁的犯人，不能马上判刑，要反复思考五六日，甚至十来天，然后才能作出判决。此便是以谨慎的态度审理案件，生怕产生冤假错案。这种谨慎的心态是贯穿整个案件审核和判决之中的。如周公一而再，再而三告诫康叔说"封，敬明乃罚"，"汝亦罔不克敬典"，"封，敬哉"，"往哉封。勿替敬典"等。《吕刑》同样秉承这样的精神，如"惟敬五刑，以成三德"，"何敬非刑"，"哀敬折狱"，"朕敬于刑"等。刑罚中反反复复的"敬"字，深刻体现了周人的"慎罚"精神。

第二，劝人于善。《周书·多方》言："慎厥丽，乃劝厥民，刑，用劝。以至于帝乙，罔不明德慎罚，亦克用劝。要囚，殄戮多罪，亦克用劝。开释无辜，亦克用劝。"屈万里翻译为："他慎重他的刑罚，所以百姓们都能勉力向善；他对人民施行惩罚，也是用来勉励百姓的。一直到帝乙，没有一个不是光显他的品德、慎重他的刑罚的，所以也能够用以勉励人民（向善）。监禁罪犯，杀死多罪的人，也能够用以勉励人民；把无罪的人赦免了，也能够用以勉励人民。"① 唯这里把"明德"翻译为"光显他的品德"不是十分恰当，而当如李民，将此"德"理解为"德教"更为合理。② 周公这段论述明确阐发了刑罚所要达到的目的：无论是用刑、监禁犯人，还是释放犯人，其目的都是劝人为善，使其合于当时的典法礼制。刑罚由此成为周人"德治"的辅助，其功能便是帮助君王显明德教，使不服教化的人遵守典法礼制。因此，刑罚在周人这里是迫不得已而用之的规训之具。

第三，区分故意犯罪和过失犯罪，并分别对之。如"人有小罪，非

---

① 屈万里：《尚书今注今译》，上海辞书出版社 2015 年版，第 200 页。
② 参见李民、王健《尚书译注》，上海古籍出版社 2012 年版，第 342 页。

眚，乃惟终，自作不典，式尔，有厥罪小，乃不可不杀。乃有大罪非终，乃惟眚灾，适尔，既道极厥辜，时乃不可杀"。终，为始终之意。"式尔"为常常如此，与下一句"适尔"（偶然）相对应。第一句的意思为，"一个人犯了小罪，但不肯悔过，始终一错再错，故意这样做，虽然犯的罪很小，也不能不把他杀掉"①。第二句的"眚灾"为过失之意。整句意思为"虽有大罪，非欲以此终身为恶，乃过失耳，是不杀也"②。

第四，疑罪从轻、从无。如果一件案件有疑，为了防止错杀无辜，采取罚赎办法，予以赦免。如《周书·吕刑》言："五刑之疑有赦，五罚之疑有赦，其审克之。"孔传："刑疑赦从罚，罚疑赦从免。其当清察，能得其理。"③ 此是刑、罚有疑者，则尽量赦免之，其具体做法是："墨辟疑赦，其罚百锾，阅实其罪。劓辟疑赦，其罚惟倍，阅实其罪。剕辟疑赦，其罚倍差，阅实其罪。宫辟疑赦，其罚六百锾，阅实其罪。大辟疑赦，其罚千锾，阅实其罪。"此处列举了五种刑罚，即"墨""劓""剕""宫""大辟"，也即"五刑"。蔡沉注："墨，刻颡而涅之也。劓，割鼻也。剕，刖足也。宫，淫刑也。男子割势，妇人幽闭。大辟死刑也。"④ 这五种刑有疑的均可赦之，只罚其金。如果五罚也有疑则从五过，其言："五罚不服，正于五过。"孔传："不服，不应罚也。正于五过，从赦免。"⑤ 可见，"慎罚"下的疑案是一步步往下减轻，直至赦免，以免杀害无辜之人，此之精神便是"与其杀不辜，宁失有罪。与其增以有罪，宁失过以有赦"⑥。

第五，敬依法典。如周公说："非汝封刑人杀人，无或刑人杀人；非汝封又曰劓刵人，无或劓刵人。"孙星衍注："言刑杀皆由天讨，非汝所得专，毋或擅刑杀人。"⑦ 意即用刑不是封你想杀人就杀人的，也即刑罚有依据，不能滥用，而要"罔不克敬典"，让"典"指国家典法，这里则

① 李民、王健：《尚书译注》，第 263 页。
② （清）孙星衍：《尚书今古文注疏》，中华书局 2004 年版，第 363 页。
③ （汉）孔安国传，（唐）孔颖达正义：《尚书正义》，第 783 页。
④ （宋）蔡沉：《书集传》，凤凰出版社 2010 年版，第 252 页。
⑤ （汉）孔安国传，（唐）孔颖达正义：《尚书正义》，第 783 页。
⑥ 《尚书大传》所言。参见（清）孙星衍《尚书今古文注疏》，第 539 页。
⑦ （清）孙星衍：《尚书今古文注疏》，第 364 页。

指大法，即"你对国家的大法无不敬重"①。接着周公又说："用其义刑义杀，毋庸以次汝封。""次"，《荀子·宥坐》引此作"即"，就之意。杨琼注此言："言周公命康叔，使以义刑义杀。勿用以就汝之心，不使任其喜怒也。"孙星衍引此后，又自己解释说："当用其刑杀之合义者，勿用以就汝之义。"② 上面告之不能擅刑杀人，下面则告之不能徇私舞弊，以诫其谨慎用刑罚。接着又强调说："呜呼！封，敬哉！无作怨，勿用非谋非彝，蔽时忱。"孙星衍注："言汝其敬之哉，无作怨于民，勿用非道之谋，非典之法，以蔽是诚心。"③ 周公反复告诫康叔要谨慎刑罚，不能徇私舞弊，蔽塞诚心，而断以私心。又如《吕刑》言："哀敬折狱，明启刑书胥（注：相）占。"孔颖达疏："五刑之属三千，皆著在刑书，使断狱者依案用之，宜令断狱诸官明开刑书，相与占之，使刑书当其罪。令人之所犯，不必当条，须探测刑书之意，比附以断其罪，若卜筮之占然，故称'占'也。"④ 这里明确提出要依据刑书来断案，而不能凭自己的心来探测。

第六，断之以"中"。周初用刑非常强调"中"的原则，唯有断之以"中"，案件才是公正合理的。《吕刑》便多次提到用"中"的原则，如"土制百姓于刑之中"，"明于刑之中"，"观于五刑之中"，"民之乱，罔不中听狱之两辞"，"非佞折狱，惟良折狱，罔非在中"。此"中"又可以作"衷"，如《后汉·梁统传》引此句作"爰制百姓于刑之衷"。王鸣盛云："衷之为言，不轻不重之谓。衷与中通。"⑤ 又叶梦得《书传》言："古者谓狱已定而不失其实曰中，故《小司寇》'以三刺断庶民狱讼之中'说者云：'中，谓罪正所定。'"⑥ 蔡沉注"士明于刑之中"，言："使无过不及之差。"⑦ 可见，这里的"中"可释为不偏不倚、不轻不重、如实恰好地断案，因而"中"又有中正之意。如"哀敬折狱，明启刑书胥

---

① 李民、王健：《尚书译注》，第 266 页。
② （清）孙星衍：《尚书今古文注疏》，第 366 页。
③ （清）孙星衍：《尚书今古文注疏》，第 371 页。
④ （汉）孔安国传，（唐）孔颖达正义：《尚书正义》，第 790 页。
⑤ （清）王鸣盛：《尚书后案》，北京大学出版社 2012 年版，第 595 页。
⑥ 顾颉刚、刘起釪：《尚书校释译论》，中华书局 2005 年版，第 1972 页。
⑦ （宋）蔡沉：《书集传》，第 250 页。

占，咸庶中正"。孔传："当怜下人之犯法，敬断狱之害人，明开刑书，相与占之，使刑当其罪，皆庶几必得中正之道。"① 又如"非天不中，惟人在命"。孙星衍注："言非天之降罚不中正也，惟人受天命以生，违天则自取其咎耳。"② 再如"兹式有慎，以列用中罚"（《周书·顾命》），蔡沉注："令于此取法而有谨焉，则能以轻重条列，用其中罚，而无过差之患矣。"这些都强调"中"的原则，以"中"来审理、判断案件。

如果说以上六个方面更多是体现了"慎罚"中宽柔的一面，那么以下四点则体现了其严厉的一面。

一是不孝、不友者。其言："封。元恶大憝，矧惟不孝不友。子弗祗服厥父事，大伤厥考心；于父不能字厥子，乃疾厥子；于弟弗念天显，乃弗克恭厥兄；兄亦不念鞠子哀，大不友于弟。惟吊，兹不于我政人得罪。天惟与我民彝大泯乱，曰：乃其速由文王作罚，刑兹无赦。"③ 孔传："为人子不能敬身服行父道，而怠忽其业，大伤其父心，是不孝。""为人父不能字爱其子，乃疾恶其子，是不慈。"" 为人弟不念天之明道，乃不能恭事其兄，是不恭。"" 为人兄亦不念稚子之可哀，大不笃友于弟，是不友。"④ 这里明确把不孝、不慈、不恭、不友视为"元恶大憝"，即"言人之罪恶，莫大于不孝不友"⑤。这四者严重破坏了周人的典法礼制，是对"德"的严重败坏，因此最不可饶恕。因此，周公接着说："惟吊兹，不于我政人得罪，天惟与我民彝大泯乱，曰乃其速由文王作罚，刑兹无赦。"破坏此四者之人"若不由我行政之人获而罪之，则天与我民之常法大乱矣"⑥，故而要用文王所制之刑罚处之，不能赦免。

二是背法立私，违道干誉者。其言："外庶子训人、惟厥正人、越小臣诸节，乃别播敷造民大誉，弗念弗庸，瘝厥君；时乃引（注：大）恶，

① （汉）孔安国传，（唐）孔颖达正义：《尚书正义》，第 791 页。

② （清）孙星衍：《尚书今古文注疏》，第 541 页。

③ 孙星衍断句为"天惟与我民彝大泯乱，曰：乃其速由。文王作罚，刑兹无赦"［参见（清）孙星衍《尚书今古文注疏》，第 368 页］。当从传统之断，而不能将"乃其速由文王作罚"分开，否则语义难以自恰。

④ （汉）孔安国传，（唐）孔颖达正义：《尚书正义》，第 540—541 页。

⑤ （汉）孔安国传，（唐）孔颖达正义：《尚书正义》，第 540 页。

⑥ 周秉钧：《尚书易解》，华东师范大学出版社 2010 年版，第 155—166 页。

惟朕憝。已，汝乃其速由兹义率杀。"（《周书·康诰》）蔡沉注："外庶子以训人为职，与庶官之长及小臣之有符节者，乃别布条教，违道干誉，弗念其君，弗用其法，以病君上。是乃长恶于下，我之所深恶也。臣之不忠如此，刑其可已乎？汝其速由此义，而率以诛戮之，可也。"[1] 这些官员私自散布教条，背上立私，不顾念其君，不用其法，给其君上带来危害，这样的人周公认为不可赦免，要"速由兹义率杀"。

三是君长不能亲善其家、其臣者。其言："亦惟君惟长，不能厥家人，越厥小臣、外正，惟威惟虐，大放王命，乃非德用乂。"周公认为诸侯国君和执政官，不能亲善其家以及自己的近臣和在外的官员，反而作威作福，违背君王命令，这些人是用"德"治理不了的，言外之意便是必须用刑。

四是杀人抢劫、偷盗财务、内外作乱、强横不怕死者。其言："凡民自得罪，寇攘奸宄，杀越人于货，昏不畏死，罔弗憝。""憝"，《孟子·万章》引此句作"譈"，赵注训为"杀"，但于训诂无据，故孙星衍言："'憝'作'譈'，譈非古字，云杀，未详也。"[2] 可见，"憝"还是憎恶之意为恰。蔡沉注："憝，恶也。自得罪，非为人诱陷以得罪也。凡民自犯罪，为盗贼奸宄，杀人颠越人以取财货强狠亡命者，人无不憎恶之也。用罚而加是人，则人无不服。"[3] 这些犯罪行为无不是为民所憎恶的，言外之意是要顺从民意刑罚他们，不可饶恕，但相比前三者，没有明确说要速杀无赦。可见，速杀而不可赦免者主要是那些严重破坏典法礼制的人，特别是不孝、不友、不慈、不恭以及背法立私者，这些行为是最大的恶，最不能饶恕，故要速杀无赦。

由此也反映了，"出礼入刑"、以"德—礼"去刑的原则，即以典法礼制治理为主，背此则以刑，但其最终目的是去刑，通过慎刑劝民于善，使民众都遵从典法礼制，而刑无所用之。《史记·周本纪》言："成康之际，天下安宁，刑措四十年不用。"《大戴礼记·盛德》言："诸侯无兵而

---

① （宋）蔡沉：《书集传》，第168页。
② （清）孙星衍：《尚书今古文注疏》，第367页。
③ （宋）蔡沉：《书集传》，第168页。

正，小民无刑而治。"此便是"明德"所要达到的目的，也是《左传》解释"慎罚"时所言的"务去之之谓也"，也即"明德"的目的与"慎罚"的目的是一致的。

## 三　"明德慎罚"的刑罚史意义

对于刑罚史来说，"明德慎罚"的最大意义便是为刑罚设定了新的价值依归——"德"，使冰冷的刑罚具备了深切的人文关怀。这种关怀主要体现在两个方面。

一是以德主刑，使刑罚具有了公义维度。如周公对康叔说："汝陈时臬事，罚蔽殷彝，用其义刑义杀，勿庸以次汝封。"（《周书·康诰》）这里的"次"，《荀子·宥坐》引此作"即"，"就"之意。杨琼注此言："言周公命康叔，使以义刑义杀。勿用以就汝之心，不使任其喜怒也。"孙星衍引之，又解释说："当用其刑杀之合义者，勿用以就汝之义。"① 这里周公明确指出要以"义"节刑，使刑罚合于义，而非合于某人的意愿。在《吕刑》中，蚩尤所作的"五刑"之所以被称为"无虐之刑"，便是因为没有"德"的价值规范，后来的"祥刑"则是在"德威惟畏，德明惟明"的价值指引下对刑罚作了规范。正如陈栎所指："刑而曰祥，以好生之德寓焉。"② 这样的"祥刑"是君王秉承"天德"而作的，因而能够"自作元命，配享在下"（《周书·吕刑》）。"天德"指天的爱民之德，周秉钧认为指"上天仁爱之德"③。这样的刑罚不再是冰冷的，而是充满了对民的关怀精神。

二是以刑导善，使刑罚成为显明善德的教化之具。"慎罚"的提出使刑官在审案、判刑时有了一种伦理向度，不再是纯粹地实施刑罚，而是以此来使人向善，也即"士制百姓于刑之中，以教祗德"。因此，"典狱

---

① （清）孙星衍：《尚书今古文注疏》，第 366 页。
② 顾颉刚、刘起釪：《尚书校释译论》，第 1997 页。
③ 周秉钧：《尚书易解》，第 278 页。

非讫于威，惟讫于富"（《周书·吕刑》）。"典"，主之意。"富"，福之意。孙星衍注："言主狱不当终于立威，惟终于立福。"① 用刑不是为了确立君威，而是为了给民众立福。正如王符后来在《潜伏论·述赦》中所言："先王之制刑法也，非好伤人肌肤，断人寿命者也，乃以威奸惩恶除民害也。"刑罚是为了威奸、惩恶、扬善，也即"明德"，这既是刑罚思想的一次变革，也是对以往之用刑目的的一次扬弃。故此，《周书·吕刑》明确提出"非佞折狱，惟良折狱"的主张。佞人不能审判案件，唯有善良的人才能审判案件。因为佞人缺乏"德"的涵养，刑罚便会被视为显示威严的器具，起不到明善的功能。最后，《吕刑》提出"有德惟刑""哲人惟刑"，"惟"可训为"为"，即唯有德之人和明智者才能审理案子。相比《康诰》，《吕刑》更加明确地凸显了"慎罚"的价值依归。也由此说明了，《吕刑》与《康诰》的刑罚思想是一脉相承的。

在此新价值的规约下，周人重新使用殷人的刑罚来治理殷遗民，如周公说："汝陈时臬，事罚蔽殷彝。"（《周书·康诰》）孔传："陈是法事，其刑罚断狱，用殷家常法。"② 孙星衍注："言汝既陈是臬，事罚断用殷法矣。"③ 又说："外事，汝陈时臬司，师兹殷罚有伦。"蔡沉注："外事，未详。陈氏曰：'外事，有司之事也。'臬，法也，为准限之义。言汝于外事，但陈列是法，使有司师此殷罚之有伦者用之尔。"④ 屈万里注："'司'与事'通'，臬司即臬事。臬事，法律也。师，取法。殷伐，殷人之刑罚。有伦谓合理者。"⑤ 李民认为这是"周人在殷地采用了商朝的法律制度"⑥。这是主张在判断案件时候要采用殷人的刑罚。周人处处强调对殷人文化的秉承，在刑罚上也是如此。这可能是殷人的刑罚比较成熟，周人从西土而来，文化程度和国家治理都不如殷人完备，因此在各方面都需要继承殷商文化。后世，对殷人刑罚也多有强调，如："刑名从

---

① （清）孙星衍：《尚书今古文注疏》，第 527 页。
② （汉）孔安国传，（唐）孔颖达正义：《尚书正义》，第 539 页。
③ （清）孙星衍：《尚书今古文注疏》，第 366 页。
④ （宋）蔡沉：《书集传》，第 167 页。
⑤ 屈万里：《尚书今注今译》，第 133—134 页。
⑥ 李民、王健：《尚书译注》，第 263 页。

商，爵名从周，文名从礼。"（《荀子·正名》）又如："殷之法，刑弃灰于街者。子贡以为重，问之仲尼。仲尼曰：'知治之道也。'"（《韩非子·内储说上》）此外如《管子》《商君书》也多有提及，因此蒙文通认为法家源于殷政，他说："《管子》《商君》并法伊尹，韩非以伊、管并言，以为法术之士。则法家之自托于从商，推祖伊尹，犹墨家之法夏从禹，其事明矣。"① 因此，这里虽然是对康叔治理殷地而言，但整个周初在刑罚上借用殷罚应是一件普遍的事，就好比周初在礼上也同样借用殷礼。可以说，周人最终以"德"损益殷人刑罚，将原本冰冷的制民之具化为"明德"之助，达成了刑罚的"殷周之变"。

# 四 结语

"明德慎罚"既是西周治理方略，也是刑罚史上的一次思想变革。它一方面是对殷政特别是纣王时期滥用刑罚的否定和扬弃，另一方面则是将先周文化中关爱民生的传统融入刑罚之中，改变了刑罚的内在精神，使刑罚成为良善的治理之具。"明德慎罚"所包含的以"德—礼"去刑与以刑辅"德—礼"思想，推动了古代刑罚理念的变革，奠定了古代刑罚思想的理论基础，也确立了刑罚适用的基本原则，对古代中国刑制文明、国家治理的推进和发展具有深远的意义。

---

① 蒙文通：《法家法夏法殷义》，载《古学甄微》，巴蜀书社 1987 年版，第 230—231 页。

# 司马迁对董仲舒学术的继承

## ——兼及二人关系考述*

### 王文书

（衡水学院河北省董仲舒与传统文化研究中心、
衡水学院董子学院）

**摘要：**司马迁是否师承董仲舒，学界历来观点不一，本文系统考察二人的人生经历，发现董、马确有人生交集。司马迁虽不是董仲舒早年的入室弟子，但在壮游归家后曾向致仕在家的董仲舒求教。董仲舒不仅给司马迁讲授过《春秋》，还为司马迁撰写《史记》提供过亲闻史料。司马迁在《史记·儒林列传》中保存了董仲舒的第一份传记，成为研究董仲舒的不可多得的一手资料，司马迁也因此成为董仲舒研究第一人。司马迁继承了董仲舒的历史观，在《史记》中融入了董仲舒的三统说和《春秋》王鲁说。

**关键词：**司马迁　董仲舒　三统说　《春秋》王鲁说

## 一　学术回顾与问题的提出

董仲舒是西汉公羊学的代表人物。司马迁与董仲舒有过面对面的交谈，并且在《史记》中为董仲舒修撰了第一份传记，为后世的董学研究

---

\* 本文系国家社会科学基金一般项目"董仲舒学术研究史"（项目编号：19BZX051）的阶段性成果。

提供了第一手的可靠资料，因此从某种意义上讲，如果给司马迁在董学史上定位的话，称之为董仲舒和董学研究的"第一人"应该是没有问题的。由于时过境迁，经过了两千多年的沧桑变迁，当时非常清楚的问题，或者说不成为问题的事情到当今也成了问题。目前，学界对董仲舒与司马迁的关系的争论主要集中在三个方面。

第一，关于司马迁是否师承董仲舒的问题。南宋真德秀在《文章正宗》按语中首次提及这一问题，"仲舒此论见于太史公自叙其学粹矣，太史公曰：'余闻之董生'，则迁与仲舒盖尝游从而讲论也"。后世学者多认可这一观点，例如，张大可在《司马迁创作系年》一文中将"司马迁受公羊学于董仲舒"系于汉武帝元狩二年（前121），认为司马迁壮游归来后曾于茂陵邑接受董仲舒教诲。① 但也有学者明确断定董仲舒并非司马迁的老师。杨燕起在《司马迁与董仲舒》一文中提出，司马迁明确反对天道观、因果报应说以及阴阳五行论，否定了司马迁师承董仲舒的观点。② 张韩荣发表《董仲舒、孔安国并非司马迁的老师》一文，题目就有了非常明确的表达。该文以王国维《太史公行年考》为靶标，认为司马迁的学术来自家学，司马谈不会让司马迁投到董仲舒门下，否认董仲舒是司马迁的老师。③ 陈桐生从司马迁博引古籍，不一定接闻于董生，《史记》《汉书》不载司马迁师承董仲舒之事，司马迁与董仲舒同居茂陵说不可靠，《史记》对董仲舒的评价远不及《汉书》，司马迁对春秋时期历史事件的评价兼采《春秋》三传而不主公羊一家，司马迁与董仲舒部分论点相同是因为两人有相同的文化渊源等九个方面，说明司马迁师承董仲舒说不能成立。④

第二，司马迁与董仲舒是否同属于公羊学派。个别学者否定司马迁属于公羊学派。如赖长扬论断司马迁作《史记》是对公羊学的批判。他

① 参见张大可《司马迁生年研究》第八讲《司马迁创作系年》，商务印书馆2019年版，第128—129页。

② 参见杨燕起《司马迁与董仲舒》，《史学史研究》1986年第4期。

③ 参见张韩荣《董仲舒、孔安国并非司马迁的老师》，《渭南师范学院学报》2019年第7期。

④ 参见陈桐生《司马迁师承董仲舒说质疑》，《山西师大学报》（社会科学版）1994年第4期。

认为整个春秋公羊学的基础是阴阳五行学说，其主要内容是"天人感应"，而从司马迁对阴阳五行说和《春秋》的态度、对朝代兴衰更替缘由的解释及对天道、天命等的否定态度来看，司马迁对于春秋公羊学持批判态度。① 杨向奎则直接论定司马迁为前期公羊学派的代表人物。② 两篇文章都是改革开放初期的成果，明显带有时代的印记，尚未脱去旧的影响，"文革"时代的影子仍在，非黑即白、非好即坏的阶级划分方法依然支配学界。董仲舒与司马迁都受到时代思潮的影响或支配，董仲舒虽作为公羊学大家，但也很明显地吸取了《谷梁》和《左传》的内容，同样司马迁虽在春秋史上主要使用了《左传》的史料，但在义理上很大程度上吸收了《公羊传》和《谷梁传》的内容，绝对化地把司马迁归于或排除在公羊家之外都是不合适的。严格来讲，司马迁不是经学家，而是史学家。

　　第三，关于司马迁对董仲舒思想的继承和发展的问题。大部分学者以为司马迁史学思想方法承袭并在写作《史记》过程中贯彻了董仲舒的公羊学思想，并在批判的基础上发展了董仲舒的学说，在某些方面又与董仲舒的观点存在差异。吴汝煜较早提出了司马迁对以董仲舒为代表的公羊学持一种批判继承的态度，辩证地分析了司马迁与董仲舒的关系。③此后的学者沿着这一正确的方向对司马迁与董仲舒的关系进行了深入的分析论证，不同学者的立足点会有不同，所强调的内容也会有所差异。但总结起来有以下两个方面共识。（1）都承认包括董仲舒在内的公羊学派对司马迁创作《史记》有着深刻的影响。大多数学者基本认同，司马迁本人深受董仲舒影响而服膺公羊学，并在《史记》的创作过程中大量采用了公羊学思想，在"大一统""天人关系""三统论""别夷夏""安民保民"等方面继承了董仲舒的衣钵，并体现在《史记》的历史叙述当中。（2）学者们比较一致地认为，司马迁在批判性地继承董仲舒思想的前提下，又与董仲舒思想有不少差异，在某些方面发展了董仲舒的学说。

---

　　① 参见赖长扬《司马迁与春秋公羊学》，《史学史资料》1979 年第 4 期。

　　② 参见杨向奎《司马迁的历史哲学》，《中国史研究》1979 年第 1 期，转引自《杨向奎文集》，社会科学文献出版社 2006 年版，第 429—455 页。

　　③ 参见吴汝煜《史记与公羊学》，《徐州师范学院学报》1982 年第 2 期。

边家珍认为，司马迁在董仲舒"王鲁"说的基础上提出了自己独特的
"据鲁"说。① 陈璐认为，司马迁对董仲舒天人关系理论中"人"的内涵
作了进一步界定，对灾异作了"灾后异先"的区别。② 宋馥香则强调，
董仲舒和司马迁的学术思想表述逻辑不同，董仲舒通过对历史现象的归
纳来阐述自己的思想，司马迁则是通过抽绎的方法来表述自己对社会发
展规律的独到见解。③

综上可知，目前学界关注到的上述三个问题或方面的研究已经比较
深入了，但是从时间维度，对于董仲舒和司马迁的人生经历是否存在交
往的可能性没有进行过考证，对于二人学术探讨交往的具体内容也较少
系统考察。本文意在考证司马迁和董仲舒人生经历的交集，在二人交往
内容的基础上，阐述司马迁在董仲舒研究史上的历史地位，进而比较系
统地探讨司马迁在历史观上对董仲舒的继承，阶段性地解决司马迁和董
仲舒的关系问题。

## 二 有关司马迁和董仲舒人生经历交集的考证

董仲舒在作为孝景博士到建元元年（前 140）之前，不可能与司马迁
有任何交往。《史记》记载："董仲舒，广川人也。以治春秋，孝景时为
博士。下帷讲诵，弟子传以久次相受业，或莫见其面，盖三年董仲舒不
观于舍园，其精如此。进退容止，非礼不行，学士皆师尊之。"④《汉书》
载："董仲舒，广川人也。少治《春秋》，孝景时为博士。下帷讲诵，弟
子传以久次相授业，或莫见其面。盖三年不窥园，其精如此。进退容止，

---

① 参见边家珍《论司马迁〈史记〉创作与〈春秋〉学之关系》，《浙江学刊》2014 年第 1
期。

② 参见陈璐《司马迁与春秋公羊学》，硕士学位论文，中国社会科学院研究生院，2020
年。

③ 参见宋馥香、石晓明《承继与发展：司马迁与董仲舒的学术关联》，《郑州大学学报》
（哲学社会科学版）2006 年第 3 期。

④ （汉）司马迁：《史记》卷六十一《儒林列传》，中华书局 1959 年版，第 3127 页。

非礼不行，学士皆师尊之。"① 两者记载大同小异，《史记》《汉书》均认为董仲舒在汉景帝时期成为博士官。董仲舒所担任的博士官当为广川国博士，并非汉廷博士，时间在七国之乱前。《史记》载："高祖时诸侯皆赋，得自除内史以下，汉独为置丞相，黄金印。诸侯自除御史、廷尉正、博士，拟于天子。"② 可知，自汉高祖刘邦时期，各诸侯王国就有王国博士的设置。直到汉景帝七国之乱以后王国博士官才遭罢省。《汉书》载："景遭七国之难，抑损诸侯，减黜其官。"颜师古注云："谓改丞相曰相，省御史大夫、廷尉、少府、宗正、博士，损大夫、谒者诸官长丞员等也。"③ 七国之乱后，董仲舒去博士官，在家乡下帏授徒。今衡水故城县有董学村，原名"下帷村"，相传为董仲舒下帏讲诵之地。

董仲舒教授弟子众多，其中不少成名成家，或以学问显达。《史记》载："仲舒弟子遂者：兰陵褚大，广川殷忠，温吕步舒。褚大至梁相。步舒至长史，持节使决淮南狱，于诸侯擅专断，不报，以春秋之义正之，天子皆以为是。弟子通者，至于命大夫；为郎、谒者、掌故者以百数。"④ 从其弟子籍贯来看，均在广川或周边郡国，可以进一步推测董仲舒下帏之地就在家乡附近，并未西去长安。董仲舒直到建元元年汉武帝即位之初，在朝廷的举贤良方正的察举行动中参与对策才离开家乡，时年六十余岁。《汉书》记载："武帝即位，举贤良文学之士前后百数，而仲舒以贤良对策焉。"⑤

在《史记》中司马迁也没有言明自己是董仲舒的入室弟子。据张大可《司马迁创作系年》可知，汉景帝中元五年丙申（前145）司马迁生，生地为左冯翊夏阳县高门里，即今天陕西省韩城西南十八里之嵬东乡高门村。建元元年，司马迁六岁，迁父司马谈举贤良对策，出仕太史丞。司马迁随母居家乡，"耕牧河山之阳"。也就是说，在建元元年之前董仲舒在家乡下帏讲诵，开馆授徒，司马迁尚在冲龄，随母于左冯翊夏阳县

---

① （汉）班固：《汉书》卷五十六《董仲舒传》，中华书局1962年版，第2495页。
② （汉）司马迁：《史记》卷五十九《五宗世家》，第2104页。
③ （汉）班固：《汉书》卷十四《诸侯王表》，第395—396页。
④ （汉）司马迁：《史记》卷一二一《儒林列传》，第3129页。
⑤ （汉）班固：《汉书》卷五十六《董仲舒传》，第2495页。

高门里家中，不可能与董仲舒有任何交集。

在建元元年对策完毕之后董仲舒被委派到江都国担任国相，到建元三年（前138）间董仲舒一直留任江都。其间不知什么原因，董仲舒被调回长安任中大夫。汉武帝建元"六年春二月乙未，辽东高庙灾。夏四月壬子，高园便殿火。上素服五日。五月丁亥，太皇太后崩。秋八月，有星孛于东方，长竟天。闽越王郢攻南越。遣大行王恢将兵出豫章、大司农韩安国出会稽击之，未至，越人杀郢降，兵还"①。面对一系列的变故，董仲舒按照公羊学的灾异理论写就《灾异对》，被主父偃窃取，直接被诬告到汉武帝处，导致董仲舒遭遇人生一次大劫难——庙火之狱，最终在吕步舒的营救下才得以脱险，并在元光元年（前134）或元光二年（前133）又被派到江都国二次任江都国相，这就是所谓"再相江都"。也就是说从建元元年对策后被委派到江都任王国相，到元光元年或元光二年再相江都，中间回到长安两三年任中大夫之职。自元光元年或二年至元朔三年（前126）董仲舒一直在江都任上。元朔三年，公孙弘任御史大夫，《史记》载："董仲舒为人廉直。是时方外攘四夷，公孙弘治春秋不如董仲舒，而弘希世用事，位至公卿。董仲舒以弘为从谀。弘疾之，乃言上曰：'独董仲舒可使相缪西王。'胶西王素闻董仲舒有行，亦善待之。董仲舒恐久获罪，疾免居家。至卒，终不治产业，以修学著书为事。"②董仲舒任胶西王刘端的国相是在元朔三年，同年辞职回长安。其间是否与司马迁有交集呢？

司马迁的父亲司马谈"学天官于唐都，受易于杨何，习道论于黄子。太史公仕于建元元封之间"，按照张大可的考证，司马谈从建元元年到元封元年（前110）病死周南一直任太史丞或太史令。其间，从建元元年到元朔二年（前127）司马迁（六岁到十九岁）一直在家乡居家耕读。元朔二年夏天，汉武帝迁徙郡国豪杰及财三百万以上于茂陵，司马迁一家也迁至茂陵显武里，并目睹大侠郭解的状貌风采。从元朔三年到元朔五年（前124），司马迁壮游。《史记》载：司马迁"二十而南游江、淮，

① （汉）班固：《汉书》卷六《武帝纪》，第159—160页。
② （汉）司马迁：《史记》卷一百二十一《儒林列传》，第3128页。

上会稽，探禹穴，窥九疑，浮于沅、湘；北涉汶、泗，讲业齐、鲁之都，观孔子之遗风，乡射邹、峄；厄困鄱、薛、彭城，过梁、楚以归"①。

所以，从元光元年到元朔三年，董仲舒二相江都或再相胶西，司马迁或在韩城耕读或刚刚迁居长安；从元朔三年董仲舒致仕归家长安到元朔五年，司马迁正在游历途中，与董仲舒发生交集的可能性不会很大。

《史记》明确记载，司马迁曾与董仲舒有过交游，从董仲舒处学习过《春秋》，了解过秦末汉初的史事。司马迁在《太史公自序》中如实回答壶遂问孔子作《春秋》时说："余闻董生（服虔注云：'仲舒也。'）曰，周道衰废，孔子为鲁司寇，诸侯害之，大夫壅之，孔子知言之不用，道之不行也，是非二百四十二年之中，以为天下仪表，贬天子，退诸侯，讨大夫，以达王事而已矣。"董仲舒是当世著名的公羊学大家，是春秋学的领袖，"瑕丘江生为《谷梁春秋》。自公孙弘得用，尝集比其义，卒用董仲舒"②。司马迁襄助司马谈修《太史公书》，在父亲的推荐下，到董仲舒居住的陋巷请教问题是完全有可能的。董仲舒出生在汉朝立国之初，与秦末历史亲历人物有交游，了解秦朝史实，也曾为司马迁提供了不少口述史的资料。荆轲刺秦是战国末期著名历史事件，董仲舒与亲历者秦医夏无且是朋友，为司马迁转述了夏无且的见闻。《史记·刺客列传》载："始公孙季功、董生与夏无且游，具知其事，为余道之如是。"③

从时空角度考察，司马迁与董仲舒的交往主要集中在董仲舒致仕后深居长安陋巷著书立说的归隐时光。《汉书》载："仲舒在家，朝廷如有大议，使使者及廷尉张汤就其家而问之，其对皆有明法。""年老，以寿终于家，家徙茂陵，子及孙皆以学至大官。"④ 在元光元年或元光二年以后，元朔三年以前，董仲舒一直在江都国和胶西国的任上，与壮游的司马迁会面的可能性不大，也只有元朔三年致仕回到长安才有了闲暇时光

① （汉）司马迁：《史记》卷一三〇《太史公自序》，第 3293 页。
② （汉）司马迁：《史记》卷一二一《儒林列传》，第 3129 页。
③ （汉）司马迁：《史记》卷八十六《刺客列传》，第 2538 页。据黄觉弘考证公孙季功乃公孙弘。参见黄觉弘《公孙季功即公孙弘考》，《中华文化论坛》2008 年第 4 期。但说《史记·刺客列传》全篇都出自司马谈手笔值得商榷。
④ （汉）班固：《汉书》卷五十六《董仲舒传》，第 2525 页。

接待各方拜访。董仲舒去世是在武帝元狩四年（前119）到武帝元鼎三年（前114）间。司马迁二十岁也就是元朔三年开始壮游，壮游结束在元朔五年，此后协助其父司马谈编修《太史公书》，有向董仲舒学习的时间和需求。二人又都居住在长安，从空间距离上讲也完全有可能，见面晤谈的主客观条件完全具备。所以，二人比较可能见面产生交集应该是在元朔五年至元狩三年间，地点可能是在长安董仲舒家中。

综合以上考察可知，司马迁并不是董仲舒的登堂入室弟子，其本人并未明确提及自己是董子的徒弟，但司马迁曾经向董仲舒请教过学问，董仲舒向司马迁提供过自己的见闻资料是毋庸置疑的历史事实。

## 三　司马迁为董仲舒研究留下不可多得的第一手资料

司马迁是历史上董仲舒研究的第一人。司马迁在《儒林列传》中写就了第一份比较完整的董仲舒传记，为后世的董仲舒研究留下了不可多得的第一手资料。

董仲舒研究有三大部分史料可以利用：一是《春秋繁露》及少量散见于古籍中存世的董仲舒的著作，并且这部分著作还被古往今来的部分学者怀疑其真伪；二是董仲舒的两部传记、少量历史文献中董仲舒生平的零星记载，以及有关董仲舒的大量诗文；三是现当代大量的董仲舒研究的专著和文章等。其中两篇比较完整的董仲舒传记：《史记》之《儒林列传》中有关董仲舒的部分，保存了443字的董仲舒生平资料；《汉书》之《董仲舒传》，有8841字的材料，其中有关"天人三策"的内容8009字，余下的832字才是董仲舒的生平资料。相比之下，《汉书》的内容很多。其最大的贡献在于，全文著录了董仲舒"天人三策"的内容，其生平简史多抄录《史记》，内容大同小异，部分内容甚至是原文抄录。从这一角度来审视《史记》董仲舒传记的内容，就弥足珍贵了。另外在《史记》之《太史公自序》《刺客列传》中有少量关于董仲舒的内容，也是非常珍稀的资料。《史记》第一次比较系统地介绍了董仲舒的籍贯、事迹、贡献、学问传承等，为董仲舒研究奠定了基础。司马迁本人与董仲舒虽然相差50多岁，但是二人曾经共同在一片蓝天下生活过，对现代学者而言是同一个时代的古人，而且二人有过比较深入的交往，一起探讨过学问之道，董仲舒也为《史记》创作编纂提供过材料，还曾给司马迁提出过指导意见。如果没有司马迁的董仲舒的传记，可能董仲舒的生平事迹就会湮没在2000多年的历史烟尘之中，后世研究董仲舒会更加困难。

《史记》之董仲舒传记包括以下几部分内容。（1）籍贯、学源、仕宦等基本信息："董仲舒，广川人也。以治春秋，孝景时为博士。"董子故里问题历来争议不断，广川旧属赵地，因此，《史记》亦称，言《春秋》"于赵自董仲舒"，秦汉时期广川亦有郡、国、县的建制，即使景武时期郡国不时转换，但《史记》已经明确了董仲舒故里之所在，结合今天的口碑史料和地表遗存，董子故里无疑可以确定在今衡水市景县、枣强、故城三县交界的方圆五公里的范围之内，相比较其他历史人物而言，已经是比较精确的了。董仲舒治《春秋》，精于《公羊传》，是公羊学传承的关键人物。（2）《史记》不仅比较清晰地胪列了公羊学的传承谱系，还重点介绍了《春秋》在西汉的传播，为儒学史、经学史、春秋学史提供了珍贵的一手资料。"仲舒弟子遂者：兰陵褚大，广川殷忠，温吕步舒。褚大至梁相。步舒至长史，持节使决淮南狱，于诸侯擅专断，不报，以春秋之义正之，天子皆以为是。弟子通者，至于命大夫；为郎、谒者、掌故者以百数。而董仲舒子及孙皆以学至大官。""胡毋生，齐人也。孝景时为博士，以老归教授。齐之言春秋者多受胡毋生，公孙弘亦颇受焉。瑕丘江生为《谷梁春秋》。自公孙弘得用，尝集比其义，卒用董仲舒。"①凡涉及经学史和春秋学史的研究无一例外地会参考以上两段史料。（3）司马迁用比较简洁的语言勾勒了董仲舒的人生历程，留下了下帏讲诵、长安对策、庙火之狱、两相江都、求雨止雨、再相胶西、悬车致仕、陋巷问策等董仲舒重要的人生节点，同时也是西汉政治史上的重要事件，不仅给我们提供了董仲舒的生平事迹，也丰富了西汉政治史和社会史研究的史料来源。（4）司马迁记载董仲舒下帏讲诵，因钻研学问而"目不

---

① （汉）司马迁：《史记》卷一二一《儒林列传》，第3128—3129页。

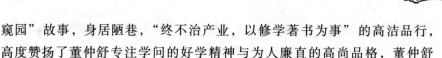

窥园"故事，身居陋巷，"终不治产业，以修学著书为事"的高洁品行，高度赞扬了董仲舒专注学问的好学精神与为人廉直的高尚品格，董仲舒成为中华民族千百年来被尊崇的先贤楷模。

因此，《史记》有关董仲舒的资料可以概括评价为研究董子学的不可多得的第一手资料，是董仲舒研究必须关注的不可能绕开的材料。对董学研究来说，如何高估这部分资料的价值都是不过分的。

## 四　司马迁对董仲舒三统说和孔子王鲁说的继承

司马迁编撰《史记》完全接受了董仲舒对孔子作《春秋》的评价，从史学编撰上实践了公羊学"孔子当新王"的理念。司马迁在《儒林列传》中强调："仲尼干七十余君无所遇，曰'苟有用我者，期月而已矣'。西狩获麟，曰'吾道穷矣'。故因史记作春秋，以当王法，其辞微而指博，后世学者多录焉。"① 孔子周游列国，推广自己的学说不见用，折返鲁国作《春秋》，建设素王之业，为后世垂立王法。司马迁的"孔子作《春秋》王鲁以当新王"的观点完全来自董仲舒。

司马迁在《太史公自序》中回顾了一段与上大夫壶遂的对话，壶遂问司马迁："昔孔子何为而作春秋哉？"司马迁引述董仲舒的话来回答，云："余闻董生曰：'周道衰废，孔子为鲁司寇，诸侯害之，大夫壅之。孔子知言之不用，道之不行也，是非二百四十二年之中，以为天下仪表，贬天子，退诸侯，讨大夫，以达王事而已矣。'"② 在董仲舒看来，孔子作《春秋》，以《春秋》当"新王"，重在说明孔子作《春秋》的目的，而《春秋》王鲁说则突出了孔子作《春秋》的具体手段。董仲舒在《天人三策》中云："孔子作《春秋》，先正王而系万事，见素王之文焉。"③

①　（汉）司马迁：《史记》卷一二一《儒林列传》，第 3115 页。
②　（汉）司马迁：《史记》卷一三〇《太史公自序》，第 3297 页。
③　（汉）班固：《汉书》卷五十六《董仲舒传》，第 2509 页。

董仲舒三代改制的历史叙事的归宿也在于此。"《春秋》作新王之事，变周之制，当正黑统。而殷周为王者之后，绌夏改号禹谓之帝，录其后以小国，故曰绌夏存周，以《春秋》当新王。"①

在义例上，司马迁将《史记》著述与孔子删订《春秋》作比，以阐释董仲舒学说自命。司马迁发挥董仲舒的观点，洋洋洒洒，表达了史家著史的历史责任，强调孔子王鲁当新王之意义。

> 夫春秋，上明三王之道，下辨人事之纪，别嫌疑，明是非，定犹豫，善善恶恶，贤贤贱不肖，存亡国，继绝世，补敝起废，王道之大者也……春秋以道义，拨乱世反之正，莫近于春秋。春秋文成数万，其指数千。万物之散聚皆在春秋。春秋之中，弑君三十六，亡国五十二，诸侯奔走不得保其社稷者不可胜数。察其所以，皆失其本已。故易曰"失之毫厘，差以千里"。故曰"臣弑君，子弑父，非一旦一夕之故也，其渐久矣"。故有国者不可以不知春秋，前有谗而弗见，后有贼而不知。为人臣者不可以不知春秋，守经事而不知其宜，遭变事而不知其权。为人君父而不通于春秋之义者，必蒙首恶之名。为人臣子而不通于春秋之义者，必陷篡弑之诛，死罪之名。其实皆以为善，为之不知其义，被之空言而不敢辞。夫不通礼义之旨，至于君不君，臣不臣，父不父，子不子。夫君不君则犯，臣不臣则诛，父不父则无道，子不子则不孝。此四行者，天下之大过也。以天下之大过予之，则受而弗敢辞。故春秋者，礼义之大宗也。夫礼禁未然之前，法施已然之后；法之所为用者易见，而礼之所为禁者难知。②

因此司马迁在《儒林列传》中赞扬董仲舒最明《春秋》之意旨："汉兴至于五世之间，唯董仲舒名为明于《春秋》，其传公羊氏也。"③

---

① （汉）董仲舒撰：《春秋繁露校释》卷七《通国身》，钟肇鹏主编，河北人民出版社2005年版，第417页。

② （汉）司马迁：《史记》卷一二一《太史公自序》，第3297—3298页。

③ （汉）司马迁：《史记》卷一二一《儒林列传》，第3128页。

司马迁接受了董仲舒的三统说。董仲舒的"孔子王鲁"的观点是放在更大的政治历史观下的。这个大的政治历史观就是三统说。"三统"说只能说是一个代表董仲舒历史观的名词而已,并不能完全概括董仲舒的历史观,也可以说三统只是董仲舒历史观的重要组成部分,并非全部。董仲舒对历史时代(不仅仅是朝代)更迭,提出两条大的原则性规律,一是"继治世者其道同,继乱世者其道变",二是"道之大原出于天,天不变,道亦不变"。在董仲舒看来,道具有稳定性和完美性,"乐而不乱,复而不厌者谓之道。道者,万世无弊。弊者,道之失也"①。"人道者,人之所由乐而不乱,复而不厌者。"② 可知,道即古人定义的"规律"(包含自然规律——天道、社会规律——人道)。"道之大原出于天,天不变,道亦不变"是讲规律的稳定性和客观性。董仲舒所言"道"的另一个含义是社会实践或治理国家的方法。尧舜禹三代为治世,虽朝代发生更迭,但其所实行的治理国家的实践符合规律,没有必要调整变化;尧舜禹三代之后的夏商周三代,在每一朝代末期发生变乱,后继者要调整治理措施,使之符合社会发展的规律,回到正常轨道上来。

在以上两原则的基础上,董仲舒回顾夏商周的历史,提出三统之说,他认为:历史是按照赤黑白三统不断循环的。每一新王受命,必须根据赤黑白三统,正名号,改正朔,易服色,即"新王必改制"。董仲舒以为,"必徙居处,更称号,改正朔,易服色者,无它焉,不敢不顺天志也,而明自显也"③。也就是说,之所以要"改正朔、易服色",在于这是新王朝区别于旧王朝的显著标志,显示了新王朝的天命地位。

第一,正名号。董仲舒在《三代改制质文》中详细阐述了"正名号"的具体内容。"王者之法,必正号,绌王谓之帝,封其后以小国,使奉祀之。下存二王之后以大国,使服其服,行其礼乐,称客而朝。故同时称帝者五,称王者三,所以昭五端,通三统也。是故周人之王,尚推神农为九皇,而改号轩辕谓之黄帝,因存帝颛顼、帝喾、帝尧之帝号,绌虞

---

① (汉)班固:《汉书》卷五十六《董仲舒传》,第2518页。
② (汉)董仲舒撰:《春秋繁露校释》卷十七《天道施》,钟肇鹏主编,第1095页。
③ (汉)董仲舒撰:《春秋繁露校释》卷一《楚庄王》,钟肇鹏主编,第29页。

而号舜曰帝舜，录五帝以小国。下存禹之后于杞，存汤之后于宋，以方百里，爵号公。使服其服，行其礼乐，称先王客而朝。"①

司马迁在《史记》的历史叙事中落实了董仲舒正名号的规律总结。《史记》之《五帝本纪》称，"尧子丹朱，舜子商均，皆有疆土，以奉先祀。服其服，礼乐如之。以客见天子，天子弗臣，示不敢专也"②；《夏本纪》载"汤封夏之后，至周封于杞也"③；周武王灭商后，"封纣子武庚禄父，以续殷祀，令修行盘庚之政……其后世贬帝号，号为王。而封殷后为诸侯，属周"④，"乃褒封神农之后于焦，黄帝之后于祝，帝尧之后于蓟，帝舜之后于陈，大禹之后于杞"⑤。司马迁证实了董仲舒先王之后在当世称客而朝，与当朝之统形成"三统"的事实。因此，汉武帝采纳了通三统的理论和"正名号封前朝"的建议。"汉兴九十有余载，天子将封泰山，东巡狩至河南，求周苗裔，封其后嘉三十里地，号曰周子南君，比列侯，以奉其先祭祀。"⑥

第二，改正朔。通三统的另一个重要内容就是改正朔。历法制度的变革既是三统循环的重要表现，也是新王改制的重要内容。正朔是人承接天道的具体做法，内容很庞杂，不仅是历法的变革，也包含在改正朔的基础上实行易服色、正祭祀、定官制等一系列的改革措施和制度建设。余治平的概括很是精当，他说："按照董仲舒的理解，一年十二个月，有三个月可以被确定为岁之首，即所谓'正月'，并以此月的颜色为本朝崇尚的主色彩。这三个月分别是寅月（农历正月）、丑月（农历十二月）、子月（农历十一月）。'统'字则蕴涵着开始、根本、纲领、纪要之意。根据寅、丑、子这三个月所建立起来的朔始律法、度制服色，就是董仲舒意义上的'三统'。"⑦

司马迁完全接受了董仲舒改正朔的观点。司马迁说，"王者易姓受

---

① （汉）董仲舒撰：《春秋繁露校释》卷七《三代改制质文》，钟肇鹏主编，第448页。
② （汉）司马迁：《史记》卷一《五帝本纪》，第44页。
③ （汉）司马迁：《史记》卷二《夏本纪》，第88页。
④ （汉）司马迁：《史记》卷三《殷本纪》，第108—109页。
⑤ （汉）司马迁：《史记》卷四《周本纪》，第127页。
⑥ （汉）司马迁：《史记》卷四《周本纪》，第170页。
⑦ 余治平：《论董仲舒的"三统"说》，《江淮论坛》2013年第2期。

命，必慎始初，改正朔，易服色，推本天元，顺承厥意"①。司马迁同样
认为改正朔、易服色等手段是新兴王朝表示顺承天命而为的具体措施。
司马迁强调了历法在政治制度体系中的重要意义。司马迁在《历书》中
说："夏正以正月，殷正以十二月，周正以十一月。盖三王之正若循环，
穷则反本。天下有道，则不失纪序；无道，则正朔不行于诸侯。"② 夏、
商、周三代分属黑、白、赤三统，其所定正朔历法也各不相同，三统循
环往复，其正朔也随之循环无穷。国家一统诸侯行王之历法，国家分裂
诸侯各行其历法。西周之后，礼崩乐坏，"正朔不行于诸侯"，始皇一统
天下，代周而兴，"而正以十月，色上黑"，汉初承袭秦制，使用古历
《颛顼历》，司马迁以为"维我汉继五帝末流，接三代统业"，应改正朔。
司马迁在行动上，实践自己的学说，积极发起和参与制定了《太初历》
的运动，"至武帝元封七年，汉兴百二岁矣，大中大夫公孙卿、壶遂、太
史令司马迁等言'历纪坏废，宜改正朔'"③。司马迁说："余与壶遂定
律历。"④

　　第三，"忠敬文"。与"三统"说互为表里的是"忠敬文三道"论。
根据董仲舒"三统"说，夏、商、周三王的统属分别是黑、白、赤三统，
其正朔、服色、官制及治道的文化特质也随之不同。黑、白、赤三统的
变迁与王朝兴替不是简单对应，其中主要蕴含忠、敬、文三种不同文化
特质、治理理念和治理手段的相辅相成。"夏上忠，殷上敬，周上文者，
所继之救，当用此也。孔子曰：'殷因于夏礼，所损益可知也；周因于殷
礼，所损益可知也；其或继周者，虽百世可知也。'此言百王之用，以此
三者矣。"⑤ 董仲舒承袭了孔子的损益观，而肯定夏、商、周的治道分别
为忠、敬、文。董仲舒认为汉继周而建，当为黑统，主张汉朝"用夏之
忠"。司马迁同样主张汉用夏之忠道，"夏之政忠。忠之敝，小人以野，
故殷人承之以敬。敬之敝，小人以鬼，故周人承之以文。文之敝，小人

---

① （汉）司马迁：《史记》卷二十六《历书》，第1256页。
② （汉）司马迁：《史记》卷二十六《历书》，第1258页。
③ （汉）司马迁：《汉书》卷二十一上《律历志》，第974—975页。
④ （汉）司马迁：《史记》卷一八〇《韩长孺列传》，第2865页。
⑤ （汉）班固：《汉书》卷五十六《董仲舒传》，第2518页。

以僿，故救僿莫若以忠。三王之道若循环，终而复始"①。与董仲舒的观点及使用概念均一般不二。从朱熹对董仲舒、司马迁的批评可见二者的一致性和承接关系。朱熹说："夏火，殷藻，周龙章，皆重添去。若圣贤有作，必须简易疏通，使见之而易知，推之而易行。盖文、质相生，秦汉初已自趋于质了。太史公、董仲舒每欲改用夏之忠，不知其初盖已是质也。"②"太史公、董仲舒论汉事，皆欲用夏之忠。不知汉初承秦，扫去许多繁文，已是质了。"③朱熹认为，经过秦代，周文已经被扫除，汉初已经是质而非文，董仲舒、司马迁的改文从质说，用承袭黑统用夏忠是不对的。可见在朱熹眼里董仲舒、司马迁的观点是一致的。

第四，摒秦。为了理论的圆融和现实政治的需要，董仲舒和司马迁都排斥秦为一统。周汉之间的秦王朝国祚日短，使民暴虐，刑法苛苦，并且在服色制度上汉承秦制。为了与暴秦划清界限，并对汉朝上继周朝赤统而为黑统，以及说明孔子作《春秋》当新王为汉立法给出合理的解释，就把处于周、汉之间的秦王朝排除在三统之外。秦奉行五德终始说，为水德，"更名河曰'德水'，而正以十月，色上黑。然历度闰余，未能睹其真也"④。秦朝在正朔服色上只作部分调整。汉代秦后，直到汉武帝，长时间未能实行改制。"若乃正朔、服色、郊望之事，数世犹未章焉。"董仲舒为圆融三统说，遵奉《春秋》行夏之时，汉当为黑统，与秦制冲突。因此，在《天人三策》中说："自古以来，未尝有以乱济乱，大败天下之民如秦者也。"⑤董仲舒认为秦仅是一个过渡，不算作一统，汉朝直接跨过秦，仍从周算起，汉继承周统，尚黑，为黑统。司马迁在《高祖本纪》中说："周秦之间，可谓文敝矣。秦政不改，反酷刑法，岂不谬乎？故汉兴，承敝易变，使人不倦，得天统矣。"⑥秦无改旧弊，未得真统，自周平王东迁一直到汉朝建立，唯汉家得真"统"，司马迁也直接以

① （汉）司马迁：《史记》卷八《高祖本纪》，第393页。
② （宋）黎靖德编：《朱子语类》卷八十四《礼一·论考礼纲领》，崇文书局2018年版，第2179页。
③ （宋）黎靖德编：《朱子语类》卷一三五《历代二》，第3219页。
④ （汉）司马迁：《史记》卷二十六《历书》，第1259页。
⑤ （汉）班固：《汉书》卷五十六《董仲舒传》，第2504页。
⑥ （汉）司马迁：《史记》卷八《高祖本纪》，第394页。

汉继周，将秦从三统递嬗中剔除出去。

# 五 结语

　　综合考察司马迁和董仲舒的人生经历的交集来看，司马迁并非董仲舒的入室弟子，但二人确有过交往。司马迁正值二十岁的青年时期，壮游归来后，向董仲舒请教《春秋》的学问，并为撰写《史记》向董仲舒询问一些口述材料。司马迁继承和传播了董仲舒的部分思想，并将之融入《史记》之中，主要有两点，一是认可孔子作《春秋》行素王之业为汉立法的思想；二是接受了董仲舒的三统理论。至于大一统、灾异论、夷夏论，两人的差异还是很大的，所以，司马迁不是一位真正意义上的公羊学派学者，只是继承吸收了董仲舒公羊学派的一些理论而已。但是，司马迁撰写了董仲舒的第一部传记，为董仲舒研究保留了珍贵的史料，不愧董仲舒研究第一人的称号，为董学研究作出了不可磨灭的贡献。

# 功利主义挑战与儒家王道的伦理辩护*

## ——儒家政治伦理探源

## 毛朝晖

（华侨大学哲学与社会发展学院、国际儒学研究院）

**摘要：** 儒家的政治理想是推行王道，这一理想对于中国政治传统中源远流长的民本观念、贤能政治、天下观念等至今仍具有根深蒂固的影响。那么，王道的伦理基础究竟是什么？春秋战国是一个霸道盛行的时代，与霸道相伴而生的是功利主义思潮的盛行。本文指出，早期儒家政治伦理的建构是围绕对王道理想的辩护而展开的，而儒家要辩护其王道理想就必须回应功利主义的挑战。从政治伦理的角度考察，孟子的"王霸之辩"与荀子的"儒效"分别为儒家王道提供了道义论与功利主义两种伦理辩护，两种辩护的共同旨趣都是试图构筑儒家王道政治的伦理基础。

**关键词：** 功利主义　王道　政治伦理　孟子　荀子

所谓"王道"，是儒家的一种政治理想，用以代表上古三代先王的治道。它较早出现于《尚书·洪范》中，《洪范》篇记载了商朝遗臣箕子对周武王讲授的上古流传下的"洪范九畴"①，即九条治国之道。其

---

　　* 本文系华侨大学高层次人才科研启动项目"美德伦理学视阈中的先秦儒家伦理"（项目编号：22SKBS011）阶段性成果。
　　① 即《尚书·洪范》篇中的"洪范九畴"："初一曰五行，次二曰敬用五事，次三曰农用八政，次四曰协用五纪，次五曰建用皇极，次六曰又用三德，次七曰明用稽疑，次八曰念用庶征，次九曰飨用五福，威用六极。"（汉）孔安国传，（唐）孔颖达疏：《尚书正义》，北京大学出版社 1999 年版，第 299 页。

后，孔子、孟子、荀子都提倡王道。从此，"王道"遂成为儒家政治哲学的一个标志，因此，《汉书·艺文志》说儒家者流"祖述尧舜，宪章文武"。一般而言，王道的本质是德治，而霸道则以功利为目标。① 按照干春松的理解，王道"既体现了儒家为政以德的观念，同时也包含了仁义与礼治的统一"②。当代韩国政治学者金圣文（김성문，Sungmoon Kim）提出的界说是："王道是指标榜古代圣王治民之道的政治模式，它与以政治权力和经济利益为目标的霸道相对。"③ 这强调了霸道以"利"为目的，那么，与其相反的王道无疑是以"德"为标志的。春秋战国是一个霸道盛行的时代，与霸道相伴而生的是功利主义思潮。儒家要维护王道理想，在伦理学上就必须回应功利主义的挑战。在回应功利主义挑战的过程中，先秦儒家提出了两种对"王道"的辩护，这体现在孟子的"王霸之辩"与荀子的"儒效"论述中。本文旨在从政治伦理的视角对这两种辩护进行辨析，并探讨儒家王道与功利主义的兼容性。在霸权主义依然得势的今天，反思儒家王道政治的伦理基础可提供重要的理论借鉴。

# 一　功利主义对儒家王道的挑战

在展开论述之前，让我们先界定"功利主义"（Utilitarianism）④ 的

---

① 最经典的界定由孟子提出，他指出"以力假仁者霸，霸必有大国；以德行仁者王，王不待大，汤以七十里，文王以百里"（《孟子·公孙丑上》）。这说明，王道与霸道的重要区别在于道德，王道的根本是"以德"，而霸道则是"以力"。换言之，王道的本质是德治，而霸道则是通过暴力以获致功利。孟子当时不可能意识到的是，在当代霸权政治中，除了运用军事霸权进行"长臂管辖"外，霸道政治还衍生出金融霸权、话语霸权等新形态。

② 干春松：《重回王道——儒家与世界秩序》，华东师范大学出版社2012年版，第7页。

③ Sungmoon Kim, "Confucian Constitutionalism: Mencius and Xunzi on Virtue, Ritual, and Royal Transmission", *The Review of Politics*, Vol. 73, No. 3, 2011, p. 375.

④ "功利主义"概念的经典阐述包括边沁（Jeremy Bentham）的"功利原则"（The Principle of Utility）和密尔（John Stuart Mill）的"最大快乐原则"（The Greatest Happiness Principle）。参见 Jeremy Bentham, *An Introduction to the Principles of Morals and Legislation*, Batoche Books, 2000, p. 14; John Stuart Mill, *Utilitarianism*, The Floating Press, 2001, p. 14。

含义。一般而言,功利主义需要同时满足两个伦理原则。(1)后果原则。该原则认为行为的好坏完全取决于该行为所造成的后果。(2)快乐原则。该原则认为唯一的善就是快乐,唯一的恶就是痛苦。① 在实践中,要如何衡量快乐与痛苦的后果呢?密尔提出以"功利"(Utility)作为衡量的标准。既然"功利"是快乐与痛苦的根据,那么,唯一的善就是"功利"的获得;唯一的恶就是"功利"的减损。具体要怎么去衡量呢?密尔提出的办法是计算"最大多数人的最大幸福"(Greatest Happiness Principle)。② 一言以蔽之,功利主义并非只是我们通常所说的追求功利,而是在伦理学上主张一切价值判断都应该归结为"功利"的计算,并追求功利的最大化。

春秋战国时代,类似的观念广泛流行于道、墨、法等各家学说中。我们可以主要以老子、墨子、商鞅三个典型例子作为代表,来说明功利主义在先秦政治哲学中普遍的兴起。

第一个例子是老子。③ "利"与"用"是老子政治哲学的重要概念。有趣的是,《老子》中"利"与"用"的含义有特别的区分,《老子》:"三十辐共一毂,当其无,有车之用。埏埴以为器,当其无,有器之用。凿户牖以为室,当其无,有室之用。故有之以为利,无之以为用。"(第11章)其中,"利"是指"有"的功用,"用"是指"无"的功用。一般人只看见前一种功用,而看不见后一种功用。一般人之所以如此,是因为他们不了解"道"。因为"反者道之动"(第40章),有用与无用总是在转化变动中,只有知"道"的人,才能同时看到两面,从而将功利最大化。就政治哲学而言,一般人都知道圣智、仁义的好处,却看不到不运用圣智、仁义的好处。因此,老子提出:"绝圣弃智,民利百倍;绝仁弃义,民复孝慈;绝巧弃利,盗贼无有。"(第19章)这无疑是基于更高的功利判准。老子又提出:"知常容,容乃公,公乃王,王乃天,天乃

---

① 参见 Anthony Quinton, *Utilitarian Ethics*, second edition, Duckworth, 1989, pp. 1 – 10。

② John Stuart Mill, *Utilitarianism*, The Floating Press, 2001, p. 14.

③ 据郭沂考证,《老子》有简本、今本两个系统,简本的作者应该是春秋末年略早于孔子的老聃。本文据此将老子视为早于下文将要论述的墨、韩等战国诸子。参见郭沂《从郭店楚简〈老子〉看老子其人其书》,《哲学研究》1998 年第 7 期。

道。"（第 16 章）可知，"王"终究没有达到"道"的层次，只有在"道"的层次才能对功利有最高的理解。

尽管老子对于"有""无"的讨论都是基于对功利的衡量，在这个意义上老子是一位后果论者，但是，基于《老子》文本，我们无从论断他是一位快乐主义者。事实上，老子主张"见素抱朴，少私寡欲"（第 19 章）。这说明他并不追求欲望的最大化，自然也不追求功利的最大化。因此，我们只能承认老子具有李巍先生所说的"功利思维"①，而不能论定他是一位功利主义者，或者说，他只代表功利主义的萌芽。

第二个例子是墨子。首先，墨子提出兼爱、非攻、节葬等道德规范，因为这些道德规范符合人民的利益。他提出："利人乎即为，不利人乎即止。"②（《墨子·非乐上》）显然，墨子认为"利"即人民的快乐或幸福所在。不过，只有"中万民之利"才是最大多数人的最大幸福。正是在这个立场上，墨子提出"非乐"的主张："子墨子之所以非乐者，非以大钟、鸣鼓、琴瑟、竽笙之声，以为不乐也；非以刻镂华文章之色，以为不美也；非以犓豢煎炙之味，以为不甘也；非以高台厚榭邃野之居，以为不安也。虽身知其安也，口知其甘也，目知其美也，耳知其乐也，然上考之不中圣王之事，下度之不中万民之利，是故子墨子曰：为乐非也。"（《非乐上》）

表面上看，墨子似乎反对快乐。其实，墨子反对的只是儒家的礼乐，认为这些快乐"上考之不中圣王之事，下度之不中万民之利"。墨子所说的"圣王之事"或"圣王之法"，是指"义"，下文将论证，墨子所谓的"义"的实质也落到"中万民之利"。这说明，墨子采取的是快乐主义的原则，他的最终判准是"中万民之利"，用密尔的话说，就是"最大多数人的最大幸福"，亦即功利的最大化问题。他批评儒家礼乐，并非认为它们不能增加人民的快乐，而是认为他们不是最大多数人的最大快乐。

---

① 李巍：《德治悖论与功利思维——老子"无为"观念的新探讨》，《哲学研究》2018 年第 12 期。

② 以下引用该书只注篇名。引用他书亦同此例。

　　基于同样的立场，墨子提出其对王道的论证。墨子将"义"作为王道政治的根本特征，他认为"今天下之所同义者，圣王之法也"（《非攻下》）。那么，什么是"义"呢？《天志上》："顺天意者，义政也。反天意者，力政也。然义政将奈何哉？子墨子言曰：处大国不攻小国，处大家不篡小家，强者不劫弱，贵者不傲贱，多诈者不欺愚。此必上利于天，中利于鬼，下利于人，三利无所不利，故举天下美名加之，谓之圣王。"

　　在墨子看来，"义"政的根据是"天志"或"天意"，它的具体内涵必须满足三项功利：上利于天，中利于鬼，下利于人。能够满足这三项功利的就是圣王。杨俊光通过对《墨子》中"天""鬼神"用法的梳理，提出"天"是指"有意志的最高主宰"，"能对人进行赏、罚"；《墨子》中的"鬼神"也同样具有意志、能施赏罚。墨子称述的"天志"与"鬼神"的意志"也就是墨子的主要主张兼爱、非攻、尚贤、强力从事诸端而已"①。由此可知，墨子的三项功利最终落在"下利于人"上面，"天志""鬼神"两项功利无非是为"下利于人"的兼爱、非攻等主张提供超验的根据罢了。所谓"下利于人"，就是墨子所谓"中万民之利"。我们注意到，墨子虽然也与儒家一样标榜"圣王"，但他完全是从功利着眼对王道进行新的解释。这说明，墨子对王道的诠释是采取一种功利主义立场。②

　　第三个例子是商鞅。我们先看下面这则秦孝公与商鞅等秦国新旧派人物讨论变法的故事。《商君书·更法》："孝公平画，公孙鞅、甘龙、杜挚三大夫御于君，虑世事之变，讨正法之本，求使民之道。君曰：'代立

---

　　① 墨子的"天志""明鬼"是神道设教之说，只是为他的兼爱、非攻等学说提供理论依据，此说并非始于杨氏，梁启超《子墨子学说》已先发之。参见杨俊光《墨子新论》，江苏教育出版社1992年版，第213—227页。

　　② 冯友兰、朱伯崑、李泽厚、Van Norden等均持此说。郝长墀独持异议，认为墨子不是功利主义者。参见 Changchi Hao, "Is Mozi a utilitarian philosopher?", *Frontiers of Philosophy in China*, 2006, Vol. 1, No. 3, pp. 382 - 400. 郝先生之所以得出这个结论，是因为他将功利主义理解为只追求个人利益的利己主义。实际上，在主张用"功利"作为价值标准的大原则下，功利主义可以有不同形态，既可以是心理上的利己主义（egoism），也可以是伦理上的功利主义。后来的功利主义者在二者之间则有畸轻畸重之别。参见 Anthony Quinton, Utilitarian Ethics, second edition, pp. 5 - 10.

不忘社稷，君之道也；错法务明主张，臣之行也。今吾欲变法以治，更礼以教百姓，恐天下之议我也。'公孙鞅曰：'……法者，所以爱民也；礼者，所以便事也。是以圣人苟可以强国，不法其故；苟可以利民，不循其礼。'"

在这则故事中，我们清楚地看到秦国政治改革中涉及"变法"与"更礼"的冲突。秦孝公担心"更礼"会招致非议，因此希望在"变法"与"更礼"之间进行调和，商鞅则明确提出以功利原则即所谓"强国""利民"作为政治的唯一标准。不但如此，商鞅及其学派①还为他们的功利主义政治哲学提出了人性论的理论依据。《算地》："夫治国者能尽地力而致民死者，名与利交至。民之性，饥而求食，劳而求佚，苦则索乐，辱则求荣，此民之情也。"这段话是说，"饥而求食，劳而求佚，苦则索乐，辱则求荣"是人性之常，如果说求食、求佚、索乐是追求利益，那么，求荣则是追求名誉。这即是说，追求名利是人性本然，国君只要善于操控名利，就能够"尽地力而致民死"。操控名利的关键是实行法治。他说："民之性，度而取长，称而取重，权而索利。……故圣人之为国也，观俗立法则治，察国事本则宜。"因此，治国者最重要的任务是"观俗立法"，目的是"察国事本"。所谓"事本"，在《商君书》中是指务耕战以致富强。在利用人性、操控名利以致富强的政治原理下，王道与霸道并无区分的必要。赅言之，商鞅关注的中心问题是在国君自觉推行法治的前提下如何极大地调动个人追求名利的本性以实现功利的最大化。

上文对道、法、墨三家代表人物"功利"观念的分析显示，至少从春秋末年以来，先秦政治哲学中就兴起了一股功利主义思潮。如果说，老子的思想中只有功利主义的萌芽，那么，墨子和商鞅的功利主义思想就更为明显。相比而言，墨子的功利主义还夹杂有原始宗教的"天志""明鬼"观念，商鞅的功利主义则是完全世俗的；不但如此，商鞅还为功利主义找到了人性论的根据。在功利主义思潮之下，儒家王道遭遇了严

---

①　经郑良树考证，《商君书》二十六篇可分为四期，其中本文所引的《更法》《算地》两篇是商鞅及其学派早期的作品，在很大程度上能代表商鞅本人的思想。参见郑良树《商鞅及其学派》，上海古籍出版社1989年版，第139—146页。

峻的挑战。《老子》中没有讲霸道，但也不标榜王道。事实上，老子向往的是无为而治的天道，对王道并不满意。儒、墨二家则维护先王之道。墨子从效果着眼对王道进行功利主义的解释；法家则放弃了墨家天道、鬼神等超越根据，完全从人性论上建立更纯粹的功利主义主张。根据这种主张，王霸并无本质区别，它们同样都是利用人性、操控名利以致富强的政治手段。综合来看，这些挑战要么认为王道与霸道没有本质的区分，要么认为王道不能造成功利的最大化。

## 二　孟子的"王霸之辩"对霸道的道义论拒斥

在老子、墨子、商鞅以后，站出来为儒家王道辩护的代表人物是孟子。在孟子的时代，功利主义挑战日趋强烈。《孟子》书中记载的第一则故事是孟子见梁惠王。梁惠王向孟子提出的第一个问题便是："叟不远千里而来，亦将有以利吾国乎？"（《梁惠王上》）这个问题是要求孟子明确回答儒学的功效，也就是后来荀子申辩的"儒效"问题。孔子"罕言利"，一方面固然是由于他个人的好恶，另一方面也是由于春秋末年功利主义的挑战还并不十分强烈。在孟子的时代，这个问题却已经成为儒家无法回避的挑战。"功利"问题的讨论被置于《孟子》的开篇，朱熹认为这是特意的安排，他说："此孟子之书所以造端托始之深意，学者所宜精察而明辨也。"① 这个深意就是，儒家王道必须首先重视并回应功利主义的挑战。

正是基于上述缘故，孟子提出了大量"功利"论述。可以说，孟子是先秦儒家对功利主义的第一次系统回应。由此，引发了孟子的"义利之辩"和"王霸之辩"。

《孟子》书中详细记载了孟子的三次"义利之辩"。按照篇章顺序，依次是回应梁惠王"何以利吾国"的问题（《梁惠王上》），回应弟子陈代"枉尺直寻"的疑惑（《滕文公下》），回应学者宋牼"以利说楚"的

---

① （宋）朱熹：《四书章句集注》，台北：鹅湖出版社1984年版，第202页。

主张（《告子下》）。其中，对陈代的回应充分表明了孟子拒斥功利主义的立场。孟子认为"枉尺直寻"是一种功利主义观念。首先，孟子认为这种观念是后果论，其根本错误在于动机不道德。他说："夫枉尺而直寻者，以利言也。"（《滕文公下》）其次，孟子反对后果论，既然可以为了后果而"枉尺直寻"，那么："如以利，则枉寻直尺而利，亦可为与？"（《滕文公下》）在这里，孟子表达的是一种道义论立场，既反对"功利"动机，也反对依据后果评价道德行为。在这个意义上，孟子的"义利之辩""实质上是道义论与功利论之争"①。

基于"义利之辩"，孟子进而提出"王霸之辩"。孟子"王霸之辩"的论述主要见于《公孙丑上》《告子下》《尽心上》《尽心下》四篇。在这四篇中，王霸都被对立地加以论述。其中，《公孙丑上》说："以力假仁者霸，霸必有大国；以德行仁者王，王不待大。"此章对王霸进行了明确区分。孟子认为无论是王道还是霸道，都必须推行仁义才能获得民心，区别只是动机不同。王道是真心推行仁义，所以是"以德行仁"；霸道则是假意推行仁义，所以是"以力假仁"。《尽心下》也说："尧舜，性之也；汤武，身之也；五霸，假之也。"朱注："尧舜天性浑全，不假修习。汤武修身体道，以复其性。五霸则假借仁义之名，以求济其贪欲之私耳。"② 尽管王道也有"尧舜性之"与"汤武身之"的差别，但他们推行仁义的动机都是真实的，因而都是王道；尽管五霸也推行仁义，但他们的动机是虚假的，因而只是霸道。

在孟子看来，王霸具有本质的不同。这是因为，动机只有真假之别，而不存在半真半假、亦真亦假的中间状态，如此一来，王霸也就成为非此即彼的抉择，而不存在半王半霸、亦王亦霸的中间状态。基于这种认识，孟子决然地拒斥了霸道。

孟子在"王霸之辩"中运用的判准也是动机而不是后果。孟子认为尧舜、汤武、五霸哪怕做同样的事，或造成某些同样的后果，但由于他们动机不同，因此也不能混为一谈。正是基于对动机的优先考虑，孟子

---

① 杨海文：《略论孟子的义利之辩与德福一致》，《中国哲学史》1996 年第 1 期。
② （宋）朱熹：《四书章句集注》，第 358 页。

认为动机是政治的根本要素。他提出："作于其心，害于其事；作于其事，害于其政。"（《公孙丑上》）这种强调动机的政治哲学与他在伦理学上的道义论立场是一致的。同时，我们也可以看出，孟子对动机的强调在伦理学上的理论后果是拒斥了后果论，从而也拒斥了功利主义。

但是，孟子的王道主张存在严重的困难，最明显的是他没能有效地回应功利最大化问题。如前所述，孟子在回应梁惠王"何以利吾国"的问题时，他提供的方案是"与百姓同之"。在这里，孟子并没有从正面论述如何增加功利，而是从反面说："王曰'何以利吾国'？大夫曰'何以利吾家'？士庶人曰'何以利吾身'？上下交征利而国危矣。"（《梁惠王上》）孟子论证说，注重个人私利就会造成严重危机，因此是不利的。也就是说，孟子只是从反面论证心理上的利己主义会减损功利，却没有从正面论证如何才能增加功利。在这个意义上，孟子对王道的辩护是一种消极论证。事实上，孟子的答案未能让梁惠王感到满意，于是，梁惠王又问道："邻国之民不加少，寡人之民不加多，何也？"（《梁惠王上》）非常明显，梁惠王希望孟子能够提供一个正面的答复。然而，孟子的回答是："不违农时，谷不可胜食也；数罟不入洿池，鱼鳖不可胜食也；斧斤以时入山林，材木不可胜用也。谷与鱼鳖不可胜食，材木不可胜用，是使民养生丧死无憾也。养生丧死无憾，王道之始也。"（《梁惠王上》）很明显，孟子在这里同样没能正面回应就一个国家而言如何实现功利的最大化，而只是告诉梁惠王怎样才能避免民怨，使其"无憾"。

如此看来，尽管孟子也讲"功利"①，但他未能辩护王道为什么是最

① 过去，人们普遍认为孟子重义轻利，轻视功利，甚至是"去欲主义"的先河。过去三十年，学界对于这一点提出了多种质疑与矫正。例如，杨泽波指出孟子的义利观实际上有君、民、士三个不同向度，应区别对待；张奇伟认为孟子的"义利之辨"并非抽象的原则，而必须视具体情况而定；周淑萍认为孟子肯定了人们对财利的欲望是人们的基本欲求，所以他不反对求利，只是必须"以义制利"罢了；崔宜明认为孟子其实有两种义利关系的学说，一种是"以义制利"说；另一种是"唯义无利"说，对应于不同的论说语境，等等。参见杨泽波《孟子义利观的三重向度》，《东岳论丛》1993年第4期；张奇伟《孟子义利观新解》，《北京师范大学学报》（社会科学版）1995年第4期；周淑萍《孟子义利观新探》，《陕西师范大学学报》（哲学社会科学版）1999年第2期；崔宜明《孟子义利学说辨正》，《道德与文明》2014年第1期。

有利的政治形态。上文已经指出，孟子更关注的是王道如何避免动乱，化解民怨，救民于水火之中，而不是从正面回答王道如何实现功利的最大化。然而，功利主义的判准却是"最大多数人的最大幸福"，即要求功利的最大化。就这一点而言，孟子没能正面回应功利主义的挑战。

## 三　荀子的"儒效"对王道的功利主义辩护

战国末叶，功利主义对儒家王道的挑战愈益尖锐。韩非甚至将儒者与言谈者、带剑者、患御者、商工之民并称为"五蠹"，并声称"国平养儒侠，难至用介士，所利非所用，所用非所利"（《韩非子·五蠹》）。这是咄咄逼人地指控儒学无用。而且，这样的质疑不限于思想家。《荀子》书中记载政治家向荀子主动提问共有三次：一次是秦昭王问"儒效"，一次是赵孝成王问"兵要"，一次是应侯范雎问"入秦何见"。最后一个问题比较宽泛，我们姑且不论。其余两个问题一个是赤裸裸地质问儒学在政治上的功效，一个是询问儒学在军事上的功效。可见，荀子面对的挑战更加迫切而露骨。

在这种情势下，荀子主动为儒家王道提出辩护。一方面，荀子提出"性恶"论。他说："人之性恶，其善者伪也。人之性，生而有好利焉，顺是，故争夺生而辞让亡焉。"（《荀子·性恶》，以下只注篇名）又说："人之情，口好味而臭味莫美焉，耳好声而声乐莫大焉，目好色而文章致繁、妇女莫众焉，形体好佚而安重闲静莫愉焉，心好利而谷禄莫厚焉。合天下之所同愿兼而有之，睪牢天下而制之若制子孙，人苟不狂惑戆愚陋者，其谁能睹是而不乐也哉"！（《王霸》）这表明，荀子认为人性的本质是好利，一旦种种功利得以实现，则"其谁能睹是而不乐也哉"！既然功利的获得就会使人快乐，功利的丧失就会使人痛苦，那么，人的天性便总是追逐上述种种功利，以图获取快乐。这与功利主义的"快乐原则"是一致的。

另一方面，荀子对于政治、学术的评判都采取后果论的立场。这里想要进一步指出的是，荀子不只关注政治行为的实际后果，而且与道义论相比，后果对于荀子而言比道德动机更具优先性。① 在荀子的礼论中，"礼"的起源具有内在的道德动机。以丧礼为例，荀子认为："三年之丧，称情而立文，所以为至痛极也。"（《礼论》）也就是说，人类具有内在的道德情感，由此构成制礼的道德动机。然而，荀子同时认为：首先，"礼"起于圣人的制作，普通人由于认识的不足，制约了其制礼的道德动机。他说："礼节文貌之盛矣，苟非圣人，莫之能知也。圣人明知之，士君子安行之，官人以为守，百姓以成俗。"（《礼论》）其次，圣人制礼也并非由于道德动机，而是出于后果的考虑。他指出："圣人恶其乱也，故制礼义以分之，以养人之欲，给人之求。"（《礼论》）这表明，尽管荀子并不否认道德动机的存在，但他对于礼的起源的论证无疑是基于后果论的立场。

综合以上两方面的分析，我们发现荀子在遵循快乐原则的同时也拥护后果论。基于前述安东尼·昆顿（Anthony Quinton）的功利主义界说，我们赞成荀子在伦理学上秉持功利主义立场。

事实上，荀子对于儒家王道的辩护也基于功利主义立场。《荀子》中有不少篇目都可以视为荀子对儒家王道的辩护。例如，《儒效》《王制》《富国》《王霸》《议兵》《强国》等篇，都可以看成从不同角度对儒家王道的辩护。就对功利主义挑战的回应而言，《儒效》篇的辩护无疑最为显著，也最具代表性。在这篇文章中，荀子郑重提出从孟子以来就不断突显的"儒效"问题，并以周公和孔子为例指出："儒者法先王，隆礼义，谨乎臣子而致贵其上者也。人主用之，则埶在本朝而宜；不用，则退编百姓而悫；必为顺下矣。虽穷困冻馁，必不以邪道为贪；无置锥之地，而明于持社稷之大义。呜呼而莫之能应，然而通乎财万物养百姓之经纪。埶在人上，则王公之材也；在人下，则社稷之臣，国君之宝也；虽隐于穷阎漏屋，人莫不贵之，道诚存也。……儒者在本朝则美政，在下位则

---

① 最近张新也提出类似的看法。至少在政治领域，他也发现"荀子在论述礼的政治功能时体现出一种后果论考量，即制礼的目的是系统性地促进社会善的增益"。不过，他认为荀子的后果论并非西方伦理学谱系中的后果论，而是一种"德性后果论"。参见张新《荀子：后果论者，抑或德性论者?》，《孔子研究》2020 年第 5 期。毛朝晖则提出了类似但更强的一个立场，参见毛朝晖《荀子的广义功利主义伦理学及其知识论基础》，《道德与文明》2018 年第 2 期。

美俗。"（《儒效》）

在这里，荀子辩称"儒者在本朝则美政，在下位则美俗"，扼要地概括了儒者的政治功利。儒者为什么能产生这样的政治功利呢？荀子认为根本原因是儒者"法先王，隆礼义"，而所谓"法先王，隆礼义"无疑就是儒家王道。荀子对"政"与"俗"的区分，实际上强调了"礼"的两方面功能：政治治理的效能与政治教化的效能。尽管学者对荀子的"礼"概念有非常细化的分析①，但在整体上确如胡可涛所说，荀子"把礼看作是个人修身的根本和维护社会等级秩序以及治理国家的根本，看作人类道德规范以及治理社会的最高原则"②，即兼具道德规范与政治原则两种含义。正是基于这种对"礼"的理解，荀子进一步论证任用"大儒"、推行王道能够导致功利的最大化。他指出："人主用俗人，则万乘之国亡；用俗儒，则万乘之国存；用雅儒，则千乘之国安；用大儒，则百里之地，久而后三年，天下为一，诸侯为臣；用万乘之国，举错而定，一朝而伯。"（《儒效》）

为了解决功利的最大化问题，荀子创造性地将政治区分为不同的形态，同时将功利也相应地区分为不同的层级。类似的论证在《荀子》中十分常见。例如，在回应范雎"入秦何见"的问题时，荀子也将王霸视为不同的层次。他说："佚而治，约而详，不烦而功，治之至也，秦类之矣。虽然，则有其諰矣。兼是数具者而尽有之，然而县之以王者之功名，则倜倜然其不及远矣！是何也？则其殆无儒邪！故曰：粹而王，驳而霸，无一焉而亡。此亦秦之所短也。"（《强国》）荀子没有否认霸道的政治功利，但他认为秦国的霸政虽然取得了"佚而治，约而详，不烦而功"等种种政治功利，却仍然算不上是功利的最大化。在荀子看来，单方面强调政治治理而忽视政治教化，并非最理想的政治形态。以秦国为例，秦

① 荀子的"礼"概念由于其在荀子哲学中的重要地位，吸引了许多学者参与讨论，最细致的辨析当推日本学者佐藤将之（Masayuki Sato），他将荀子的"礼"区分为九种含义，参见 Masayuki Sato, *The Confucian Quest for Order: The Origin and Formation of the Political Thought of Xun Zi*, Brill, 2003, pp. 418–423。

② 胡可涛：《"礼义之统"：荀子政治哲学研究》，新北：花木兰文化出版社 2013 年版，第 84 页。

国的霸政依赖"甚畏有司"的法治，其后果是造成一个"有其諰"的效能高而幸福感低的社会。① 在这里，荀子对"功利"采取了一种广义的立场，将情感因素或幸福感也考虑在衡量的范围内。基于此种考量，他认为秦国的霸道政治虽然实现了富强，但依然美中不足，并非功利的最大化。因此，霸道与王道相比"偿偿然其不及远矣"。

有别于孟子回避功利最大化问题而只提出儒家王道的消极辩护，上述荀子对儒家王道的辩护显然是积极的。也就是说，孟子虽然也辩称王道有利，但未能论证王道代表功利的最大化。荀子则不然。在《强国》篇中，荀子将霸道的不足归结为"无儒"。他认为秦国缺乏幸福感的关键就是秦国"无儒"。这样，儒学就成为王道的根本要求，因为，基于上文荀子所作的论证，只有"大儒"才能造就既高效又充满幸福感的社会，才能实现对霸道的超越与功利的最大化。在《儒效》篇中，荀子用"儒者在本朝则美政，在下位则美俗"的论证说明了儒学能够造成既高效又充满幸福感的社会的理由。根据荀子上文的论证，儒家的礼义正是实现既高效又充满幸福感的社会的关键。同时，我们也已经看到，荀子将儒学区分为俗儒、雅儒、大儒等不同层级，正是旨在论证儒学如何层层递进地实现功利的最大化。荀子的结论是，儒学当然具有政治上的功利；而且，功利最大化的必要条件是任用最高层级的儒学人才，即荀子所谓的"大儒"。通过对"儒效"的功利主义辩护，荀子不但驳斥了儒学无用论，而且论证了只有儒学才能实现功利的最大化。

## 四　功利主义与儒家王道的一致性

在儒家政治传统中，孟子的辩护已经为人所熟知，本文只是从政治伦理的角度对其加以厘清。这里需要补充论述的是，荀子的功利主义辩护如何能与儒家王道维持理论上的一致性。荀子对儒家王道的功利主义辩护有一个鲜明的特点，即将功利区分为不同的层级。在荀子的辩护中，

① 参见王正《重思先秦儒家的王霸之辨》，《中国哲学史》2016 年第 3 期。

王霸并非相互对立的政治类型，而是高下相形的政治层级。

对于这种程度或层级差异，荀子用"巨""小""纯""驳"等程度副词来描述。例如，荀子认为："国者，巨用之则大，小用之则小；綦大而王，綦小而亡，小巨分流者存。"（《王霸》）杨倞注："巨者，大之极也。"① 可见，国家的政治良窳完全在于为政者如何"用之"，王道是善于利用的极致，灭亡则是不善于利用的极致。换言之，王道是功利的最大化。在同一篇中，荀子又说："粹而王，驳而霸，无一焉而亡。"（《王霸》）在这个政治序列里，荀子用"粹""驳""无一焉"来区分王道、霸道与亡道，更是明确肯定了王道、霸道与亡道只是程度上的纯驳之别。

政治的层级是如何产生的呢？荀子认为政治层级与政治家的个人修养密不可分。质言之，政治层级取决于政治家个人修养的境界。所谓"境界"，一般是指个人的精神修养及思想觉悟水平。② 儒家所说的个人修养既包含道德，也包含能力。下文对此不细加区分，而是统称为"个人修养"；所谓"境界"，是指个人修养所达到的层级。儒家很早就对境界作出了区分。最著名的例子莫过于孔子所说："吾十有五而志于学，三十而立，四十而不惑，五十而知天命，六十而耳顺，七十而从心所欲、不逾矩。"（《为政》）这显然是孔子个人修养所历境界的一个简要自述。再如，孟子说："可欲之谓善。有诸己之谓信。充实之谓美。充实而有光辉之谓大。大而化之之谓圣。圣而不可知之之谓神。乐正子，二之中，四之下也。"（《尽心下》）在这里，孟子明确将君子的个人修养由低到高依次区分为善、信、美、大、圣、神六个境界，并判断乐正子当时尚处于前两个境界，还达不到后四个境界。

值得指出的是，孔子、孟子所区分的境界只是针对个人修养而言，还不涉及政治领域。然而，荀子的政治层级论述却将个人领域的境界论进一步拓展到政治领域。

儒家政治哲学的一个根本原则是政治与个人修养紧密结合。这一点

---

① （清）王先谦：《荀子集解》，中华书局1988年版，第209页。

② 参见宁新昌《境界形而上学——中国哲学的一种解读》，中国人民大学出版社2019年版，第16页。

已经被许多学者指出，正如仲崇亲所说："儒家政治思想，乃以人类自身之力来解决人类自身问题作为起点。因而儒家所探讨的问题，总不外乎'修己'与'治人'。此二者在儒家看来为一体之两面，亦可谓一事之'终始'或'本末'。"① 顺着这个基本原则，儒家原本很容易就能推出在政治领域依据政治家个人修养的境界高低理当也相应地区分为不同的政治境界。但是，由于孔子并未充分论述"霸道"问题，而孟子"言必称尧舜"，将王霸截然对立，不愿意退而求其次，刻意地回避了政治领域也存在政治境界的区分。因此，政治领域的境界论迟迟没有被提出。荀子直面现实，他不但接受霸道，而且承认其他政治形态存在的事实。基于这种现实的观点，荀子区分了上述的各种政治层级，并将这些政治层级与政治家的个人修养挂钩，便成为一种政治境界论。

与孔、孟一样，荀子也极为强调政治家的个人修养。《君道》篇："请问为国？曰：闻修身，未尝闻为国也。君者仪也，民者景也，仪正而景正。君者盘也，民者水也，盘圆而水圆。"这是强调治国完全取决于修身，政治层级完全取决于国君个人修养的境界。荀子曾明确表示："身能相能，如是者王；身不能，知恐惧而求能者，如是者强；身不能，不知恐惧而求能者，安唯便僻左右亲比己者之用，如是者危削灭亡。"（《王霸》）这也是明确将政治层级归结为政治家的个人修养。

荀子指出不但王者需要个人修养，霸者乃至其他政治层级也都取决于个人修养。霸道不是不讲个人修养，只是境界不及王道罢了。例如，《王制》篇说："成侯、嗣公聚敛计数之君也，未及取民也；子产，取民者也，未及为政也；管仲，为政者也，未及修礼也。"杨倞注："未及，谓才未及也。"② 这段话评论的是历史上的政治家，他们的个人修养不同，成侯、嗣公比不上子产，子产比不上管仲，而管仲也由于未能"修礼"，因此还是赶不上古代圣王的功业。卫成侯、卫嗣君导致了卫国的衰亡，子产维持了郑国的安定，管仲促成了齐国的霸业，这些人与古代圣王恰好构成荀子所说的亡、存、霸、王四个政治层级。在这四个层级中，较

① 仲崇亲：《先秦儒家政治思想研究》，台北：华冈出版公司1977年版，第180页。
② （清）王先谦：《荀子集解》，第153页。

后的层级就政治功利而言，代表了更高层级的功利；就政治家的个人修养而言，也代表了更高的境界。于是，在荀子的功利主义辩护中，政治家的个人修养与政治层级，境界与功利就构成了一种对应关系，可以看成同一事物的一体两面。

# 五　结论

总之，儒家王道在春秋战国时代面临功利主义的挑战。这些挑战声称，要么王道与霸道没有分别，要么王道不是功利的最大化。其在孔子的时代还不是那么强烈，但到孟、荀的时代就变得无法回避。孟子提出"王霸之辩""义利之辩"，强调行为的动机，站在道义论的立场上拒斥功利主义。孟子当然认为王道也具有功利，但他对于王道的辩护是一种消极辩护，未能从正面论证王道能够实现功利的最大化。基于现实的要求，荀子为儒家王道提出了一种功利主义的辩护。他认为王道与霸道只是不同的政治层级，二者可以兼容。尽管如此，荀子并没有放弃儒家政治哲学强调个人道德修养优先性的根本立场。他一方面讲个人修养；一方面讲政治功利，论证个人修养的境界与政治功利构成对应关系。这样，荀子就论证了儒家王道与功利主义的兼容性。从整体上看，早期儒家政治伦理的建构是围绕对王道理想的辩护而展开的，孟子的"王霸之辩"与荀子的"儒效"分别为儒家王道提供了道义论与功利主义两种伦理辩护，两种辩护的共同旨趣都是试图构筑儒家王道政治的伦理基础。

更进一层说，鉴于自 19 世纪以来功利主义一直构成英美道德哲学、政治哲学、法哲学、经济哲学的主流学说，当代英国著名哲学家、法学家哈特（H. L. A. Hart）在论及功利主义的历史命运时认为功利主义曾是"被广泛接受的信念"[1]。这一被广泛接受的信念，可以说是根植在近现

---

[1]　H. L. A. Hart, "Between Utility and Rights", in Alan Ryan, *The Idea of Freedom*, Oxford University Press, 1979, p. 77.

代西方主流政治、经济、法律哲学中的伦理基础。如果是这样，那么荀子便可以成为沟通儒家哲学与近现代西方哲学的一座桥梁。此外，在霸权主义依然流行的今天，我们要如何把握自身的政治立场，并从政治伦理的角度回应霸权主义的政治话语，孟子与荀子提供的两种伦理辩护依然可资借鉴。

# 诠释儒家经典　赓续儒学精神

## ——"儒学思想发展与经典诠释"国际学术研讨会暨中华孔子学会2022年会综述

周杨波　　左明家　　游宏伟

（南昌大学哲学系）

2022年12月2日至4日，由中华孔子学会、南昌大学主办，南昌大学哲学系、南昌大学江右哲学研究中心承办的"儒学思想发展与经典诠释"国际学术研讨会暨中华孔子学会2022年会，在线上成功举办。来自北京大学、清华大学、中国社会科学院哲学研究所、中国台湾大学以及韩国成均馆大学、日本北九州市立大学等的国内外专家学者二百余人参加了本次会议，会议收到专家学者提交的优秀论文近两百篇。

开幕式及主旨报告阶段，江西省委宣传部黎隆武副部长、南昌大学副校长刘成梅教授致欢迎词。中华孔子学会会长、北京大学哲学系王中江教授认为，儒学的经典精神是一部伟大性著作和文本经典化的历史，是一部无限开放的经典诠释学史，是一部中华文明意义、价值、信念和信仰不断认同重建、丰富扩大展开的历史。张学智教授、李景林教授、向世陵教授、欧阳祯人教授、邓红教授分别就中国哲学中运命之天、古代社会生活的礼乐、"生生"与仁说、禅让制的形成与发展、董仲舒思想何以推崇作了深入阐释。景海峰教授、唐文明教授分别就儒家经典诠释学的建构以及黑格尔、霍耐特的现代承认理论对中国诠释学的意义作了精彩分享。此外，安乐哲教授、潘朝阳教授、崔英辰教授就比较文化解释学的诠释方法、内圣外王，经世济民的儒家实践本质，韩国茶山丁若镛对《中庸》"天命之谓性"诠释论证的方法作了详细呈现。

闭幕式主旨报告阶段，杨国荣教授指出经典本身构成了文化的重要方面，对经典的诠释则进一步构成了文化创造的内容。同时，作为历史智慧的沉淀和结晶，经典也构成了现时代文化发展与思想创作的背景和前提。同时，董平教授、杨泽波教授、杨朝明教授、张志强研究员、陈立胜教授分别就先秦至明清各个阶段儒学发展的线索梳理、道德与自然的关系层面审视儒道两家关系、《孔子遗说》的形成及其历史价值、心学工夫论中"实事"及其"反思"与现象学的共通之处、阳明工夫论的现代重要价值及意义作了重要描述。此外，钱明研究员、程志华教授、刘丰研究员、杨柱才教授就《大学问》"万物一体之仁"说的启示意义及实践价值、中国哲学的合法性问题、《西铭》在不同的诠释视野下呈现出来的多面性、象山易学对伊川的批评与接续相关问题作了重要阐明。

分组讨论中，专家学者们就先秦儒家经典、汉唐儒家经典诠释及经学发展、宋明理学儒学阐释、近代儒学阐释、诠释方法论、儒学义理的多元阐释六个方面进行了讨论。先秦儒家经典方面，韩星教授、高华平教授、何益鑫教授、夏世华教授、林国敬教授对帝舜与儒家思想的多种关系、先秦时期经典文体的基本类型、子思《五行》的宗旨、《尚书·君牙》"冬祁寒"的新诠释角度、《尚书》"明德慎罚"提出了新的观点。此外，陈璧生教授、吴先伍教授、孔德立教授、张志宏研究员、许春华教授、王新春教授分别就"周孔"问题、"三年之丧"问题、思想史视阈中的孔子"仁学"、孔子平等思想、诗教哲学、仁学思想意义等问题作了论文阐述。王兴国教授、朱光磊教授、黄熹教授分别就孟子人性善论的困境、人性善论的理性证明作了交流探讨。两汉经学研究方面，陈声柏教授、谷继明副教授分别对经学包括"狭义经学""广义经学"及"经典之学"三重含义以及汉代存在的章句之学与科、序等组织结构作了精彩分享。董仲舒思想研究方面，余治平教授、魏彦红教授就董仲舒思想在理念、学术、政治方面的创新与王充对董仲舒的尊崇与赞颂内容作了发言。宋明哲学研究方面，陈仁仁教授、曹树明教授、涂可国教授、史甄陶教授分别阐述了"仁体论"思想的可能性及意义、张载《礼记说·中庸》、朱子的贤人之学、刘因的思想特色及其对朱子学发展的贡献作了交流发言。金纪烨教授、王琦教授、申淑华教授、龚隽教授、张丰乾教授分别就性理学者的诗意在《濂洛风雅》中如何表达、宋代儒家新帝学理论及其兴起原因、王栋以"诚意"为中心的《大学》理解、北宋时期的儒佛关系——以陈白沙自得之学为切入点的儒家知行问题、甘泉先生的学行及其学说影响作了交流。冯兵教授、刘永清教授、赵金刚副教授、张新国副教授分别就二元结构对朱熹命论的分析、张载"成德"之学的为学观、元明时期朱子学"工夫论化"的特征、朱熹仁论的观念结构及其演变历程作了精彩交流。现代儒学诠释方面，许宁教授、蔡家和教授、常新教授、李敬峰教授分别就新儒家对"华严哲学"的创造性诠释、唐君毅有关戴震以训诂释"理"的评论、明清之际的关中士人对东渐"天学"的不同选择与态度、刘元卿《大学新编》绾各义及其学术史意义作了分享。张昭炜教授、韩立坤教授、胡治洪教授、魏义霞教授对方以智药树思想、对打开儒家死亡视域的贡献、牟宗三"境界形而上学"思想、熊十立经学外王说中的现代性价值、谭嗣同对经典解读与近代理念吻合的价值理念作了精彩阐述。彭传华教授、顾红亮教授、翟奎凤教授、肖雄教授分别深入分析了张东荪语言哲学、梁漱溟的公德观中的精神价值、康有为对于孔子人道教的看法、熊十立的智识体系体用论与牟宗三的坎陷论。中国哲学研究思路方面，周海春教授、孙邦金教授、钟治国教授分别对《论语·学而》中核心概念进行了重新诠释，对船山经典诠释方法及其特点作了整体评述，对邹守益的良知学与理学之路思想进行了论述。李清良教授、解光宇教授、姜海军教授分别就中国诠释传统中要以"学以成人"的活动来理解、辩证唯物主义与儒学的共性问题、二元性是古代经学解释的基本原则进行了分享。陆永胜教授、朱承教授、方朝晖教授、王绪琴教授分别探讨了阳明心学要体现阳明学研究的形上走向，荀子公共性思想体现儒家公共治理的现实性，用现代语言阐释儒家治道理论，历代对"康侯用锡马蕃庶，昼日三接"解读存在的差异提出了新观点。儒学义理的多元发展方面，陈霞研究员、张天舒博士结合御书石经的内容，深刻探讨了南宋初期的学术史。钟彩钧教授从朱子、阳明、清儒三方面谈到了学习经典的三种不同形态。田炳郁教授以朝鲜时期儒者的诠释为例重新研究朱子的格物论思想。史少博教授对伊藤东涯的《太极图说管见》以及《太极图说十论》进行了探究。郭沂教授对《系辞》中"形而上者谓之道，形而下者谓之器"作出新的解读。谢晓东教授从东亚视角考察了朱子学出现的多次中心转移的现象，指出其背后的动力是天理及其实现方式的不同。王锟教授对欧阳修理学及其对朝鲜理学的影响进行了阐述。张天杰教授对辅广与魏了翁以及真德秀交游进行了考略。唐纪宇教授以儒家学者郑伯谦的"理财"思想来探析民生与君心的问题。邓庆平教授综合形式和内容结构，认为退溪先生《圣学十图》的结构具有多重性特征。王晚霞教授考论周濂溪《太极图说》和韩国儒学的图说学之间的深刻关联。除上述以外，其他专家学者也分别围绕上述主题作了诸多精彩的分享与讨论。

总之，本次国际学术研讨会丰富了儒学思想的研究范围，深化了经典诠释的方式方法，扩大了儒学思想的国际影响，对未来国内国际儒学研究具有重要的推动作用。同时，也空前地凝聚了举办大型国际学术会议的人心和力量。这不仅对于南昌大学哲学学科建设意义重大，同时也是一次中华优秀传统文化的创造性转化与创新性发展的成功案例。本次国际学术研讨会还得到了中国新闻网、中国日本新闻网、《江南都市报》、《江西日报》和江西教育电视台等多家媒体的宣传支持。

# 投稿须知

　　《中国儒学》由中华孔子学会和郑州大学洛学研究中心主办，每年出版一辑，每辑 35 万字左右，逢每年第四季度出版。为了便于编辑，来稿请注意以下事项：

　　一　来稿篇幅一般以 8000 字至 15000 字为宜。

　　二　来稿引文和注释格式，采用页下注，引文务请仔细核对原文，引用著作依次注出作者、论著名称、出版社和出版年、页码。引用论文依次注出作者、论文题目、刊名、出版年和期或号。

　　三　来稿请发电子稿。

　　四　来稿请在文后注明作者详细地址、邮政编码、联系电话和电子信箱地址，以便及时联系。

　　五　来稿一经发表，即按统一的稿酬标准寄上稿酬。

　　六　本刊编辑将对采用的来稿进行必要的技术上的处理，一般不删改内容，如果需要将与作者联系。

　　《中国儒学》竭诚欢迎国内和海外儒学研究者来稿。

编辑部地址：（100874）北京市海淀区清华大学中华孔子学会（新斋
　　　　　　239 室）　《中国儒学》编辑部

联系人：任蜜林　邮箱：renmlzxs@163.com